VLIJMSCHERPE TRANEN

Ook verschenen van S.A. Cosby bij The House of Books:

Een laatste uitweg

S.A. Cosby

Vlijmscherpe tranen

Vertaald uit het Engels door Henk Moerdijk

the house of books

Deze uitgave is tot stand gekomen in overeenkomst met Flatiron Books.

Oorspronkelijke titel: *Razorblade Tears*
Oorspronkelijk uitgegeven door: Flatiron Books, een imprint van Macmillan Books, New York 2021

Omslagontwerp Nederlandse uitgave: DPS Design & Prepress Studio, Amsterdam
Auteursfoto: © Sam Sauter
Typografie: Crius Group, Hulshout

ISBN 978 90 443 6550 4
ISBN 978 90 443 6551 1 (e-book)
NUR 332

www.thehouseofbooks.com
www.overamstel.com

OVERAMSTEL
uitgevers

The House of Books is een imprint van Overamstel uitgevers bv.

Voor mijn moeder, Joyce A. Cosby,
die mij twee belangrijke dingen meegaf.
Vastberadenheid en nieuwsgierigheid.

Van mijn tranen zal ik vuurvonken maken.

WILLIAM SHAKESPEARE, *HENRY VIII*

1

Ike probeerde zich te herinneren of er weleens géén verdriet en ellende van was gekomen wanneer de sterke arm voor dag en dauw voor zijn deur had gestaan, maar hoe hij zijn hersens ook pijnigde, er kwam niets naar boven.

De twee mannen stonden zij aan zij op de kleine betonnen stoep voor zijn huis en hadden hun handen naast de penning en het pistool op hun riem gelegd. De penningen glinsterden als goudklompjes in de ochtendzon. De twee smerissen waren een studie in contrasten. De een was een lange, pezige Aziatische man. Een en al scherpe hoeken en harde randen. De ander, een blozende witte man met een stierennek en een gigantisch hoofd, was gebouwd als een gewichtheffer. Ze droegen allebei een wit uniformhemd met clipstropdas. De gewichtheffer had grote zweetplekken onder zijn oksels die in de verte deden denken aan de landkaarten van respectievelijk Engeland en Ierland.

De zwakke maag van Ike begon salto's te maken. Coldwater State Penitentiary lag vijftien jaar achter hem. Sinds hij door de poort van die etterende wond naar buiten was gelopen, had hij de recidivecijfers gelogenstraft. Al die jaren had hij zelfs niet eens een bekeuring voor te hard rijden gekregen. En dan toch een droge tong en een brandend gevoel in je keel krijgen als twee agenten je aanstaren. In het goeie ouwe Amerika was het voor een zwarte man al een kwelling om alleen maar oog in oog te staan met een smeris. Bij elk contact met een diender kreeg je het gevoel aan de rand van een afgrond te staan. En als je een ex-bajesklant was, was het net alsof ze die rand hadden ingesmeerd met varkensvet.

'Ja?' zei Ike.

'Meneer, ik ben rechercheur LaPlata. Mijn collega hier is rechercheur Robbins. Mogen we binnenkomen?'

'Waarvoor?' vroeg Ike.

LaPlata zuchtte. Lang en brommend, als de grondtoon van een blueslied. Ike verstarde. LaPlata keek naar Robbins. Robbins haalde zijn schouders op. LaPlata boog even het hoofd en keek toen weer op. Ike had in de bak geleerd om lichaamstaal te lezen. Deze politiemannen straalden geen agressie uit. In ieder geval niet meer dan de meeste smerissen op een normale werkdag. Zoals LaPlata het hoofd had gebogen, was bijna... verdrietig geweest.

'Heeft u een zoon die Isiah Randolph heet?' zei hij ten slotte.

Toen wist hij het. Hij wist het zoals hij altijd had geweten wanneer er elk moment een gevecht kon uitbreken op de luchtplaats. Zoals hij altijd had geweten wanneer een crackhead hem wilde neersteken voor een beetje coke. Zoals hij had geweten, diep vanbinnen, dat het voor zijn maatje Luther de laatste zonsondergang was geweest toen hij die avond naar huis was gegaan met dat grietje van de Satellite Bar.

Het was een soort zesde zintuig. Een bovennatuurlijke gave om vlak voordat de afschuwelijke realiteit zich aandiende te weten dat er een ramp stond te gebeuren.

'Wat is er met mijn zoon, rechercheur LaPlata?' vroeg Ike, al wist hij het antwoord al. Hij voelde het aan zijn water. Zijn leven zou nooit meer hetzelfde zijn.

2

Het was een schitterende dag voor een begrafenis.

Sneeuwwitte wolken dreven langs een azuurblauwe hemel. Het was fris, ondanks het feit dat het toch al begin april was. Maar goed, dit was Virginia, over een paar minuten kon het met bakken uit de hemel komen en over een uur konden de mussen dood van het dak vallen.

Onder een grijsgroene tent stonden de overgebleven rouwenden en twee kisten. De predikant deed een greep uit de berg aarde vlak naast de tent. Over de berg lag een verweerde kunstgrasmat. Hij ging aan de hoofdzijde van de kisten staan.

'Gij bent stof en tot stof zult gij wederkeren.' De stem van de predikant galmde over de begraafplaats terwijl hij over beide kisten aarde strooide. Het deel over de algehele opstanding en de dag des oordeels liet hij zitten.

De begrafenisondernemer stapte naar voren. Een mollig mannetje dat net zo loodgrijs zag als zijn pak. Ondanks het kille weer glom zijn gezicht van het zweet. Alsof zijn lichaam reageerde op de tijd van het jaar in plaats van op de temperatuur. 'Hiermee zijn we aan het einde gekomen van de uitvaart van Derek Jenkins en Isiah Randolph,' zei hij. 'De familie wil u bedanken voor uw aanwezigheid. Ga in vrede.' Hij klonk minder theatraal dan de predikant. Zijn stem reikte amper tot buiten de tent.

Ike Randolph liet de hand van zijn vrouw los. Ze zakte tegen zijn schouder in elkaar. Ike staarde naar zijn handen. Zijn lege handen. De handen die zijn zoon hadden vastgehouden toen hij nog maar tien minuten oud was. De handen die hem hadden voorgedaan hoe hij zijn veters moest strikken. De handen die zalf op zijn borst hadden gesmeerd toen hij griep had. Die met strakke handboeien om naar hem hadden gezwaaid in de rechtbank. Ruwe, eeltige handen die hij in zijn broekzakken had gestoken toen Isiahs man hem een hand wilde geven.

Ike liet zijn kin op zijn borst zakken.

Het meisje op haar schoot speelde met Mya's vlechten. Ike keek naar het meisje. Haar huid had de kleur van honing, net als haar haar. In de week voor het overlijden van haar ouders was Arianna drie geworden. Zou ze begrijpen wat er aan de hand was? Toen Mya tegen haar had gezegd dat haar papa's aan het slapen waren, leek ze dat zonder veel problemen te accepteren. Hij benijdde Mya om haar soepele geest. Ze kon hiermee omgaan op een manier die voor hem onmogelijk was.

'Ike, daar ligt onze jongen. Dat is ons kind,' snikte Mya.

Hij huiverde toen ze het zei. Alsof je een konijn in een val hoorde krijsen. Ike hoorde de vouwstoelen kraken en piepen toen de mensen opstonden en naar de parkeerplaats liepen. Hij voelde handen fladderen op zijn rug en schouders. Hij hoorde dat mensen hem weifelend sterkte wensten. Niet dat ze het niet meenden. Maar ze wisten dat die woorden de pijn in zijn ziel niet konden verlichten. Al die clichés, al die zogenaamd troostende woorden, ze voelden zo weinig oprecht, maar wat moesten ze dan? Dat was nu eenmaal wat je deed als er iemand was overleden. Het was net zo vanzelfsprekend als een stoofschotel meenemen voor na de begrafenis.

De kleine schare had weinig tijd nodig om hun stoelen te verlaten. Na nog geen vijf minuten waren Ike, Mya, Arianna, de grafdelvers en een man die Ike vaag herkende als de vader van Derek als enigen over. Van zijn eigen familie had Ike weinig mensen gezien. Hij had het idee dat er meer mensen van Dereks kant waren geweest, en verder vooral vrienden van Isiah en Derek. Tussen de bebaarde hipsters en androgyne dames uit de sociale kring van Derek en Isiah waren Dereks familieleden opgevallen. Slanke, pezige mannen en vrouwen met kille, kiezelharde ogen en getaande gezichten. Boerse types met conservatieve opvattingen. Toen de plechtigheid bijna een halfuur bezig was, zag hij een dieprood naar hun wangen stijgen. Dat was toen de predikant zei dat geen enkele zonde onvergeeflijk was. Zelfs een doodzonde kon je door een goedgunstige God worden vergeven.

Arianna trok aan een van Mya's vlechten.

'Niet doen!' zei Mya. Het kwam er fel uit. Arianna zei niets. Ike wist wat er komen ging. Die zwangere stilte was de voorbode van waterlanders. Bij Isiah was dat niet anders geweest.

Arianna zette het op een brullen. Haar uithalen sneden dwars door de contemplatieve stilte en galmden na in Ikes oren. Mya probeerde haar te troosten. Ze zei dat het haar speet en streelde haar voorhoofd. Arianna ademde diep in, enkel om daarna nog harder door te huilen.

'Ga maar vast met haar naar de auto. Ik kom zo,' zei Ike.

'Ik ga helemaal nergens heen, Ike. Nog niet,' bitste Mya.

Ike stond op. 'Alsjeblieft, Mya. Breng haar naar de auto. Geef me een paar minuten, daarna neem ik het over en kun je hier terugkomen.' Zijn stem brak bijna.

Mya stond op. Ze trok Arianna tegen zich aan. 'Als dat is wat je wil.' Ze draaide zich om en liep weg met het meisje. Onderweg naar de auto zwakte het brullen van Arianna af tot dreinen.

Ike legde zijn hand op de zwarte kist met de gouden rand. Hier lag zijn zoon. In deze rechthoekige bak. Verpakt en geconserveerd als een stuk ingemaakt vlees. De wind trok aan, de kwastjes aan de bovenranden van de tent wapperden als de vleugels van een dode vogel. Derek lag in de zilveren kist met de zwarte rand. Isiah werd begraven naast zijn man. Ze waren samen doodgegaan en nu zouden ze samen eeuwig rusten.

De vader van Derek stond op van zijn stoel. Met zijn magere lichaam, verweerde huid en lange, dikke haar was hij een markante verschijning. Hij liep naar de voetzijde van de kisten en ging naast Ike staan. De grafdelvers stonden te wachten tot deze twee mannen, de laatste rouwenden, zouden vertrekken en doodden ondertussen de tijd met een inspectie van hun scheppen. De magere man naast Ike krabde aan zijn kin. Over de onderste helft van zijn gezicht hing de grijze waas van een baard. Hij hoestte, schraapte zijn keel en hoestte toen nog een keer. Toen hij de hoest onder controle had, draaide hij zich naar Ike.

'Buddy Lee Jenkins. De vader van Derek. Volgens mij hebben we nooit officieel kennisgemaakt.' Hij stak zijn hand uit.

'Ike Randolph.' Hij pakte de hand van Buddy Lee, schudde twee keer en liet toen los. Ze stonden aan de voetzijde van de kisten, stil als stenen.

Buddy Lee hoestte weer. 'Was je op de trouwreceptie?' vroeg hij.

Ike schudde zijn hoofd.

'Ik ook niet,' zei Buddy Lee.

'Volgens mij heb ik je vorig jaar gezien op het verjaardagsfeestje van hun dochtertje,' zei Ike.

'Klopt. Daar was ik bij, maar ik ben niet lang gebleven.' Buddy Lee zoog op zijn tanden en trok zijn colbertje recht. 'Derek schaamde zich voor me. Wat ik hem trouwens niet echt kwalijk neem.'

Ike wist niet hoe hij moest reageren, dus deed hij het maar niet.

'Ik wil jou en je vrouw alleen maar even bedanken dat jullie alles geregeld hebben,' zei Buddy Lee. 'Ik had zo'n mooie begrafenis niet kunnen betalen. En Dereks moeder gaf niet thuis.'

'Ons hoef je niet te bedanken. Ze hadden alles zelf al geregeld. Zo'n begrafenispakket dat je van tevoren betaalt. We hoefden alleen nog maar een handtekening te zetten,' zei Ike.

'Niet te geloven,' zei Buddy Lee. 'Dacht jij er op je zevenentwintigste aan om je begrafenis te regelen? Ik in ieder geval niet. Jezus, man, op mijn zevenentwintigste kon ik nog niet eens zo'n kutkrantenwijk voor mezelf regelen.'

Ike ging met zijn hand over de kist van zijn zoon. Hoe het moment dat hij nu met zijn zoon had willen hebben er ook uit had moeten zien, het was naar de knoppen.

'Die tat op je hand, die heb je zeker in de bajes laten zetten?' vroeg Buddy Lee.

Ike keek naar zijn handen. De vage tekening van een leeuw met twee kromzwaarden boven zijn kop op zijn rechterhand en het woord RIOT op zijn linker waren sinds zijn tweede jaar in Goldwater State Penitentiary zijn stille metgezellen geweest.

Ike stopte zijn handen in zijn zakken. 'Dat is van lang geleden.'

Buddy Lee zoog weer op zijn tanden. 'Waar heb je gezeten? Ik in Red Onion. Niet misselijk daar. Heb er nog een paar zwarte gangsters leren kennen.'

'Niet om lullig te doen, maar ik praat er niet graag over,' zei Ike.

'Nou, niet om lullig te doen, maar als je er niet graag over praat kun je die tat dan niet beter weg laten halen? Dat fiksen ze in een uurtje, man, heb ik gehoord,' zei Buddy Lee.

Ike haalde zijn handen uit zijn zakken. Hij keek naar de zwarte leeuw op zijn hand. De leeuw stond op een ruwe kaart van Virginia.

'Dat ik er niet graag over praat betekent niet dat ik het wil vergeten. Als ik ernaar kijk weet ik weer waarom ik daar nooit meer wil belanden,' zei Ike. 'Ik laat je nu alleen met je zoon.' Hij draaide zich om en liep weg.

'Van mij hoef je niet weg. Voor hem en mij is het toch al te laat,' zei Buddy Lee. 'Voor jou en je zoon trouwens ook.'

Ike bleef staan. Hij draaide zich half om. 'Wat bedoel je daarmee?'

Buddy Lee negeerde de vraag. 'Op z'n veertiende betrapte ik Derek toen hij in het bos achter onze woonwagen met een jongen zat te zoenen. Ik trok mijn riem uit mijn broek en gaf hem op z'n lazer alsof hij was weggelopen... Alsof hij iets gejat had. Ik schold hem helemaal verrot. Zei dat hij een viespeuk was. Ik sloeg hem net zo lang tot zijn benen onder de striemen zaten. Hij krijste als een speenvarken. Zei dat het hem speet. Dat hij niet wist waarom hij zo was. Heb jij dat nooit gehad met die jongen van jou? Echt nooit? Misschien was jij een betere vader. Ik weet het niet.'

Ike bewoog zijn kaak heen en weer. 'Waarom hebben we het hierover?'

Buddy Lee haalde zijn schouders op. 'Als ik Derek nog vijf minuten zou kunnen spreken, weet je wat ik dan zou zeggen? "Het kan me geen zak schelen met wie je neukt. Het zal me echt worst wezen." Wat zou jij tegen je zoon zeggen?' zei Buddy Lee.

Ike keek hem aan. Hij keek dwars door de man heen. Hij zag tranen opwellen in zijn ogen, maar ze vielen niet. Ike knarste zo hard op zijn tanden dat hij dacht dat zijn kiezen zouden breken.

'Ik ga,' zei Ike.

'Denk je dat ze de daders zullen pakken?' riep Buddy Lee hem na.

Ike versnelde zijn pas. Toen hij bij de auto kwam, reed de predikant net de parkeerplaats af. Ike zag hem langskruipen in een inktzwarte BMW. Het profiel van de eerwaarde J.T. Johnson was scherp genoeg om kaas mee te snijden. Hij blikte strak voor zich uit en leek Ike en Mya helemaal niet op te merken.

Ike liep op een drafje achter hem aan. Hij haalde hem in vlak voordat hij de weg op wilde draaien. Ike tikte op het glas. De eerwaarde Johnson liet het raampje zakken.

Ike ging door zijn knieën en stak zijn hand in de auto. 'Ik moet u geloof ik bedanken voor het leiden van de begrafenis van mijn zoon.'

De eerwaarde Johnson pakte Ikes hand en schudde die een paar keer. 'Daarvoor hoef je me niet te bedanken, Ike,' zei de predikant. Zijn volle bariton rolde uit zijn borst als een goederentrein die over een ingevet spoor rijdt. Hij probeerde zijn hand terug te trekken, maar Ike hield hem stevig vast.

'Ik moet u eigenlijk bedanken, maar ik kan het gewoon niet.' Hij pakte de hand van de eerwaarde Johnson steviger vast. De predikant huiverde. 'Wat ik me afvroeg: waarom heeft u de begrafenis gedaan?'

De eerwaarde Johnson fronste. 'Ike, Mya vroeg...'

'Ik weet dat Mya het u gevraagd heeft. Maar ik zou willen weten waarom u ja heeft gezegd. Want ik kreeg sterk de indruk dat u het met tegenzin deed,' zei Ike. Hij kneep nog iets harder in Johnsons hand.

'Ike, mijn hand...'

'U sprak over een doodzonde. U bleef er maar over doorgaan. Vond u mijn zoon een doodzonde?' vroeg Ike.

'Ike, dat heb ik niet gezegd.'

'Dat hoefde u ook niet te zeggen. Ik ben misschien maar een eenvoudige tuinman, maar ik begrijp heel goed wanneer iemand beledigd wordt. U denkt dat mijn zoon een soort monster was en wilde dat iedereen op zijn begrafenis laten weten. Mijn zoon lag vlak naast u, maar dat kon u geen reet schelen, u wilde alleen maar zeggen dat zijn zonden hem vergeven zouden worden. Zijn doodzonden.'

'Ike, alsjeblieft...' zei de predikant. Achter de BMW van de beste man stonden inmiddels een paar auto's te wachten.

'U heeft niets over zijn werk als journalist gezegd. Of dat hij als beste van zijn jaar afstudeerde. Niets over het feit dat hij op de middelbare school met zijn basketbalteam kampioen van Virginia werd. Het enige waar u het over had waren doodzonden. Ik weet niet wat u dacht dat hij was, maar hij was gewoon...' Ike zweeg. Het woord bleef als een kippenbotje in zijn keel hangen.

'Wil je alsjeblieft mijn hand loslaten,' zei de eerwaarde met geknepen stem.

'Mijn zoon was godverdomme geen doodzonde!' zei Ike. Zijn stem was zo koud als water dat in een bergbeek over stenen stroomt. Hij kneep nóg harder in Johnsons hand. Hij voelde middelhandsbeentjes vermorzeld worden. De eerwaarde Johnson kreunde.

'Ike, laat hem los!' zei Mya. Ike draaide zijn hoofd naar rechts. Zijn vrouw stond naast hun auto. Achter haar stonden nu al tien auto's. Ike liet de hand van Johnson los. De BMW spoot met spinnende wielen weg. Ike verbaasde zich over de snelheid die de Duitse techniek kon bewerkstelligen.

Ike liep terug naar zijn auto.

Mya ging in de passagiersstoel zitten terwijl hij achter het stuur schoof. Ze vouwde haar armen op haar smalle borst en liet haar hoofd tegen het raam rusten. 'Wat moest dat voorstellen?' vroeg ze.

Ike startte de motor en zette de auto in zijn versnelling. 'Je hebt toch gehoord wat hij zei? Je weet toch wat hij over Isiah zei?'

Mya zuchtte. 'Alsof jij geen ergere dingen hebt gezegd. Nu hij dood is wil je het ineens voor hem opnemen?' vroeg Mya.

Ike klemde zijn handen om het stuur. 'Ik hield van hem. Echt. Net zoveel als jij,' zei hij verbeten.

'Echt? En waar was je dan met al die liefde toen hij op school de hele dag werd gepest? O ja, in de bajes. Tóén had hij jouw liefde nodig. Niet nu hij in de grond ligt,' zei Mya. Tranen biggelden over haar wangen.

De kaken van Ike leken de spanning tussen hem en Mya te vermalen. 'Daarom leerde ik hem vechten toen ik weer thuis was,' zei hij.

'Ja, dat kun je als geen ander. Toch?' vroeg Mya.

Ike beet op zijn tanden. 'Wil je er nog even naartoe en...' begon hij.

'Ik wil naar huis,' snikte Mya.

Hij trapte het gaspedaal in en reed de parkeerplaats van de begraafplaats af.

3

Buddy Lee zat rechtop in zijn bed. Iemand bonkte zo hard op de deur van zijn woonwagen dat het leek alsof hij door elkaar werd geschud. Hij keek naar de wekker op het melkkrat dat dienstdeed als nachtkastje. Zes uur. De begrafenis was om twee uur geëindigd. Onderweg naar huis had hij bij de supermarkt een traytje bier gekocht. Om halfvijf had hij het laatste blikje in elkaar gedrukt. Vervolgens was hij neergeploft op zijn bed en in slaap gedonderd.

Weer dat gebonk op zijn deur. Politie. Kon niet anders. Alleen staatspooiers bonsden zo hard op je deur. Buddy Lee wreef in zijn ogen.

Smeer 'm!

De gedachte flikkerde als een lichtreclame in zijn hoofd. De neiging was zo sterk dat hij al was opgestaan en twee stappen naar de achterdeur had gedaan voor hij er erg in had. Hij ademde diep in.

Smeer 'm!

De woorden pulseerden in zijn hoofd, ondanks het feit dat hij al tien jaar uit Red Onion was. Ondanks het feit dat hij alleen maar een potje illegaal gestookte sterkedrank in de kast had staan en twee joints in zijn pick-up had liggen. Ondanks het feit dat hij zich in principe niet had ingelaten met stinkende zaakjes sinds hij drie jaar geleden voor Kitchener Seafood was gaan rijden. Maar goed, daarover hoefde hij zich niet meer druk te maken nu Ricky Kitchener hem in plaats van een week rouwverlof de zak had gegeven.

Buddy Lee knakte zijn knokkels en liep naar de voordeur. Het was stikheet geworden nadat hij zichzelf bewusteloos had gezopen, dus voor hij de deur opendeed zette hij eerst de airco aan.

Op de vier B2-blokken die het trappetje vormden voor de deur van Buddy Lee's woonwagen stond een kleine, gedrongen man. Een paar plukken roestkleurig haar tooiden de zijkanten en achterkant van zijn verder kale schedel. Hij had minstens voor een week aan vlekken op zijn witte T-shirt. Slechte tafelmanieren, uitgeschreven in onleesbare hiëroglyfen.

'Hé, Artie,' zei Buddy Lee.

'Je bent een week te laat met je huur, Jenkins,' zei Artie.

Buddy Lee liet een boer en dacht heel even dat al die vierentwintig biertjes een verrassingsbezoek aan zijn mond gingen brengen. Hij deed zijn ogen dicht en probeerde de kalender voor zich te zien. Was het nu al de vijftiende? Sinds de politie hem een foto van Derek met een zwarte balk over de bovenkant van zijn hoofd had laten zien, had de tijd vreemde, nietszeggende vormen aangenomen.

Buddy Lee sloeg zijn ogen open. 'Artie, je weet toch dat mijn zoon is overleden? Vandaag was de begrafenis.'

'Ik weet het, maar dat verandert niets aan het feit dat je je huur op tijd moet betalen. Ik vind het heel erg van je zoon, dat meen ik, maar dit is niet de eerste keer dat je te laat betaalt. Ik heb het al een aantal keer door de vingers gezien, maar nu wil ik morgen echt geld zien, anders ziet ons volgende gesprek er heel anders uit,' zei Artie. Zijn doffe bruine rattenoogjes zaten als twee oude stuivers in zijn hoofd.

Buddy Lee leunde tegen de kale deurpost. Hij sloeg zijn magere armen over elkaar. 'Ik kan wel zien dat je op zwart zaad zit, Artie. Als het zo doorgaat kun je je straks die schitterende outfits niet meer permitteren.'

'Heel grappig, Jenkins, maar als ik morgen die huur niet heb, en dan heb ik het dus over de woonwagen én de staanplaats, dan...' zei Artie, die ineens zweeg toen Buddy Lee hem verraste door op het eerste B2-blok te gaan staan. Artie maakte een eigenaardige beweging naar achteren en viel bijna van het trappetje.

'Dan wat? Wat ga je doen? De politie bellen? De rechter vragen of hij me uit deze verrotte woonwagen wil laten zetten? God verhoede het, want wat moet ik doen als ik niet meer in deze verrekte villa kan wonen waarvan de wc al sinds '94 niet goed doorspoelt?'

'Ik ben geen liefdadigheidsinstelling, Buddy Lee. Het is hier geen sociale woningbouw. Dan moet je maar naar Wyndam Hills gaan, net als al die andere armoedzaaiers. Ik had het nooit moeten doen, verhuren aan een ex-bajesklant. Had ik maar naar mijn vrouw geluisterd, die zei het al. Elke keer dat ik iemand een kans geef, naaien ze me een oor aan,' zei Artie. Speeksel spatte van zijn lippen.

'Dan is er in ieder geval nog iemand die jou af en toe naait, want je vrouw vindt het kennelijk niet meer de moeite om je te vertellen dat één keer per maand douchen een beetje weinig is,' zei Buddy Lee.

Artie deinsde achteruit alsof iemand hem een klap verkocht. 'Krijg de tyfus, Buddy Lee. Ik heb een klierziekte. Weet je, je bent uitschot. Tuig van de richel, net als die hele familie van je. Daarom was je zoon ook een...'

Artie kreeg niet de kans zijn zin af te maken. Buddy Lee had de afstand tussen hem en Artie in anderhalve stap overbrugd. In zijn hand lag een bruin, door jarenlang gebruik glad geworden, houten heft van een knipmes, waarvan hij het lemmet op Arties buik zette. Hij greep Artie bij zijn T-shirt en bracht zijn mond dicht bij het oor van de kleine man.

'Dat mijn zoon wat was? Kom op, zeg het maar. Zeg het maar, dan heb ik een excuus om je van je ballen tot je nek open te leggen. Dan kan ik je als een slachtvarken opensnijden zodat je darmen eruit komen te hangen en dan is het net alsof we een ouderwets zondagsmaal gaan maken,' zei Buddy Lee.

'Ik... ik... kom alleen maar de huur innen,' piepte Artie.

'Wat jij komt doen is een beetje de grote jongen uithangen terwijl ik net mijn zoon naar zijn graf heb gebracht. Ik heb je in al die jaren dat ik hier woon altijd maar die lulkoek laten braken omdat ik geen heibel wilde. Maar vandaag heb ik mijn jongen begraven en nu heb ik niets meer te verliezen, dus gooi het er maar uit, toe maar, zeg het. ZEG HET!' zei Buddy Lee. Hij haalde jachtig adem, zijn borst schokte op en neer.

'Ik vind het heel erg voor je, van Derek. Jezus, man, het is gewoon klote. Laat me los, alsjeblieft. Het spijt me vreselijk,' zei Artie. Vanuit zijn oksels walmde een akelige geur op waarvan Buddy Lee tranen in zijn ogen kreeg. Dat maakte hij zichzelf tenminste wijs. Artie had de ratelslang in hem wakker gemaakt, maar die kroop terug zijn hol in nu Artie de naam van zijn zoon had uitgesproken. De vechtlust vloeide weg als water door een zeef. Artie was een hufterige smeerpijp, maar hij had Derek niet vermoord. Hij was gewoon zo'n klojo die niet begreep wie of wat Derek was. Dat had hij dan met Buddy Lee gemeen.

'Ga terug naar je stinkhol, Artie,' zei Buddy Lee. Hij liet Arties T-shirt los en stopte het mes terug in zijn zak.

Artie deed snel een paar passen schuin naar achteren, maar bleef staan toen hij zich op een veilige afstand van Buddy Lee waande en gaf hem de vinger. 'Je bent er geweest, Jenkins! Ik bel de politie. Over de huur hoef je je geen zorgen meer te maken. Vanavond slaap je in een cel.'

'Ga naar huis, Artie,' zei Buddy Lee. Het kwam er vlak en lusteloos uit, van alle branie was weinig meer over. Artie kneep zijn ogen dicht. De plotselinge de-escalatie bracht hem in verwarring. Buddy Lee draaide hem zijn rug toe en ging de woonwagen in. De airco had nog weinig gedaan om zijn behoefte aan koelte te verlichten.

Hij ging languit op de bank liggen. Een paar haartjes op zijn onderarm bleven plakken aan de ducttape op de leuning. Hij viste zijn portemonnee uit zijn achterzak. Onder zijn rijbewijs zat een kleine, verkreukelde foto. Met zijn duim en wijsvinger trok hij de foto uit het hoekje. Het was een foto van hemzelf met de eenjarige Derek. Hij zat met zijn zoontje op zijn arm in een aluminium tuinstoel. Zijn bovenlijf was bloot. Zijn haar hing op zijn schouders en was gitzwart. Derek had een Supermanshirt en een luier aan.

Buddy Lee vroeg zich af wat de jonge kerel op de foto zou denken van de oude man die hij was geworden. Die jonge kerel was een ton vol buskruit en benzine. Als je heel goed keek, zag je onder zijn rechteroog een blauwe plek. Opgelopen toen hij voor Chuly Pettigrew een schuld invorderde. De man op de foto was wild en gevaarlijk. Nooit vies van een knokpartij en altijd kwaad in de zin. Als Artie tegen die man iets slechts over Derek had gezegd, zou hij hebben gewacht tot het donker was en hem dan zijn keel hebben doorgesneden. Hij zou hem langs de weg hebben laten doodbloeden en hem naar een afgelegen plek hebben gebracht. Hij zou al zijn tanden uit zijn bek hebben geramd en zijn handen hebben afgehakt en hem in een ondiep graf onder ongeveer vijfentwintig kilo ongebluste kalk hebben begraven. Daarna zou de man op de foto naar huis zijn gegaan, de liefde hebben bedreven met zijn vrouw en geen seconde wakker hebben gelegen.

Derek was anders. De voetrot in de wortels van de familie Jenkins was aan Derek voorbijgegaan. Zijn zoon zat zo vol positieve energie dat hij vanaf zijn geboorte straalde als een ster. Op zijn zevenentwintigste had hij al meer bereikt dan één generatie van de familie Jenkins bij elkaar.

De hand van Buddy Lee begon te beven. De foto gleed tussen zijn vingers door toen het trillen erger werd en zich over zijn hand verspreidde. De foto dwarrelde naar de grond. Buddy Lee legde zijn hoofd in zijn handen en wachtte op de tranen. Zijn keel brandde. Zijn maag maakte radslagen. Zijn ogen voelden alsof ze open wilden barsten. Maar de tranen kwamen niet.

'Mijn zoon. Mijn lieve zoon,' mompelde hij keer op keer terwijl hij heen en weer wiegde.

4

Ike zat in de woonkamer en nipte aan zijn rum met ijs. Hij had zijn nette pak verruild voor een jeans en een witte tanktop. Ondanks het ijs voelde hij de rum in zijn slokdarm branden. Mya en Arianna deden een dutje. In de keuken stonden overal waar maar plek was bakjes met kip, ham en macaroni met kaas. Een paar vrienden van Isiah en Derek hadden vegetarische barbecuegerechten meegenomen. Wat dat ook mocht voorstellen.

Ike bracht het glas naar zijn mond en sloeg het achterover. Hij huiverde, maar hield de rum binnen. Hij overwoog er nog een te nemen, maar deed het niet. Drinken zou het niet makkelijker maken. Hij moest het verdriet voelen. Het moest hem pijn doen. Dat had hij verdiend. Achter in zijn hoofd had hij altijd het idee gehad dat Isiah en hij elkaar weer zouden vinden. Hij had gedacht dat de gletsjer tussen hen mettertijd zou wegsmelten en ze allebei een soort openbaring zouden krijgen. Dan zou Isiah eindelijk begrijpen hoe moeilijk het voor zijn vader was om zijn manier van leven te accepteren. En Ike zou kunnen accepteren dat zijn zoon gay was. Maar de tijd was een rivier. Hij glipte je door de vingers terwijl je erin onder werd gedompeld. Twintig werd veertig. Winter werd lente, en voor je het wist was je een oude man die zijn zoon naar zijn laatste rustplaats bracht en zich afvroeg waar die rivier hem in hemelsnaam naartoe had gesleurd.

Ike hield het lege glas tegen zijn voorhoofd. Hij had die verrekte gletsjer over moeten steken en niet moeten wachten tot hij was weggesmolten. Hij had een poging moeten doen om Isiah uit te leggen wat hij voelde. Dat hij het gevoel had als vader te hebben gefaald.

Isiah zou Isiah niet zijn als hij dan niet had gezegd dat zijn seksuele voorkeur niets te maken had met Ikes belabberde kwaliteiten als opvoeder. Misschien zouden ze erom hebben gelachen. Misschien zou dat het ijs hebben gebroken.

Hij zuchtte. Dat was een mooie fantasie.

Ike zette zijn lege glas op de koffietafel. Hij leunde achterover en deed zijn ogen dicht. Hij had de relaxfauteuil zichzelf cadeau gedaan, om zijn oude botten rust te geven als hij de hele dag turfmolm en mulch had lopen sjouwen.

Zijn mobiel trilde in zijn zak. Hij keek naar het nummer. Het was een van de rechercheurs die op Isiahs zaak waren gezet.

'Hallo,' zei Ike.

'Meneer Randolph, u spreekt met rechercheur LaPlata. Redt u zich een beetje?'

'Ik heb net mijn zoon begraven,' zei Ike.

Het duurde even voor er een reactie kwam. 'Ik vind het heel erg voor u, meneer Randolph. We doen ons uiterste best om de daders te pakken. Daarover gesproken, zou u het goed vinden als we even langskomen om met u en uw vrouw te praten? We zouden graag willen weten of vrienden of collega's van Isiah en Derek contact met u hebben opgenomen. We merken dat het nogal lastig is om die mensen te spreken te krijgen,' zei LaPlata.

'Tja, jullie zijn smerissen. Er zijn een hoop mensen die liever niet met de politie praten, ook al hebben ze niets op hun kerfstok.'

LaPlata zuchtte. 'We proberen alleen maar iets op het spoor te komen, meneer Randolph. Tot nu toe zijn we nog niemand tegengekomen die kwaadspreekt over uw zoon of zijn vriend.'

'Ze waren… Ze waren getrouwd,' zei Ike. De lijn slibde dicht met een ongemakkelijke stilte.

'Het spijt me. We hebben de werkgever van uw zoon gesproken. Wist u dat hij eerder dit jaar met de dood is bedreigd?'

'Dat wist ik niet. Isiah en ik… We waren niet zo hecht, dus ik denk eigenlijk dat u weinig aan me zult hebben,' zei Ike.

'En uw vrouw, meneer Randolph?'

'Dit is niet echt een goed moment om met haar te praten.'

'Meneer Randolph, ik weet dat het moeilijk is, maar...'

'O ja, weet u dat? Heeft iemand uw zoon een kogel door zijn hoofd gejaagd en daarna nog even zijn magazijn geleegd in zijn gezicht?' zei Ike. De telefoon kraakte in zijn verkrampte hand.

'Nee, maar...'

'Ik moet ophangen, meneer LaPlata,' zei Ike. Hij beëindigde het gesprek en legde de telefoon naast het lege glas op de koffietafel.

Hij liep naar het eenvoudige, van spaanplaat gemaakte tv-meubel, waarop tientallen fotolijstjes stonden. Isiah, knielend met een hand op een basketbal, in zijn blauw-gele schooluniform van Red Hill County High. De jonge tiener Isiah die Mya omhelst op de dag dat ze haar diploma verpleegkunde kreeg. Isiah, Mya en Ike op de dag dat Isiah officieel zijn opleiding journalistiek afrondde. Mya staat tussen hem en Isiah in. Een gedemilitariseerde zone om de lieve vrede te bewaren. Desondanks kwam het later alsnog tot een ruzie. Tijdens de barbecue ter gelegenheid van Isiahs afstuderen. Het had een dag om nooit te vergeten moeten worden. Dat werd het ook, maar om de verkeerde reden. Ike pakte de afstudeerfoto, streek met zijn dikke eeltvingers over het glas en zette hem toen weer terug op het tv-meubel.

Ike liep door de keuken en de achterdeur naar buiten. Naar zijn schuur. Hij deed de deur open, ging naar binnen en deed het licht aan. Het rook naar brandstof en ijzer. De schuur was groot, twaalf bij twaalf, en had een daklicht en een ventilatierooster. Eén kant was gereserveerd voor zijn met militaire precisie geordende gereedschap en tuinspullen. Twee bladblazers en twee grastrimmers hingen glimmend als showroommodellen aan haken. Harken en scheppen hingen strak naast elkaar, als wapens in een wapenkamer. Op de keurig naast elkaar staande grasmaaier en kantenmaaier was geen grasprietje te zien. In de rechterhoek van de schuur, achter een hoop ronddwarrelend stof, hing een zware bokszak. De lamp aan het plafond wierp vreemde schaduwen op de muur achter de zak. Ike liep naar de zak en begon te dansen op zijn voorvoeten. Hij slipte, deed schijnaanvallen en begon te stoten, snelle een-tweecombinaties, hij voelde het verweerde leer op zijn knokkels branden.

Isiah was een geboren sportman. Werkend op de zak combineerde hij kracht met souplesse. Zijn voetenwerk was voortreffelijk. Zijn hoofd ontweek razendsnel denkbeeldige aanvallen.

Nadat Ike was vrijgekomen, was boksen het enige wat Isiah graag met hem deed. Ze hoefden niet te praten wanneer ze hun windsels omdeden en het versleten runderleer bewerkten. Ike wilde dat hij zich inschreef voor de Golden Gloves of bij een goede boksclub ging trainen. Hij had gehoopt dat boksen hen dichter bij elkaar zou brengen. Maar Isiah weigerde de ring in te gaan. Ike stimuleerde hem en spoorde hem aan, maar Isiah hield zijn poot stijf. Typisch een koppige puber. Dit was zo doorgegaan tot Isiah er na de zoveelste aansporing van Ike om de ring in te gaan niet meer omheen had gedraaid.

'Ik ben niet zoals jij. Ik vind het niet leuk om een ander pijn te doen.'

Dat was het. Daarna waren ze nooit meer samen naar de schuur gegaan. Ike maakte een korte serie elleboogstoten. Toen hupte hij naar achteren, legde zijn kin op zijn borst en maakte een paar felle links-rechtscombinaties. Het gestage ritme van zijn knokkels op het strakgespannen leer van de zak dreunde door de schuur.

Hoe harder Ike pushte, hoe harder Isiah zich tegen hem verzette. Eigenlijk had Ike hun zoon op de wereld gezet moeten hebben, zei Mya altijd, omdat ze zo ongelooflijk veel op elkaar leken. Hun laatste gesprek, een paar maanden geleden, was een verbale trek-en-duwpartij geweest die was geëindigd met een dichtgesmeten deur. Isiah was langsgekomen om zijn moeder te vertellen dat hij met Derek ging trouwen. Mya had hem een knuffel gegeven. Ike was naar de keuken gegaan en had een borrel ingeschonken. Na een paar kussen van zijn moeder was Isiah naar hem toe gekomen.

'Je vindt het maar niks?' had Isiah gezegd.

Ike had zijn rum achterovergeslagen en het glas op de rand van het aanrecht gezet. 'Het is niet aan mij om er iets van te vinden. Niet meer. Je moet je alleen wel realiseren dat het niet alleen om jou gaat. Jullie twee hebben nu ook dat meisje.'

'Jouw kleindochter, bedoel je. Ze heet Arianna en ze is jouw kleindochter,' zei Isiah. In de rimpel op zijn voorhoofd begon een ader te kloppen.

Ike vouwde zijn armen. 'Luister, ik probeer je al jaren geen ongevraagde adviezen te geven. Maar dat meisje, dat krijgt het al zwaar genoeg. Ze is half zwart. Jullie betaalden haar draagmoeder voor de zwangerschap en ze heeft twee homoseksuele papa's. En nu? Nu wordt ze op de bruiloft jullie bruidsmeisje? Jullie gaan het Jefferson Hotel afhuren en een groot feest geven? En over een jaar of twee lopen jullie haar kleuterklas in en dan vragen de andere kinderen wie van jullie twee haar mama is. Hebben jullie daar weleens over nagedacht?' had Ike gezegd.

'Dat is het eerste wat in je opkomt als ik zeg dat ik met mijn grote liefde ga trouwen? Geen felicitatie? Niet eens een ongemeend "Ik ben blij voor je"? Je denkt alleen aan wat anderen ervan vinden. Wat anderen ervan zeggen. Nou, laat ik je eens wat zeggen, Isaac. Ik weet zelf heel goed hoe het is om rekening te moeten houden met wat anderen zullen zeggen. Ik heb namelijk vaak genoeg moeten uitleggen dat mijn vader een bajesklant is. Waarschijnlijk heb je liever dat Derek en ik elkaar midden in de nacht in een schuurtje in het bos trouw beloven. Ik weet niet of je het weet, maar niet iedereen denkt zoals jij. Er zijn ook mensen die niet van hun kinderen walgen. En de mensen die net zo denken als jij? Ach, die zijn over een tijdje allemaal de pijp uit,' had Isiah gezegd.

Ike kon zich niet meer herinneren dat hij het glas had gepakt. Hij kon zich niet meer herinneren dat hij het tegen de muur had gesmeten. Hij herinnerde zich alleen dat Isiah zich had omgedraaid en de deur met een klap achter zich had dichtgegooid.

Drie maanden later waren zijn zoon en zijn man dood. Doorzeefd met kogels bij een hippe wijnwinkel in het centrum van Richmond. Nadat zijn zoon en zijn man waren neergegaan, hadden de schutters van dichtbij nog twee genadeschoten gegeven. Zoals huurmoordenaars doen. Het glas dat uiteenspatte tegen het keukenkastje, vroeg Isiah zich af, zou dat het laatste beeld zijn geweest dat Isiah van zijn vader gehad had?

Ike schreeuwde. Het was geen schreeuwen dat zich had opgebouwd en nu tot uitbarsting kwam. Het was een lange, woeste uithaal die er in één keer uit kwam. De zware zak begon hevig te schudden en zwaaien. Techniek maakte plaats voor dierlijk instinct. De huid op zijn knokkels scheurde en maakte rode Rorschach-schilderijen op de zak. Zweetdruppels rolden over Ikes gezicht en liepen zijn ogen in. Tranen biggelden uit zijn ogen en beten in zijn wangen. Tranen voor zijn zoon. Tranen voor zijn vrouw. Tranen voor het meisje dat ze groot moesten brengen. Tranen voor wie ze waren en wat ze hadden verloren. Het leek alsof elke druppel zijn gezicht als een scheermes openhaalde.

5

Buddy Lee keek op zijn horloge. Het was vijf voor acht. Op de deur stond dat Randolph Hoveniers om acht uur openging. Van maandag tot en met zaterdag. Ike zou ieder moment kunnen komen. Hij besloot in zijn auto te wachten.

De airco in zijn pick-up was niet veel beter dan die in zijn woonwagen. De lucht die uit de ventilatieroosters kwam was hooguit lauw. Het systeem kon wel wat freon gebruiken, maar deze week kreeg hij ook zijn elektriciteitsrekening, en de keuze tussen een werkende koelkast thuis of een werkende airco in zijn auto viel altijd weer uit in het voordeel van de koelkast.

Buddy Lee zette de radio op een andere zender. Echte country hoorde je nergens meer. Alleen nog maar van die mierzoete liedjes over heupwiegende meiden, gezongen door watjes met een steelgitaar die vooral een plaatje mochten opnemen omdat ze er zo goed uitzagen. Een vrachtwagen vol boomstammen stoof langs het tankstation waar Buddy Lee zijn auto had neergezet. Randolph Hoveniers was gevestigd in Red Hill, in een blikken trommel tegenover een tankstation en naast een bloemenwinkel. Buddy Lee woonde in Charon County, vijfentwintig kilometer van Red Hill. Hij vond het grappig dat zijn zoon en die jongen van Ike twintig minuten rijden van elkaar waren opgegroeid, maar elkaar pas tijdens hun studie waren tegengekomen. Het leven leidde je soms over grillige paden naar je bestemming.

Hij wilde juist weer naar het tankstation lopen voor nog een kop koffie toen hij een grote witte pick-up met dubbele achterwielen naar het hek van Randolph Hoveniers zag rijden. De auto stopte, en Ike stapte uit om het hek open te doen. Hij rolde het gaashek opzij en reed de parkeerplaats op. Buddy Lee zag dat hij uitstapte en het gebouw binnenging.

Net toen hij wilde uitstappen, kreeg hij een hoestbui. Hij voelde dat het een pittige zou worden. Zijn luchtpijp werd uit elkaar getrokken alsof het trekdrop was. Zijn longen moesten zwoegen om wat zuurstof in zijn bloed te krijgen. Buddy Lee greep het stuur zo stevig vast dat zijn knokkels wit werden. Zestig pijnlijke tellen later was het voorbij. Hij stapte uit zijn gammele pick-up, spuugde op de grond en stak op een drafje de tweebaansweg over die het stadje in tweeën deelde.

Binnen was het een kale bedoening. Rechts van de ingang stond een versleten salontafel met een ijzeren klapstoel aan de ene kant en een kale leren loveseat aan de andere. Links tegen de muur stond zo'n ouderwetse drankautomaat met een doorzichtige voorkant. De meeste vakken waren leeg. In de drie vakken die wel gevuld waren stonden blauwe blikjes met alleen het woord COLA erop. De muren waren bedekt met talloze reclameposters voor allerlei producten voor gazon en tuin. Voor een strak gazon zonder onkruid. Op een paar posters stond dat insecten uiterst selectief uitgeroeid konden worden. Midden in de achterwand van de hal zat een veiligheidsraam en links daarvan een deur. Ike stond naast het raam. Aan een van zijn vingers bungelde een grote sleutelhanger.

'Hé, Ike,' zei Buddy Lee.

Ike stopte de sleutelhanger in zijn zak. 'Hé, Buddy Lee.'

'Zeg, heb je even? Ik wil iets met je bespreken.'

'Dat kan wel, ja. Maar niet te lang, want ik moet mijn mannen aan het werk zetten,' zei Ike. Hij haalde de sleutels weer tevoorschijn en deed de zware deur open. Buddy Lee volgde Ike naar de opslag. Pallets met mest, onkruidverdelger en pesticiden stonden in rijen van tien tot aan de brede roldeur aan de andere kant. Lange ijzeren gazonranden stonden rechts van de roldeur tegen de muur. Meteen achter het veiligheidsraam stond een klein stalen bureau met een laptop en een Rolodex. Achter het bureau was een soort cubicle. Ike liep ernaartoe en ging achter een tweede stalen bureau zitten. Buddy Lee nam plaats in de versleten houten stoel die voor het bureau stond. Het minikantoortje was al even spartaans ingericht als de hal. Een laptop, een pennenhouder, een bakje voor ingaande en een bakje voor uitgaande post. Naast de bureaustoel stond een dossierkast met twee lades. Dat was het.

'Heb je nooit zo'n ding gewild, eh, hoe noem je het ook alweer, van die ijzeren balletjes die tegen elkaar tikken. Lijkt op een soort goocheltruc.'

'Nee,' zei Ike.

Buddy Lee wreef over zijn ongeschoren kin. Er hing een walm van zweet en goedkope whiskey om hem heen. 'Vandaag is het twee maanden geleden,' zei hij.

Ike vouwde zijn armen voor zijn enorme borst. 'Ja, ik weet het.'

'Hoe is het gegaan? Na de begrafenis en zo?'

Ike haalde zijn schouders op. 'Ik weet het niet. Wel goed, denk ik.'

'Nog iets van de politie gehoord?'

'Ze hebben me een keer gebeld. Daarna bleef het stil.'

'Ja, ze hebben mij ook een keer gebeld. Ze zaten volgens mij niet echt op een spoor of zo,' zei Buddy Lee.

'Ze zullen er wel aan werken,' zei Ike.

Buddy Lee ging met zijn handen over zijn spijkerbroek. 'Ik ben op mijn ouwe dag een huismus aan het worden. Ik ga naar mijn werk en daarna meteen terug naar mijn woonwagen. Daar drink ik dan een paar koude gele rakkers. Dat is het wel zo'n beetje. Als het aan mij ligt heb ik liever niks met de politie te maken. Maar vanochtend ben ik om zes uur opgestaan en naar Richmond gereden. Op het politiebureau vroeg ik naar de rechercheurs die werken aan de moord op Derek Jenkins en Isiah Randolph. Weet je wat ze zeiden?' Zijn stem trilde licht.

'Ik zou het niet weten.'

'Rechercheur LaPlata zei dat de zaak op dit moment stilligt. Niemand weet iets, of ze weten wel iets maar zeggen niets,' zei Buddy Lee. Hij leek iets weg te slikken. 'Ik weet niet hoe het met jou zit, maar mij geeft dat een naar gevoel.'

Ike reageerde niet.

Buddy Lee legde zijn kin op zijn vuist. 'Ik zie hem in mijn dromen. Derek. Zijn achterhoofd ligt helemaal open. Zijn hersenen kloppen als een hart. Er stroomt bloed over zijn gezicht.'

'Hou op.'

Buddy Lee knipperde met zijn ogen. 'Sorry. Ik moet gewoon steeds denken aan wat die agent zei. Dat hun vrienden niet met de politie willen praten. Ik neem het ze trouwens niet kwalijk. We weten allebei dat het gevaarlijk kan zijn om met die staatspooiers te praten.'

'Het verbaast me niks dat het stilligt. Ze geven geen voorrang aan een zaak met twee... met twee mannen zoals Isiah en Derek,' zei Ike.

Buddy Lee knikte. 'Ik ben nooit een fan geweest van dat mietegerige gedoe, maar ik hield van mijn zoon. Ik heb het niet altijd laten blijken, en ik was vaak weg, maar ik zweer je dat ik zielsveel van hem hield. Volgens mij was het tussen jou en je zoon net zo. Daarom wilde ik met je praten.'

'Waar wilde je het over hebben?'

Buddy Lee haalde diep adem. Hij had een week nagedacht over hoe hij het zou brengen, maar nu hij het echt moest uitspreken, besefte hij hoe gestoord het zou klinken. 'Zoals ik net al zei, ik neem het mensen echt niet kwalijk dat ze niet met de politie willen praten,' zei hij. 'Maar stel dat het nou eens niet de politie is die vragen aan hen stelt? Stel nou eens dat wij het zijn? Ze zullen twee verdrietige vaders eerder iets vertellen dan de politie.' Het kwam eruit als een waterval van woorden.

Ike keek hem met een schuin hoofd aan. 'Je wil voor detectiefje gaan spelen?'

'Er loopt ergens een klootzak rond. Hij staat 's ochtends op en gooit er een stevig ontbijt in. Daarna gaat hij doen wat hij elke dag doet, wat dat in godsnaam ook mag wezen. En 's avonds trakteert hij zichzelf waarschijnlijk op een lekker wijf. En dat is dan de klootzak die onze kinderen heeft vermoord. Hij schoot ze net zo lang lek tot ze op kippengaas leken. En vervolgens knalt hij van dichtbij ook nog even hun hersenpan aan gort. Ik weet niet hoe het met jou zit, maar ik kan niet met mezelf leven zolang ik weet dat dat gajes nog niet onder de zoden ligt,' zei Buddy Lee. Zijn ogen vielen zowat uit hun kassen.

'Zeg je wat ik denk dat je zegt?' vroeg Ike.

Buddy Lee ging met zijn tong over zijn lippen. 'Je hebt die tat niet voor niets, vriend. Die is van iemand die de lakens uitdeelt. In de bak word je niet zomaar een baas. Daar moet je wat voor doen. En zo te zien heb je aardig je best gedaan. Ik heb het zelf nooit tot baas geschopt, maar laten we zeggen dat ik mijn steentje heb bijgedragen,' zei Buddy Lee.

Ike grinnikte.

'Wat is er zo grappig?' vroeg Buddy Lee.

'Je moet jezelf eens horen. Je klinkt als een figurant uit een of andere hillbillyfilm met Burt Reynolds of zo. Ik heb veertien mensen in dienst, en dan tel ik mijn receptioniste even niet mee, die is te laat, zoals gewoonlijk. Ik heb vijftien grote klanten voor wie ik het groen doe. Ik heb thuis een meisje zitten dat ik moet grootbrengen omdat jouw zoon en mijn zoon mijn vrouw als voogd hebben aangewezen. Ik heb verantwoordelijkheden. Ik heb mensen die afhankelijk van mij zijn voor hun dagelijkse brood. En jij wil dat ik wat doe? Een beetje *Rolling Thunder* of *John Wick* naspelen? Je hebt een stuk in je kraag, maar dat het zó groot is...' zei Ike.

Buddy Lee wreef met zijn wijsvinger over zijn duim. Ike hoorde het eelt schuren. 'Je bent dus bang om je handen ergens aan vuil te maken? Of kan het je niks schelen dat de moordenaar van je zoon vrij rondloopt?'

Het gezicht van Ike veranderde in een hard masker. Onder het bureau balden zijn handen zich tot vuisten. 'Je denkt dat het me niets doet? De kist van mijn zoon moest dicht blijven omdat de lijkbezorger zijn gezicht niet meer goed in elkaar kon zetten. Mijn vrouw wordt midden in de nacht huilend wakker en schreeuwt Isiahs naam. Ik kijk naar zijn dochter en denk dat zij nooit zal weten hoe zijn stem klonk. Iedere ochtend als ik opsta en iedere avond als ik ga slapen hoop ik dat hij me niet haatte op het moment dat hij uit het leven werd gerukt. Jij ziet een paar tatoeages en denkt meteen te weten wie of wat ik ben? Je weet helemaal niets over mij, man. Wat dacht je toen je hier binnenliep, dat je die grote enge nikker wel zover kon krijgen dat hij wat mensen voor je ging omleggen?'

Buddy Lee zag de spieren in Ikes nek. Ze lagen als bergketens op een 3D-kaart. Zijn pupillen waren speldenknoppen geworden.

Buddy Lee leunde naar voren. 'Niet zomaar wat mensen. De schoften die Derek en Isiah hebben vermoord. En je hebt me niet horen zeggen dat je het in je eentje moet doen. We kunnen meer dan één wapen kopen.'

'Lazer op, man,' zei Ike. De woorden kwamen langzaam en onverbiddelijk uit zijn mond, als sintelblokken die over het asfalt werden gesleept.

Buddy Lee verroerde zich niet. Hij en Ike keken elkaar strak aan, en Buddy Lee voelde dat de sfeer omsloeg. Alsof er een onweersbui aan de horizon begon te rommelen.

Buddy Lee viste in zijn zak en haalde er een oud bonnetje uit. Hij pakte een van Ikes pennen. Hij krabbelde zijn mobiele nummer op de achterkant van het bonnetje. Hij vouwde het dubbel en legde het toen op Ikes bureau. Hij stond op en liep naar de deur van het kantoortje. Hij bleef staan en keek om naar Ike.

'Als je vanavond naar bed gaat en bidt dat je zoon je niet haatte, luister dan heel goed,' zei Buddy Lee. 'Je zult hem horen vragen waarom je niet iets doet om het recht te zetten. Als je zover bent dat je daarop kunt reageren, bel me dan. Doe je dat niet, dan is het misschien geen slecht idee om een dikke luie poes over die leeuw heen te laten tatoeëren.' Hij beende het kantoortje uit.

Ike hoorde de deurmelder toen Buddy Lee naar buiten ging.

Hij haalde zijn vuisten onder het bureau vandaan. Zijn ademhaling was jachtig. Hij hief zijn armen en beukte met zijn vuisten op zijn bureau. De pennenhouder maakte een sprongetje en viel van het bureau. Hij beukte een tweede keer met zijn vuisten op het bureau en dit keer was het zijn laptop die heel even loskwam van het bureaublad.

Die bleekscheet had het lef om tegen hem te zeggen dat hij niet om Isiah gaf. Hij had hem op zijn bek moeten slaan. Ike stond op en liep het kantoortje uit. Midden in het magazijn bleef hij staan en rekte zijn vingers om het tintelende gevoel uit zijn handen te krijgen.

Dacht Buddy Lee soms dat hij de enige was bij wie het pijn deed? Hij had heus geen monopolie op verdriet. Er ging geen moment voorbij dat hij niet aan Isiah dacht. Het werd iedere dag een beetje moeilijker en een beetje makkelijker. Wanneer de pijn even wat minder werd, voelde hij zich meteen schuldig. Alsof hij de herinnering aan Isiah bezoedelde als hij niet constant die pijnlijke druk op zijn borst voelde. Op de zwaarste dagen ging hij in zijn schuur zitten drinken tot hij nog maar nauwelijks op zijn benen kon staan.

Hij had over zijn bureau moeten springen en Buddy Lee bij zijn kraag moeten grijpen en met zijn magere kont uit zijn stoel moeten tillen. Hij had hem tegen de muur van het kantoortje moeten drukken en zijn onderarm op zijn keel moeten zetten. Hij had kunnen zeggen dat hij de mensen die Isiahs gezicht aan flarden hadden geschoten in zijn dromen opzocht. Dat hij die mensen in zijn dromen naar een stille, afgelegen plek bracht. Een plek met kniptangen en hamers en een lasbrander. Dat hij ze in zijn dromen liet kennismaken met Riot Randolph. De ouwe gangster met negen doden op zijn naam, de ene die hem een aanklacht voor doodslag opleverde niet meegerekend.

Ike masseerde zijn slapen. Die man was hij allang niet meer. Sinds 23 juni 2004 niet meer, om precies te zien. De dag dat hij door de poort van Coldwater State Penitentiary naar buiten was gelopen en werd opgewacht door twee vreemden. Een vrouw die het gezelschap van andere mannen had gezocht, en een zoon, meer een man dan een jongen, die hem niet wilde aankijken. Mensen van wie hij hield maar die terugdeinsden voor zijn aanraking.

Die eerste nacht thuis had hij de knoop doorgehakt. Hij was er klaar mee. Hij stapte eruit. Wat Ike betrof was Riot achtergebleven in de gevangenis. Hij had hem geofferd voor zijn gezin. Zoals Abraham had willen doen met zijn naamgenoot. Eerst wilde niemand hem geloven. De eerste twee maanden zochten de junkies hem nog op met de vraag of hij nog wat wit had. Nog jarenlang was het de favoriete hobby van de politie van Red Hill geweest om hem aan te houden en zijn auto te doorzoeken. In de supermarkt liepen ze met een grote boog om hem heen of keken hem met een schuin oog aan. Hij deed alsof ze er niet waren. Hij hield zich gedeisd en concentreerde zich op zijn doel. Hij kocht een rammelende grasmaaier en een roestig kapmes op een lange steel. Hij werkte niet gewoon hard, hij werkte het hardst van iedereen in de wijde omtrek. Toen Isiah afstudeerde had hij zijn huis en magazijn afbetaald.

Hij leerde zich te beheersen. In de bajes bestond er niet zoiets als een vreedzame oplossing. Je deelde de eerste klap uit, en hard ook. Als je dat niet deed, stond je een dag later de onderbroeken van een of andere kloothommel te wassen. De eerste keer dat hij na zijn vrijlating in het verkeer werd afgesneden door een andere auto was moeilijk geweest. Alles in hem schreeuwde dat hij die vent klem moest rijden, uit zijn auto moest trekken en zijn hoofd op de stoeprand in tweeën moest splijten.

Buddy Lee zag het verkeerd. Ike was niet bang om zijn handen vuil te maken. Hij was niet bang om bloed te vergieten. Hij was bang dat hij niet meer zou kunnen ophouden.

6

Grayson trok zijn garagedeur omhoog. De hitte was een levend wezen dat zijn armen naar hem uitstrekte en hem in een verstikkende omhelzing nam. Een olieachtige nevel legde een sluier van sepia over de buurt, waardoor hij leek opgesloten in een oude foto. De middagzon priemde door de uitstoot van de autogarage in het oosten en de rook en stoom van de plaatmetaalfabriek in het westen. Grayson gooide een van zijn stevige benen over zijn motor. Hij trok zijn helm over zijn brede hoofd. Zijn lange blonde haren lagen op zijn rug. Hij wilde net zijn Harley starten toen Sara de deur opendeed en op hem af kwam gerend.

'Je mobiel gaat. Die ene op het nachtkastje, weet je wel, waar ik met mijn tengels af moet blijven,' zei ze uitdagend.

Grayson deed zijn helm weer af. 'Geef hem maar.'

'O, dus nu mag ik er ineens wel aankomen?'

'Geef dat ding nou maar, mens,' zei Grayson.

Sara opende haar mond, bedacht zich en liep naar binnen. Ze kwam terug met Jericho op haar heup en de telefoon in haar vrije hand. 'Zeg maar tegen haar dat ze beter niet met je kan zoenen, want dan proeft ze mijn poesje,' zei ze toen ze hem de mobiel gaf.

'Jezus, trut, let toch een keer op je woorden als hij erbij is,' zei Grayson.

'Nee, jíj praat netjes,' zei Sara.

'Ga naar binnen, mens.'

'Tuurlijk, joh, behandel mij maar weer als oud vuil. Misschien komt er een dag dat ik er niet ben als je thuiskomt.'

'Beloof je dat?' zei Grayson. Sara gaf hem de vinger voordat ze terug het huis in liep. Grayson grinnikte binnensmonds. Ze zouden het vanavond goedmaken. De afgelopen vijf jaar deden ze steeds hetzelfde haat-liefdedansje. Maar ze pakten geen van beiden hun biezen. En dat wisten ze van elkaar.

Grayson klapte de wegwerptelefoon open. Hij las het nummer, schudde zijn ruige hoofd en nam op. 'Hallo?'

'Hallo. Je weet denk ik wel waarom ik bel.'

'Ik heb zo'n vermoeden.'

De persoon aan de andere kant van de lijn zweeg een volle minuut. 'Dus je hebt haar niet gevonden.'

'Ik ben er nu twee maanden mee bezig,' zei Grayson. 'Ik heb mensen overal naar haar laten zoeken. Ik heb zelfs een balletje opgegooid bij de bende die we ijzers leveren. Dat wijf is spoorloos. Na wat er met die journalist is gebeurd durft ze haar mond echt niet open te doen. Je hoeft je geen zorgen te maken.'

Aan de andere kant van de lijn bleef het opnieuw lang stil, al was het dit keer geen volle minuut. Toen hij weer iets zei, kwam elk woord er met een dierlijke felheid uit.'Ik wil zeker weten dat ze haar mond houdt. We zijn te ver om ons door een of andere hoer te laten dwarsbomen.'

'Jullie gaan er dus echt mee door?' vroeg Grayson.

'Er moet iets gebeuren. Onze mensen zijn er klaar voor. We willen niet dat zij ons in de weg loopt. Daarom wil ik dat je haar opspoort. En een duidelijk signaal afgeeft.'

'Luister, ze is niet op het adres dat jullie ons gegeven hebben. Ze is niet op haar werk geweest nadat die journalist is afgeknald. Ze is met de noorderzon vertrokken, man. Jullie hoeven je echt niet druk te maken.'

'Weet je wel hoe ik heb kunnen bereiken wat ik bereikt heb? Ik zal je een hint geven. Niet omdat ik de kleine dingen niet belangrijk vind. We hebben jullie clubje betaald om een bepaalde klus te doen. Die klus is pas af wanneer dat met die meid geregeld is. Wil je het echt zover laten komen dat ik jou en je compagnons moet bedreigen?

Want dat doe ik liever niet. We hebben al jaren een relatie waarvan we allebei profijt hebben. Laten we dat niet in gevaar brengen. Ik móét die meid hebben. Vóór de vierentwintigste.'

Grayson klemde zijn kaken op elkaar. Hij haalde de telefoon even van zijn oor. Na twee diepe inademingen had hij het gevoel weer iets te kunnen zeggen. 'Ik begrijp je. Maar we kennen elkaar al heel lang. Dus je weet dat dreigementen mij niets doen. We blijven naar dat meisje zoeken omdat we gezegd hebben dat we haar zouden opsporen. Maar die relatie waar jij het over hebt? Vergeet niet dat dat van twee kanten moet komen, droplul,' zei Grayson.

'Genoteerd. We kunnen de voorwaarden van die relatie een andere keer bespreken. Eerst moeten we die slet afhandelen.'

'Juist, ja. En heb je misschien een idee waar we haar zouden kunnen vinden?'

De stem aan de andere kant van de lijn viel opnieuw een volle minuut stil. 'Die journalist. Hij moet iets van aantekeningen over haar hebben. Hij wilde een stuk over haar schrijven en hoe ze betrokken is bij mijn ambities. Dat klopt toch? Misschien zit er een aanwijzing tussen zijn aantekeningen. Ik zou zeggen: ga eens wat rondsnuffelen in zijn huis.'

Grayson lachte. Een soort gorgelen dat door de garage galmde. 'Denk je nou echt dat hij een map op zijn computer heeft staan die "Kijk hier voor het breezersletje" heet? Denk even na, man.'

'Aangezien je zelf om suggesties vroeg, zal ik maar aannemen dat jullie geen betere ideeën hebben. En nee, ik vraag jullie niet om de cartograaf uit te hangen. Ik vraag jullie om jezelf te zijn. Moordenaars dus, zoals we allebei weten. Ik stuur je zijn adres.'

Hij hing op. Grayson klapte de telefoon dicht en stopte hem in zijn zak.

'Achterlijke klootviool,' mompelde hij en hij startte zijn motor.

7

Ike nam een hap van zijn pannenkoek en nipte aan zijn koffie. Mya zat aan de andere kant van de keukentafel met een mentholsigaret tussen haar lippen de krant te lezen. De rook hing als een grijze halo om haar hoofd.

'Wat gaan jullie vandaag doen?' vroeg Ike.

Mya keek niet op. 'Ik weet het nog niet. Het is mijn laatste vrije dag, dus ik wilde iets leuks met Arianna gaan doen, maar ik kan niets bedenken,' zei ze.

Ike nam nog een slok van zijn koffie. Hij wilde voorstellen om naar het pretpark te gaan, maar had geen zin om door Mya te worden afgesnauwd. Alles wat hij de laatste tijd zei dat met Arianna te maken had, werd met minachting begroet.

'Je verzint vast wel iets,' zei hij.

Mya tikte haar sigaret af boven het theekopje dat ze als asbak gebruikte. 'Ik weet het niet. Het lijkt wel alsof mijn hersenen het niet meer doen.' Ike ging er niet op in. Mya nam een lange haal van haar sigaret. Het puntje gloeide als een rood drakenoog totdat ze de rook uitblies. 'Volgens mij gaan ze hen nooit vinden,' zei ze.

Ike keek op van zijn bord met pannenkoeken. Ze had de krant opgevouwen en op tafel gelegd. Haar honingbruine ogen keken dwars door hem heen.

Hij zuchtte, sloeg zijn koffie achterover en stond op. Hij had al weinig zin in eten gehad, maar nu was alle eetlust hem vergaan. Hij liep naar de gootsteen, spoelde zijn koffiekop om en zette hem in de vaatwasser.

'Is er wat?' vroeg Mya.

'Hoezo?'

'Zo zucht je altijd als je iets dwarszit. Wat is het?'

Ike leunde tegen het aanrecht. 'De vader van Derek kwam van de week bij me langs.'

'Wat wilde hij?'

Ike zoog op zijn tanden. 'Hij zei dat de politie het onderzoek stil heeft gelegd.'

'Ik weet het. Ik heb maandag rechercheur LaPlata gesproken. Vorige week was het twee maanden geleden,' zei Mya.

Ike deed zijn ogen dicht. Hij had LaPlata niet meer gesproken na die keer kort na de begrafenis. Bij het graf was hij trouwens ook niet meer geweest.

'De vader van Derek vindt dat we zelf op zoek moeten gaan,' zei Ike.

'Ga je dat doen?' vroeg Mya.

'Wat? Naar ze op zoek gaan? Je weet dat ik dat niet kan doen.'

'Waarom niet?'

Ike rekte zijn kaakspieren. Hij hoorde het bindweefsel knarsen. 'Dat weet je. Ik heb jou en Isiah iets beloofd. Als ik naar ze op zoek ga, dan is er een kans dat ik ze vind. En als ik ze vind, help ik ze om zeep,' zei hij. Hij klonk zakelijk en vlak. Ze kende hem vanaf haar dertiende, hij was toen vijftien. Mya wist dat het geen grootspraak was.

Ike verwachtte dat ze zou zeggen dat hij dat niet kon maken. Hij wachtte tot ze zei dat hij het de politie moest laten afhandelen. Hij wachtte en wachtte. De ijsmaker startte, doorbrak de stilte.

'Ik ga Arianna wakker maken,' zei Mya ten slotte. Ze drukte haar sigaret uit in het theekopje. Ze stond op en liep de trap op.

Ike zag hoe ze de trap op sjokte. Bij elke stap leek ze gebukt te gaan onder een last die ze naar haar stellige overtuiging in haar eentje moest dragen. En misschien had ze gelijk. Misschien verdiende hij het niet om verdriet te hebben om Isiah. Het leek niet eerlijk als een man overvloedig rouwde om iemand die hij zo gebrekkig had liefgehad.

Ike pakte zijn lunchtrommel en wilde weggaan toen hij de mobiel in zijn zak voelde trillen. Hij herkende het nummer niet, maar omdat het zijn werktelefoon was nam hij op. 'Hallo.'

'Dag meneer Randolph, u spreekt met Kenneth D. Adner van de begraafplaats Greenhill.'

'Ja,' zei Ike.

'Het spijt me dat ik u dit moet mededelen, meneer, maar we hebben een probleem met het graf van uw zoon.'

'De begrafenisondernemer zei dat alles betaald was. Mijn zoon had het allemaal al geregeld,' zei Ike.

'Het gaat niet om de betaling, meneer. Ik vrees dat er schade is aan het graf van uw zoon.'

'Wat voor schade?'

'Ik denk dat u beter naar de begraafplaats kunt komen, meneer. Dit is niet iets om over de telefoon te bespreken,' zei Kenneth.

Ike had verwacht dat hij bij het graf van zijn zoon (die woorden zouden altijd verkeerd blijven klinken) zou zien dat er een grote hap uit de grafsteen was. Hij wist dat steentjes veranderden in ballistische projectielen wanneer ze door een draaiend mes van een maaimachine werden weggeschoten. Daarom waren al zijn jongens lid van de vakbond en goed verzekerd. En als dat niet de schade was, zou er misschien een stuk van het gras weg zijn. Dan had een overijverige terreinbeheerder zijn splinternieuwe grastrimmer willen uitproberen. Ike zat in het groen. Hij wist dat er grenzen zaten aan de schade die kon zijn aangericht.

Dit had hij dus absoluut niet verwacht.

Hij stond samen met de beheerder van de begraafplaats aan de voet van het graf. De beheerder zag zo bleek als een vissenbuik. Zijn blonde haren waren met zoveel gel naar achteren gekamd dat een vlieg zijn nek zou breken als hij daarop zou proberen te landen. In zijn kantoortje had de man gezweet, ook al had hij de airco op een pooltemperatuur staan. Dat was voor Ike de eerste aanwijzing geweest dat het slechter met het graf was gesteld dan hij had verwacht.

Ike liep naar de grafsteen. Het was een dubbele steen van zwart graniet waarin zowel Dereks als Isiahs naam was gegraveerd. Iemand had hem in tweeën gebroken. Waarschijnlijk met een moker. Daarna hadden ze hem versierd met hun visie op homoseksualiteit en gemengde relaties.

DOOIE FLIKKERNIKKER. DOOIE BRUINWERKER. Het was in neogroen op de twee helften van de steen gespoten. Ze hadden het ook op het gras van beide graven gespoten.

'Ik vind het echt heel naar voor u, meneer Randolph. We zullen uiteraard voor een nieuwe grafsteen zorgen. Het gras is wat lastiger,' zei Kenneth.

'Haal het weg en leg er zoden op,' zei Ike. Hij hoorde zichzelf praten alsof iemand een bandje afspeelde.

'Ja, dat is ook een manier,' zei Kenneth.

'Ik wil dat het gras vandaag gedaan wordt. Haal de steen nu meteen maar weg. Mijn vrouw is van plan later vandaag te komen. Ik zal tegen haar zeggen dat een van jullie wagens ertegenaan is gereden.'

'Dat zullen we doen, meneer. Ik wil nogmaals zeggen hoe naar ik het vind. Greenhill neemt volledig de verantwoordelijkheid voor deze betreurenswaardige gebeurtenis,' zei Kenneth. Hij probeerde medelevend te glimlachen. Toen Ike hem aankeek stierf de glimlach op zijn lippen.

'Regel het gras vandaag.' Ike liep naar zijn auto. De beheerder liet hij bij het graf achter bij zijn golfkarretje. Hij voelde zich raar. Hij kende zijn woede maar al te goed. Die leefde in hem als een demon die wachtte op een moment als dit. De aanblik van de steen had hem als een hongerig beest uit zijn kooi kunnen doen komen. De vertrouwde sensaties die daarmee gepaard gingen waren niet meteen aanwezig. Geen rode waas voor zijn ogen. Geen maag die yogaoefeningen deed. Was dit de gevoelloosheid waar men het over had? Het verlammende gevoel dat bezit nam van je lichaam wanneer je uiteindelijk over je eigen grenzen gedreven werd?

Ike stapte in en draaide het nummer van zijn kantoor.

'Randolph Hoveniers, u spreekt met Jazmin. Wat kan ik voor u doen?'

'Jazzy, op mijn bureau ligt een bonnetje. Op de achterkant staat een telefoonnummer. Stuur dat even door.'

'Goed. En u ook goedemorgen, baas.'

'Stuur dat nummer door, Jazzy,' zei Ike.

'Doe ik. Gaat het wel? U klinkt niet...'

Ike hing op.

Buddy Lee reed de parkeerplaats van Sander's Grab and Go op. De naam van het fastfoodrestaurant vond hij eigenlijk slecht passen bij het gebouw. Dat leek meer op een Tastee Freez of een Dairy Queen. Er was een bestelraam en een ophaalraam, beide met een schuifraam van plexiglas, maar aan de voorkant stonden ook een stuk of wat felrode picknicktafels. Anderzijds was het een echte Grab and Go: je pakte je eten en ging het vervolgens aan een tafel of in je auto opeten.

Ike zat aan een van de tafels aan de andere kant van het gebouw. Buddy Lee parkeerde zijn auto en liep met grote passen naar Ike, die zat te eten uit een bakje van rood-wit geruit karton. Hij schoof een stuk gebakken vis naar binnen en nam een slok van zijn frisdrank.

'Hallo,' zei Ike nadat hij zijn hap had weggespoeld.

'Ik had niet verwacht je nog een keer te zien,' zei Buddy Lee.

'Ga zitten.'

Na een korte aarzeling ging Buddy Lee zitten. Hij pakte de plastic menukaart van tafel en begon die te bestuderen. 'Wat is hier lekker? Ik heb gigantische honger, mijn maag stuitert zo ongeveer tegen mijn strot.'

'De meerval is goed. Ze hebben ook gebakken okra. Het maisbrood moet je niet nemen. Daar kun je iemand mee doodgooien,' zei Ike. Hij nam nog een slok van zijn drinken.

'Als je me hebt uitgenodigd om je excuses aan te bieden voor het feit dat je op je werk tegen me zei dat ik kon oprotten, dan aanvaard ik die. Volgens mij zitten we allebei niet lekker in ons vel,' zei Buddy Lee zonder op te kijken van de menukaart.

'Ik ga mijn excuses niet aanbieden.'

'Ook goed. Dan gaat dit dus een wat ongemakkelijk afspraakje worden.'

Ike veegde zijn handen af aan een dun bruin servetje. Hij legde zijn onderarmen op tafel en leunde naar voren. 'Je moet weten dat alles wat ik laatst tegen je zei waar was. Over verantwoordelijk zijn. Ik heb mijn bedrijf van de grond af opgebouwd. Ben met niets begonnen. Daar ben ik trots op. Sinds ik ben vrijgekomen heb ik elke dag hard gewerkt om mijn vrouw en zoon een goed leven te bezorgen.' Hij zweeg even. Het gelach van een groepje tieners twee tafels verder vulde de stilte die hij had laten vallen.

'Hoe word je trouwens hovenier? Vat het niet verkeerd op, maar je ziet er niet echt uit als iemand die van bloemetjes houdt,' zei Buddy Lee. Hij was nog steeds verdiept in het menu.

Ike keek naar zijn handen. Naar zijn tatoeage. Een paar witte jongens reden in een pick-up met een grote sticker van de Confederatievlag op de achterruit het parkeerterrein op. Door de liftkit zat de deur zo hoog dat je waarschijnlijk een trappetje nodig had om in te stappen. De auto liet een spoor van zwarte rook achter.

'Ik ben ermee begonnen in de bak,' zei Ike. 'Je kon lessen volgen. Kon ik weer even uit mijn cel. Na mijn vrijlating besefte ik dat het me buiten wat ruimte zou geven. Wie wil er nou een praatje met je maken als het bijna veertig graden is en je een stokzaag in je handen hebt.'

De Confederatiejongens parkeerden hun pick-up. Ze stapten uit en liepen naar het bestelraam. Een van hen keek naar Ike, zag iets in zijn ogen wat hem niet aanstond en keek snel weg.

'Op een gegeven moment, een paar jaar later, begon ik me af te vragen waarom ik op aarde was gezet,' zei Ike. 'Je weet toch wat ze zeggen, dat iedereen een bepaald talent heeft? Nou, planten in de grond zetten en struiken snoeien, dat is niet mijn talent, weet je. Niet echt tenminste.'

Buddy Lee keek op. 'Je hebt me niet gebeld omdat de meerval hier zo lekker is, of wel soms?'

Ike haalde zijn telefoon uit zijn zak en legde hem op tafel. 'Wanneer was je voor het laatst bij het graf?'

Buddy Lee legde de menukaart weg. 'Eh... Ik wilde deze week gaan, maar ik had gedoe op mijn werk. Ik bedoel... Shit, man, ik ben er sinds de begrafenis niet meer geweest.'

Ike tikte op zijn telefoon en schoof hem naar de andere kant van de tafel.

Buddy Lee pakte de telefoon op en staarde naar het scherm. 'Wat moet dit in godsnaam voorstellen?' zei hij.

'Wat denk je zelf? Die klootzakken die onze zoons hebben vermoord vonden het blijkbaar nodig om ook nog even hun graf te mollen,' zei Ike.

Buddy Lee schoof de telefoon terug naar Ike. Hij ging met zijn tong over zijn onderlip. 'Je denkt dat het tuig dat hen vermoord heeft dit ook heeft gedaan?'

'Wie anders? Isiah en Derek waren niet beroemd. Als je hun grafstenen ziet denk je toch niet dat ze... anders waren?' zei Ike. Hij trommelde met zijn vingers op de tafel.

Buddy Lee leunde over de tafel naar voren. 'Laat me raden. Nu wil je er zeker wel iets aan gaan doen?'

Ike meende een zweem van sarcasme te horen. 'Ik had me er helemaal op ingesteld dat de politie het zou afhandelen. Hoewel ik wist dat ze er waarschijnlijk niet achter zouden komen wie het gedaan heeft. Ik was bereid om die klootzakken ermee weg te laten komen omdat de belofte die ik mijn vrouw en zoon gedaan had belangrijker was dan mijn gram halen. Totdat ze zijn graf verbouwden. Toen dacht ik: wat stelt die belofte eigenlijk voor als mijn zoon dood is en mijn vrouw naar me kijkt alsof ze liever had gehad dat ík in dat graf had gelegen? Dus ja, die kapotte steen is mijn zoon die aan me vraagt wanneer ik eindelijk eens wat aan deze teringzooi ga doen,' zei hij.

Hij had zijn ogen dichtgedaan. Vanuit het diepst van zijn geheugen kwamen beelden bovendrijven. Isiah toen hij vier was. Toen hij zeven was en Ike aan zijn tijd in de bak begon. Toen hij op zijn zestiende zijn rijbewijs haalde. Op zijn zevenentwintigste, op de lijktafel bij de begrafenisondernemer, met een hoofd dat grotendeels was weggeslagen. Hij begon bijna zelf te geloven in de onzin die hij Buddy Lee verkocht had. Het zou fantastisch zijn geweest als Isiah hem een boodschap uit het hiernamaals had gestuurd. Maar Ike geloofde niet in het sprookje van een hemels paradijs. Zijn zoon was dood. Hij zou langer dood zijn dan dat hij geleefd had. De waarheid was dat dit precies was waarvoor hij diep vanbinnen altijd bang was geweest. Misschien dat hij onbewust een reden had willen hebben om zich niet aan zijn belofte te houden. In dat geval was de grafsteen een welkome katalysator. Een middel dat het doel onverwacht heiligde. Na alles wat hij vorige week tegen Buddy Lee gezegd had, moest hij hem nu wel die larie verkopen. Hem het idee geven dat het een zware beslissing was geweest.

'Hé, je preekt voor eigen parochie. Wanneer wil je beginnen?' zei Buddy Lee. Zijn ogen schitterden als nat beton.

Ike sloeg zijn ogen open. 'Ik wil wel weten of we op dezelfde golflengte zitten. Als we dit gaan doen, wil ik wel dat je helder kunt nadenken. Dus voorlopig zul je van die fles moeten afblijven.'

'Hé, maak je niet druk, een paar gele rakkers zullen echt niet...'

Ike brak hem af. 'Je bent nu al dronken en het is nog niet eens donker. Ik ga niet de oorlog in met iemand die niet van de drank kan afblijven.'

Buddy Lee leunde achterover. 'Is het zo erg dan?'

'Je ruikt alsof je in een weckpot vol zelfgemaakte whiskey hebt geslapen,' zei Ike.

Buddy Lee moest lachen. 'Zo ongeveer wel, ja. Goed, dan laat ik de drank staan.' Hij had geen idee of het zou lukken, maar hij kon het op z'n minst proberen. Een tijdje.

'En nog iets. Ik weet niet waar de jongens bij betrokken waren, maar blijkbaar was het erg genoeg om er vermoord voor te worden.

Als we onze neuzen in die shit steken, kan het weleens heel onaangenaam worden. Ik ben niet vergeten wat je laatst zei, maar ik wil zeker weten dat je het goed begrijpt. Als we hier eenmaal aan begonnen zijn, laat ik me door niets of niemand tegenhouden en zal ik die gore hufters vinden ook. Als het betekent dat ik mensen pijn moet doen, dan doe ik dat. Als ik iemand naar de andere wereld moet helpen, dan doe ik dat. Als ik honderd kilometer over glasscherven moet kruipen om die klootzakken te kunnen grijpen, dan doe ik dat. Ik wil ervoor bloeden. Jij ook?' vroeg Ike.

Buddy Lee liet zijn hoofd naar achteren vallen en keek naar de lucht. De wolken dansten langs de hemel, namen vormen aan waarin af en toe iets te herkennen was. Een paard, een hond, een auto, een gezicht met een scheve glimlach zoals Derek had gehad.

Hij liet zijn hoofd weer zakken en keek Ike strak aan.

'Zeker weten,' zei hij.

8

Buddy Lee parkeerde zijn auto naast die van Ike op de parkeerplaats bij de zaak van Ike. Hij wilde hem op slot doen, maar bedacht zich. Als ze zijn auto zouden jatten, zouden ze hem alleen maar van een hoop ellende verlossen. Ike deed het rechterportier open en Buddy Lee klauterde de cabine in. Ike zette de pick-up in zijn achteruit, maakte een draai, schakelde en reed de weg op.

'Staat mijn auto daar goed? Hij moet niet in de weg staan.'

'Geen probleem,' zei Ike. 'Ik heb tegen Jazzy gezegd dat het goed was.'

'Waar gaan we naartoe?'

'Ik dacht eerst naar Isiahs werk te gaan. De smerissen zeiden dat hij vorig jaar met de dood is bedreigd. Ik heb mijn vrouw gebeld voor het adres. We moeten toch ergens beginnen, dacht ik,' zei Ike.

Buddy Lee voelde de oude vertrouwde kriebel vanuit zijn buik omhoogkruipen, maar hij drukte hem weg. Een borrel zou er wel in gaan. Nee, er móést verdomme een borrel in gaan. Beide mannen zwegen, maar na een paar kilometer in volledige stilte te hebben gereden vond Buddy Lee het niet leuk meer.

'Hé, zullen we wat muziek opzetten?'

Ike drukte met een duim op een knop op het stuur. De cabine werd gevuld met de engelachtige kopstem van dominee Al Green die zong over de *good times*. Buddy Lee leunde achterover in de passagiersstoel en trommelde met zijn dunne vingers op zijn dij.

'Je houdt zeker niet van country?' vroeg Buddy Lee.

Ike gromde. 'Omdat ik zwart ben?'

Buddy Lee ging met zijn hand door zijn wilde haardos. 'Eh, ja, eigenlijk wel. Het is niet persoonlijk bedoeld of zo, maar ik ken maar weinig mensen van jouw soort die van country houden.'

'Als je nog één keer "jouw soort" zegt, gooi ik je eruit,' zei Ike. Zonder stemverheffing, en zonder naar Buddy Lee te kijken.

Eerst dacht Buddy Lee dat hij hem niet goed verstaan had. Toen hij in de achteruitkijkspiegel Ikes gezicht zag, wist hij zeker dat hij hem wel degelijk goed had verstaan. 'Sorry. Ik bedoelde er niets mee. Soms komt het er bij mij gewoon helemaal verkeerd uit.'

'Als jij of een andere bleekscheet het over "jouw soort" heeft, klinkt het alsof ik een of ander wild beest ben dat je in een kooi probeert te stoppen. Dan ben je bij mij aan het verkeerde adres. Je hebt die ene nu opgebruikt,' zei Ike.

'Die ene?'

'Die ene, ja. Deze keer zie ik het door de vingers, want zoals je zelf zei, we zijn allebei misschien niet helemaal onszelf. Maar de volgende keer dat je zoiets zegt, ga ik checken of je een beetje een goeie kin hebt,' zei Ike.

'Hé, man, ik heb toch sorry gezegd. Ik zal niet liegen en zeggen dat ik veel zwarte vrienden heb, want die heb ik niet. Ik ken er een paar waar ik het wel aardig mee kan vinden. Maar ik denk niet dat ik die kan bellen als ik een dooie moet dumpen.'

Ike wierp een korte blik opzij en concentreerde zich toen weer op de weg.

'Ik ben geen racist of zo. Ik ken gewoon weinig zwarte mensen,' stamelde Buddy Lee.

'Ik heb nooit gezegd dat je een racist bent. Je bent gewoon een van de vele bleekscheten die zich niets hoeven aan te trekken van mensen zoals ik en alle shit die we over ons heen krijgen,' zei Ike.

'Luister, man, geld is het enige wat telt. Moet je jezelf eens zien. Je hebt een eigen bedrijf. Je hebt geen baas die je zo ongeveer moet bedreigen om wat rouwverlof te krijgen. Je hebt een mooi huis. Ik woon in een lullige woonwagen in een nog lulliger woonwagenpark.

Je hebt het goed. Je hebt het verdomme veel beter dan ik. Terwijl je toch vrij zwart bent,' zei Buddy Lee.

Ike kneep zo hard in zijn stuur dat zijn knokkels knakten. 'Je weet niet hoe hard ik heb moeten werken om gewoon mijn brood te verdienen. Je gelooft dus echt in dat lulverhaal dat geld het enige is wat telt? Dan vraag ik je: zou je met me willen ruilen?'

'Krijg ik dan ook de pick-up? Want als ik je auto krijg, wil ik echt wel met je ruilen,' zei Buddy Lee. Hij grinnikte brommerig.

'Ja hoor, die auto krijg je erbij. Maar dan word je dus ook vier of vijf keer per maand aangehouden omdat het wel heel raar is dat je zo'n vette auto onder je zwarte reet hebt, begrijp je. Die auto krijg je erbij, maar dan moet je er ook tegen kunnen dat witte vrouwen hun tas steviger vastpakken wanneer je in hun buurt komt omdat ze op Fox News verkondigen dat je hun geld en kuisheid afpakt. Je krijgt die auto erbij, maar dan moet je ook tegen een of andere schietgrage smeris zeggen dat je je niet verzet tegen je arrestatie. Echt niet, meneer agent. Je krijgt die auto erbij, maar dan ook die twee kogels in je achterhoofd omdat je je mobiel wil pakken,' zei Ike. Hij keek naar Buddy Lee. 'En? Wil je nog steeds ruilen?'

Buddy Lee slikte hard en draaide zijn hoofd naar het raam, maar zei geen woord.

'Dat dacht ik al. Geld is niet het enige wat telt als het in zwarte handen is,' zei Ike. Ze reden door. De stem van de 'Good Reverend' zweefde niet langer door de cabine, het was nu de beurt aan het liefelijke geluid van D'Angelo.

Ike reed de snelweg op richting Richmond. Vijftig minuten later nam hij de afslag naar het centrum en stuurde zijn auto door een bocht die zo scherp was dat je er brood mee kon snijden. Hij keek in de achteruitkijkspiegel en voegde in op Blue Springs Drive. Het was verschrikkelijk druk, maar de grote pick-up baande zich brutaal een weg door alle verkeer. Ike had er een hekel aan om in de stad te rijden. In de smalle straten voelde hij zich als een rat in een doolhof.

Volgens de navigatie waren ze zeshonderd meter van hun bestemming. Ike zag iets verderop een klein eikenbos aan de rechterkant van de weg met daarin een saai bruin gebouw met vijf verdiepingen. De stadsplanologen van Richmond werden heen en weer geslingerd tussen hun liefde voor de natuur in Midden-Virginia en hun zucht naar stedelijke groei. Het R.C. Johnson Building leek de ultieme verbeelding van deze dubbelheid.

Ike reed de parkeerplaats op en zette de motor uit. Na een soort doodsrochel viel de auto stil. Ike sprong eruit en Buddy Lee volgde zijn voorbeeld. De zware glazen deuren van het kantoorgebouw gingen piepend open. In de hal leek de tijd te zijn blijven hangen in de jaren tachtig. Modellen met een albasten huid en elektrische neonlippen staarden hen vanaf beide muren aan. Her en der stonden eigenaardig vormgegeven stoelen. Een zwart pegboard met witte letters fungeerde als informatiebord.

'*The Rainbow Review.* Derde verdieping,' zei Ike.

'Dat klinkt inderdaad vrij gay,' zei Buddy Lee. Ike keek hem van opzij aan. 'Wat?' zei Buddy Lee. Ike schudde zijn hoofd en liep rechtstreeks naar de lift. Buddy Lee rolde met zijn ogen en liep achter hem aan.

Het kantoor van *The Rainbow Review* was het kleinste in het gebouw. Er waren zes bureaus in een ruimte gepropt waar normaal gesproken vier bureaus in pasten. Op elk bureau stonden een reusachtige pc en een laptop. Achter elk bureau zaten twee uiterst serieus kijkende jonge mannen en vrouwen. Iedereen zat te tikken of te bellen of allebei tegelijk. Buddy Lee en Ike liepen naar het bureau dat het dichtst bij de deur stond. Een blozende, bebaarde man en een zwarte vrouw met dreadlocks hadden de hoofden bij elkaar gestoken en bespraken een afbeelding op haar tablet.

De man keek op. 'Moeten we onze auto's weer wegzetten?'

'Wat?' zei Ike.

'Jullie zijn toch van het hoveniersbedrijf?' vroeg de man met de baard.

Ike zuchtte. Hij had zijn werkkleding nog aan. Op zijn borstzak stond Randolph Hoveniers.

'Kan het straks? We zijn nu even bezig,' zei de vrouw met de dreadlocks.

'Hé, Roodbaard, wij zijn hier niet om het gras te maaien,' zei Buddy Lee.

Roodbaard was ineens een en al aandacht. 'Pardon?'

'Je hebt hem heus wel verstaan,' zei Ike.

Het gezicht van Roodbaard kreeg de kleur van zijn haar. 'Wat komen jullie hier dan doen?'

'Ben jij de baas?' vroeg Buddy Lee.

De man negeerde hem, maar de vrouw met de dreads gaf antwoord. 'Nee, dat is hij niet. Ik ben Amelia Watkins. Ik ben de hoofdredacteur. Wat kan ik voor de heren doen?' zei Amelia. Ze bestudeerde hun gezichten, maar Buddy Lee zag dat ze haar linkerhand onder het bureau hield.

'Voordat je die proppenschieter tevoorschijn haalt: we komen hier niet om ruzie te schoppen,' zei hij.

Amelia perste haar lippen op elkaar. 'Dat kunnen jullie wel zeggen, maar het is tegenwoordig gevaarlijk om journalist te zijn. Vooral als je werkt voor een non-profitorganisatie die zich op de lgbtq-gemeenschap richt,' zei ze. Haar stem was laag en krachtig. Ze deed Buddy Lee denken aan een blueszangeres die hij jaren geleden in Austin gehoord had.

'Ik ben Ike Randolph. En dit is Buddy Lee Jenkins,' zei Ike.

Amelia stond op en liep om haar bureau heen. Ze was bijna even lang als Ike, maar slank en afgetraind. Haar dreadlocks kwamen tot haar onderrug. 'U bent de vader van Isiah.'

'Ja, dat klopt. En Buddy Lee is de vader van Derek. Kunnen we ergens rustig praten?'

'Natuurlijk. Beneden in het café.'

Amelia dronk haar koffie zwart en ze dronk hem snel. Buddy Lee had wel wat whiskey kunnen gebruiken om door zijn koffie te doen. Ike nam niets. Amelia verfrommelde de koffiebeker en gooide hem naar de afvalbak die ruim een meter bij haar vandaan stond. Hij zoefde door de lucht en landde in de afvalbak. Zonder de rand te raken.

'Zit je op basketbal?' vroeg Ike.

'Is dat niet ongelooflijk cliché? Een lesbo die aan basketbal doet? Maar ik basketbal inderdaad graag. Ik ging naar de universiteit met een beurs.'

'Isiah kon ook aardig ballen,' zei Ike.

'Ja, hij had een fantastisch afstandsschot.'

'Ik heb nooit kunnen begrijpen hoe een jongen als hij zo goed in sport kon zijn,' zei Ike.

Amelia lachte vreugdeloos. 'Omdat hij homo was had u verwacht dat hij sjaals zou breien?'

Ike trommelde met zijn vingers op de tafel. 'Ik weet het niet. Ik heb nooit... Ik heb nooit kunnen begrijpen waarom hij zo was. Daardoor liep het tussen ons niet zo lekker.'

'Ik weet het. Hij heeft het me verteld,' zei Amelia.

'O ja?' zei Ike.

'Toen hij bij ons kwam hebben we elkaar verteld hoe we uit de kast zijn gekomen. Mijn vader en u zouden het echt heel goed met elkaar kunnen vinden. Jullie denken allebei dat er een verklaring moet zijn voor onze seksualiteit. Die is er niet. We zijn gewoon zo. Wat bij jullie voor problemen zorgde was niet het feit dat Isiah homo was. De problemen werden veroorzaakt door hoe u ermee omging, of er juist niet mee omging,' zei Amelia.

Ike kneep zijn ogen hard dicht. 'Het was... Het was ingewikkeld.'

Amelia haalde haar schouders op. 'Wat u wilt. U praatte tenminste nog met Isiah. Mijn vader praat al vanaf mijn zestiende niet meer met me.'

'Sorry, maar we zijn hier niet voor therapie,' zei Buddy Lee. 'We wilden graag meer weten over een doodsbedreiging die zijn zoon vorig jaar heeft gekregen.' Ike wierp hem een dodelijke blik toe, maar Buddy Lee haalde alleen maar zijn schouders op.

'O ja, de Blue Anarchists. Een stelletje radicale progressieven die liever met flessen en molotovcocktails gooien dan een constructieve discussie te voeren. Volgens mij zijn het gewoon een paar verwende hipstereikels die op de eerste de beste subversieve trein springen die voorbijkomt. Op school waren het vast van die gothics,' zei Amelia.

'Zo te horen nam je ze niet heel serieus,' zei Ike.

Amelia opende haar handen en schudde haar schouders. 'Ze waren kwaad omdat Isiah een stuk had geschreven waarin hij hen aansprak op hun transfobie en onzinnige retoriek. We dachten allemaal dat ze alleen maar wat stoom moesten afblazen, maar we hebben het wel gemeld bij justitie. Voor de zekerheid.'

'Dus je denkt niet dat zij het gedaan hebben?' vroeg Buddy Lee.

'Mijn gevoel zegt van niet, maar wie weet. Mensen doen rare dingen tegenwoordig. We zijn nu met een stuk bezig over Isiah en Derek en alle queers die dit jaar al zijn vermoord.'

'Het gebeurt vaker?' vroeg Buddy Lee.

'Vergeleken met vorig jaar zijn er al vier keer zoveel homoseksuele en biseksuele mannen vermoord. Het lijkt wel alsof haat opeens weer hip is,' zei Amelia.

'Waar hangen die Blue Anarchists uit?' vroeg Ike.

Amelia gebaarde naar de serveerster. Een jonge Aziatische vrouw kwam nog een koffie brengen. 'Hun hoofdkwartier is een headshop in Glen Allen. Ik heb eventueel het adres voor jullie. Maar ik weet vrij zeker dat het een stelletje verwende kinderen zijn,' zei Amelia.

'Hoe kom je aan dat adres?' vroeg Ike.

'Ze hebben hun bedreiging per post verstuurd. Die jongens zijn van de oude stempel,' zei Amelia.

'Nou, we willen alleen een babbeltje met ze maken,' zei Buddy Lee. 'We proberen een beetje uit te zoeken wat er met onze jongens gebeurd is. De smerissen denken dat het spoor dood is gelopen. Ze zeggen dat jullie en hun andere vrienden niet met ze willen praten. Ik begrijp dat wel. Ik haat die eikels.'

Amelia drukte haar armen tegen haar borst. Ike zag de spieren in haar armen en schouders opzwellen. Niet onprettig om naar te kijken. 'Het is niet zo dat we niet met hen willen praten. Voor mezelf sprekend: ik weet helemaal niets.'

'Isiah heeft niet gezegd aan wat voor verhaal hij werkte?' vroeg Ike.

'Nee. Onze stukken zijn meestal niet van dien aard dat je erom vermoord wordt. Als je zwart en gay bent is dat vaak al voldoende reden,' zei Amelia.

Buddy Lee bestudeerde de plafondtegels.

'Denk je dat het een willekeurige hatecrime was?' vroeg Ike.

Amelia nipte aan haar koffie. Ze dacht lang na over haar antwoord. 'Nee. Ik weet niet waar het om ging, maar volgens mij was het geen willekeur,' zei ze ten slotte.

'Goed. Ik denk dat we dat adres wel willen hebben.'

'Als jullie die kinderen maar niets doen, hè,' zei Amelia.

Ike kantelde zijn hoofd naar rechts. 'Waarom zouden we?'

'Ik zie jullie tatoeages,' zei Amelia.

'Nou, mevrouw, maakt u zich vooral niet druk,' zei Buddy Lee. 'We zijn gewoon twee ouwe kerels die willen weten wat er met onze zoons is gebeurd. We zijn net zo onschuldig als twee oude jachthonden op een veranda.'

Amelia lachte. Dit keer vulden haar ogen zich met licht. 'U bent me er eentje.'

'Schat, je moest eens weten,' zei Buddy Lee.

Ike schudde zijn hoofd en zuchtte.

9

Ike startte de pick-up en reed achteruit de parkeerplek uit.

Buddy Lee keek naar het papiertje in zijn hand. 'Denk je dat dat meisje echt helemaal lesbisch is?'

'Hoe kan ik dat nou weten?' zei Ike.

'Rustig maar, ik vroeg het me gewoon af.'

Ike ging vol op de rem staan. 'We proberen erachter te komen wie onze kinderen hebben vermoord en jij gaat zitten flirten met een lesbische vrouw. Neem je dit wel serieus? Echt serieus, bedoel ik.'

'Wie is hier ook alweer mee begonnen? En dan denk je dat ik het niet serieus neem? Ik ben niet zoals jij, Ike. Ik heb niemand die in mijn fraaie driekamerwoonwagen op me zit te wachten. Dereks moeder is al jaren geleden bij me weggegaan en sindsdien heb ik geen serieuze kandidaten in mijn bed gehad. Alleen wat losse scharrels. Ze keerde mij en Derek haar rug toe en trouwde met een of andere belangrijke rechter. Dus sorry hoor dat ik me niet als een brave monnik gedraag. Maar waag het niet me nog een keer te vragen of ik dit wel serieus neem. En dat meen ik,' zei Buddy Lee.

'Oké,' zei Ike en hij zette de auto in de versnelling.

Het hoofdkwartier van de Blue Anarchists van Richmond, Virginia, zat in een splinternieuw winkelcentrum aan Staples Mill Road. Ike parkeerde de auto en zette de motor uit.

'Ik denk dat Amelia gelijk had,' zei Buddy Lee.

'Als zij had gezegd dat ze honing en limonade plaste, had je haar ook geloofd,' zei Ike terwijl ze uitstapten. Op een bord boven de winkeldeur stond TIJD EN TIJM CADEAUSHOP. Binnen rook het naar wierook en pepermunt en iets wat Ike niet goed kon thuisbrengen. Een combinatie van haarvet en rozen. De muren hingen vol posters van bands en tekenfilmfiguren die hij niet kende. De planken stonden vol marihuanapijpen en andere cannabisaccessoires. Er waren ook een paar planken vrijgemaakt voor poppen van stripfiguren en andere verzamelartikelen. Uit de luidsprekers klonk een rauwe stem die zong over een verloren liefde en een lijkwade en donkere luchten.

Drie tengere witte jongelui zaten achter een glazen toonbank die dienstdeed als verkoopbalie. Een bebaarde jongen, een gladgeschoren jongen met een monocle en een meisje dat eruitzag alsof ze vorige week nog op schoenen met lichtjes had gelopen.

'Kan ik u helpen?' vroeg ze.

'Ik hoop het. We willen iemand van de Blue Anarchists spreken,' zei Ike.

De drie jongeren wisselden een steelse blik. Toen stond de bebaarde jongen op van zijn kruk. 'We zijn allemaal Blue Anarchists. Ik ben Bryce en dit zijn Terry en Madison. We zijn trouwens niet de enige leden. We worden met de dag groter nu mensen ontwaken uit de coma van het opgelegde patriottisme en de imperiale onderwerping,' zei Bryce.

Op Buddy Lee maakte hij de indruk nogal vol van zichzelf te zijn. 'Daar heb je lang op geoefend zeker?'

'Het is ons manifest,' zei Bryce.

'Ik ben hier niet voor jullie manifest,' zei Ike. 'Ik wil wat vragen over Isiah Randolph en Derek Jenkins.' Hij had zijn armen voor zijn borst gevouwen.

'Wie?' vroeg Terry, degene met de monocle.

Ike deed een stap naar voren. Bryce ging weer op zijn kruk zitten. 'Isiah Randolph,' zei Ike. 'Jullie hebben hem een doodsbedreiging gestuurd vanwege een verhaal over jullie schoolclubje.'

Bryce kwam weer van zijn kruk, zijn houding was uitdagend. 'O, u bedoelt de man die onze reputatie te grabbel wilde gooien? Dat was geen doodsbedreiging. We wilden hem slechts kapittelen vanwege zijn vlijmende commentaar.'

'Jezus, krijg je betaald voor elk duur woord dat je uitspuugt of zo?' vroeg Buddy Lee.

'Hij is dood,' zei Ike. 'Hij was mijn zoon en hij is dood, en ik wil weten of dat achterlijke kinderclubje van jullie er iets mee te maken heeft.'

Er klonk een gong en een stelletje kwam de winkel binnen. Ze voelden blijkbaar dat er iets aan de hand was, want ze maakten meteen rechtsomkeert en liepen naar buiten.

'Hé, ik vind het heel erg dat uw zoon dood is, maar daar hebben wij niets mee te maken,' zei Bryce. 'Maar het verbaast me niet. Hij was een marionet van het bedrijfsleven en de industrie. De mensen worden wakker, man. Ze blijven niet werkeloos toezien terwijl de schoothondjes van de media een vals narratief creëren over wat er in de wereld aan de hand is. Tijd om wakker te worden, man.'

Ike kantelde zijn hoofd naar links. Buddy Lee zag dat hij zijn handen samenkneep en vervolgens openvouwde, als twee beerklemmen die open en dicht gingen.

'Wat zeg je over mijn zoon?' vroeg Ike.

Bryce liet zijn tong over zijn bovenlip gaan. 'Ik wil alleen maar zeggen dat...'

De arm van Ike flitste als een cobra door de lucht. Hij greep Bryce bij zijn baard en trok die zo genadeloos hard naar beneden dat het voorhoofd van de jongen op het glas van de toonbank knalde. Met zijn linkerhand pakte Ike de rechterhand van Bryce en draaide die zo ver om dat het even leek of hij hem zou breken.

Terry sprong op van zijn kruk, maar Buddy Lee trok zijn knipmes en klapte het open. 'Rustig aan, Crocodile Dundee,' zei hij terwijl hij het mes op Terry's borst richtte.

Ike boog zich zo ver naar voren dat zijn mond vlak bij Bryce' oor was. 'Ik ga je een paar vragen stellen over mijn zoon. Telkens als het antwoord me niet aanstaat, breek ik een van je vingers,' zei hij. Madison begon te huilen.

'Stil maar, meisje,' zei Buddy Lee met een glimlach. 'We doen je niets. We willen alleen maar wat vragen stellen.' Ze ging alleen maar harder huilen.

'Goed, hebben jullie iets te maken met wat er met onze zoons is gebeurd?' vroeg Ike.

'O, mijn god, ik bloed!' mompelde Bryce tegen het bovenblad van de toonbank.

'Dat antwoord staat me niet aan,' zei Ike. Met zijn linkerhand pakte hij Bryce' pink. Terwijl hij de jongen met zijn rechterhand in bedwang hield, rukte hij de pink naar achteren. Er klonk een soppige krak. Madison gleed van haar kruk en leegde haar maag op de vloer.

'We proberen het nog een keer. Weet je wie mijn zoon heeft vermoord?' vroeg Ike. Hij herkende zijn eigen stem niet. Hij realiseerde zich dat Ike Randolph slechts toeschouwer was. De man die sprak was Riot.

'Jezus, ik zou het niet weten. We... we hebben... we hebben hem alleen maar een gemene brief gestuurd,' jammerde Bryce.

Buddy Lee hoorde iets op het laminaat druppen. 'Ike. Volgens mij vertelt hij de waarheid. Hij heeft in zijn broek gepiest.'

'Weet je hoeveel klootzakken ik in hun broek heb zien zeiken toen ik ze te grazen nam?' zei Ike.

'Tuurlijk, maar kijk naar hem, man. Die slaat nog geen deuk in een pakje boter,' zei Buddy Lee.

Ike deed wat Buddy Lee blijkbaar wilde. Onder het voorhoofd van Bryce lag een plasje bloed. Het liep over de rand van de toonbank. Ike kon een van zijn ogen zien. Het rolde in de oogkas als een kogel in zijn lager. Ike wilde hem loslaten, maar Riot wilde liever nog wat van zijn vingers breken zodat hij nooit meer zou vergeten wat de spelregels waren. Amelia had gelijk. Deze jongelui waren geen moordenaars. Het waren gewoon een stel overdreven idealistische kinderen. Met ergens een vader of moeder die enigszins teleurgesteld in hen was. Ike ademde diep in en liet de lucht door zijn tanden weglopen.

Hij duwde Bryce weg van de toonbank. De jongeman viel tegen zijn kruk en gleed, terwijl hij zijn rechterarm vastpakte, naar de grond. Madison ging naast hem zitten. Rond haar mond zaten de rode en oranje resten van haar kots.

Ike deed bij de toonbank een stap naar achteren. 'Als ik ontdek dat je liegt kom ik terug om de rest van je vingers te breken.' Hij draaide zich om en liep de winkel uit.

'Jullie kunnen dit beter voor je houden,' zei Buddy Lee. 'Ik zeg het maar even. Is beter voor je gezondheid.' Hij klapte het mes weer in en stopte het in zijn kontzak.

Ike had de motor al gestart toen Buddy Lee de auto in sprong. Hij had het portier nog maar net dichtgeslagen toen Ike het gaspedaal helemaal intrapte en achteruit de parkeerplaats uit reed. Hij voerde een driepuntsdraai uit en stak de met gras begroeide middenberm over.

Een paar kilometer verder stootte Buddy Lee een soort oerkreet uit.

'Wat moet dat voorstellen?' zei Ike.

'Shit, man, het voelt zo goed om in ieder geval íéts te doen. Om niet meer in een donker hoekje te zitten janken. We doen iets voor onze zoons. Ik voelde me even niet meer een waardeloze vader,' zei Buddy Lee.

'We zijn geen spat wijzer geworden. Pure tijdverspilling,' zei Ike.

'Misschien. Maar het voelde goed om die eikeltjes de oren te wassen, toch? We hebben gedaan wat hun ouders lang geleden hadden moeten doen. Blue Fucking Anarchists. Wat moet dat in godsnaam voorstellen?' zei Buddy Lee.

'Je genoot ervan, hè?' zei Ike.

'Jij niet dan?' zei Buddy Lee.

Ike gaf geen antwoord.

10

'Volgens mij is het daar,' zei Buddy Lee.

Ike stopte langs de kant van de weg en parkeerde de pick-up verrassend gemakkelijk in.

'Je kunt verdomd goed met dit ding overweg, moet ik zeggen,' zei Buddy Lee.

'Hoort bij mijn werk.'

Ze stapten uit, liepen een paar meter over de stoep en bleven staan voor een gebouw met een lichtreclame op de deur. ESSENTIAL EVENTS BAKERY.

'Weet je zeker dat dit het goede adres is?' vroeg Ike.

'Ja. Vrij zeker. De laatste keer dat ik Derek sprak vertelde hij dat hij promotie zou krijgen. Ik vroeg hem waar hij werkte. Eerst wilde hij het niet zeggen. Hij zal wel bang zijn geweest dat ik langs zou komen en hem in verlegenheid zou brengen. Dat ik zou vragen of ze een taart met tieten wilden maken of zo.'

'Een taart met tieten?'

'Ik zei toch al dat ik een paar eenzame jaren achter de rug heb,' zei Buddy Lee.

Ike voelde een glimlachje aan zijn mond trekken, maar hij onderdrukte hem.

'Hé, voordat we hier naar binnen gaan wil ik je bedanken voor daarnet,' zei Ike.

Buddy Lee haalde zijn schouders op. 'Ik weet dat je me niet echt mag. En jij bent eerlijk gezegd een klootzak. Maar we moeten het met elkaar doen.'

'Daar lijkt het wel op, ja. Denk je dat ze hier iets weten?'

'Al sla je me dood. Maar wat moeten we anders?'

Essential Buildings was gevestigd in een hol en donker gebouw met hoge plafonds en verschillende daklichten met lichtgroen plexiglas. Ike proefde de suiker in de lucht en rook versgebakken brood. Het water liep hem in de mond alsof hij de hond van Pavlov was. Verspreid over het gebouw stonden verschillende tafels met allerlei baksels. Bruidstaarten van zes etages, broden in de vorm van een bloem, cupcaketorens, spiesen met stukken rundvlees en kip die als puzzelstukjes in elkaar vielen. Het was een hoorn des overvloeds vol weelderig vormgegeven lekkernijen.

Buddy Lee liep naar een van de taarten en stak een vinger uit.

'Er zit een laag polyurethaan op,' zei een jongeman. Hij stond achter een toonbank met kassa waarop nog meer voorbeelden van de kunststukjes van Essential Events waren uitgestald. Achter hem had iemand met felrode krijt de dagspecials opgeschreven.

'Dat glaceersel ziet er verrekte goed uit,' zei Buddy Lee.

De jongeman glimlachte. Hij had een brede grijns en enorme tanden die even wit waren als zijn bleke huid. Hij had zijn lichtblonde haar samengebonden in een knotje boven op zijn hoofd, zoals sumoworstelaars altijd doen. 'Klopt. Maar dit zijn alleen maar voorbeelden. Ziet u iets wat naar uw zin is?' vroeg de jongeman.

Buddy Lee liep naar de toonbank. Hij glimlachte terug naar de man. 'Nou, eerlijk gezegd zijn we hier niet om taart te kopen. Ik ben Buddy Lee Jenkins,' zei hij terwijl hij zijn hand uitstak.

'Ik ben Brandon Painter,' zei Brandon terwijl hij de hand van Buddy Lee schudde. Zelfs de hand die de oma van Buddy Lee hem op haar sterfbed had gegeven was nog steviger geweest.

'Aangenaam kennis te maken, Brandon. Die grote ouwe beer daar is Ike Randolph.'

'Zoeken jullie een taart voor een speciale gelegenheid? Zoveel jaar samen, misschien?' zei Brandon met een glimlach.

Buddy Lee fronste. 'Pardon?'

Brandon glimlachte nogmaals. 'Het is goed, man. We zijn hier niet zo bekrompen als sommige andere bakkers. Bij ons kan iedereen terecht voor een mooie taart of wat anders. Jullie zijn een leuk koppel,' zei Brandon.

Buddy Lee keek over zijn schouder naar Ike. Ike staarde nors terug. 'Nee, jongen, je ziet het verkeerd,' zei Buddy Lee. 'We zijn geen... Zo zijn we niet. Mijn zoon is... was Derek Jenkins. Hij was met de zoon van Ike, Isiah.'

'O, mijn god. U bent de vader van Derek. Dat ik dat niet doorhad. O, mijn god, het spijt me. We missen hem zo vreselijk,' zei Brandon. Zijn stem brak terwijl hij het zei.

'Ja, ik ook. Maar goed, we willen eigenlijk een beetje uitzoeken wat er gebeurd is. De politie lijkt te denken dat het spoor doodloopt. Je weet wel hoe smerissen zijn, toch? Die kunnen met een zaklamp en twee handen nog niet eens hun eigen poepgat vinden. Heeft Derek misschien gezegd dat iemand hem bedreigde? Een gestoorde ontevreden klant of zo?' vroeg Buddy Lee.

'Eh, nee, zoiets heeft hij tegen mij nooit gezegd,' zei Brandon.

'Iets anders op het persoonlijke vlak? Dat hij mot had met iemand? Met een andere cateraar misschien?'

'Onmogelijk. Er zijn hier geen maffiatoestanden. Je schiet een ander niet overhoop omdat die een betere botercrème maakt.'

'Oké, heeft hij in de weken voor het gebeurde iets raars gezegd?'

Brandon schudde zijn hoofd. 'Ik kan echt niets bedenken.'

'Natuurlijk. Weet je, toen de smerissen tegen ons zeiden dat de vrienden van Derek en Isiah niets wilden zeggen, geloofde ik dat niet. Maar je staat nu wel mooi keihard tegen me te liegen,' zei Buddy Lee.

Ike hoorde iets scherps in zijn stem. Het klonk als staal op staal.

'Wat? Ik sta niet te liegen. Ik weet helemaal niets,' zei Brandon. Zijn handen spartelden als twee stervende forellen over de toonbank.

'Je staat wel te liegen. Je weet toch wat een tic is, Brandon?'

'Hoezo?'

'Een tic is iets wat je doet zonder dat je het zelf merkt, bijvoorbeeld wanneer je liegt. Iedereen heeft een tic, en bij iedereen is het wat anders. Wat het bij jou is? Jouw tic is iets kleins. Wil je weten wat?' vroeg Buddy Lee. Hij deed een stap naar de toonbank en pakte de stuiptrekkende handen van Brandon. 'Ik heb je drie keer gevraagd naar Derek en wat je over hem weet. En alle drie de keren trok je even aan je oorlel voordat je antwoord af. Daarmee verraad je jezelf. Ik weet nu dat jij iets weet en dat je erover liegt. Als je Derek echt mist en je echt zijn vriend was, moet je zeggen wat je weet,' zei Buddy Lee.

Ike merkte dat zijn toon niet meer zo scherp was. Hij klonk troostend, als een priester. Of als een *good cop* die een bekentenis aanhoort.

'Ik weet niets, dat zei ik toch?' zei Brandon. Hij trok met een ruk zijn handen los. 'Ik denk dat jullie beter weg kunnen gaan. Ik heb nog veel te doen en straks komt de baas.'

Buddy Lee deed een stap naar achteren. Hij draaide zich om en liep vlak langs Ike naar een van de tafels waarop taarten stonden uitgestald.

'Ik wil dat jullie weggaan,' zei Brandon. Zijn handen dansten alweer over de toonbank.

Buddy Lee keek Brandon strak aan. Met één hand gooide hij de tafel om. De bruidstaart van zes etages spatte op de grond uit elkaar. De brokken chemisch behandelde stof deden denken aan grote stukken kaarsvet.

'Waar slaat dat nou op?' jammerde Brandon.

'Jij weet iets, Brandon. Ik wil weten wat,' zei Buddy Lee.

Brandon kwam achter de toonbank vandaan. Ike ging tussen hem en Buddy Lee staan. Hij hield de jongeman tegen door een hand op zijn borst te zetten. Ike voelde zijn hart tekeergaan, het was alsof een kolibrie in zijn borst met zijn vleugels klapperde. Buddy Lee liep naar een andere tafel met gebak. Nu gebruikte hij zijn beide handen om hem om te gooien. Zes verschillende soorten cupcakes rolden over de vloer terwijl de tafel kletterend neerkwam en de poten tegen de onderkant klapten.

'Jezus! Hou op!' loeide Brandon.

Buddy Lee liep met grote passen naar hem toe en greep hem bij de voorkant van zijn T-shirt. Ike stapte opzij.

'Moet ik jou soms ook tegen de grond smijten? Geloof me, als je me niet vertelt wat je weet, ben je er straks een stuk beroerder aan toe dan die cakejes,' zei Buddy Lee. 'Zeg het maar gewoon, Brandon. Help me. Help me om die verrekte zooi weer op een rijtje te krijgen.'

'Ik ben bang,' zei Brandon. Hij liet zijn hoofd zakken tot zijn kin bijna de handen van Buddy Lee raakten.

Buddy Lee liet zijn T-shirt los en legde zijn handen op Brandons schouders. 'Dat weet ik. Ik weet dat je bang bent. Maar wat jij mij vertelt blijft tussen ons.'

Brandon mompelde iets in zijn borst.

'Wat zeg je?' zei Buddy Lee.

'Ik zei dat Derek een meisje had leren kennen. Een of ander grietje op een feestje waarvoor we de catering deden, voor een kerel met een opnamestudio. Derek vertelde me dat dat meisje iets had met een of andere hotemetoot. Die vent was getrouwd en het meisje wilde dat aan de grote klok hangen. Derek vond het vreselijk. Hij zei dat die vent een schijnheilige hufter was. Hij zou zorgen dat Isiah haar verhaal ging publiceren. Twee weken later was hij dood,' zei Brandon.

Ike had het gevoel dat iemand hem met een moker in zijn buik sloeg.

'Wie was dat grietje?' vroeg Buddy Lee.

Brandon haalde zijn schouders op. 'Weet ik niet. Hij zei niet hoe ze heette. Alleen dat ze op dat feestje waren en ze in gesprek raakten.'

'Welk feestje? Wie gaf het?' vroeg Ike.

Brandon hief zijn hoofd en keek Ike aan met ogen zo groot als die van een geschrokken hert. 'Ik weet het niet. Ik sta alleen maar in de winkel. Ik ga niet naar dat soort klussen. En Derek zei niet wie het was, alleen wat hij deed. Dat is het enige wat ik weet, ik zweer het. Toen de politie kwam was ik te bang om iets te zeggen.' Hij praatte zo zacht dat hij amper te verstaan was.

Buddy Lee gaf hem een paar tikjes op zijn wang. 'Oké, goed gedaan, Brandon. Heel goed.' Hij gebaarde met zijn hoofd naar de deur. Ike liep er al naartoe. 'Brandon, mocht iemand ernaar vragen, dan zeg je dat er wat jongens binnenkwamen die alles kort en klein sloegen en er toen weer vandoor gingen. Begrepen?' zei Buddy Lee.

'Ja. Dat zal ik doen,' zei Brandon.

Ike draaide de straat op en reed richting de snelweg. Het was druk, maar het verkeer reed door. Het licht van de ondergaande zon weerkaatste in de geparkeerde auto's langs de stoep.

'Heel listig wat je zonet deed,' zei Ike. 'Dat met die tic. Ik heb daar eigenlijk nooit zo op gelet. Niet dat ik mensen niet aanvoel. Ik weet heel goed wanneer iemand op ontploffen staat. Je ziet hoe ze staan of waar ze hun handen houden. Dat soort dingen. Zat je in de zwendel vroeger?'

'Ik deed van alles wat. Mijn ouwe was een flessentrekker. Mijn ooms waren zware jongens. Alleen mijn moeder probeerde op het rechte pad te blijven. Ze hing de hele dag Jezus uit. Maar wat ik van mijn vader leerde komt vaker van pas dan wat mijn moeder me leerde,' zei Buddy Lee.

'Het is bijna zes uur. Wat moeten we volgens jou nu doen? Hoe gaan we dat grietje vinden?'

Buddy Lee krabde aan zijn kin. 'Dat was het eerste wat ik dacht toen hij dat zei. Wat vind je ervan als we naar het huis van onze jongens gaan? Wat rondsnuffelen. Misschien komen we erachter wie die vent van die muziekstudio is.'

'En misschien ook wie dat meisje is. Goed. Ik heb de sleutels van Isiah. Heeft de begrafenisondernemer jou de spullen van Derek gegeven?'

Buddy Lee beet op een van zijn vingernagels. Hij gaf pas antwoord toen Ike de oprit van de snelweg op reed. 'Dat wilden ze wel, ja. Maar tijdens de wake zat ik heel diep. Ik wilde het niet. Ik weet het niet, misschien was ik kwaad op Derek omdat hij dood was. Zolang ik zijn spullen niet had, was het niet echt gebeurd. Ik was die dag ook aardig dronken.'

Ike ademde zacht fluitend uit. 'Ik weet wat je bedoelt. Het was alsof ze niet echt waren. Ze lagen erbij als twee mannequins. Volgens mij tikte ik die avond een hele fles rum weg.'

'Hé, één verslaafde in dit team lijkt me wel genoeg,' zei Buddy Lee.

De mobiel van Ike trilde in zijn zak. Hij haalde hem tevoorschijn en keek op het scherm. Het was Mya.

'Hoi.'

'Hoi. Waar zit je? Ik belde naar je werk en daar zeiden ze dat je vandaag niet zou komen.'

'Moet wat dingetjes regelen. Hoe gaat het?'

'Ik kom zojuist van de begraafplaats. Ze zeiden dat de grafsteen van Isiah beschadigd is. Hebben ze jou gebeld?'

Ike keek in zijn spiegels en wisselde van baan. 'Ja, ik wilde het vertellen als ik thuis was. De man zei dat ze hem gaan vervangen.'

'Jezus, waar zijn ze in godsnaam mee bezig?' vroeg Mya.

'Het was een ongeluk. Ze gaan het herstellen.'

'Arianna ging vandaag bij het graf op haar knietjes zitten. Ik vroeg haar wat ze aan het doen was. Ze zei dat ze haar papa's gedag zei,' zei Mya.

Ike zweeg. Hij voelde hoe de stilte hem langzaam wurgde.

'Ik stortte bijna in, Ike. Ik wilde boven op dat graf gaan liggen en daar de hele dag blijven.'

'Het doet pijn.'

'En dat gaat nooit meer over, hè?' vroeg Mya.

'Ik weet het niet,' zei Ike.

Mya's ademhaling werd zwaar. Ike hoorde dat ze begon te huilen. 'Ik zie je wel als je thuiskomt,' zei ze tussen de snikken in. Toen hing ze op.

'Alles goed?' vroeg Buddy Lee.

'Nee,' zei Ike terwijl hij de telefoon weer in zijn zak stopte.

11

Grayson reed in een stofwolk naar het clubhuis. De rit van Southside naar Sandston was verschrikkelijk geweest. Alsof hij verdorie onder de oksel van een orang-oetang had gezeten. Hij stapte van de motor en hing zijn helm aan het stuur.

Het clubhuis was een oude boerderij met een veranda rondom. Tommy 'Big Boss' Harris, de voorganger van Grayson als voorzitter van de club die nu minstens twintig jaar en mogelijk levenslang achter de tralies zat, had achter het clubhuis een enorme garage met drie grote deuren gebouwd waar zijn makkers konden sleutelen aan hun motoren, nieuwe kandidaten konden ontgroenen en andere clubzaken konden afhandelen. Links van het hoofdgebouw stond een rij motorfietsen. Gespierde voorbeelden van Amerikaans staal en techniek. IJzeren paarden voor de nieuwe schurken.

Twee bikers hingen op de veranda. Dome, de vicevoorzitter, leunde tegen een van de pilaren die het dak ondersteunden. Gremlin, de clubmonteur en ordebewaarder, zat in een leren leunstoel op de hoek van de veranda. De beat van een zuidelijk rocknummer knalde uit de openstaande voordeur. Een hasjgeur dreef achter de muziek aan naar buiten, samen met de hoge lach van een vrouw.

Toen ze Grayson aan zagen komen, ging Dome rechtop staan en kwam Gremlin uit zijn stoel.

'Hé, Grayson,' zei Dome.

'Hoe gaat-ie, makker?' zei Gremlin.

'Zijn die zwartjes nog geweest?' vroeg Grayson.

Dome en Gremlin wisselden steelse blikken. 'Ja, ze zijn langs geweest. Maar ze wilden de MAC-10's niet kopen,' zei Dome.

'Hoezo niet?' vroeg Grayson.

Dome verplaatste zijn gewicht naar zijn andere been. 'Ze zeiden dat hun baas het te link vond. Dat hij ze nergens kwijt zou kunnen. En dat hij het er nog met jou over zou hebben.'

'En toen hebben jullie hem gewoon laten vertrekken?' vroeg Grayson.

Dome bevochtigde zijn lippen. 'Eh. Hij heeft de rest van de spullen gewoon betaald.'

'Hij heeft wel alle handwapens gekocht,' voegde Gremlin toe.

Grayson zette zijn linkervoet op de onderste trede van de verandatrap. Hij gebaarde dat Dome zich naar hem toe moest buigen. Dome aarzelde, maar deed toen wat hem gevraagd werd. Grayson pakte de ring die aan Domes rechteroor bungelde en draaide die een paar keer rond, zodat de oorlel op een stuk gevlochten touw leek. Dome piepte terwijl Grayson in zijn oor fluisterde. 'Zolang je lucht in je longen hebt moet je het niet nog een keer wagen om iemand daarmee weg te laten komen. Als ze om MAC-10's vragen, moeten ze die kopen ook. Dit is godverdomme de Burger King niet. Nu denken die lui dat we softies zijn. En wat staat er achter op je jack?' vroeg Grayson.

'*Rare Breed!*' loeide Dome.

'Denk je soms dat we een stelletje straatschoffies zijn? Een paar bendeleden die op de hoek van de straat troep verkopen uit de achterbak van een verrotte Impala?' Grayson draaide de oorring nog een kwartslag door.

'NEE!' krijste Dome.

'Waag het niet om nog een keer iemand te laten weglopen met geld dat van ons is. Je bent verdomme de vicevoorzitter. Hoog tijd dat je ook zo gaat gedragen.'

'Oké. Oké!'

'Zoek een andere klant voor die MAC-10's.' Grayson liet Domes oor los. 'Zeg tegen Andy en Oscar dat ik met ze wil praten aan de tafel,' zei Grayson. Hij liep naar de garage. Dome wreef over zijn oor. Toen hij naar zijn vingers keek, waren ze rood.

'Moet je wat alcohol hebben of zo?' vroeg Gremlin.
'Haal jij die twee prospects nou maar,' zei Dome.

Grayson zat aan het hoofd van de tafel toen de kandidaat-leden binnen kwamen schuifelen. Een serie bleekgele lampen wierp zwakke schaduwen door de garage en op de tafel. Op het midden van de tafel waar de club over officiële kwesties stemde stond het geschilderde clubembleem, een geharnaste wolvenkop. Andy en Oscar bleven aan de andere kant van de tafel staan. Grayson vroeg hun niet om te gaan zitten.

'Dus jullie willen allebei een patch?' vroeg Grayson. De twee mannen knikten. Oscar knikte zo hard dat zijn haar over zijn gezicht viel. Andy was zo lang en dun als een jonge boom. Oscar was zo breed als een koelkast. Grayson vond ze samen op het getal 10 lijken. Ze hadden allebei een mouwloos leren jack aan met de naam van hun chapter erop.

'Ik ben op zoek naar een meisje dat zich Tangerine noemt. Ik probeer haar nu al een paar maanden te vinden. Die klotejournalist had contact met haar tot hij koud werd gemaakt. Ik wil dat jullie naar zijn huis gaan. Waarschijnlijk moeten jullie inbreken. Snuffel wat rond en kijk of je iets kunt vinden over die Tangerine. Als jullie wat vinden zal ik vaart zetten achter die patch.'

'We moeten inbreken?' vroeg Oscar.

'Heb ik een spraakgebrek of zo? Heb je me net niet horen zeggen dat jullie moeten inbreken? Jezus, man, wat heb jij?' zei Grayson. Hij legde nadruk op elke zin door telkens hard met zijn vuist op de tafel te slaan.

'We begrijpen het, het komt goed. We zullen je niet teleurstellen,' zei Andy.

'Dat is je geraden,' zei Grayson. Hij stond op en stak zijn vuist naar voren. Andy en Oscar deden hetzelfde. De drie mannen stootten elkaar met hun knokkels aan.

'We laten ze bloeden voor de Breed,' zei Andy.

'We laten ze bloeden voor de Breed,' zei Oscar.

'Als jullie het verdomme maar weten,' zei Grayson.

12

Ike parkeerde zijn pick-up tussen een felroze scooter en een auto die zo klein was dat hij hem waarschijnlijk met één hand had kunnen oppakken. Een straatlantaarn met een kapotte lamp torende boven hen uit.

'Ik ben hier voor het eerst,' zei Buddy Lee.

'Ik ben er één keer geweest voor de housewarming. Vlak nadat... het gebeurde zei Mya dat we samen het huis moesten opruimen. We zijn inmiddels twee maanden verder en hebben alleen maar gepraat,' zei Ike.

De housewarming. Weer zo'n avond die was geëindigd met een schreeuwpartij en slaande deuren. Hij stapte uit, en kort daarna deed Buddy Lee hetzelfde. Op de stoep stonden eikenbomen, keurig om de zoveel meter, zoals zo vaak in de stad. Ze liepen van de ene lantaarnpaal naar de andere. De fietsenrekken tussen de bomen en lantaarnpalen leken heggen van ijzer. Ike en Buddy Lee liepen naast elkaar naar het huis.

'Er is flink wat veranderd,' zei Ike.

'O ja?' zei Buddy Lee.

'Vroeger was er een gozer die in deze buurt een aardig handeltje had. Ik handelde thuis met wat jongens die bij hem inkochten. Als we hier kwamen voor een nieuwe partij, zagen we dat een op de twee huizen een drugspand was. Crackverslaafden liepen hier als zombies over straat. Ze boden je aan om je voor tien dollar te laten pijpen door hun meisje. En als de nood hoog was wilden ze het zelf wel doen. Ik moest een keer een klus opknappen voor die gozer. Ik sproeide de hele straat met een kalasjnikov en ging daarna terug naar Red Hill.'

'Wie moest je pakken?' vroeg Buddy Lee.

'Dat weet ik niet eens meer. Volgens mij probeerde iemand zijn handeltje af te pakken. Maar voor hetzelfde geld was er in de Satellite Bar iemand op zijn tenen gaan staan en moest ik dat even rechtzetten. Ik weet het niet. Ik heb in die tijd veel domme shit gedaan voor mijn straatrep. In de bajes kwam ik erachter dat je aan die hele straatrep geen reet had,' zei Ike.

'Als we het over domme shit hebben: die van mij mag er ook wezen. De laatste keer dat ik een heitje voor een karweitje deed ving ik de klappen op voor een ander.'

'Echt?' vroeg Ike.

'Echt. Ik werd samen met mijn broer, mijn halfbroer Deak, opgepakt met een kofferbak vol ice. We moesten het afleveren voor een of andere gast. Chuly Pettigrew. Deak had geen strafblad. Met het mijne kon je een mummie inpakken. Ik wilde dat Deak uit de bak zou blijven. Dat zou hij niet overleven. Ze zouden hem daar met huid en haar opvreten. Ik deed er alles aan om ervoor te zorgen dat het zijn eerste en laatste transport zou zijn. Ik hield mijn bek over Chuly en nam de schuld op me voor Deak. Ik kreeg drie tot vijf jaar. Zat vijf jaar. Deak verhuisde naar het westen en ging werken bij een gasbedrijf. Voor zover ik weet zit hij daar nog steeds.'

'Serieus?' zei Ike.

'Serieus wat?'

'Je had een kofferbak vol speed en je kreeg maar vijf jaar? Als je eruit had gezien zoals ik, hadden ze je voor al die kilo's ónder de gevangenis gestopt. Vrienden van mij kregen drie tot vijf jaar omdat ze wat hasj bij zich hadden,' zei Ike. 'Hasj!'

'Daar kan ik niets over zeggen,' mompelde Buddy Lee.

'Ik wel. We zijn er,' zei Ike. Hij was gestopt voor een huis van twee verdiepingen met een bordeauxrode houten gevelbekleding. De trap naar de voordeur was geschilderd in een saaie roomkleur. Onder aan de trap stond een grote zwarte aardewerken bloempot waarop in grote witte letters IR & DJ was geschilderd. Zo te zien met de hand. Ike viste de sleutel uit zijn zak en deed de deur open.

Ze kwamen in een kleine hal waar wit en een ingetogen blauw overheersten. Links, naast een kapstok die van een stuk drijfhout leek te zijn gemaakt, stond een paraplubak. Doordat er totaal geen beweging in het huis was geweest, lag over alles een soort sluier. Het rook muf, alsof er ergens iets lag te rotten. Op bijna alle liggende vlakken lag een laag stof.

In de woonkamer werd de ingetogen toon voortgezet. De modulaire bank domineerde de ruimte. Aan de muur tegenover de bank hing een flatscreen. Aan de rechtermuur hingen foto's uit het gezamenlijke leven van Isiah en Derek. Reizen die ze hadden gemaakt, feestjes waar ze waren geweest. Vredige, spontane portretten. Met z'n tweeën met de pasgeboren Arianna. Met z'n drieën met papieren piratenhoeden in een restaurant. Een zwart-witfoto van Arianna die de pluisjes van een paardenbloem wegblaast. Een foto van hen drieën waarop Arianna een groot vel vasthoudt waarop in grote cartoonachtige letters AKTE was geschreven. Derek en Isiah grijnzend van oor tot oor. Arianna keek verbouwereerd de wereld in.

De foto's waren een mozaïek dat de reis verbeeldde die ze samen hadden gemaakt.

'Ze zien er gelukkig uit,' zei Ike.

'Ja, inderdaad,' zei Buddy Lee. Hij wees naar de grappige AKTE-foto. 'Ze zullen het huis wel hebben afbetaald. Derek heeft een keer tegen me gezegd dat hij een huis wilde hebben in plaats van een woonwagen. En dat heeft hij verdomme voor mekaar gekregen ook.'

Hij klapte hard in zijn handen. De klap galmde door het huis. 'Waar zullen we beginnen?'

'Misschien moeten we ons opsplitsen? Ik ga de slaapkamer doen, en volgens mij had Isiah achter een werkkamer. Ik kan me herinneren dat hij zei dat ze de veranda achter dicht hadden gemaakt. Wil jij dan hier rondkijken?' zei Ike.

'Ja, dat is goed. Ik ga alles opentrekken waar een knop op zit,' zei Buddy Lee.

'Goed. Geef maar een gil als je iets vindt,' zei Ike. Hij liep weg door de woonkamer en een gangetje.

Buddy Lee begon met een zijtafel die naast de modulaire bank stond. Die lag vol onbelangrijke post en losse rommel. Hij liep naar een salontafel met aan weerszijden laden. Hij vond het een vreemd ontwerp, maar wist hij veel. Hij had melkkratten als meubels. In de ene lade lagen allerlei afstandsbedieningen. In de andere een paar tijdschriften. Buddy Lee schoof de lade dicht en bekeek de foto's aan de muur. De bijzettafel onder de foto's had hij eerder over het hoofd gezien. Er stonden twee kleine openslaande fotolijsten op. Hij pakte een van de lijstjes op en voelde zijn borst omhoogkomen. Het was een kopie van de foto die hij in zijn portemonnee bewaarde. Op de foto's in het andere lijstje zag hij een zwart jongetje en een nog jonge Ike. Het jongetje zat op Ikes schouders. Buddy Lee zette het lijstje weer op het tafeltje. Ernaast stond een foto die hij al twintig jaar niet had gezien.

Het waren Christine en Derek. Ze zaten op het trappetje van de woonwagen waarin ze met z'n drietjes hadden gewoond voordat Buddy Lee voor de laatste keer achter de tralies was verdwenen. Christine was als een zonsondergang zo mooi. Haar kastanjebruine haar stroomde als een waterval over haar rug. Grote korenbloemblauwe ogen. En dan dat kuiltje in haar kin, dat hij helemaal te gek had gevonden toen hij haar jaren terug had leren kennen. Hij had haar gevraagd om te dansen bij een geluksvuur en ze had nee gezegd. Niet op een onbeschofte of arrogante manier. Ze had gewoonweg duidelijk gemaakt dat ze er geen zin in had. Hij was weggelopen en had bij de bosrand een paar wilde bloemen geplukt. Toen was hij teruggelopen naar de boomstam waar ze met haar vrienden op had gezeten en ging op een knie voor haar zitten.

'Dans met me. Eén keer, daarna laat ik je de rest van je leven met rust.'

'Beloofd?'

'Op mijn erewoord als padvinder.'

'Je ziet er niet uit als een padvinder.'

'Jij ziet eruit als de mooiste vrouw op Gods groene aarde. Toe, één dans. Ik zal geen dip doen.'

Daar had ze om moeten lachen. Een volle, diepe lach die zo zonnig en zoet was als de zomer. Ze hadden gedanst. Ze hadden gezoend. Ze hadden in zijn Camaro een lange landweg af gereden en onder een nazomerse maan het paradijs gevonden. Het was een paar jaar rozengeur en maneschijn geweest, maar de betovering was verbroken toen Christine doorkreeg hoe hij in elkaar zat. Na zijn tweede gevangenisstraf was Christine het zat. Hij nam het haar niet kwalijk dat ze doorging met haar leven en met die rijke stinkerd trouwde. Hij zou ook van zichzelf gescheiden zijn. Hij snapte het wel. Maar de manier waarop ze Derek uit haar leven had verbannen was gewoon fout. Hij wist dat hij zelf niet echt een geweldige vader was, maar welke moeder deed dat haar kind aan?

Buddy Lee haalde de foto uit het lijstje en stopte hem in zijn kontzak. Hij liep door naar de keuken. Hij keek verbijsterd naar de hoeveelheid apparaten waarmee de kleine ruimte was volgepropt. Alles ademde een klassieke Amerikaanse sfeer. Zwart-wit geblokte vloer. Roestvrijstalen apparatuur. Zwarte kastjes met granieten bladen. Buddy Lee bedacht dat die bladen wel van graniet moesten zijn, anders zouden ze bezwijken onder het gewicht van alle machines en kookgerei die Derek in de loop der jaren had verzameld. Van de helft van al deze zooi wist Buddy Lee niet waarvoor het bedoeld was, maar zijn zoon had er ongetwijfeld goed mee overweg gekund. Vanaf het moment dat hij zijn oma cakebeslag had zien kloppen, had Derek het leuk gevonden om in de keuken te staan. Sam, het neefje van Buddy Lee, was ook een held in de keuken geweest. Koken zat de familie Jenkins kennelijk in het bloed. Buddy Lee had er geen talent voor gehad, maar Derek des te meer. Dereks liefde voor koken had Buddy Lee nooit als typisch gay gezien. Hij was er gewoon goed in geweest. Zelfs als ze ruzie hadden – en dat was niet zo vaak, want om eerlijk te zijn zag hij Derek niet zoveel – had hij hem nooit verweten dat hij 'maar' een kok was. Niet dat hij daar een medaille voor verdiende. Hij had genoeg andere dingen gezegd waar hij spijt van had. Het was alleen jammer dat Dereks dood ervoor nodig was geweest om dat in te zien.

Buddy Lee doorzocht in de keukenkastjes de suikerpotten en pannen met deksels. Het verbaasde hem niet dat hij wat hasj aantrof. Veel mensen verstopten hun voorraadje in de keuken. Hij had in genoeg huizen ingebroken om te weten dat het geen bijzonderheid was. In de laden zaten alleen maar messen, vorken en lepels. Buddy Lee zette een hand op zijn heup en veegde met de andere zijn voorhoofd af.

Waar was hij mee bezig? Dit was pure tijdverspilling. Hij zou heus geen notitieboekje vinden met de naam van het meisje, de naam van degene die zijn zoon had vermoord en een adres waar hij ze kon vinden. Hij moest teruggaan naar die cateraar en nog een keer met die knul praten. Hem uitknijpen, als een appel tussen een bankschroef, net zo lang tot hij zei wie de man van dat feestje was. Buddy Lee legde zijn hand op zijn voorhoofd. De ijsmaker maakte een herrie vanjewelste en spuugde vervolgens via de stortkoker een lading ijs in de daarvoor bestemde bak. Het deed Buddy Lee denken aan maracas. Hij liep ernaartoe. Op de koelkast zat met een magneetje een notitieblok geplakt. Buddy Lee trok het los. Op het eerste blaadje stonden wat krabbels. Een vrij goede tekening van een paar schoenen, een pijl en iets wat zo te zien een stuk fruit met een uitroepteken was. Onder aan de bladzij stonden twee getallenreeksen met een ruimte ertussen. Achter de tweede reeks stond een uitroepteken.

Buddy Lee bekeek de tekeningen. Misschien waren het maar wat betekenisloze krabbels. Misschien hadden Isiah en Derek lopen dollen en had een van hen bij wijze van grap een amateuristische strip op hun gezamenlijke notitieblok gezet. Maar zijn intuïtie zei dat er meer aan de hand was. Door het uitroepteken leek het belangrijk. Buddy Lee tikte het blok als een waaier tegen zijn hand.

Hij scheurde de bladzijde eraf en stopte hem in zijn zak. Hij vertrouwde zijn intuïtie, maar luisterde er niet altijd naar. Daardoor was hij twee keer hard op zijn bek gegaan. Hij was niet superslim, maar hij leerde wel van zijn fouten. Meestal.

Ike bleef lang staan op de drempel van de eerste kamer die hij tegenkwam. Het was de slaapkamer van Isiah en Derek. Hier sliepen ze. Lagen ze in elkaars armen. Ike snapte het niet. Hoe kon Isiah voor Derek voelen wat Ike voor Mya voelde? Ike schudde zijn hoofd. Als Isiah hier zou zijn, zou hij zeggen dat er niets te snappen viel. Liefde is liefde. Maar Isiah was er niet. Hij was dood.

Ike stapte de drempel over en begon de kamer binnenstebuiten te keren. Hij trok de laden uit de nachtkastjes en legde ze op het bed. Ze zaten vol met de gebruikelijke ratjetoe van spullen die in een nachtkastje terechtkwamen. Nagelvijl, oogdruppels, pleisters, glijmiddel en een gigantische verzameling servetjes. Ike pakte er een. In de hoek stond het woord *Garland's*. Vrijwel alle servetjes waren van Garland's. Ike verfrommelde het servetje en gooide het in de prullenbank. Hij draaide zich om en liep naar de kast. Op de bovenste plank lag een verzameling hoofddeksels. Honkbalpetten, gleufhoeden, kalotjes en een baret. De kast was volgepropt met naar kleur geordende overhemden en colbertjes. Ike glimlachte. Als kind had Isiah hetzelfde gedaan met zijn sneakers. De glimlach stierf weg.

Ike liep de slaapkamer uit en ging rechtstreeks naar Isiahs werkkamer. Die was net zo netjes en opgeruimd als de kledingkast. Links in de hoek stond een smalle boekenkast met alle uitgaven gerangschikt op alfabet, naar de titel. Rechts in de hoek stond een hoge dossierkast. Midden in de kamer stond een bureau van plexiglas. In het midden van het bureaublad stond een computer. Er stond een vaste telefoon naast, als een museumstuk. Naast de telefoon lag een schrift met harde kaft. Ike bladerde erdoorheen. Er stonden aantekeningen in in Isiahs keurige handschrift. De meeste dingen waren voor Ike koeterwaals. Een soort steno dat alleen Isiah kon lezen. De laatste notitie bestond uit slechts één zin.

Weet zij het?

Isiah had er een fronsend gezichtje naast getekend. Ike staarde ernaar. Wat had dit in godsnaam te betekenen? Wie was 'zij'? Het meisje van het feestje? Iemand die helemaal niets met dat meisje te maken had? Ike legde het schrift terug op het bureau. Hoe pakte de politie dit soort dingen aan? Hij wist te weinig van Isiahs leven om er iets van te kunnen brouwen.

Ike drukte een knop in op de telefoon en haalde de belgeschiedenis tevoorschijn. Dat had hij een rechercheur ooit zien doen in een film. Hij liep de nummers door zonder precies te weten wat hij zocht. Hij kende Isiahs vrienden niet, dus de nummers waren niet meer dan verschillende cijferreeksen. Na 24 maart had niemand meer gebeld. Dat was de avond waarop het gebeurd was. Terwijl hij door de nummers scrolde viel hem iets op. De dag voordat de jongens waren doodgeschoten, was er acht keer door hetzelfde nummer gebeld. Ike drukte op een andere knop en controleerde de berichten. Een robotachtige stem zei dat er twaalf berichten waren.

Ike drukte op PLAY.

Het waren merendeels onschuldige berichtjes. Hij wist zeker dat de smerissen dit al hadden gedaan, maar het kon geen kwaad om het zelf ook te doen. Het laatste bericht was een dag voor de moord ingesproken. Een ratelende, hijgerige stem.

'Hoi… met… eh… mij. Ik heb eh… Ik ben van gedachten veranderd. Ik wil er niet over praten. Het… Het spijt me. Ik ben bang.'

De telefoon schakelde zichzelf uit. Ike herkende de stem niet, maar zo te horen was het een vrouw. Ze was niet zomaar bang. Ze was dóódsbang. Ike keek naar het nummer. Lokaal. Hij pakte pen en papier van het bureau en schreef het nummer op. Terwijl hij het nummer noteerde kwam er spontaan een gedachte bij hem op. *Waar had Derek Isiah in godsnaam bij betrokken?*

13

Andy haalde een schroevendraaier uit zijn zak. Hij ramde hem tussen de deurpost en het slot. Oscar stond achter hem, schermde hem met zijn grote lijf af van eventuele pottenkijkers. Niet dat dat nodig was, want er waren nauwelijks mensen op straat. Een paar strompelende zielenpoten die zich alleen maar druk maakten om hun volgende shot drank of drugs. En ze hadden hun auto een paar honderd meter van het huis geparkeerd voor het geval een verantwoordelijke burger besloot het nummerbord van Andy te noteren.

Hij pakte de deurknop en draaide die om terwijl hij de schroevendraaier in de deurpost duwde. Tot zijn verbazing kostte het hem geen enkele moeite om de deur open te krijgen.

'Shit, volgens mij stond hij open,' zei Andy.

'Echt? Oké, laten we dit varkentje wassen.'

Andy zweeg. Waarom zat die deur niet op slot? Was iemand de boel hier aan het leegplunderen? Hij wist niet precies hoe je ironie moest omschrijven, maar hij dacht dat dit verdomd dicht in de buurt kwam. Andy voelde op zijn onderrug. De kolf van de .357 Colt Python rustte op zijn broeksband. Hij had hem bij hun vertrek uit het clubhuis van Grayson gekregen. Hij dacht niet dat ze hem nodig zouden hebben, maar als je altijd voorbereid was hoefde je je niet voor te bereiden. Dat was een van de weinige uitspraken van zijn flutmoeder die nog enig nut hadden.

'Helemaal mee eens,' zei Andy. Het maakte niet uit waarom de deur niet op slot zat. Het maakte niet uit wat er aan de andere kant van die deur was. Het enige wat uitmaakte was te doen wat Grayson hun had gevraagd zodat ze lid van de motorclub konden worden. Andy deed de deur open en ging naar binnen.

Buddy Lee stond over het aanrecht gebogen. Zijn borst voelde zo nauw als een maagdelijk poesje. Hij probeerde te hoesten, maar leek niet genoeg lucht in zijn longen te kunnen krijgen. Hij zette de kraan open. Hij maakte een kommetje van zijn handen en ving er wat water in op. Hij spoelde zijn gezicht af, ademde diep in en hoestte toen eindelijk wat slijm op. Hij spuugde het uit in de gootsteen. In het lichtgroene slijm zaten rode stukjes.

'Dat is niet zo best,' mompelde hij.

De voordeur ging open.

Buddy Lee kwam als door een wesp gestoken overeind en draaide zich om naar de woonkamer. Er liepen twee mannen het huis in. De een was een braadspit waar ze wel wat vlees aan mochten hangen, de ander daarentegen was ruim bedeeld. Die kon met gemak vijfentwintig kilo aan zijn maat geven en nog steeds als kleerkast door het leven gaan.

Ze slopen als twee schichtige herten de kamer in. Buddy Lee liet zich terugzakken tegen het aanrecht. Hij reikte achter zich en trok het eerste ding dat zijn hand tegenkwam uit het afdruiprek. Dat was toevallig een rijkversierde glazen pot. Hij pakte de pot stevig vast en hield hem achter zijn rug. Ze hadden hem nog niet gezien. Hij kon proberen via de gang weg te glippen. Dat zou waarschijnlijk niet lukken, maar het was een poging waard. Alleen kon hij hun dan niet vragen wat ze in het huis van zijn zoon te zoeken hadden. Hij had niet het idee dat het Jehova's getuigen waren.

'Hallo, mannen,' zei Buddy Lee vanuit de keuken. De twee mannen bleven subiet staan.

'Hallo,' zei Andy. Hij liet zijn rechterhand in zijn achterzak glijden.

'Waarom lopen jullie het huis van mijn zoon in zonder te kloppen? Zijn jullie vrienden van hem?'

Andy en Oscar wisselden een blik. Buddy Lee had die blik vaker gezien. Zo vroegen ze elkaar wie de leugen ging verkondigen.

Andy glimlachte. 'Ja, we zijn vrienden.'

'Dan werken jullie zeker ook bij de krant,' zei Buddy Lee.

Andy hield zijn hand nog iets dichter bij zijn wapen. 'Inderdaad, ja. We werken allemaal bij de krant,' zei Andy.

Buddy Lee glimlachte terug naar Andy. *Je liegt dat je barst, eikel,* dacht hij.

Andy zag de glimlach over het gezicht van Buddy Lee kruipen. Hij zag ook dat die niet bij zijn ogen kwam.

Shit, dacht hij.

Er viel een stilte. Buddy Lee hoorde de klok boven het aanrecht tikken. En het verkeer op straat ronken. En het huis zuchten en steunen terwijl het zich als monolithisch blok opmaakte voor de nabije toekomst.

De ijsmachine begon weer te ratelen.

Andy greep naar zijn wapen.

Buddy Lee gooide de glazen pot naar zijn hoofd. De pot spatte op zijn rechterwang uiteen. Buddy Lee kwam meteen na zijn worp in beweging. Het ging zo snel dat Oscar nauwelijks doorhad dat Buddy Lee zich met zijn volle gewicht op Andy stortte. Andy en Buddy Lee vielen op de salontafel. Hoewel ze samen nauwelijks meer dan 125 kilo wogen, bezweek de tafel onder hun gewicht. Andy voelde zijn wapen vlak boven zijn bilspleet in zijn huid drukken. Hij wilde het pakken, maar die oude vent probeerde uit alle macht zijn tanden zijn keel in te rammen.

Buddy Lee sloeg Andy zo hard al hij kon op de rechterkant van zijn gezicht. De knul probeerde zijn stoten tevergeefs af te weren. Toen Andy zijn handen voor zijn ogen en voorhoofd hield, gaf Buddy Lee hem een beuk op zijn kaak. Toen hij zijn handen iets lager hield, was zijn wang aan de beurt om de klappen op te vangen. De oude man was zo beweeglijk als een slingeraap.

Buddy Lee had opeens het gevoel dat hij vloog. Oscar had hem als een waszak bij zijn middel gegrepen. De reus drukte hem zo hard in elkaar dat hij dacht dat zijn ballen uit elkaar zouden knallen. Buddy Lee hapte naar lucht als een forel die lag te spartelen in de kuip van een visbootje.

Toen Andy op één knie ging zitten, schopte Buddy Lee hem zo hard mogelijk in zijn gezicht. De knul viel achterover op de resten van de salontafel. Buddy Lee bracht zijn kin naar zijn borst en sloeg zijn hoofd hard naar achteren. Het geluid van Oscars brekende neus klonk hem als muziek in de oren. Hij kon zich bevrijden uit de dodelijke omhelzing van de kolos. Buddy Lee landde op zijn voeten en gaf Oscar een achterwaartse trap tegen zijn rechterscheenbeen.

Toen beukte Andy de kolf van zijn Colt tegen de zijkant van Buddy Lee's hoofd. Buddy Lee zag sterretjes en zakte in elkaar. Hij zat op handen en knieën en besefte amper dat zijn handen op de vlijmscherpe resten van de salontafel steunden. Glasscherven boorden zich dwars door de dikke eeltlaag zijn handpalmen in. Zijn maag trok samen, maar hij kon de inhoud binnenhouden.

Oscar liet zich tegen de deur vallen en greep naar zijn scheenbeen.

Andy zette de loop van de Python tegen de slaap van Buddy Lee. Buddy Lee voelde een bloeddruppel over zijn gezicht lopen en zich een weg door zijn stoppels banen.

Andy's bovenlip werd al dik. Zijn wang stond in brand. Er leek een sluier over zijn linkeroog te hangen. De oude man had hem in zijn gezicht getrapt alsof hij in de Super Bowl het beslissende punt moest maken.

'Trek het snoer van die tv en bind hem vast,' zei Andy. Hij spuugde een rozige fluim uit. Een mengsel van speeksel en bloed. Oscar haalde zijn mes uit zijn zak en ging hinkend naar de televisie. Hij bond de handen van Buddy Lee achter zijn rug samen. Oscar kon niet geloven dat die oude man zo snel was geweest. Hij was als een pijl uit de keuken geschoten. Alsof je naar *The Flash* keek.

'Volgens mij heb je een van mijn tanden gebroken, ouwe,' zei Andy. Hij voelde met zijn tong aan zijn rechterkies. De tand wiebelde.

‘Dat is nog niets vergeleken bij wat ik ga doen als ik los ben,’ zei Buddy Lee.

Andy lachte. Hij drukte de loop tegen het hoofd van Buddy Lee. ‘Als je zo doorgaat heb je dadelijk een gat in die rotkop van je. Maar eerst ga je antwoord geven op een paar vragen die ik je ga stellen.’

‘Hé, luister goed, want dit komt uit de grond van mijn hart. Krijg de tyfus,’ zei Buddy Lee.

Andy trapte hem in zijn buik. Het beetje lucht dat hij na die woorden nog overhad werd met een *pfuh* zijn mond uit geperst. Buddy Lee sloeg voorover en landde met zijn gezicht in een berg verbrijzeld glas. Een paar scherven probeerden zijn mond binnen te dringen.

Andy greep hem bij zijn haar. Hij bracht zijn mond naar het oor van Buddy Lee. ‘Mis je je zoon? Wees gerust, die krijg je snel te zien. Maar niet voordat je ons hebt gesmeekt je een kogel door je kop te jagen,’ zei hij.

Andy gaf hem nog een trap. Nu wilde de lunch er echt uit. Maagzuur brandde in zijn keel. De kots schoot door zijn slokdarm omhoog en gutste als een waterval over zijn lippen.

‘Je kunt me beter vermoorden,’ bracht Buddy Lee snakkend uit.

Andy lachte. ‘Tuurlijk, ik kan je beter vermoorden,’ zei hij. Hij had een hoge, nasale stem.

‘Misschien moeten we hem vragen naar het meisje,’ opperde Oscar.

Andy hield op met giechelen. ‘Weet je iets over dat meisje, ouwe?’ vroeg Andy. Hij had dat moeten bedenken voordat Oscar ermee aankwam. Hij liet zich meeslepen en vergat waarvoor ze hier waren.

‘Je kunt me beter vermoorden, anders zal het je nog berouwen dat je ooit uit die uitgekauwde pruim van je moeder bent gekropen,’ zei Buddy Lee.

Andy knipperde een paar keer met zijn ogen. ‘De pruim van mijn moeder zeg je? Doe je zoon de groeten van me.’ Hij spande de hamer van de Colt en richtte de loop op het gezicht van Buddy Lee. Voor Buddy Lee voelde het alsof hij in een bodemloze mijnschacht tuimelde. Andy drukte de loop tegen zijn wang. Buddy Lee sloot zijn ogen. Hij hoopte dat hij Derek zou zien, maar hij wist niet zeker of ze de eeuwigheid op dezelfde plek zouden doorbrengen.

Een oorverdovende knal galmde vanaf de achterkant van het huis de kamer in.

'Wat was dat? Zijn jullie met z'n tweetjes, ouwe? Oscar, ga jij eens een kijkje nemen,' zei Andy.

Oscar ging met zijn tong over zijn onderlip. 'Ik heb geen wapen bij me,' zei hij.

'Vette pech. Ga nou maar,' zei Andy.

Oscar veegde zijn gezicht af en bekeek zijn hand. De bloedvegen stonden als Sanskriet in zijn hand. 'Vette pech, ja,' zei hij. De kleerkast sjokte als Godzilla de gang in. Was het licht in de gang aan geweest toen ze binnenkwamen? Oscar wist het niet meer. Nu was het uit. Hij zette een wandschakelaar om, maar er gebeurde niets. Hij zoog met onregelmatige teugen lucht naar binnen. Zijn neus lag in puin, hij kon er niet eens door ademen. Hij stapte het donker in.

'Heb jij mijn zoon vermoord?' vroeg Buddy Lee aan Andy. De sterretjes waren weg en hij zag weer helder. Andy had het wapen van zijn gezicht weggehaald. Het bungelde nu naast zijn been.

'Hou je muil,' zei Andy.

'Wie heeft jullie gestuurd?' zei Buddy Lee hijgend. Hij had zich al heel lang niet zo ingespannen. Zijn hart voelde futloos in zijn borst. Zijn keel was gortdroog, als hij moest hoesten zou er grind uit zijn mond komen en op de vloer neerkletteren.

'Hou je waffel,' zei Andy.

Oscar kwam bij een deur aan de linkerkant van de gang die op een kier stond. Hij was smaller dan de andere drie deuren waar hij al langs was gekomen. Dit moest de badkamer zijn. Zat er iemand in de badkuip met een shotgun? Dat had hij een keer in een film gezien. De held had een van de slechteriken neergeknald terwijl die aan het pissen was. Oscar duwde de deur met twee vingers helemaal open. Het was inderdaad de badkamer. Blauwe sfeerverlichting gaf de ruimte een spookachtige sfeer. De lamp was ingebouwd in de afzuigventilator. Er was een douchecel, een wastafel en een lichtblauw toilet. Of kwam dat door de blauwe ledlamp? Oscar fronste. Er zat geen deksel op het wc-reservoir. Hij hoorde het water de bak in lopen. Iemand had net nog doorgespoeld. Oscar liep terug naar de gang. Hij hoorde glas knarsen onder zijn voeten. Hij keek omhoog en kneep zijn ogen half dicht. Daar had ooit een lamp gehangen. Zo'n chique kroonluchter. Nu bungelde er alleen nog een dun metalen buisje aan het plafond. Alsof iemand de lamp stuk had geslagen…

Oscar draaide zich om, maar niet snel genoeg om te kunnen voorkomen dat Ike het deksel van het reservoir op zijn hoofd aan diggelen sloeg.

'Je gaat er nog spijt van krijgen dat je me niet hebt vermoord, jongen,' zei Buddy Lee met raspende stem.

'Je praat steeds alsof je iemand bent voor wie ik bang moet zijn,' zei Andy. 'Maar je bent een ouwe zuiplap die gewoon zijn bek moet houden. Ja, ik ruik het heus wel. Net als bij mijn vader.'

Buddy Lee hoorde de branie in zijn stem en de onzekerheid die daar vlak onder schuilging.

Een minuut nadat Oscar in de donkere gang was verdwenen, schudde het hele huis. Alsof er een groot stuk graniet was omgevallen.

Andy deed onbewust een stap richting de gang met zijn revolver in de aanslag. Buddy Lee zat op zijn knieën. Hij liet zich bliksemsnel op zijn billen vallen en schopte de knul met twee voeten tegelijk van opzij tegen zijn rechterknie. Hij dacht een knak te horen. Andy schreeuwde en viel achterover naar links. Toen hij de grond raakte, vloog de grote revolver uit zijn hand alsof die op de loop wilde gaan. Andy greep meteen naar zijn knie en besefte pas een ogenblik later dat hij zijn wapen kwijt was. Hij rolde op zijn linkerzij en reikte met zijn rechterhand naar de Colt.

Ike trad uit de schaduw als de vleesgeworden geest van Nemesis. Hij ging met zijn volle gewicht op Andy's rechterhand staan en Buddy Lee wist dit keer zeker dat hij een knak hoorde. Andy schreeuwde opnieuw terwijl Ike hem bij zijn shirt omhoogtrok. Toen hij op zijn voeten stond gaf Ike hem een keiharde opstoot. Andy kwam minstens zeven centimeter van de grond. Ike wierp hem een woedende blik toe, raapte de Colt op en stak hem in zijn broekband. Hij liep naar Buddy Lee en haalde zijn knipmes uit zijn kontzak. Ike sneed hem los en hielp hem overeind.

'Blij je te zien,' zei Buddy Lee.

'Toen ik alle tumult hoorde besloot ik het even af te wachten. Het klonk alsof het er meer dan één was, dus ik gooide de ladekast om om hun aandacht te trekken. Dan moesten ze wel opsplitsen. Bovendien dacht ik dat je je wel zou redden. Ik kon ze verrassen en vond het zonde om dat voordeel niet uit te buiten,' zei Ike.

'Nou, ik ben blij dat je zoveel vertrouwen in me hebt. Maar wat had je gedaan als ze me voor m'n kop hadden geschoten?'

'Dat hebben ze niet gedaan, dus die vraag hoeven we niet te beantwoorden.'

Buddy Lee schudde zijn hoofd. Hij keek naar het ingezakte lichaam van de magere knul. 'Ik zei toch dat je me beter kon vermoorden.'

'Heb je dat echt gezegd?' vroeg Ike.

Buddy Lee knikte. 'En ik meende het ook.'

14

Andy's oogleden trilden. Hij had beloofd deze mannen te laten bloeden voor de Breed. Maar nu waren de rollen omgedraaid. Hij was nu zelf aan het bloeden, en het leek er niet op dat ze hem binnen afzienbare tijd zouden laten gaan. Hij probeerde zijn hoofd op te tillen, maar dat leek vol bakstenen te zitten.

Buddy Lee sloeg de knul zo hard mogelijk in zijn gezicht. Gevolgd door een een-tweecombinatie op zijn ribben. Hij deed een stap naar achteren en leunde voorover met zijn handen op zijn knieën. Een fluim werkte zich vanuit zijn longen omhoog. Hij deed zijn lippen op elkaar en liep naar de vuilnisemmer bij de tweede roldeur van Ikes opslag. Hij spuugde in de kleine bruine afvalbak. Ook zonder te kijken wist hij dat er van die lichtrode vlekjes in zouden zitten.

'Gaat het?' vroeg Ike.

'Ja hoor. Gewoon geen conditie meer. Maar waarom vraag je het hem niet?' zei Buddy Lee. Hij liep naar een pallet met mulch en ging erbovenop zitten.

Ike ging naar zijn kantoortje en pakte zijn bureaustoel op wieltjes. Hij zette de stoel recht voor de knul. Toen liep hij naar het rek met gereedschap. Hij kwam terug met een grondstamper. Daarmee stampten ze de aarde aan wanneer ze een grote boom hadden geplant of de slangen van een sproei-installatie hadden ingegraven. Het was een vrij simpel stuk gereedschap: een steel van ruim een meter met een plat, vierkant stuk ijzer aan het uiteinde. Voordat hij in de bureaustoel plaatsnam, zette hij de stamper tussen hem en de knul op de grond.

De knul zat in de houten bureaustoel. Ike had zijn armen met tiewraps aan de leuningen vastgemaakt. Nadat Buddy Lee zichzelf had opgefrist, hadden ze een vloerkleed uit Isiahs werkkamer gepakt en de knul erin gerold. Dat ze de knul meenamen hadden ze niet besproken. Dat hoefde ook niet. Het was duidelijk dat de knul en die grote vent op de een of andere manier betrokken waren bij wat er met hun zoons gebeurd was.

De knul was ongeveer vijftig kilo lichter dan zijn maat. In dit geval had zijn maat aan het kortste eind getrokken, genetisch gesproken. Ze lieten de kleerkast languit in de gang liggen en droegen het scharminkel als een stel avondverhuizers het huis uit. Onderweg naar de pick-up kwamen ze een paar mensen tegen. De meesten keken niet lang genoeg op van hun mobiel om te merken dat twee mannen met een vloerkleed met min of meer menselijke contouren over de stoep liepen. Mocht een van de buren van Isiah en Derek het tumult gehoord hebben, dan voelden ze zich blijkbaar niet genoodzaakt zich ermee te bemoeien. Daarvoor was deze buurt dus nog niet burgerlijk genoeg. Ike zette zijn vinger onder de kin van de knul. Hij tilde zijn hoofd zo ver op dat ze elkaar in de ogen keken.

'Hoe heet je? Je hebt geen papieren bij je. Heel slim,' zei Ike.

Buddy Lee was op z'n zachtst gezegd verbaasd over de vriendelijke toon van Ike. Alsof hij de knul een verhaaltje vertelde voor het slapengaan.

'Val dood,' mompelde Andy. Ike trok zijn vinger terug. De kin van de knul viel op zijn borst. Bloed druppelde uit zijn mond en neus. De wond op zijn wang huilde als een bruid met een gebroken hart.

Ike pakte de handgreep van de grondstamper en legde zijn kin op zijn handen. 'Je bent slim. En je hebt lef, dat moet ik je nageven. Maar je weet ook dat dit niet goed voor je gaat aflopen, toch? Ik bedoel, je breekt in in het huis van onze zoons. Je probeert mijn vriend hier te vermoorden. Weet je wat dat mij zegt? Dat jij onze zoons hebt vermoord, en zo niet, dat het iemand was die je kent,' zei Ike.

Andy verzette zich geen moment tegen de tiewraps. Hij gebruikte elk greintje van zijn wegvloeiende krachten om zijn hoofd op te tillen.

‘Wie heeft jou naar dat huis gestuurd?’ vroeg Ike.

Andy spuugde Ike in zijn gezicht. Zijn hoofd zakte weer naar zijn borst. Het speeksel kwam op Ikes kin. Hij stond op. Hij veegde zijn kin af en maakte daarna zijn handen droog aan zijn broek.

‘Help me even met zijn schoenen,’ zei Ike. Buddy Lee pakte de linkervoet van de knul en Ike de rechter. Ze trokken zijn schoenen uit en gooiden ze naast de gepelletiseerde kalk op de grond. Ike pakte de stamper. Hij ging achter Andy staan. Hij tilde de stamper op totdat het platte ijzeren stuk ter hoogte van zijn riemgesp was. Toen kwakte hij hem met al zijn kracht neer. De klap van het ijzer op de betonnen vloer galmde kakofonisch door het magazijn. Ike ging naast de linkerarm van Andy staan. Hij liet de stamper weer op het beton knallen. Andy en Buddy Lee knipperden allebei met hun ogen. Ike draaide als de wijzers van een klok om Andy heen, beukte telkens met de stamper op de grond en stuurde een ongenadig harde boodschap door het gebouw.

‘Wie heeft jou gestuurd, jongen?’ zei Ike ten slotte.

Andy probeerde zijn polsen te buigen. De tiewrap om zijn linkerpols bood geen ruimte voor beweging. Maar die om zijn rechterpols zat iets slapper. Die zwarte kerel had hem om een spijl en onder de leuning langs om zijn pols geleid. De spijl zat een beetje los. Als hij kracht zou zetten vanuit zijn rug, zou hij de spijl kunnen breken. Dan kon hij de stoel als wapen gebruiken en de benen proberen te nemen. Maar als die klootzak zijn tenen molde, zou hij dat op zijn buik kunnen schrijven.

‘Een man. Hij wilde meer weten over een meisje,’ zei Andy.

Ike bleef staan.

‘Welke man?’ vroeg Buddy Lee.

‘Dat weet ik niet. Ik bedoel dat ik niet weet hoe hij heet. Hij zei alleen dat hij op zoek was naar een meisje dat met een journalist zou hebben gepraat. Hij wilde weten waar ze zou kunnen zitten,’ zei Andy.

Hij ademde diep in. De pijnscheut in zijn borst deed hem huiveren.

Ike boog zich naar voren. Zijn gezicht was nog maar een paar centimeter verwijderd van dat van Andy. 'Zit je tegen me te liegen?'

'Nee. Ik zweer het.'

'Hoe heette dat meisje?' vroeg Ike.

Andy zuchtte. 'Tangerine.'

Buddy Lee haalde het papiertje tevoorschijn. Hij staarde naar de tekening, toen naar de knul in de stoel. 'Krijg nou wat,' zei hij.

Ike kwam overeind. Hij liep naar Buddy Lee, die tegen de pallet met mulch stond geleund. Hij liet de grondstamper bij Andy staan. 'Wat is er?'

Buddy Lee liet hem het papiertje zien. 'Ik heb dit van de koelkast van de jongens geplukt. Ik dacht dat het een sinaasappel was, maar het zou ook een tangerine kunnen zijn, een soort mandarijn. Maar ik weet niet wat dat gebouw moet voorstellen.'

Ike dacht aan de servetten die hij in het huis had gevonden. 'Zou het een café kunnen zijn? Misschien had Isiah met dit meisje afgesproken in een tent waar ze veel kwamen?' vroeg hij.

Buddy Lee zette zich af van de pallet en draaide zijn rug naar de knul. Hij praatte zo zacht dat zijn stem uit de krochten van zijn borst leek te komen. 'Stel dat ze een afspraak met de jongens had en dat ze toen vermoord zijn? Degene die dat gedaan heeft is misschien wel de man die dit kereltje heeft ingehuurd.'

'Misschien is het wel de man waarover die knul van de bakkerij het had,' fluisterde Ike.

'Dat was precies wat ik dacht.'

'We moeten de druk een beetje opvoeren. Als ik een van zijn tenen tot moes stamp, durf ik te wedden dat hij zich opeens herinnert voor wie hij werkt,' zei Ike.

Andy keek hun kant op en zag dat ze met hun ruggen naar hem de koppen bij elkaar staken.

'En als hij niet breekt?' vroeg Buddy Lee.

'Dat doen ze altijd,' zei Ike.

Andy tilde zijn hoofd op. Het was nu of nooit. Hij zette zo veel mogelijk spanning op de tiewrap om zijn rechterpols. Hij liet de spanning weer los en probeerde vervolgens uit alle macht de tiewrap los te trekken door zijn bovenlichaam te draaien en zijn rechterarm naar links te trekken.

Ike hoorde iets knappen en draaide zich vrijwel meteen om, maar kon niet voorkomen dat de knul de stoel naar zijn hoofd slingerde. Hij zwaaide ermee alsof het een honkbalknuppel was. Zijn linkerpols zat nog vast aan de leuning. Zijn blote voeten hadden geen geluid gemaakt op de koude betonnen vloer. Ike kreeg de stoel vol op de linkerkant van zijn hoofd. Hij zakte in elkaar en bleef op handen en knieën zitten, alsof hij op zoek was naar een korreltje goud.

Andy duwde de stoel naar de magere witte man. Die greep instinctief de stoelpoten, waarop Andy hem naar achteren duwde, naar de pallet met mulch. Hoewel Buddy Lee zich vasthield aan de stoelpoten, voelde hij zijn voeten wegglijden. Hij haalde gierend adem, zijn longen schreeuwden om lucht. Ging hij flauwvallen? Hij had geen idee, maar een paar tellen later zat hij met zijn kont op de grond en leek hij geen gevoel meer te hebben in zijn handen. Een hoestbui had zo ongeveer het slechtste moment uitgekozen om in hem op te wellen. De knul trok de stoel uit Buddy Lee's handen en tilde hem boven zijn hoofd.

De schaduw die de stoel op hem wierp was de schaduw des doods. Buddy Lee voelde een wanhopige adrenalinestoot door zijn aderen trekken. Eindelijk kwam er een enorme slijmprop vrij. Zuurstof stroomde als zoete nectar zijn longen in. Buddy Lee trok zijn knipmes uit zijn kontzak. Terwijl de knul de stoel naar beneden zwaaide, ging Buddy Lee op een knie zitten. In een vloeiende beweging klapte hij met zijn duim het lemmet uit en stootte het mes tot aan het handvat in de buik van de knul. De messteek haalde wat kracht uit de zwaaibeweging. Buddy Lee tilde zijn vrije arm op en ving de klap tamelijk eenvoudig op. Hij zag de knul naar achteren waggelen. Hij rukte zichzelf los van Buddy Lee's mes. Donkerrood bloed stroomde traag uit het gat in zijn buik.

Ike schudde zijn hoofd als een jachthond die een rat doodt. Hij sprong overeind en greep de grondstamper. Terwijl de knul een paar wankele stappen achteruit deed, nam hij de steel in een tweehandige wurggreep. Hij haalde uit met de stamper alsof hij de bal de bovenste ring van het honkbalstadion in wilde jagen. Het gietijzeren vlak kwam met een doffe, vlezige dreun in aanraking met het achterhoofd van de knul. De knul zakte met de stoel op zijn borst in elkaar.

Ike keek naar de knul.

Zijn dunne lippen trilden alsof hij een vreemd boswezen in doodsnood was. Deze knul had hem geslagen met een stoel. Hij had Buddy Lee willen vermoorden. Hij had ingebroken in Isiahs huis. Hij had Ike in zijn gezicht gespuugd. Hij had waarschijnlijk gelogen over een of andere kerel die hem op pad had gestuurd. Hij wist waarschijnlijk wie Isiah vermoord had. De ogen van de knul rolden naar achteren. Misschien was hij wel de klojo die de grafsteen had vernield.

'Gore klootzak!' schreeuwde Ike. Hij hief de grondstamper en smakte hem neer op het hoofd van de knul. De huid rond de oogkas scheurde en het onderliggende bot verschoof. Hij zag eruit alsof hij een beroerte had. Ike tilde de stamper weer op en hamerde hem met al zijn kracht neer. Zijn biceps en deltaspieren bundelden met een lang geoefende synchroniciteit hun krachten. Hij had deze beweging duizenden keren gemaakt. Honderdduizenden keren. Zijn dikke onderarmen brandden terwijl hij keer op keer met de stamper inbeukte op het gezicht van de knul. Hij voelde iets nats tegen zijn gezicht spatten. Stukjes bot en tand vlogen de lucht in. 'Je hebt hem vermoord, klootzak. Jij was het!' loeide Ike.

Buddy Lee stond tegen de pallet geleund. Zijn longen stonden in brand. De stamper ging genadeloos op en neer. Het klonk alsof Ike een met verse aarde gevuld gat platstampte.

'Ike,' zei Buddy Lee.

De armen van de grote man bleven als een zuiger op en neer gaan.

'IKE!'

Ike verstijfde. De kop van de stamper hing voor zijn borst. Als een schilderskwast die zojuist in een pot rode verf was gedoopt. Ike keek naar het tuingereedschap alsof hij dat voor het eerst zag. Met een kreun gooide hij het ding weg. Het kletterde over de vloer en trok smalle rode strepen op het beton. Ike ging op zijn hurken zitten en toen op zijn billen.

Buddy Lee liep om het lichaam van de knul en de snel groter wordende plas bloed heen. Hij liet zich naast Ike op de grond zakken. 'Ik geloof dat we iets te veel druk hebben uitgeoefend.'

'Ik... ik had niet gedacht dat hij zich kon bevrijden,' zei Ike.

'Tja. En nu?'

Ike veegde zijn gezicht af met zijn shirt. Toen hij naar beneden keek, zag hij donkere vlekken. Hij zuchtte diep. 'Ik heb achter een versnipperaar en een wiellader staan, en er ligt een berg mest van twee ton.'

'Dat lijkt me genoeg. Verknipt was hij toch al,' zei Buddy Lee. Het was bedoeld als grap, maar geen van beide mannen kon erom lachen.

15

Dome stond op het punt zijn ballen te legen in de mond van de brunette die sinds zaterdag in het clubhuis rondhing toen hij het geluid van metaal op metaal hoorde. Terwijl hij zijn ballen leegspoot pakte hij als in een reflex zijn .44 van het nachtkastje. Hij duwde het hoofd van het meisje weg en trok met één hand zijn broek omhoog. Het meisje gleed van het bed en landde met haar forse kont op de grond.

'Wat doe je, man?' zei ze.

'Hou je snavel,' zei Dome. Hij vloog met twee treden tegelijk de trap af. Gremlin was al opgestaan en hield een afgezaagde shotgun op de deur gericht. Too Much duwde het effen bruine gordijn van het voorraam opzij en gluurde naar buiten. Ze noemden hem Too Much omdat alle meisjes zeiden dat zijn pik te groot was voor een man van amper 1 meter 55.

'Het is Andy de boodschappenjongen,' zei Too Much. Zijn lange bruine haar viel over zijn gezicht en hij schoof het met de rug van zijn linkerhand opzij. In zijn rechter hield hij een .38.

Dome deed de deur open en liep de veranda op. Andy had zijn lichtgroene LTD boven op de motor van Keeper geparkeerd. Keeper werkte in de garage aan een tattoo voor Cheddar. Hij hoorde het tumult niet of wilde zich niet laten afleiden van het kunststukje dat hij op de rug van Cheddar aan het zetten was. De parkeerlichten van de LTD stonden nog aan, maar de koplampen waren zwart als de oogkassen van een schedel. Het grote 405 motorblok ronkte zwaar in zijn vrij. Alsof het gevaarte zijn keel schraapte. Dome liet zijn .44 zakken terwijl hij zijn voet op de bovenste trede van de verandatrap zette.

Het portier van de bestuurder vloog open en schommelde een paar keer heen en weer. Dome bracht zijn revolver weer omhoog en richtte op de bestuurderskant van de auto. Het voelde stom. Als ze van plan waren om hen te doorzeven, zouden ze hun auto niet daar zo geparkeerd hebben. De motor van Keeper rammen was een hufterige actie, maar een moordenaar zou dat nooit doen. Waarschijnlijk hadden Andy en Oscar zich een stuk in de kraag gezopen in plaats van dat ze het huis binnenstebuiten hadden gekeerd. Dat zou Grayson op zijn zachtst gezegd niet leuk vinden.

Bijna alsof hij zich geroepen voelde omdat iemand aan hem dacht, stapte Oscar uit de auto.

'Holy shit,' mompelde Dome.

Het gezicht van de grote man zat onder zoveel bloed dat het Dome verbaasde dat hij niet dood was gebloed. Alsof hij een masker droeg dat gemaakt was van zijn eigen bloedplasma. Oscar deed drie wankele stappen naar het huis. 'Hé, Dome,' murmelde de prospect. Toen zakte hij in elkaar, als een marionet waarvan de touwtjes waren doorgeknipt, en landde met zijn gezicht op de kiezelgrond.

'Jongens, kom helpen!' riep Dome. Gremlin en Too Much sprongen de veranda af. Met z'n drieën kregen ze Oscar overeind. Ze sleepten hem het clubhuis in. Ze legden hem op de leren bank voor de televisie. Gremlin haalde water en whiskey uit de keuken. Hij gaf ze allebei aan Dome. Dome gooide de hele fles water over Oscars hoofd. Zijn gezicht leek op een smeltende kaars, want er liepen verschillende bloedstroompjes overheen. Hij knipperde vier of vijf keer met zijn ogen voordat zijn blik op Dome bleef rusten. Dome zette de fles whiskey aan Oscars lippen en kantelde zijn hoofd naar achteren. Oscar hoestte, ademde piepend in en hoestte nog een paar keer. Hij wees naar de fles, waarop Dome hem nog een slok gaf. Oscar knikte en gaf met zijn hand aan dat het genoeg was.

'Wat is er in godsnaam met je gebeurd, man?' vroeg Too Much.

Oscar legde een van zijn enorme klauwen op zijn voorhoofd. 'Je zult het niet geloven,' zei hij.

Nadat Oscar de hele avond zijn verhaal had verteld, belde Dome Grayson. Nadat de telefoon twee keer was overgegaan nam de voorzitter op.

'Ik mag hopen dat het belangrijk is,' zei Grayson.

'Dat is het. Oscar is terug.'

'En?' zei Grayson.

'Andy was niet bij hem. Oscars hoofd is een open vleeswond en hij zit onder het bloed. Zijn eigen bloed,' zei Dome.

Er bloeide een holle stilte op die een ogenblik later door Grayson werd doorbroken.

'Heeft hij gezien wie het was?' vroeg Grayson. Zijn stem was dodelijk kalm.

'Dat niet, maar hij zegt dat Andy en hij het aan de stok kregen met een oude vent die in het huis was toen ze daar kwamen. Hij denkt dat de oude vent de vader was van een van die jongens. Hij zei ook dat hij een pick-up bij het huis zag staan. Op de zijkant stond Randolph Hoveniers.'

'Randolph, zeg je?' vroeg Grayson.

'Ja,' zei Dome.

Het bleef weer een ogenblik stil. 'Ik ben er over twintig minuten. Verzamel de broeders. We gaan hier korte metten mee maken en vaderlief een toontje lager laten zingen,' zei Grayson.

De verbinding werd verbroken.

16

Buddy Lee parkeerde zijn auto pal voor de 7-Eleven. Hij zette het contact uit en hoorde de motor een tijdje nadieselen. Toen de motor niet meer hoestte en ophield te sputteren, stapte hij uit en liep naar de winkel. De zon was nog maar net op. Rafelige wolken hingen als een lappendeken van suikerspinnen laag aan de oostelijke horizon.

Er galmde een metalige kling door de winkel toen hij de deur opendeed. Buddy Lee glipte het middelste pad in en liep linea recta naar het koelvak achterin. Hij plukte twee halve liters uit het schap en liep naar de kassa. Hij had overwogen om geen druppel meer te drinken tot ze klaar waren met wat je deze missie in vredesnaam ook mocht noemen, maar dat was gewoon absurd. De laatste keer dat hij had gezeten was ook de laatste keer dat hij op een droogje had gezeten. En dat wilde hij liever zo houden. Trillen en kotsen en onzichtbare beestjes in je haar, daar had hij echt geen zin meer in. Hij kon minderen, maar radicaal stoppen, *no way*, de kans was groter dat je een aap achter het stuur van een Cadillac zag zitten.

Buddy Lee zette de twee blikken op de toonbank en wachtte tot de kleine bruine man zich omdraaide. Hij vulde de sigarettenvoorraad aan en floot ondertussen een deuntje dat Buddy Lee bekend voorkwam maar waarvan hij niet precies wist hoe het heette. Toen de man eindelijk het laatste pakje uit de slof had weggezet, draaide hij zich om en scande het bier van Buddy Lee.

'Buddy Lee. Hoe gaat het, vriend? Je ziet er een beetje moe uit.'

'En bedankt weer, Hamad. Jij ook goedemorgen,' zei Buddy Lee.

'Ik bedoel het goed, Buddy Lee. Ik maak me zorgen om je, vriend.

Je ziet eruit alsof je geen oog dicht hebt gedaan,' zei Hamad.

'Je weet niet half hoe mijn nacht eruitzag, jongen,' zei Buddy Lee.

Nadat hij de knul had gestoken en Ike zijn hoofd als een overrijpe meloen had vermorzeld, hadden ze al zijn kleren uitgetrokken en Ikes versnipperaar opgestart. Ike had de afvoergoot boven de mesthoop op het achterterrein gepositioneerd. Met handzagen en hakmessen deelden ze de knul op in hanteerbare stukken. Toen de klus erop zat, hadden ze de versnipperaar en de grond eromheen met de hogedruk-reiniger schoongespoten. Buddy Lee was neergeploft op de pallet met kalk en keek toe terwijl Ike met zijn kleine wiellader de mesthoop mengde. Tegen de tijd dat ze klaar waren, was het twee uur voor zons-opkomst. Misschien had hij moeten schrikken van hoe snel hij weer in de opruimstand had gestaan, maar eigenlijk verbaasde hem dat nauwelijks. De eerste keer dat je een lichaam in stukken moet hakken is walgelijk. De tweede keer is het vermoeiend. Bij de vijftiende keer is het een kwestie van spiergeheugen.

'Ik weet dat het zwaar is,' zei Hamad.

'Huh?'

'Na het overlijden van je zoon. Ik weet dat het zwaar voor je is,' zei Hamad.

'Ja, ik heb weinig geslapen sinds Derek... dood is,' zei Buddy Lee. Hij zou nooit gewend raken aan hoe het voelde als de woorden 'Derek' en 'dood' vlak na elkaar uit zijn mond kwamen.

'Alles lijkt zwaar wanneer een geliefde sterft,' zei Hamad terwijl hij het bier in een bruine papieren zak deed.

'Hm-hm,' zei Buddy Lee. Hij gaf Hamad een tientje.

'Je komt eroverheen, Buddy Lee,' zei Hamad.

'Ik weet niet of ik er wel overheen wíl komen, Hamad. Als ik maar even geen verdriet voel, heb ik het idee dat ik mijn zoon in de steek laat.'

Hamad gaf Buddy Lee zijn wisselgeld. 'Hij zou niet willen dat je eeuwig blijft rouwen, vriend.' Een man en een vrouw kwamen de winkel binnen, lachend op een manier waaruit Buddy Lee opmaakte dat ze een stelletje waren maar elkaar nog niet zo heel lang kenden.

Buddy Lee pakte zijn tas. 'Weet je het zeker?'

De wolken waren verdwenen tegen de tijd dat hij bij de begraafplaats kwam. De grafstenen glommen in het genadeloze zonlicht. De temperatuur steeg gestaag, als een flesraket. Over een uur zou het heter zijn dan een kippetje dat net van de grill was gekomen. Buddy Lee liep met vaste tred tussen de grafstenen door. Hij bleef alleen staan om twee keer te hoesten voordat hij in de buurt van de graven van Isiah en Derek kwam. Hij liep om de rode esdoorn heen die uitkeek over de laatste rustplaats van zijn zoon en bleef subiet staan.

'Christine,' zei hij. Zijn hart sprong zowat uit zijn borst en sloeg tegen de achterkant van zijn keel. Ze stond aan de voet van de graven. Haar honingblonde haar viel op de kraag van haar blauwe blazer. Die lange benen waar hij zo van hield waren gewikkeld in een functionele blauwe rok die paste bij haar blazer. Diepe saffierkleurige ogen staarden hem vanuit een hartvormig gezicht aan. Hoe vaak had hij niet in die ogen gekeken? Ze als een stemmingsring van kleur zien veranderen? Donker zien worden van hartstocht, zien glinsteren van verlangen of blauwheet zien worden van woede? Ze had wat aan haar gezicht laten doen. Vooral rond haar ogen en haar mond. Hij nam het haar niet kwalijk. Waarom niet? Voor zover hij wist kon haar man het betalen. De chirurg had alleen in stand gehouden wat de LieveHeer haar gegeven had. Christine Perkins Jenkins Culpepper was dezelfde mooie vrouw die hij ooit in zijn armen had gehad. Een paar gecorrigeerde kraaienpootjes veranderden daar niets aan. Hoe graag Christine ook deed alsof hun achtjarige huwelijk nooit gebeurd was.

'Waar is de steen? De andere familie zei dat ze een steen hadden,' zei Christine.

'Die is beschadigd. Wat doe je hier? En hoe wist je waar ze begraven zijn?' vroeg Buddy Lee.

Christine veegde een dolende blonde lok uit haar ogen. 'Het stond in de krant.'

'Oké, duidelijk,' zei Buddy Lee.

'Wat is er met de steen gebeurd?'

Buddy Lee trok een van de bierblikken open en nam een flinke teug. 'Iemand heeft hem bewerkt met een mokermaker en er een hoop kutdingen over homo's op gekalkt,' zei hij.

De zuigende inademing van Christine dreef als een fluittoon over de begraafplaats. 'Dat is... jammer. Ik was het ook niet eens met Dereks levenswijze, maar dat is nog geen reden om zo'n verachtelijke vandalistische daad te plegen,' zei ze.

Buddy Lee ging een stap dichter bij haar staan en zij deed een stap naar achteren. Ze keek naar beneden, had door dat ze op Dereks of Isiahs graf stond en deed een stap naar rechts.

'Ben je daarom niet naar de begrafenis gekomen? Omdat je het niet eens was met hoe hij leefde? Of was het omdat het niet mocht van Gerald Culpepper?' vroeg Buddy Lee.

Christine wreef over haar neus en ging met haar hand door haar haar. 'Dat begrijp je toch niet. Iemand in Geralds positie kan niet publiekelijk affectie tonen voor een stiefzoon die zich bezighoudt met perverse activiteiten.'

'O, ik begrijp het heus wel. Ik begrijp dat je onze zoon je huis uit schopte vlak voordat de rechter meedeed aan de gemeenteraadsverkiezingen van Richmond. Ik begrijp dat onze zoon op straat leefde. Dat hij van huis naar huis moest hoppen omdat je het belangrijker vond om de vrouw te zijn van een of andere verwaande klootzak uit een rijke Virginiase familie dan een goede moeder,' zei Buddy Lee. Hij voelde dat hij rood aanliep. Trillingen verplaatsten zich als een opkomend hoogtij door zijn lichaam.

'Zegt ons heilige boontje William Lee Jenkins. Dacht je soms dat jij Vader van het Jaar was? Onze zoon heeft zich een immorele levenswijze aangemeten. Een weerzinwekkend, heiligschennend leven dat noch mijn man, noch ik in ons huis kon dulden. Ja, ik heb hem weggestuurd, maar ik heb hem nooit een klap in zijn gezicht gegeven. Ik heb hem nooit neergeslagen. Als je je zo om hem bekommerde, waarom heb je hem dan niet in huis genomen? O nee, dat kon natuurlijk niet, want je zat achter de tralies toiletwijn te zuipen,' snauwde Christine hem toe.

Buddy nam nog een slok van zijn bier. 'Die dure etiquettecursus waar Culpepper je naartoe heeft gestuurd heeft absoluut geholpen. Maar je kunt dat kakkerige toontje niet volhouden. Als je boos wordt komt Red Hill County ineens tevoorschijn. Zo ver van de achterbank van mijn Camaro ben je eigenlijk niet gekomen.'

'Ik laat me niet door jou uit mijn tent lokken. Ik laat me niet door jou uit mijn tent lokken. Ik laat me niet door jou uit mijn tent lokken,' mompelde Christine.

Buddy Lee dacht dat ze tegen zichzelf praatte en niet tegen hem. Ze staarde recht voor zich uit, balde haar vuisten, drukte haar gemanicuurde rode nagels in haar handpalmen. Buddy Lee keek nog eens goed naar haar ogen. Ze had er wat aan laten doen, maar er viel hem nog iets op. Een manische blik die hij nog kende van al die feestjes in een of andere woonwagen op het platteland.

'Christine, ben je high?' vroeg Buddy Lee.

Zijn vraag deed haar opschrikken uit haar zelfbezwering. 'Wat?'

'Ben je high? Want je pupillen zijn ongeveer net zo groot als de onderkant van dit blik hier,' zei Buddy Lee.

'Ik slik medicijnen op doktersadvies,' zei Christine.

'Dat zal gerust. Vast niet zo weinig ook.'

'Ik laat me niet de les lezen door uitschot zoals jij,' zei Christine. Ze beende weg op haar naaldhakken met rode zool.

Hij ving haar geur op toen ze langs hem liep. Niet de geur van haar dure parfum, maar van háár. De frisse geur van haar pas gewassen huid. En meteen was hij weer in de eerdergenoemde Camaro. Zijn mond in haar nek. Diezelfde frisse geur in zijn neus. Deze woordenwisseling was een microkosmos van de ene helft van hun vroegere relatie. Ze deelden de ene verbale klap na de andere uit. Zoekend naar die zachte en geheime plek waar ze een diepe snee konden maken zoals alleen iemand kon met wie je meer dan eens het bed hebt gedeeld. De andere helft van hun relatie zou zich niet herhalen. Buddy Lee nipte aan zijn bier. De leuke helft.

'We waren allebei waardeloze ouders. Maar ik was er tenminste bij toen hij de grond in ging. Jij komt met het zout aanzetten als het ei allang op is,' riep Buddy Lee. Hij hoorde dat ze haar pas inhield.

'Krijg de tyfus, Buddy Lee,' zei ze zonder zich om te draaien.

'Toch uit haar tentje gekropen,' mompelde hij.

Hij wachtte tot hij wist dat Christine buiten gehoorafstand was. Hij liep naar de graven en knielde op één knie neer. Hij maakte het andere blik open en goot de hele inhoud over Dereks graf.

'Het spijt me, Isiah, maar ik wist niet van welk bier je houdt. Derek dronk een tijdje Pabst. Op zijn vijftiende kreeg hij van mij zijn eerste. Dat was voor mijn laatste bezoek aan hotel De Houten Lepel. Ik dacht dat hij er een man van zou worden. Dom van me. Dat zie ik nu wel in,' zei Buddy Lee.

Hij sloeg zijn bier achterover en kneep het blik plat. 'Ik wilde alleen maar zeggen dat Ike en ik iets hebben teruggedaan. We hebben een van die jongens te grazen genomen. Ik weet dat je het niet zo zou hebben gewild. Ik geloof dat ik eindelijk begin te begrijpen dat jij nooit zo'n man kon worden als ik en ik nooit zo'n man als jij.'

Hij kneep het blik van Derek plat en deed de twee blikken in de bruine papieren zak. 'Ik weet dat je tegen me zou zeggen dat ik het los moet laten. Dat het niet de moeite waard was. En dan zou ik reageren met jouw eigen woorden.'

Hij ging staan en veegde het zand van zijn spijkerbroek. Zijn ogen brandden, maar hij was te moe om te huilen. 'Ik ben wie ik ben. Ik kan niet veranderen. En dat wil ik eigenlijk ook niet. Maar deze keer ga ik die duivel in mij inzetten voor een goede zaak.'

17

Ike sloeg zijn ogen open. Zijn onderrug voelde alsof er allemaal glasdraad in zat. Hij stond op uit zijn bureaustoel, zijn knieën kraakten als geweerschoten. Zijn horloge gaf aan dat het iets over achten was. Hij keek op zijn telefoon. Mya had een paar keer gebeld. Ze had hem ook twee korte berichtjes gestuurd. Ze vroeg zich twee keer af waar hij was en wanneer hij naar huis dacht te komen. Het eerste bericht was nog korter dan het tweede. Over een paar minuten zouden de jongens binnensijpelen. Jazzy zou zoals gewoonlijk te laat komen. Ze hadden zeven klussen vandaag, van Queen County tot helemaal in Williamsburg.

Ike liep om zijn bureau heen naar de plek waar hij die knul had vermoord. Een hogedrukreiniger en wat bleekmiddel waren genoeg geweest om alle bloedsporen te wissen. Hij had al zestien jaar niemand meer vermoord. Hij had al elf jaar niet meer gevochten. Elf jaar lang op het rechte pad en dan in een paar minuten daar totaal vanaf geraakt. Ze hadden die knul als een varken afgeslacht en hem in die versnipperaar gepropt zoals een moedervogel eten in de bek van haar jongen stopt.

Met z'n tweeën. Elf jaar. Eén plus één was twee. In de bajes had hij in een boek gelezen dat getallen in sommige godsdiensten een mystieke betekenis hebben. Niet voor het eerst dacht hij na over al die vreemde kennis die je kunt opdoen als je weinig anders te doen hebt dan gewichtheffen, lezen en vechten.

Ike ging naar het achterterrein. Hij pakte de waterslang die naast de achterdeur op een haspel zat en trok de spuit naar een rokend vat op de hoek van de opslagplaats. Hij spoot water in het vat tot er geen rook meer van de as af kwam. De spijkerbroek en het shirt van de knul waren in een mum van tijd in vlammen opgegaan, alsof het aanmaakhoutjes waren. Het had langer geduurd voordat zijn schoenen waren veranderd in twee nauwelijks herkenbare klompen. Hij spoot wat water op zijn hand en maakte zijn gezicht nat. Hij had Buddy Lee een stevige preek gegeven over onnodig bloedvergieten, maar zelf had hij niet verwacht dat het zo snel zou gaan.

Zo was het nu eenmaal met geweld. Wie ernaar op zoek ging, zou het vast en zeker vinden. Alleen niet op het moment dat jij het wilde. Het kwam op als kakken en voor je er erg in had zaten je mooie nieuwe schoenen onder de smurrie. Als je er lang genoeg op jaagt, heb je op een gegeven moment door dat je er nooit echt klaar voor bent. Er is stront aan de knikker en dan ga je er al dan niet in mee. Uiteindelijk raak je eraan gewend. Toen hij jong was dacht hij dat je er hard van werd. Hij spoot nog wat water in het vat. Na een paar jaar in de bak wist hij dat dat kant noch wal raakte. Mensen konden aan alles gewend raken, zo zaten ze nu eenmaal in elkaar. Maar je werd er niet hard van. Je werd er door geïndoctrineerd.

Ike trok de slang naar de versnipperaar. Toen ze de knul in stukken aan het apparaat voerden, hadden ze de uitvoer op de mesthoop gericht. Daarna was Ike de bulldozer in geklommen en had hij de mesthoop een paar keer goed door elkaar gegooid. Tegen zonsopgang was er van de knul alleen nog maar mest over.

Hij liet de slang vallen, liep naar binnen en pakte de bleek. Hij liep terug naar de versnipperaar en goot bleekmiddel in de invoergoot, pakte de slang en spoot water via de invoergoot het apparaat in. Het kwam er aan de andere kant weer uit. Een versnipperaar was een handige manier om een lichaam te verhakselen, maar een ramp als je geen sporen wilde achterlaten. Je kon hem met bleek doorspoelen, maar dan barstte het nog van het DNA dat je met het blote oog niet kon zien. De kans was groot dat er stukjes bot en haar tussen de kleine mechanische onderdeeltjes zaten. Het enige wat hij nu kon doen was het apparaat op de almaar hoger worden hoop verroeste koelkasten, wasmachines en grasmaaiers op de vuilstort gooien. Een apparaat van duizend dollar naar z'n grootjes. Hij kon er niet eens een paar tientjes aan overhouden door het geval naar een sloperij te brengen.

Toen Ike klaar was met schoonmaken, rolde hij de versnipperaar naar de zijkant van het gebouw. Later zou hij een van de jongens wel vragen om hem te helpen het gevaarte in de laadbak van zijn pick-up te tillen. Hij zou hun wijsmaken dat het ding het begeven had en er daarna nooit meer op terugkomen. Het was wel een beetje verontrustend dat hij zo gemakkelijk terugviel in de gewoonte van Riot om zonder scrupules te liegen. Een beetje verontrustend, niet meer dan dat.

Hij ging terug naar de werkplaats en wilde de voordeur van het slot halen toen Jazzy eraan kwam. Een halfuur te vroeg. Ike bleef staan en zette zijn handen in zijn zij. Hij had haar een jaar geleden een sleutel gegeven, maar ze was nog nooit vroeg genoeg gekomen om hem te kunnen gebruiken.

'Het einde der tijden moet zijn aangebroken, want zo vroeg ben je anders nooit,' zei hij.

Jazzy rolde met haar ogen. 'Marcus' auto deed het niet, dus ik moest hem naar zijn werk brengen. De kozijnenfabriek iets verderop. Ik had wel weer naar huis kunnen gaan, maar dat had weinig zin, dus vandaar. En ik maar denken dat je wel blij zou zijn om me zo vroeg te zien,' zei ze.

'Dat ben ik ook. Ik moet alleen even bijkomen van de schok,' zei Ike.

Jazzy rolde weer met haar ogen en liep naar haar bureau. Ike wilde haar volgen, maar hoorde buiten op de weg een donderend gebrul. Een stuk of vijf motoren stoven langs het pand. Het klonk als een troep leeuwen op jacht.

18

Buddy Lee parkeerde zijn auto en stapte op onvaste benen uit. Hij sloot het portier en waggelde naar zijn woonwagen. Na zijn bezoek aan de begraafplaats was hij naar de dichtstbijzijnde kroeg gegaan. Een rustige buurtkroeg met de naam McCallan's. Hij begon met bier, ging over op whiskey en sloot af met bourbon.

Nu slapen. Hij moest zijn roes uitslapen voordat hij Ike belde om het over het vervolg te hebben. Hij zette zijn voet op het eerste B2-blok, maar verloor subiet zijn evenwicht. Hij viel naar rechts, tegen zijn woonwagen aan, en landde op zijn kont op de grond. Hij rolde zich op zijn knieën. Toen hij op probeerde te krabbelen leek het alsof alle lucht in zijn longen werd verdreven door een slijmbal zo groot als een citroen. De ogen van Buddy Lee puilden uit hun kassen toen hij genoeg lucht in zijn longen probeerde te zuigen om te kunnen hoesten.

Sterke handen beukten op zijn rug. De harde klappen dreven de slijmbal uit zijn keel, die als een geplette pad op de grond terechtkwam. Buddy Lee voelde dat hij overeind werd getild.

'Gaat het?'

Buddy Lee knikte naar zijn redder. Een slanke vrouw met smalle heupen en scherpe, grove trekken hield zijn arm in een ijzersterke greep. Haar door talloze uren in de blakende zon getaande huid glansde. Twee lange zwarte paardenstaarten met sneeuwwitte strengen erin hingen bijna tot aan haar middel over haar borst.

'Je kunt liegen als de beste, Buddy Lee,' zei ze.

'Ik was gewoon even mijn balans kwijt, Margo. Je hoeft niet meteen te doen alsof je slipje in de fik staat,' zei Buddy Lee.

Margo liet hem los en veegde haar handen af aan haar spijkerbroek. Haar witte tanktop leek met die donkere vlekken wel moderne kunst. 'Ik draag al sinds Herb dood is geen slipjes meer. Dat was mijn tweede man. Een lieve kerel, maar mijn god, hij was zo gespannen dat zijn gewrichten ervan piepten,' zei ze.

'Je derde man vond het geen probleem dat je geen ondergoed droeg?' vroeg Buddy Lee met een knipoog.

'Colton. Goeie genade, nee, hij niet. Die man hing 'm overal in. Het verbaasde me niet dat hij boven op een vrouw aan zijn eind kwam, ik had alleen gedacht dat ik die vrouw zou zijn,' zei Margo.

Buddy Lee grinnikte. Het grinniken werd lachen. Het lachen werd hoesten. Margo klopte op zijn rug. Het was een merkwaardig intiem gebaar, en Buddy Lee merkte dat hij er meer troost uit putte dan hij wilde toegeven. De hoestbui zakte weg.

'Weet je, we zijn ondertussen al vijf jaar buren,' zei Margo. 'Toen ik hier kwam deed je me aan een fitte oude cowboy denken. Maar nu ben ik geneigd een rollator voor je te bestellen.'

'Goh, dank je, Margo. Misschien moet ik een boom voor je planten. Dan kan je die als pispaal gebruiken.'

Margo schudde een paar keer haar hoofd. 'Dat is geen belediging. Het is een observatie. Je drinkt te veel en je eet te weinig. Je ziet eruit alsof je in twee weken tijd één uur hebt geslapen. Je moet naar de dokter voor dat hoesten. Dat zijn gewoon feiten. Mijn eerste man vertikte het om naar zijn hoest te laten kijken en toen ineens hield zijn hart ermee op,' zei ze.

Buddy Lee veegde met de rug van zijn hand zijn mond af. Het was niet zo dat alles draaide, maar echt stil stond het ook niet. De bourbon en het bier gingen in zijn buik met elkaar op de vuist, en zijn maag dreigde ze er allebei uit te schoppen. Kotsen waar zijn welwillende maar nieuwsgierige buurvrouw bij stond was wel het laatste wat hij wilde. Het zou waarschijnlijk meer rood dan bruin zijn, en hij was niet in de stemming om antwoord te geven op alle vragen die dat zou oproepen.

'Ik heb toch gezegd dat het wel gaat, Margo. Het is gewoon een lange week geweest. Wat zeg ik, een lang jaar,' zei Buddy Lee.

De harde trekken in Margo's gezicht werden iets zachter. 'Ik weet het. Ik vind het heel erg van je zoon. Ik heb vier echtgenoten begraven, maar ik weet niet wat ik zou doen als ik een van mijn meiden in een kist zou zien liggen. Het zou tegen de wet moeten zijn dat ouders met zulke rotdingen geconfronteerd worden,' zei ze.

Uit het niets kwamen er tranen in de ogen van Buddy Lee. 'Ja, daar heb je gelijk in. Dat zou eigenlijk moeten. Goed, ik ga naar binnen om te pitten.'

'Oké. Geef maar een gil als je iets nodig hebt. Ik ben achter in de tuin.'

'Heeft Artie niet gezegd dat je die tuin moet omspitten?' vroeg Buddy Lee met een knipoog.

De hoeken van Margo's mond zakten subiet. 'Klopt, en ik heb tegen hem gezegd dat als ik mijn tomatentuin moet omspitten, dat ik dan zo depressief word, dat ik zomaar tegen iemand kan zeggen dat ik hem de woonwagen van dat meisje van Carson zag binnensluipen toen zijn vrouw op haar werk in het verzorgingshuis was.'

Buddy Lee floot. 'Ze hebben een harde dobber aan jou, of niet soms?'

'Luister, hij moet zijn leuter gewoon in zijn broek houden. Hij mag blij zijn dat ík hem betrap en niet zijn vrouw of de vriend van die griet van Carson. Ik snap trouwens echt niet hoe ze die goorlap kan velen. Schiet mij maar lek.'

Buddy Lee lachte. 'Ik ook niet. Maar goed, nu ga ik echt slapen.' Hij stapte het B2-blok op en pakte zijn deurknop.

'Ik maak vanavond spaghetti. Ga m'n grote vleestomaten gebruiken voor de saus. Je bent meer dan welkom om een bordje mee te eten,' zei Margo.

'Je gaat me niet vergiftigen zoals je met die mannen van je hebt gedaan?' vroeg Buddy Lee.

Margo rolde met haar ogen. 'Je bent een eikel, wist je dat?'

'Daar lijken de meeste mensen het mijn hele leven al over eens te zijn,' zei hij.

Margo bromde. 'De saus is denk ik om een uur of zeven klaar. Ik weet dat je je zoon mist, maar je moet wel eten. Hij zou niet willen dat je aftakelt.' Ze slenterde terug over de oprit en verdween achter haar woonwagen.

Buddy Lee keek haar een poosje na. Margo was geen onaantrekkelijke vrouw. Hij schatte haar een jaar of vijftig, vijfenvijftig. Een paar jaar ouder dan hij, maar in veel betere doen. Ze werkte op de tuinafdeling van de bouwmarkt. Ze waren nu vijf jaar buren en het grootste deel daarvan had ze een 'friend with benefits' gehad, zoals dat heette, een vriend met wie ze zo nu en dan het bed deelde. Buddy Lee had hem een paar keer gezien door zijn keukenraam. Een beer van een vent met een borstelkop in een oude Jeep Wagoneer met een vergeelde bumpersticker waar MITT ROMNEY FOR PRESIDENT op stond. De laatste paar maanden had Borstelkop zich weinig laten zien. Zou dat de reden zijn dat Margo hem nu uitnodigde voor het eten?

'Haal je hoofd effe uit de wolken, man. Ze wilde gewoon aardig zijn. Meer zit er tegenwoordig sowieso niet voor je in,' mompelde Buddy Lee. Hij ging naar binnen, schopte zijn laarzen uit en trok zijn klamme shirt over zijn hoofd. De airco klonk alsof iemand hem in een wasmachine had gegooid. Hij rochelde en piepte als een astmalijder, maar leek het in ieder geval te doen. De koele lucht bezorgde hem kippenvel op zijn borst en rug.

Buddy Lee lag languit op de bank en had net zijn ogen dichtgedaan toen er iemand op zijn deur bonsde. Grommend kwam hij overeind en zette zijn voeten op de vloer.

'Verdomme, Margo, ik zei toch dat er niks aan de hand was,' mompelde hij terwijl hij de deur opende.

Op het B2-blok stond rechercheur LaPlata. Alleen, maar wel met penning en wapen.

'Meneer Jenkins, we moeten even babbelen,' zei hij. Hij liep doodleuk zonder toestemming te vragen de woonwagen in. Buddy Lee deed een stap naar achteren. LaPlata keek hem lang en indringend aan. Buddy Lee wist wat dat betekende.

Hij had het verkloot, LaPlata kwam niet voor de gezelligheid.

19

Ike nam de dagplanning door terwijl Jazzy al tikkend achter haar computer facturen betaalde en klanten hun maandafrekeningen mailde. Binnen nu en een uur zou zijn personeel binnendruppelen. Straks zou het geluid van vrachtwagens die hun lading mulch, aanplantgrond en bodemverbeteraar kwamen ophalen door het magazijn galmen.

Ike probeerde niet aan de mest te denken. Of om precies te zijn: aan wat er in de mest zat.

Hij hoorde de bel gaan en daarna de vrolijke begroeting van Jazzy. Een paar tellen later stak ze haar hoofd om de hoek van zijn kantoortje.

'Ike, er staan mannen voor de deur die jou willen spreken,' zei ze. Haar ogen waren groot en haar ademhaling was jachtig.

'Wat is er?'

Jazzy gaf half fluisterend antwoord. 'Het zijn een stuk of vijf bikers en ze vragen naar jou.'

Ike ging rechtop zitten. Het klonk als een slechte grap. Vijf bikers komen bij een hovenier... Ike wreef over zijn slapen. Gisteravond was hij met Buddy Lee twee jongens tegen het lijf gelopen bij wie het woord 'motorbende' zo ongeveer op het voorhoofd stond. De een had hij een klap voor z'n harses gegeven, de ander had hij samen met Buddy Lee om zeep geholpen. En nu stonden er een paar bikers voor zijn deur. De knul had gezegd dat hij Tangerine moest opsporen. Stel nu dat hij was ingehuurd door deze bikers? Ike had tegen Buddy Lee gezegd dat ze geen rechercheurs waren, maar je hoefde echt geen Easy

Rawlins te zijn om te begrijpen hoe de vork in de steel zat.

We hadden die andere kerel ook koud moeten maken, dacht Ike.

'Zeg maar dat ik er zo aan kom,' zei hij.

'Ik kan ook gewoon zeggen dat je er niet bent,' zei Jazzy.

'Nee hoor, dat hoeft niet. Ik ga wel even kijken,' zei Ike. Hij liep om zijn kantoorhoekje heen en ging naar de hal. Onderweg pakte hij een kapmes van de muur.

Vijf mannen in mouwloze leren vesten en met verschillende gradaties van langharigheid stonden in de hal. Twee mannen stonden de reclames op de muur te lezen. Twee anderen stonden bij de deur. Een grote blonde man met een vervaarlijk litteken op zijn wang dat dwars door zijn baard sneed stond met zijn zwaar getatoeëerde armen voor zijn borst gevouwen tegen de frisdrankautomaat geleund.

Ike legde het kapmes op de balie. 'Waarmee kan ik jullie van dienst zijn?'

De blonde biker kwam los van de frisdrankautomaat. Hij wierp een blik op het kapmes en glimlachte toen naar Ike. Zijn tanden stonden schots en scheef en hij miste onder en boven, op precies dezelfde plek, een snijtand.

'Dat hang ervan af. We zijn op zoek naar een vriend van ons en volgens mij weet jij waar hij is,' zei de grote blonde man. Het bleke litteken op zijn gezicht kronkelde als een ecg van zijn jukbeen naar zijn kin. Op zijn leren vest zat ter hoogte van het hart een patch met het woord PRESIDENT. De andere vier mannen kwamen naast hem staan. De man links van hem had een patch waar SERGEANT AT ARMS op stond. Ordebewaarder. Zijn hand verdween achter zijn rug en kwam tevoorschijn met een ijzeren pijp. Om het ene uiteinde zat isolatietape. De andere drie mannen haalden hun eigen zelfgemaakte wapens tevoorschijn. Een van hen had een ketting met een hangslot eraan. De andere twee hadden afgezaagde biljartkeus met respectievelijk een blauwe en een groene handgreep. De man met de presidentspatch leunde naar voren en zette zijn handen op de balie. Het kapmes lag een armlengte bij hem vandaan.

‘Volgens mij heb je geen vrienden hier,’ zei Ike. Hij staarde recht in de lichtblauwe ogen van de man. Achter hem bleef Jazzy driftig op haar toetsenbord tikken.

Normaal gesproken hield Ike van de geur die er ’s ochtends vroeg in zijn bedrijf hing. De geur van benzine, olie, aarde, zelfs van die verrekte mest. Het rook allemaal naar een dag vol eerzaam werk. Naar het verfraaien van de tuinen van mensen die nog niet eens op je zouden spugen als je in brand zou staan, maar die je wel inhuren omdat ze zelf te beroerd zijn om mulch te strooien of hun eigen bloembedden te mesten. Voor Ike betekende hun minachting niets. De bergen aarde die hij naar hun tuin had gebracht, hadden hem een huis opgeleverd. Die talloze graszoden hadden brood op de plank gebracht. Die ontelbare kruiwagens vol mulch hadden de studie van Isiah betaald. Zolang ze hun rekeningen betaalden mochten ze denken wat ze wilden.

Maar behalve de scherpe geur van geraffineerd petroleum en poederkalk rook hij nog iets. Een bittere metaalgeur die deed denken aan stuivers en oude batterijen. Zouden de bikers het ook ruiken? Hij had urenlang schoongemaakt, maar het leek alsof de muren de koperlucht hadden opgezogen.

‘Wat? Dus we zijn geen vrienden?’ zei de blonde man.

Ike kromde zijn vingers om de greep van het kapmes. Hij bleef de blonde man recht in de ogen kijken. ‘Zelfs niet een beetje,’ zei hij ten slotte.

De man knikte alsof dat het antwoord was dat hij had verwacht. Hij rechtte zijn rug en draaide zich naar zijn ordebewaarder. ‘Sla deze klerebende aan gort.’

Terwijl Dome zijn pijp hief om de schaal met snoepjes op de balie kapot te slaan, schoot Ikes linkerhand als een tijgerklauw naar voren. Hij greep Grayson bij zijn rechterarm. Hij trok hem naar zich toe en tegelijkertijd naar beneden, zodat zijn hoofd hard in aanraking kwam met de balie.

Dome verstijfde, de pijp bleef boven zijn hoofd hangen toen Ike het kapmes in de nek van Grayson zette. De grote man stribbelde tegen, totdat Ike het lemmet in het zachte plekje onder zijn oor drukte.

'Hou je poten thuis want anders snij ik zijn klotekop eraf,' zei Ike.

Dome verroerde zich niet. De pijp trilde als een stemvork. De andere drie bikers waren ook verlamd.

'Waar wachten jullie nog op? Grijp die hufter!' zei Grayson.

Ike zoog op zijn tanden. Hij had het gevoel dat de muren razendsnel op hem afkwamen. Zijn hart ging tekeer. Hij had een situatie als deze al eerder meegemaakt. En toen was het niet goed voor hem afgelopen. Helemaal niet goed.

Ike beet op de binnenkant van zijn onderlip en pakte de greep van het kapmes steviger vast. Ze mochten niet aan zijn gezicht zien dat de angst langzaam langs zijn ruggengraat omhoogkroop. Als je een dier laat weten dat je bang voor hem bent, verliest hij alle respect voor je. En als hij geen respect voor je heeft, heeft hij er geen moeite mee om je buik open te scheuren en je te laten zien hoe je buik er vanbinnen uitziet. Mensen mochten dan op twee benen lopen, maar ze waren de wreedste dieren op aarde. Helemaal wanneer ze dachten met meer te zijn. Bij het geringste teken van zwakte zouden deze bikers zich als een troep wilde honden op hem storten.

Dome slikte iets weg. Hij deed een onzekere stap naar Grayson en Ike.

Ike haalde het lemmet langs de nek van de blonde man. Als bij toverslag verscheen er een dun streepje bloed. Het stroomde als kwikzilver langs Graysons keel en drupte op de balie.

'Scherp genoeg om je mee te scheren. Ik heb zijn keel al doorgesneden voordat je om die balie heen bent gelopen. Geloof me,' zei Ike.

'Jezus Christus, Dome, pak die nikker aan. Het is verdomme vijf tegen één!' zei Grayson. Het kwam er wat gesmoord uit, maar Ike hoorde luid en duidelijk het woord 'nikker'.

Grayson probeerde zich weer vanaf de balie omhoog te drukken. Ike drukte het lemmet nog iets harder in zijn huid. Het beet dieper in zijn dikke nek. Toen pas hield hij op met tegenstribbelen.

'Je hebt geen schijn van kans, *boy*,' zei Dome. Grayson was enigszins bekomen van de schok die de actie van Ike teweeg had gebracht. Ike zag dat ook de andere drie bikers hun onbehagen van zich af schudden en naar voren kwamen. Eerst moest hij de president uitschakelen en daarna de man die ze Dome noemden. Ike ving zijn blik op toen hij naar de zijkant van de balie liep. Als je toevallig net op dat moment met je ogen had geknipperd had je het gemist, maar Dome leek heel even te aarzelen. Er was moord in Ikes ogen te zien, helder en sterk als maiswhiskey.

'En vijf tegen een .38? Hoe zouden de kansen dan liggen?' zei Jazzy. Ike waagde een blik naar links en zag dat zijn receptioniste een klein chromen pistool op Dome gericht hield. De biker stond als aan de grond genageld.

'Jij gaat echt niet iemand neerschieten. Een mooi grietje als jij gaat heus niet...' begon Dome, maar toen Jazzy in het plafond schoot viel zijn mond met een harde *plop* dicht. De knal van het schot galmde door het gebouw en weerkaatste tegen de draagbalken boven hun hoofden.

Ike probeerde altijd veel ex-bajesklanten in dienst te nemen. Hij wist hoe belangrijk het was om een tweede kans te krijgen, en hij wist ook hoe moeilijk het was om een baan te krijgen wanneer er een gat van tien à vijftien jaar in je cv zat. Maar nu was hij blij dat een van zijn medewerkers geen strafblad had. Jazzy was de enige binnen zijn bedrijf die een wapenvergunning kon krijgen.

Ike gebaarde met zijn hoofd naar Jazzy. 'Ze kan aardig overweg met dat ding. Dus als ik jou was zou ik maar snel weer bij de deur gaan staan. Dan laat ik je vriend hier los. Geloof me, je wil haar niet op de proef stellen,' loog Ike. Hij wist niet of Jazzy vanaf een meter een gat in een emmer kon schieten, maar dat deed er nu ook niet toe. Zolang deze boerenkinkels maar dachten dat ze een scherpschutter was.

Dome ging met zijn tong over zijn lippen. De stilte die viel leek een eeuwigheid te duren. Toen liet Dome zijn pijp zakken en stak hem terug in zijn broekband. 'Allemaal naar achteren,' zei hij.

Ike zag hoe Dome en de andere drie bikers achterwaarts naar de deur schuifelden. Toen ze alle vier op veilige afstand waren, boog hij zich voorover om de blonde man iets toe te fluisteren. 'Ik laat je los, maar je hoeft maar één rare beweging met je wenkbrauwen te maken of ik snij je open zoals een jager zijn eerste hert van het jachtseizoen. Gesnopen?'

'Je laat me gewoon gaan en je vermoordt me echt niet, want je kan wel raden hoe het dan met je afloopt,' zei Grayson. Hij praatte zo hard als mogelijk was met een van zijn mondhoeken stijf tegen het formica.

'Ik weet dat je je gezicht probeert te redden tegenover je vriendjes, maar als ik je hier nog één keer zie blijft er zo weinig van je over dat ze je in een ziplockzakje kunnen bewaren. En ik ben een man van mijn woord. Ik ben een blaffende hond die wél bijt,' fluisterde Ike.

Grayson reageerde niet. Ike haalde het kapmes uit zijn nek en deed een stap naar achteren en naar links. Grayson kwam overeind en legde zijn hand in zijn nek. Zijn ogen priemden zich in die van Ike, maar de blik van Ike was minstens zo dodelijk.

'Misschien moet je wat van die gangstermaatjes van je bellen, mister Big,' zei Grayson. 'Wat zilverruggen laten komen. Ja, ik heb die tats heus wel gezien. Je zult al die hangnegers hard nodig hebben. We zijn de Rare Breed, klootzak. We zullen de boel hier in de hens steken en pissen op het hoopje as dat er van deze teringbende overblijft. Daarna ga ik persoonlijk in die gore muil van die bitch schijten en dan mag jij lekker toekijken.'

Ike hoorde Jazzy schielijk inademen toen de blonde biker het over haar had, maar ze vertrok geen spier.

Grayson haalde zijn hand uit zijn nek en zwaaide zijn arm naar de grond. Bloed spatte vanaf zijn handen en vingertoppen op het beton. 'Bloed om bloed, nikker,' zei hij. Hij legde zijn bebloede hand op zijn lippen en blies een kus naar Jazzy.

Ike wees met het kapmes naar de deur. 'Je moet meer lopen en minder praten.'

De blonde biker glimlachte. Jazzy trok de hamer van haar .38 met haar duim naar achteren.

‘Tot snel,’ zei Grayson.

Hij draaide zich om en liep weg door de deur. Zijn clubgenoten volgden hem. Dome bleef staan en schudde zijn hoofd verwijtend naar Ike voordat hij ook naar buiten liep.

Toen hij de motoren hoorde starten legde hij zijn kapmes neer. Hij hoorde Jazzy een snikkend geluid maken. Het wapen in haar hand begon te trillen.

‘Geef die maar aan mij, Jazz,’ zei Ike. Jazzy reageerde niet en dus pakte Ike het pistool voorzichtig uit haar hand, liet de hamer langzaam terugkomen en schoof het wapen in zijn zak. Jazzy hield haar arm nog altijd gestrekt voor zich.

‘Jazz, ze zijn weg.’

‘Ze komen terug, toch?’

‘Ik weet het niet,’ loog Ike.

‘Volgens mij moet ik overgeven,’ zei Jazzy en ze rende naar achteren.

Ike liep naar de voordeur en deed die op slot. Hij sloot zijn ogen en legde zijn hand op het koele metaal van de deur om zichzelf te kalmeren. Gisteravond, toen hij met Buddy Lee het vloerkleed openrolde, maar nog vóór ze de beugelzagen pakten, had hij gedacht dat het nu klaar was. Dat ze die knul zouden vermalen en dat het knagende zwarte gat in hun hart dan gevuld zou zijn. Heel even had hij gedacht dat ze zichzelf konden wijsmaken dat die knul degene was die hun zoons had vermoord. Dat ze er een punt achter konden zetten. Dat ze hun nietszeggende leventje weer konden oppakken in de wetenschap dat ze het recht hadden gezet.

Dat was onzin. Dat besefte hij nu ook.

Er was geen weg meer terug. Er was maar één weg, een lang pad dat even donker was als je eerste nacht in de hel en helemaal geplaveid met slechte bedoelingen. Ze konden wel beweren dat ze op zoek waren naar gerechtigheid, maar dat was het niet. Het was onblusbare, onverbiddelijke wraak. En hij wist uit eigen ervaring, door alles wat hij in de lik en daarbuiten had meegemaakt, dat elke wraakoefening gevolgen had.

Die bikers zouden terugkomen. Misschien vanavond. Misschien morgen. Misschien over een paar dagen. Maar ze zouden terugkomen. Ze zouden met brullende motoren en opgetuigd voor een oorlog door de straten rijden. Hij moest zich voorbereiden. Hij wist niet hoe en hij wist niet waarom, maar hij wist dat ze iets te maken hadden met wat Isiah en Derek was overkomen. Hij voelde het aan zijn water.

Ze wilden oorlog? Ze konden een bloedbad krijgen.

20

Als Buddy Lee al die keren dat hij in de bak had gezeten of op een politiebureau zijn roes had uitgeslapen één ding had geleerd, dan was het dat je never nooit niet vrijwillig informatie gaf aan een smeris. Het maakte niet uit of je schuldig was of niet, je gaf niets prijs. Na een tijdje zeiden ze toch wel wat ze wilden of waarvan ze je verdachten. Zij werden betaald om vragen te stellen, jij niet om antwoorden te geven.

Hij leunde achterover op de bank, legde zijn benen over elkaar en wachtte tot LaPlata zou vertellen waarom hij Buddy Lee stoorde tijdens zijn broodnodige dutje.

Het gaat niet over die knul, dacht hij. *Als dat het was, dan had hij me allang manchetten omgedaan.*

LaPlata haalde zijn mobiel tevoorschijn en scrolde door een paar schermen. Toen hij gevonden had wat hij zocht, legde hij de telefoon op de melkkratten annex salontafel tussen hen in. Op de foto stond een man met een baard en een gigantisch blauw oog. En een mond die flink gezwollen was. Zijn lippen leken wel worsten. Het doffe kotsgroen achter de man kende Buddy Lee maar al te goed. De foto was genomen op een politiebureau.

'Dat is meneer Bryce Thomason,' zei LaPlata. 'Hij meldde zich vanochtend op het politiebureau met een interessant verhaal. Hij zei dat er twee oude kerels zijn headshop binnenkwamen en hem lens sloegen en ondertussen vragen stelden over de moordenaars van hun zoons. Bryce heeft ook een paar gebroken vingers. Met die hand kan hij voorlopig niet meer vapen.'

Buddy Lee keek op. 'Yep, iemand heeft die knul flink toegetakeld. Maar ja, hij ziet er ook uit als een bijdehand eikeltje, dus dat verbaast me niks. En ik hoopte nog wel dat u nieuws had over de zaak,' zei hij.

LaPlata legde zijn handen op zijn knieën. 'Ik zal van mijn hart geen moordkuil maken, meneer Jenkins. Onder ons gezegd en gezwegen, ik snap het wel. U had een moeilijke relatie met uw zoon omdat hij homoseksueel was en u daar niet mee kon omgaan. Nu is hij dood en kunt u er niets meer aan doen, en dus wilt u iets doen aan die mensen die hem vermoord hebben omdat u vindt dat er van onze kant te weinig komt. Ik begrijp hoe u zich voelt. Maar voor alle duidelijkheid: het kan niet zo zijn dat burgers eigenhandig wraak gaan nemen. Dan vallen er dus gewonden, zoals die Bryce hier. Dan moet ik u arresteren en meesleuren naar het bureau. En dat wil ik niet, meneer Jenkins, maar ik ga het wel doen. Mensen kunnen niet voor eigen rechter gaan spelen. Op die manier krijgen we anarchie. En aan de blauwe plekken op uw gezicht te zien heeft u onlangs nog wat anarchistische activiteiten ontplooid.'

'Dat denkt u echt, hè?' vroeg Buddy Lee.

'Ja, dat denk ik echt.'

Buddy Lee krabde aan zijn kin. 'U zegt steeds dat u het wel begrijpt. Heeft u kinderen, rechercheur LaPlata?'

'Een jongen en een meisje, en voordat u het vraagt, ja, als iemand hun iets zou aandoen zou ik die schoften ook willen opsporen om ze een tergend langzame dood te bezorgen, maar ik zou het niet doen, omdat ik erop vertrouw dat mijn collega's de daders vinden en het op de juiste manier afhandelen,' zei LaPlata.

'Dat is precies het verschil tussen u en mij. U kunt dat zeggen omdat u het niet heeft meegemaakt, en ik hoop van ganser harte dat het u bespaard blijft. Maar zolang u niet aan mijn kant van de tafel zit, heb ik liever niet dat u zegt dat u me begrijpt. En ik ben geen advocaat, maar als u meer zou hebben dan alleen maar de verklaring van die knul – hoe heette hij ook alweer, Bryson?'

'Bryce,' zei LaPlata.

'Ja, Bryce. Als u, ik noem maar iets, beelden zou hebben van degene die zijn tanden uit zijn bek heeft geslagen, dan zou u me volgens mij allang hebben aangehouden. Maar dat doet u niet, omdat u zoiets niet heeft. En als u het niet erg vindt zou ik nu graag gaan slapen, want ik ben doodop.'

'Luister, meneer Jenkins. Ik vind het heel erg voor u van uw zoon. Ik weet niet hoe het voelt, maar ik kan het me wel voorstellen. Want als iemand mijn kinderen iets zou aandoen, zou ik helemaal gek worden. Maar laten we één ding afspreken. Ik zet nu de achterdeur voor u open. Ik geef u één keer een u-mag-de-gevangenis-verlaten-zonder-te-betalen-kaart. Het is uw en meneer Randolphs woord tegen dat van Bryce, die inderdaad een zeikerdje is. Zijn twee maten lijken niet meer te weten wie er binnenkwamen en zijn gezicht verbouwden. Dus we laten het hierbij. Ik heb honderd kilometer gereden en zit hier ver buiten mijn rechtsgebied om u te waarschuwen. Maar de volgende keer, als er een volgende keer komt, sleur ik u mee naar de stad en laat ik een rechter een borgsom bepalen die precies hoog genoeg is om u achter de tralies te houden tot we ons onderzoek hebben afgerond. Is dat duidelijk?' vroeg LaPlata.

'Zoals ik al zei, rechercheur, ik kan mijn ogen nauwelijks openhouden, dus als u me wilt verontschuldigen. Ik ga nu een hele nacht nadenken over mijn zoon en het feit dat ik nooit meer iets kan doen om het goed te maken met hem,' zei Buddy Lee. Hij was ondertussen witheet geworden, alsof er vanbinnen een stormlamp was omgevallen. Deze kutsmeris met zijn smetteloze witte overhemd en plooibroek waarvan de vouw scherp genoeg was om als broodmes te gebruiken wilde hem iets wijsmaken over verlies? Deze mooie jongen die eruitzag alsof hij in zijn hele leven nog niet één hobbel had hoeven nemen kwam hem nu even in zijn gezicht spugen? Deze ballerige klootzak die waarschijnlijk nooit een kerstdiner met zijn familie had gemist en op Thanksgiving altijd als een godvergeten Kennedy een partijtje touchfootball speelde? Deze man die elke vrijdagavond brave middenklassenseks met zijn vrouw had? Die nooit tegen het verwende nest dat zijn dochter was hoefde te zeggen dat ze niet genoeg geld hadden om de babypop te kopen die ze zo graag wilde hebben? Die waarschijnlijk in een mooi huis aan de noordkant van de hoofdstad woonde met een springlevende zoon? En die man wist zogenaamd hoe verlies voelde? Hoe het voelde dat hij het niet meer kon goedmaken met Derek? Hij kon naar de hel lopen. Hij en zijn lullige burgermansleventje konden naar de hel lopen. Buddy Lee had kennisgemaakt met verlies op een manier die rechercheur LaPlata zich niet eens kon voorstellen, laat staan dat hij het kon overleven.

Buddy Lee streek met zijn duimen over de eeltplekken op zijn wijsvingers. LaPlata stond op en veegde bijna als in een reflex de achterkant van zijn broek af.

'Bemoeit u zich er niet mee, meneer Jenkins. Mijn partner is nu naar meneer Randolph om tegen hem precies hetzelfde te zeggen. Laat ons ons werk doen. Gedane zaken nemen geen keer, maar u heeft wel invloed op hoe de dag van morgen eruitziet.'

Je hebt geen idee, kerel, dacht Buddy Lee.

21

Juist toen de ondergaande zon vlak boven de cipressen in zijn achtertuin danste, reed Ike zijn oprit op. Hij parkeerde zijn pick-up en ging naar binnen. Hij trok de deur achter zich dicht en deed hem op slot. Ze woonden aan een doodlopende straat waarvan de ingang aan een rustige zijweg lag. Als iemand hem had gevolgd zou hij dat gemerkt hebben, maar goed, hij wilde het ze niet makkelijk maken om zijn huis binnen te komen. In de woonkamer klonk continu het geluid van wezenloze tv-stemmen. Mya zat op de bank. De rook van haar sigaret kringelde als een dwaallicht vanaf haar asbak omhoog.

Ike hing zijn sleutels op het krijtbord annex sleutelhanger aan de muur en liep naar de keuken. Hij hoorde Mya opstaan en achter hem aan lopen. Hij pakte de rum uit het kastje en schonk een flinke scheut in een zwaar kristallen geslepen glas. De rum brandde helemaal tot in zijn maag. Hij wist dat Mya met haar armen voor haar borst gevouwen bij de bezemkast stond. Hij kende de manier waarop ze nu naar hem stond te kijken. Hij pakte de fles rum om nog een keer in te schenken, maar bedacht zich. Hij zette het glas in de gootsteen en draaide zich om naar zijn vrouw. Haar armen lagen inderdaad gevouwen op haar borst en ze keek hem kwaad aan.

'Je blijft tegenwoordig hele nachten weg?' vroeg ze.

'Ik moest iets regelen,' zei Ike.

'Je moest iets regelen? En je telefoon deed het ineens ook niet meer?'

'Sorry dat ik je niet gebeld heb.'

'Fijn hoor, dat je sorry zegt. Maar waar hing je in godsnaam uit?

Die rechercheur kwam nog langs. Ik dacht dat hij misschien nieuws over Isiahs zaak had, maar hij wilde jou spreken. Enig idee waarom?'

Bij het woord rechercheur liep er een rilling over zijn rug, maar dat was van korte duur. Als hij hem aan de tand had willen voelen over die knul van wie ze mest hadden gemaakt, was hij wel met een paar handboeien naar de zaak gekomen. Helemaal omdat Ike al een keer was veroordeeld voor doodslag.

Zo hadden ze het tenminste genoemd, dacht Ike.

Hij liet het glas staan en nam een slok uit de fles. Mya sprong als een gazelle naar hem toe, griste de fles uit zijn hand en zette hem keihard terug. De paar druppels die uit de lange flessenhals vlogen spatten neer op de tafel en dropen van de rand.

'Hier beginnen we niet aan, Ike.'

'Waaraan? Wat denk je dat ik aan het doen ben?'

Mya wreef haar handen tegen elkaar en hield ze toen voor zich. Ze trilden toen ze begon te praten. 'Ik weet het niet. Ik denk niet dat je vreemdgaat. Voor dat soort zielige dingen zijn we te oud, mag ik hopen. Maar je kunt niet kroeg in, kroeg uit gaan en je roes uitslapen op de zaak omdat...' Ze viel stil en snikte.

'Ik was niet aan het drinken. Gisteravond in ieder geval niet. En waar is hier een kroeg? Er zijn hier alleen maar heel veel wegen die nergens naartoe gaan,' zei Ike met gedempte stem.

'Ik kan hier niet tegen, Ike. Ik wil niet midden in de nacht gebeld worden omdat je dronken achter het stuur bent gekropen en jezelf dood hebt gereden. Ik hou het nu al amper vol. Zonder Arianna zou ik 's ochtends niet eens m'n bed uit komen. Zij is het enige wat nu telt, en in m'n eentje red ik het niet. Ik kan haar niet alleen grootbrengen, Ike. Ik heb het met Isiah gedaan, maar ik ben er niet sterk genoeg meer voor,' zei Mya. Tranen biggelden over haar wangen.

Ike wilde haar in zijn armen nemen, maar ze deinsde terug. Hij trok zijn armen weer terug.

'Ik weet het,' zei hij. 'Ik weet dat het zwaar voor je was toen ik wegging. Je hebt hem goed opgevoed toen ik achter de tralies zat. Je hebt een beter mens van hem gemaakt dan ik ooit kan worden. Maar dit is anders. Het lijkt in niets op wat het eerst was. En Arianna is niet het enige wat telt. Doen wij er dan helemaal niet meer toe? Wat wij hadden, jij en ik, dat doet er voor jou niet meer toe?' Het was niet zijn bedoeling om in de verleden tijd over hen te praten, maar de woorden vlogen zijn mond uit als hoornaars die uit hun nest worden gejaagd.

Mya leek het niet door te hebben. 'Je weet dat dat niet zo is.'

'Soms weet ik het niet meer,' zei Ike.

Mya veegde haar gezicht af. 'Hoe kun je dat zeggen? Ik hou van je, Ike. Ik hou al sinds mensenheugenis van je. Maar onze zoon is dood. En ik kan daar met mijn hoofd niet bij. Ik blijf het proberen, maar als ik naar Arianna kijk zie ik zoveel van Isiah in haar dat ik er nauwelijks tegen kan. Het doet zo'n pijn, Ike. Het is alsof er in mijn hart alleen nog maar plek is voor pijn. Ben je daarom niet thuisgekomen? Omdat je al die pijn niet kan verdragen? Is dat onze toekomst? Eerst één nacht. Dan twee. Dan een paar weken. En dan voorgoed. Is dat het, Ike? Je kijkt 's ochtends voor je weggaat in wat voor stemming ik ben?'

Ike pakte de fles er weer bij en nam een grote slok. Mya had zoveel gehuild dat haar ogen permanent bloeddoorlopen leken te zijn. Die ogen achtervolgden hem. Roodomrand en leeg als een verlaten kerk, hij voelde zich er machteloos bij. Elke nacht rukte haar zachte gejank stukken uit zijn ziel terwijl ze met hun ruggen naar elkaar toe in een bed lagen dat steeds breder leek te zijn geworden, zodat hem soms het gevoel bekroop dat ze nauwelijks nog in dezelfde kamer sliepen. Ze had gelijk. Hij was het zat om naar haar pijn te kijken. Hij kon het niet meer aanzien, het leed dat haar gezicht verwrong tot een intriest masker. Haar pijn, haar verdriet, zijn machteloosheid. Hij kon er niet meer tegen.

Hij trok een stoel naar achteren en ging aan tafel zitten. Met zijn gezicht naar de achterdeur en zijn rug naar Mya.

'Gisteravond ben ik met Buddy Lee begonnen de zaak te regelen,' zei hij. Het kwam er in één adem uit. Een lange uitademing waarmee alle zwakheid en hulpeloosheid en ellende en rouw die zich als de vulling van een vogelverschrikker in hem hadden opgehoopt, zich door de ether verspreidden.

Mya strekte haar hand aarzelend uit, steeds een stukje verder, tot ze zijn volle, stevige schouders raakte. Hij bleef daar warm en troostend liggen als de lievelingsdeken van een kind. Als de deken waarin hun zoon was gewikkeld toen ze met hem thuiskwamen uit het ziekenhuis. Ike zuchtte. Op deze manier had ze hem niet aangeraakt sinds Isiah... sinds ze het nieuws over Isiah hadden gekregen.

De stilte die met al haar harde en scherpe randen tussen hen in hing was zachter maar nog altijd broos. Ike vouwde zijn grote hand om die van Mya. De afgelopen maanden had de dood tussen hen beiden een kloof uitgehakt die zo diep was als verdriet en zo breed als hartzeer. De dood van een andere man had die kloof nu overbrugd, al was het maar voor even.

'Goed,' zei Mya. Zacht en samenzweerderig.

'Oma. Ik eten, oma,' zei een klein stemmetje. Ike draaide zich om in zijn stoel. Arianna stond op de drempel van de keuken. Haar vlechten waren uit elkaar gevallen. Ze stonden nu als twee vervormde kurkentrekkers op haar hoofd. Ike keek aandachtig naar haar geelbruine gezichtje. Hij wist niet precies hoe Isiah en Derek dit meisje op de wereld hadden gezet. Iets met een draagmoeder en eitjes en sperma van hen beiden, maar hoe het in zijn werk was gegaan wist hij niet. Hij wist alleen dat de advocaat die verantwoordelijk was voor de nalatenschap van Isiah en Derek had gezegd dat Isiah haar biologische vader was, maar ze zei tegen allebei papa. Hij had haar gezicht nog nooit zo goed bekeken als Mya altijd deed. Hij wilde het niet. Niet bewust, kennelijk ging hij het intuïtief uit de weg. Hij wilde er gewoon niet over nadenken. Maar nu had hij geen keus. Het meisje dat voor hem stond had Isiahs ogen, wat betekende dat ze Ikes ogen had. Dat haar neus niet precies in het midden van haar gezicht stond, was kenmerkend voor de Randolphs. Ze was lichter, vanzelfsprekend, want haar moeder was een witte vrouw met wie Isiah en Derek bevriend waren geweest, maar de Randolph-genen hadden zich sterk laten gelden. Sterker dan zijn onvermogen om zijn eigen frustraties opzij te zetten. Als hij zijn ogen een beetje toekneep, zag hij een tweejarige Isiah die met zijn armen in de lucht 'Optillen, papa, optillen!' gilde en wachtte tot Ike hem oppakte en als een levende draaimolen door de kamer zwaaide. Ike draaide zich om en staarde naar het tafelblad. Hij werd misselijk. Er kwam een lawine van herinneringen over hem heen en hij werd bedolven onder het gewicht van al zijn fouten. Zoveel fouten.

'Kom maar, kleine meid. Wil je naar McDonald's?' vroeg Mya. Arianna krijste verrukt.

Goeie genade, ze klinkt precies als hij, dacht Ike.

Mya kneep hem stevig in zijn schouder, liep naar Arianna en tilde haar van de grond. Ike hoorde haar voetstappen van de keuken naar de woonkamer en via de voordeur naar buiten gaan. Ike nipte aan zijn rum. Hij zou Mya verder niets vertellen. Ze hoefde niet te weten van de bikers, of van die Tangerine naar wie ze op zoek zouden gaan. Nu was dit het enige wat ze allebei nodig hadden.

Ike hoorde de auto van Mya starten. Wat die kleine meid nodig had waren twee mensen die haar konden grootbrengen en die haar recht konden aankijken zonder meteen in janken uit te barsten. Ike zette de fles aan zijn mond maar hield zijn lippen op elkaar. Hij stond op en zette de fles terug in de kast. Buddy Lee was verslaafd aan drank, maar als hij zo doorging zou hem hetzelfde lot beschoren zijn.

Ikes mobiel trilde. Hij haalde hem uit zijn zak en keek op het scherm. Over de duivel gesproken. Hij tikte op het groene knopje.

'Hé, kerel,' zei Buddy Lee.

'Hé, we moeten praten. Onder vier ogen,' zei Ike.

'Goed. Kan het bij jou op de zaak?'

'Nee. Kom maar naar mijn huis. Ik stuur je het adres.'

Buddy Lee hoestte. 'Alles kits?'

'Dat hoor je zo wel,' zei Ike.

Hij hing op.

22

Buddy Lee parkeerde zijn pick-up naast de imposante auto van Ike. Zijn pick-up schokte toen de motor nog een paar seconden nadieselde. Hij stapte uit de schuddende en slingerende auto en liep naar de voordeur. Hij wierp een blik over zijn schouder naar de twee pick-ups. Ze stonden naast elkaar als een varken en een prinses. Hij bracht zijn hand omhoog om op de deur te kloppen, maar die ging al open voor hij hem kon aanraken. Ike stond in de deuropening.

'We kunnen praten in de keuken,' zei Ike terwijl hij een stap opzij deed. Buddy Lee ging het huis in. Ike deed de deur dicht en op slot.

'Mooi huis,' zei Buddy Lee.

'Het is wel oké, ja.'

Buddy Lee bromde. 'Het is meer dan oké. Mijn salontafel bestaat uit een paar melkkratten.'

Ike trok een stoel naar achteren en gebaarde naar Buddy Lee dat hij hetzelfde kon doen.

'Heb je drank in huis?' vroeg Buddy Lee.

'Ik dacht dat we hadden afgesproken dat je niet zou drinken zolang we aan deze klus werkten.'

Buddy Lee haalde een hand door zijn sluike haar. 'We zeiden dat ik zou minderen. Geloof me, ik werk eraan. Zijn we alleen?'

'Ja. Mya is wat gaan eten met Arianna.'

Buddy Lee knikte. 'Je wil vast praten over die diender die een babbeltje kwam maken.'

Ike leunde op zijn onderarmen en boog zich over de tafel naar voren. 'Zijn ze bij je geweest?'

'Ja. Ik dacht dat je het daarover wilde hebben toen je belde. Bij jou niet dan?'

'Ik was niet thuis.'

'Lekker dan. Nu voel ik me gediscrimineerd,' zei Buddy Lee.

Ike leunde achterover en klikte zijn tong tegen zijn gehemelte. 'Heeft iemand weleens tegen je gezegd dat je te vaak grappig probeert te zijn?'

'Elke dag, en op zondag twee keer. Maar waar wilde je het nou over hebben?'

'Dat komt zo. Vertel eerst maar eens waar die smeris het over wilde hebben. Het ging vast niet over onze jongens,' zei Ike.

Buddy Lee hoorde hetzelfde scherpe randje aan zijn stem als toen hij in de headshop de vinger van die hipster had gebroken alsof het een soepstengel was. Een koude vlam die alle zuurstof in de kamer opzoog en de temperatuur vijf graden deed zakken.

Buddy Lee haalde een hand door zijn haar. 'Nou, het goede nieuws is dat het niets te maken had met onze vriend van gisteravond. En je hebt gelijk, het ging ook niet over onze jongens. Een van die lelijke baardapen van die headshop is op zijn eenwielertje naar het politiebureau gereden,' zei hij.

Ike hield zijn hoofd schuin. 'Heeft hij aangifte gedaan?'

'Nee, die twee maten van hem zijn schijtlijsters. Ze willen niet zeggen of het klopt wat hij vertelt, en ze hebben daar geen camera's hangen, dus dat zit wel snor. Maar rechercheur Loempia zei dat als hij merkt dat we nog een keer millennials in elkaar slaan, hij ons allebei arresteert en vasthoudt tot de zomertijd voorbij is.'

Ike fronste. 'Waarom noem je hem rechercheur Loempia?'

'Gewoon. Voor de grap. Je weet wel, omdat hij Chinees is.'

'Volgens mij is hij helemaal niet Chinees. Ik zweer je, witte mensen, ze maken iedereen belachelijk, maar als ik zou zeggen dat er aan jouw stamboom geen takken zitten, zou je meteen met me op de vuist gaan.'

'Shit, man. Ik heb een oom die ook mijn neef is,' zei Buddy Lee.

Ike rolde met zijn ogen. 'Geintje. Iedereen is tegenwoordig ook zó gevoelig.'

'We zijn niet gevoelig. Als we vroeger onze bek opentrokken werden we meteen door een van jouw ooms aan de hoogste boom gehangen. Nu kan ik gewoon "Lik me reet" tegen je zeggen,' zei Ike.

Buddy Lee krabde aan zijn kin terwijl hij nadacht over de beknopte geschiedenisles van Ike. 'Oké, daar heb je gelijk in. Maar zou dat volgens jou dan ook gelden voor mensen als Isiah en Derek? Zouden zij tegen jou "Lik me reet" hebben kunnen zeggen?'

Ike verschoof in zijn stoel en sloeg zijn armen over elkaar. Hij gaf geen antwoord op de vraag van Buddy Lee.

'Pas maar op dat je geen keelpijn krijgt van die hoge toon die je aanslaat, Ike,' zei Buddy Lee. Hij begon te bulderlachen en stopte daar pas mee toen hij een hoestbui kreeg.

Ike stond op en pakte een flesje water uit de koelkast. Hij gooide het naar Buddy Lee, die het hoewel hij hoestte als een ouwe bak met een kapotte klep behendig met één hand opving. Buddy Lee dronk het water in twee teugen op en gooide het lege flesje terug naar Ike. Ike gooide het in de afvalbak en ging weer zitten. Hij wreef de palmen van zijn eeltige handen tegen elkaar alvorens ze plat op de tafel te leggen.

'Wat kun je mij vertellen over de Rare Breed?' vroeg Ike.

Buddy Lee fronste. 'Waarom wil je in vredesnaam iets weten over die klojo's?'

'Ze kwamen vandaag met een stuk of vijf man naar de zaak. Ze vroegen naar een vriend van ze. Ze hadden pijpen en afgezaagde biljartkeus bij zich om mijn geheugen op te frissen. En wie denk je dat die vriend van ze was? Drie keer raden, en de eerste twee tellen niet mee.'

Buddy Lee ademde fluitend uit. 'Shit. Hij zit zeker in die mesthoop van gisteravond? Godverdomme, een borrel zou er nu echt wel ingaan.'

'Dat zal gerust.'

Buddy Lee wreef over zijn gezicht voordat hij de vraag van Ike over de Breed beantwoordde. 'Het zijn 1-procenters. Ze hebben chapters langs de hele oostkust. Ze handelen in wapens en speed via hun clubhuizen en truckstops. Ik zat ook met een paar jongens in de handel en deed af en toe zaken met ze. Beetje wapens heen en weer rijden. Wat van die speed transporteren. Het zijn grote spelers. Ze zeggen dat je pas een patch krijgt als je iemand namens de club naar zijn grootje hebt gestuurd. Het zijn geen skinheads, maar ze zijn geen grote fans van mensen die eruitzien zoals jij, of die leven zoals Isiah en Derek. Weet je zeker dat het de Breed was?'

'Ik heb goed naar hun patch kunnen kijken toen ik bij een van die lui een kapmes op zijn keel zette,' zei Ike.

Buddy Lee leunde achterover in zijn stoel tot de voorpoten van de grond kwamen. Toen alle vier de poten weer op de grond stonden, ademde hij uit. Het klonk rochelig. 'Een kapmes. Jezus Christus. Je bent echt niet helemaal goed bij je hoofd, hè. Man, wat had ik dat graag gezien. Ik heb weleens een feestje gebouwd met die jongens. Niet het type dat zoiets over zijn kant laat gaan. Hoe zijn ze trouwens bij jou terechtgekomen, denk je?'

'Die andere van gisteravond zal mijn auto wel hebben gezien. We hadden niet zo dicht bij dat huis moeten parkeren. Dat was echt amateuristisch,' zei Ike.

'Ja, daar heb ik ook niet aan gedacht. Zal wel komen doordat we er lang uit zijn geweest.'

'Te lang,' zei Ike.

Buddy Lee trommelde met zijn vingers op tafel. 'Voortaan gebrui ken we mijn auto. De banden hebben geen profiel meer en het portier zit vast met ijzerdraad, maar hij brengt ons van A naar B.'

'En waar is B? Wat moeten we volgens jou nu doen?' vroeg Ike. Hij had wel een idee, maar hij was benieuwd wat er in het hoofd van Buddy Lee omging.

'Ik zou het bij god niet weten. Ik probeer nog steeds de dingen voor mezelf op een rijtje te krijgen. Ik snap totaal niet wat de Rare Breed ermee te maken kan hebben,' zei Buddy Lee. Hij leunde achterover in zijn stoel.

Ike draaide zich om en staarde door het keukenraam naar buiten. Hij zag de buxushaag die de afscheiding vormde tussen zijn huis en de lege stacaravan van de buren. Het zou leuk zijn geweest als hij had kunnen doen alsof hij die samen met Isiah geplant had, net als in een romantische familiefilm. Leuk, maar een leugen. De dag waarop hij de buxushaag had geplant, was Isiah langsgekomen om Mya te vertellen over zijn nieuwe baan. Ike had zich onderwijl buiten vermaakt met zijn buxusstruiken. Op een gegeven moment waren er nog maar twee manieren waarop ze met elkaar omgingen. Of ze maakten ruzie, of ze ontweken elkaar.

'Je weet wat ze ermee te maken hebben. Ze hebben onze zoons vermoord. Ik weet niet waarom, en dat kan me op dit moment ook geen moer schelen. Een van die klootzakken van die club heeft Isiah en Derek voor hun kop geschoten,' zei Ike. Dat te zeggen voelde als een catharsis. Ze hadden in ieder geval iemand op de korrel. Hij kon de boeman die Isiah in zijn nachtmerries achtervolgde een gezicht geven.

'Ja. Dat was het eerste wat ik dacht toen je zei dat ze bij je langs waren geweest. Ik snap alleen niet...' Buddy Lee liet de rest van de zin tussen hen in zweven.

'Wat snap je niet?'

'Het is gewoon niet logisch. Als Isiah werkte aan een verhaal over een man met wie die Tangerine iets had, wat heeft de Breed daar dan mee te maken? Waarom zou Derek daar kwaad over zijn?'

'Misschien is ze een van hun oude vriendinnetjes en heeft ze dingen gezien die ze eigenlijk niet had mogen zien. Misschien wilde ze uit de school klappen tegen Isiah,' zei Ike.

'Je kent die meiden niet. Oude vriendinnetjes klikken niet. Ook niet als ze gedumpt zijn. Zo'n motorclub is net een sekte. Zoals die meiden onder de plak zitten, daar zou Jim Jones nog jaloers op zijn,' zei Buddy Lee.

Ike verschoof in zijn stoel en deed zijn benen over elkaar. 'Dat klinkt alsof je niet kunt geloven dat jouw maten onze kinderen hebben vermoord,' zei hij.

Buddy kneep zijn ogen bijna tot spleetjes. 'Het zijn godverdomme mijn maten niet. Maar ik ken ze, en ik zou niet weten waarom ze Derek en Isiah zouden vermoorden om een artikel voor een homowebsite waar misschien vijftien mensen van gehoord hebben. Er heeft in elk tijdschrift en elke krant wel iets over de Breed gestaan. Ze hebben de koppen zelfs ingelijst en opgehangen in hun clubhuizen. Ik zou echt niet weten waarom Derek zich in allerlei bochten zou wringen omdat een grietje gedumpt is door een biker,' zei hij.

Ike legde zijn wijsvinger op zijn lip. 'En als die getrouwde vent die haar dumpte geen lid was van de club?'

'Ik begrijp niet wat je bedoelt,' zei Buddy Lee.

'Kom op, we kenden allebei jongens van deze clubs in de bajes en daarbuiten. Ze doen veel klussen in opdracht. Misschien heeft de vent die haar dumpte de Breed wel op haar en de jongens afgestuurd? Hij was getrouwd, wilde niet dat het uitkwam en gaf daarom groen licht voor alle drie.'

'Tering. Daar heb ik geen seconde aan gedacht. Die drank heeft verdomme mijn hersens naar de kloten geholpen. Natuurlijk hebben ze klussen voor anderen gedaan. Voor Chuly hebben ze aardig wat werk opgeknapt.'

'Een van die mannen haalde de trekker over, maar iemand anders heeft hun de opdracht gegeven,' zei Ike.

'Ja, daar komt het wel zo'n beetje op neer,' zei Buddy Lee. Enkele ogenblikken lang verdampten alle woorden die ze wilden uitspreken in hun mond. De leegte werd opgevuld door het zoemen en brommen van alles om hen heen.

'Mijn vrienden zijn het nooit geweest,' zei Buddy Lee. 'Niet echt. Toen ik nog op het verkeerde pad zat, trok ik wel met ze op. Beetje rondhangen op hun clubhuis. Daar waren altijd veel vrouwen, en ik heb altijd een zwak gehad voor vrouwen met een mooi lachje die het niet zo nauw namen. We hadden een hoop lol met die kerels. Maar dat zal me nu worst wezen. Ik spoor de mannen op die onze jongens hebben omgelegd en behang de muren van hun clubhuis met hun hersens.' Zijn waterige blauwe ogen leken te glinsteren.

Ike wist waardoor de ogen van Buddy Lee die moordlustige glans kregen. Het was de woede die door zijn aderen stroomde. Een gif dat bepaalde delen van jezelf deed afsterven. De delen die je zwak maakten. Bij Ike stroomde het ook door zijn aderen. Het was krachtig maar dodelijk. Je werd er vastberaden door, maar ook roekeloos. Het maakte je scherp, maar die scherpte kon zich ook tegen je keren en je keel doorsnijden.

'Zoals ik het zie kunnen we dit maar op één manier aanpakken,' zei Ike.

'En dat is?'

'We moeten die Tangerine eerder zien te vinden dan de Rare Breed. Want op het lijstje waar haar naam op staat, stonden ook de namen van onze zoons. Als die bikers haar eerst vinden, komen ze er allemaal mee weg. Ik wil die mannen hebben, maar ook degene die de opdracht heeft gegeven. Ik wil zijn gezicht zien.'

'Daar kan ik me in vinden. Die meid opsporen, en de man die de opdracht gaf,' zei Buddy Lee.

Ike knikte en keek op zijn horloge. 'Het is bijna zeven uur. Ik ga me omkleden en dan gaan we terug naar de stad om die kroeg te vinden.'

'Helemaal goed. Shit, ik zou je vrouw moeten bellen om haar te vragen wat eten mee te nemen. Ik val om van de honger,' zei Buddy Lee. Ike keek hem streng aan, maar Buddy Lee had kunnen zweren dat er rond zijn mondhoeken een glimlachje speelde.

'In de vriezer liggen nog wat restjes van de begrafenismaaltijd,' zei Ike. 'En als je brood wilt, liggen er in de koelkast nog wat vleeswaren en kaas.'

'Heb je nog eten over van de begrafenis?' vroeg Buddy Lee.

'Je bent zeker nog nooit op een zwarte begrafenis geweest? Na het overlijden van mijn opa aten we een maand lang gebakken ham. Het brood ligt in de trommel naast de magnetron,' zei Ike. Hij liep vlak langs Buddy Lee de woonkamer in en daarna naar de trap. De schouder van Ike schampte die van Buddy Lee. Alsof iemand een tikje uitdeelde met een aambeeld.

'Die staat zo strak als een snaar,' mompelde Buddy Lee. Hij liep naar de broodtrommel en pakte er twee sneetjes uit. Uit de koelkast pakte hij wat plakjes ham en kaas en een pot mayo. Terwijl hij zijn boterham smeerde dacht hij aan wat Ike had gezegd over mensen die tegenwoordig niet bang waren om tegen je te zeggen dat je moest oprotten. Derek was niet het type dat zei dat je moest oprotten. Hij negeerde je gewoon compleet. Veegde je uit als een som op een schoolbord. De laatste keer dat ze gepraat hadden, was toen hij Buddy Lee belde om te zeggen dat hij met Isiah ging trouwen.

'En wie van jullie wordt dan het vrouwtje?' had Buddy gezegd. Hij zat in zijn bestelwagen, had even pauze tussen twee leveringen. Dat het stil werd aan de andere kant van de lijn was een understatement. Het leek alsof de hele verbinding in een oogwenk teniet was gedaan.

'Hallo? Hallo? D-Man, ik maak gewoon een geintje,' had Buddy Lee gezegd. Hij hoorde Derek op zijn tanden zuigen.

'Ik heet Derek. Ik zal nooit een D-Man worden. Ik ben gewoon Derek, jouw homoseksuele, klassiek geschoolde, culinair-artistieke zoon,' had Derek gezegd.

'Oké, oké. Goeie genade, wrijf het er maar in, ja.'

'Wat? Dat ik homo ben? Dat hoort gewoon bij me, pa. Net als dat ik allergisch ben voor katten of groene ogen heb,' had Derek gezegd.

'Ik wil alleen maar zeggen dat ik niet snap waarom je dat zo moet inpeperen!' had Buddy Lee in de telefoon geschreeuwd. Dat schreeuwen was niet zijn bedoeling geweest, maar het ging vanzelf. Altijd wanneer Derek over zijn geaardheid begon, speelde zijn slechte kant op. Dan zei hij dingen die hij niet meer terug kon nemen en die nog lang dooretterden.

'Isiah heeft gevraagd of ik je wilde uitnodigen, maar weet je wat? Laat maar zitten. Het zal de gelukkigste dag van mijn leven worden, maar dat zal ik er niet inwrijven,' zei Derek.

'Hé, wacht even...'

Maar Derek had hem afgekapt. 'Van ma en Gerald had ik dit kunnen verwachten, maar om een of andere reden dacht ik dat jij misschien anders was. Ik dacht dat je op z'n minst kon doen alsof je blij voor me was. Hoe dom kan een mens zijn, hè?' had Derek gezegd. Hij brak niet, maar doordat zijn stem ineens nogal geknepen klonk, wist Buddy Lee dat hij huilde. 'Maar je loopt wel wat mis, als je dat maar weet. Arianna wordt een wondermooi bruidsmeisje.' Daarna werd de verbinding verbroken. Een paar maanden later, nadat hij met zijn man naar het altaar was gelopen, werd de verbinding met Derek voorgoed verbroken.

'Tering,' zei Buddy Lee. Zijn ogen begonnen te prikken.

Het bekende geluid van een sleutel die in een slot glijdt schudde hem wakker uit zijn mijmeringen. Hij veegde zijn gezicht af met de rug van zijn hand. Hij aarzelde, moest hij gaan zitten of blijven staan, toen een slanke zwarte vrouw met een kroon van bruine vlechten binnenkwam.

'Hallo,' zei ze. Ze had een fastfoodzak onder haar rechterarm. Haar linkerarm hing schuin achter haar lichaam. Een meisje met een honingkleurige huid hield de linkerhand van de vrouw vast.

'Eh, hoi. Ik ben Buddy Lee. De vader van Derek.'

'Ja, ik herinner je van de...'

'Toen we allemaal daar waren toen ze, eh...'

'Ja. Maar goed, ik ben Mya. En dit boefje hier is Arianna. Ik wil niet onaardig zijn, maar wat doe je in mijn huis, Buddy Lee?'

'O, ik ben... Ik was... Ik ben hier voor Ike, maar die is naar boven gegaan.' Het meisje gluurde van achter Mya's been naar Buddy Lee. Buddy Lee salueerde met twee vingers naar haar. Hij voelde het bloed naar zijn gezicht stijgen. 'Hoe is het, kleintje?'

'Arianna, zeg eens gedag. Dit is ook je opa,' zei Mya. Buddy Lee hoorde de holle vrolijkheid in haar stem. Arianna verborg haar gezicht achter Mya's been.

'Ik heb je heel lang geleden een keer gezien. Derek... Je vader kwam met jou bij mij op bezoek, maar dat weet je denk ik niet meer.'

Arianna humde in Mya's been.

'Ze is soms verlegen,' zei Mya.

'Dat geeft niet. Ik zou ook niet met me praten,' zei Buddy Lee met een scheve glimlach.

'Ik zou je graag wat aanbieden, maar zo te zien heb je al iets voor jezelf geregeld,' zei Mya.

Buddy Lee werd zich opeens bewust van de boterham in zijn hand. 'O, shit. Sorry, chips. Het mocht van Ike.' Arianna stak haar hoofdje achter Mya's been vandaan en keek naar hem. Hij knipoogde naar haar en ze giechelde.

'Geen probleem toch? Hij is onze gast,' zei Ike. Hij stond achter Mya. Buddy Lee had niet gemerkt dat hij naar beneden was gekomen. Hij droeg een zwart T-shirt, een blauwe spijkerbroek en een paar Timberlands.

'Jezus, man, een geest maakt nog meer geluid,' zei Buddy Lee.

'Hij is onze gast, dat klopt,' zei Mya.

Buddy Lee verplaatste zijn gewicht van de ene voet naar de andere. Hij wachtte tot Ike of zijn vrouw iets zou zeggen, maar het leek erop dat hun woorden op waren. Buddy Lee nam een hap van zijn boterham. Hij werd onrustig van dit soort ongemakkelijke situaties.

'Buddy Lee en ik gaan weg. Ik zie je later,' zei Ike ten slotte. Ike knikte naar de deur.

Buddy Lee glipte langs Mya. 'Pardon, mevrouw.'

Ike draaide zich om en wilde achter hem aan lopen, maar Mya strekte haar arm en legde een hand op zijn arm.

'Wees voorzichtig,' zei ze. 'Doe geen dingen die je net zo goed kan laten.'

Ike zag weer hoe hij de bebloede stamper in zijn handen hield, en de stukjes bot en hersenen die op de rechthoekige ijzeren plaat aan het einde van de steel zaten geplakt.

'Doe ik,' loog hij.

23

Grayson praatte in zijn mobiel en wriemelde ondertussen aan het verband in zijn nek. 'Nee, we gaan die vent een lesje leren. Wat zeg ik, we gaan geen spaan van hem heel laten. Die schoft zal niet weten wat hem overkomt. Denk je dat jij en Choppa en jullie mannen ook kunnen komen? Dit lijkt me echt een klusje voor de knokploeg.' Zijn telefoon piepte een paar keer terwijl Tank, de president van de Hurricane, de chapter van de Rare Breed in West-Virginia, doorzanikte over wraak, korte metten maken en Rare Breed zus en Rare Breed zo.

'Hé, Tank, ik bel je later terug,' zei Grayson. Hij nam de andere oproep aan. 'Ja?'

'Ik heb al twee dagen niets van je gehoord, dus ik neem aan dat je het meisje nog niet hebt gevonden,' zei degene aan de andere kant van de lijn.

Grayson beet op de binnenkant van zijn wang voordat hij antwoord gaf. 'We hebben dat bijvrouwtje van je inderdaad nog niet gevonden. Maar ik ben blij dat je belt, want we moeten die klus even parkeren. We gaan eerst wat Breed-zaken regelen. Allemaal vanwege jou en die twee nichten,' zei Grayson.

'Ik dacht dat ik laatst duidelijk was geweest. Er is niets belangrijker dan Tangerine vinden. Hebben we elkaar soms niet goed begrepen?'

'Nee, we hebben elkaar goed begrepen, maar ik zit hier met een kandidaat die spoorloos is en een nikker uit Red Hill County die denkt dat hij me een kapmes op mijn keel kan zetten en vrolijk verder kan leven.'

De man zuchtte. 'Misschien kun je de situatie nader expliceren?'

'Wat?' zei Grayson.

'Vertel. Precies. Wat. Er. Gebeurd. Is.'

Dat de man elk woord overdreven nadrukkelijk uitsprak, schoot bij Grayson in het verkeerde keelgat. 'Ik ben niet debiel of zo. Ik heb misschien geen woordenboek op m'n nachtkastje liggen, maar dat betekent nog niet dat ik debiel ben,' zei Grayson.

'Vertel nou maar wat er gebeurd is.'

'Nou, ik heb gedaan wat jij voorstelde en twee prospects naar het huis van die jongens gestuurd om er een kijkje te nemen. Toen ze daar aankwamen, waren de vaders van die jongens er blijkbaar ook. Een van hen sprong boven op ze, de andere besloop ze van achteren en sloeg ze knock-out. De prospect die terugkwam zei dat zijn maat verdwenen was toen hij bijkwam, en de vaders ook.'

'Hm.'

'Dus dat. Maar goed, die ene prospect had een pick-up voor het huis zien staan met de naam van een hoveniersbedrijf op het portier. Wil je weten van wie die auto was?' zei Grayson.

'Van een van die vaders, mag ik aannemen.'

'Als het verdomme niet waar is. Randolph Hoveniers. We zijn ernaartoe gereden, maar die hufter is niet echt een lieverdje. Hij heeft bajestattoos. Hij heeft aardig wat jaartjes gezeten. Daar hadden we niet op gerekend,' zei Grayson.

'Laat me raden. Hij wist wel raad met jou en je maten,' zei de man.

'Hij was ons te slim af, ja. Hij weet het zelf nog niet, maar heel lang heeft hij niet meer te gaan. We gaan terug om het hem betaald te zetten,' zei Grayson.

Aan de andere kant van de lijn bleef het lang stil. 'Nee, dat gaan jullie niet doen.'

'Pardon? Ik geloof dat ik dat niet goed verstaan heb. Ik heb toch gezegd dat het nu een Breed-zaak is. Jouw suikerdruifje zal even moeten wachten. Die griet is voorlopig toch gevlogen,' zei Grayson. Hij pakte de minimokerhamer die als voorzittershamer fungeerde en begon ermee op tafel te tikken.

'Nee, het is nog steeds mijn zaak. Denk even na. De vaders van die twee dode jongens zijn weken na de begrafenis in de woning van hun zoons. Waarom? Heeft die ene prospect gezien dat er meubels werden weggehaald? Het lijkt er niet op dat ze familiespullen kwamen ophalen. Vervolgens leren die twee mannen, die rouwende vaders, jullie prospects een lesje, maar in plaats van de politie te bellen omdat er is ingebroken, nemen ze een gijzelaar mee. En als die mismaakte motormuizen van jou vervolgens een van die rouwende heren opzoeken, is hij ze niet alleen voor een tweede keer te slim af, maar belt hij wederom de politie niet. Welnu, wat wil dat zeggen, denk je? En bedenk voor je antwoord geeft wat je zonet over een van die mannen tegen mij zei. Een mannetjesputter die aardig wat tijd tussen vier muren heeft gezeten. Wat wil dat zeggen, denk je? Of laat ik het anders zeggen: wat zou jij, als de man die je bent, doen als een onbekende je zoon zou vermoorden?' vroeg de man.

Grayson haalde de telefoon bij zijn oor vandaan en legde hem een paar tellen op zijn voorhoofd voordat hij antwoord gaf. 'Ten eerste, mijn zoon zou geen homo zijn. Ten tweede, ik weet dit allemaal al. Alles wat je net gezegd hebt, heb ik zelf ook al bedacht. Daarom ga ik ze mollen. We willen niet dat iemand zijn neus steekt in de klus die we hebben opgeknapt,' zei hij.

'Wat wist de prospect van onze regeling?' vroeg de man.

Grayson genoot van de zweem van angst die hij in die vraag proefde. 'Je hoeft nergens bang voor te zijn. Hij wist geen ene moer.'

'Mooi. Want je weet dat je prospect niet terugkomt, toch? Ik ken dit soort mannen. Ik heb er in de loop van de jaren duizenden gezien. Hun ware aard komt altijd boven. Als ze hem hebben meegenomen, zal hij de zon nooit meer zien opkomen,' zei de man.

Grayson had dat zelf ook al bedacht, maar nu hij het hoorde van die smiespelende klootviool ging hij bijna door het lint. Hij wist dat Andy naar de andere wereld was geholpen. Dat hoefde deze arrogante zak hem heus niet uit te leggen.

'Laten we hier even op verder borduren. Laten we aannemen dat jullie prospect ze toch iets verteld heeft. Misschien iets over de club. Misschien hebben ze iets gevraagd over de dood van hun zoons.'

'Shit,' fluisterde Grayson.

'Wat is er?' zei de man.

'Ik heb gezegd hoe het meisje heet naar wie we op zoek zijn,' zei Grayson. Zijn nek en oren werden zo heet als een gloeiende bakplaat. Hij kon de glimlach aan de andere kant van de lijn bijna horen. Die sukkelige biker heeft het verkloot, en nu was het aan de ontwikkelde, intelligente eigenaar van die gladde, beschaafde stem om de fout te herstellen. Wederom.

'Des te beter. Als ze haar naam weten en met hun eigen armzalige wraakoefening bezig zijn, hoeven we hen alleen maar te volgen. Als ze haar naam hebben, vinden ze haar misschien wel. Goed, als je niet naar de zaak van die vent was gegaan en geen hopeloze poging had gedaan hem te bedreigen, zou hij zich nog steeds van geen kwaad bewust zijn. Het is niet anders. Zet een paar van je mannen op die Randolph. Wanneer ze jullie naar Tangerine hebben geleid, kun je al je opgekropte woede op hen botvieren. Twee vliegen in één klap, zoals ze dan zeggen. Maar tot die tijd laat je hem met rust. Observeren en rapporteren, meer niet,' zei de man.

Grayson tikte harder met de hamer op tafel. 'Luister goed naar wat ik nu ga zeggen. Jij runt deze club niet. Ik wel. Jij denkt dat wij jouw privéleger zijn. Dat zijn we niet. We gaan het dus doen zoals wij het willen. We spelen jouw spelletje een tijdje mee, maar als we die griet niet snel vinden, neem ik het heft in handen. Dan gaat het op mijn manier. Geen gelul meer. Wil je niet meer met ons werken? Ook goed. Het kan me geen reet schelen. En zeg maar tegen pappie dat ik dat gezegd heb. Als ik 's ochtends wakker word, wil ik echt niet meteen in je kont kruipen,' zei Grayson.

'Dat snap ik. Maar je wil ook niet wakker worden in een wereld waarin ik een belletje doe naar het OM en jij al voor de rest van je leven achter de tralies zit voor ik zelfs maar een slok van mijn eerste kop koffie heb genomen. Ik kan zelfs een paar vrienden in het gevangeniswezen bellen om ervoor te zorgen dat jij het liefje wordt van een monsterlijk geschapen beest.' De man zweeg even. Tussen het begin en het einde van die stilte zag Grayson voor zich hoe hij de kleine mokerhamer door de strot van die kakkerige klootzak douwde.

'Ik zal bij de KvK het woonadres van die Randolph opvragen,' zei de man.

'Is goed,' zei Grayson. Het kwam eruit alsof hij naar adem hapte.

'Zet een paar van je mannetjes op hem. Vanavond nog.'

24

Buddy Lee reed vanaf Grace Street een parkeerplaats op waar je per uur betaalde. Rond de straatlampen hingen levende wolken van motten en muggen. Hij zette de motor uit en wachtte tot de auto helemaal stil was. Ike leunde tegen het portier met zijn gezicht naar het raam. Toen de motor eindelijk ophield met pruttelen, ging Ike rechtop zitten en wreef in zijn ogen.

'Zat je te pitten, kerel?' vroeg Buddy Lee.

'Ik heb vannacht nogal weinig geslapen. Jij hebt vandaag vast een dutje gedaan,' zei Ike.

'Ik heb wel even een oogje dichtgedaan, ja,' zei Buddy Lee.

Ze stonden tussen de lantaarnpalen, er kwam een auto langs met een beukende basbeat die hun ingewanden zo ongeveer uit elkaar trilde. Ze hoorden flarden van gesprekken van de inwoners die over de trottoirs en door de steegjes liepen. Ike vond het klinken alsof ze onder water luisterden naar mensen op het land. Hij trok het servet uit zijn zak en staarde ernaar.

'Ik denk dat we er maar op af moeten,' zei hij.

'Wat is het plan? Gewoon naar binnen gaan en vragen of ze een grietje kennen dat Tangerine heet?'

'Ja, maar laat je mes in de auto liggen. Als LaPlata en Robbins ons in de gaten houden, moeten we ons hier gedeisd houden.'

'Dat mes heeft vaker mijn leven gered dan ik kan tellen. Ik laat het niet achter. Trouwens, ik ben niet degene die vingers loopt te breken alsof het wensbotjes zijn,' zei Buddy Lee.

Ike keek hem fel aan, maar Buddy Lee negeerde hem.

'Klaar?' zei Ike.

'Wanneer was je voor het laatst in een club?' vroeg Buddy Lee.

'Michael Jackson leefde nog,' zei Ike terwijl hij uitstapte.

Garland's was op de hoek van Grace en Foushee. Een grote pui met in de hoek een lichtreclame in de vorm van een paar rode schoenen wierp een groen en rood licht op de stoeptegels. Buddy Lee bleef staan voor de ingang, spuugde op zijn handen en streek zijn haar glad.

'Wat doe je?' vroeg Ike.

'Je weet maar nooit. Misschien kom ik wel een lekker ding tegen dat het niet zo nauw neemt,' zei Buddy Lee. Nu moest Ike lachen. Rond de mond van Buddy Lee speelde een glimlach. Een glimlach die een paar tellen later weer weg was.

'Kom,' zei hij en hij deed de deur open.

Garland's had een lange, ovaalvormige bar die de club in tweeën spleet. Links van de bar stonden tafeltjes en waren er zithoekjes. Rechts stonden blauwe en rode fluwelen loveseats en zitzakken. Aan de bakstenen muren streden zwart-witfoto's van Judy Garland in vol *Wizard of Oz*-ornaat en kleurenfoto's van Judy Garland in begin twintigste-eeuwse mode uit *Meet Me in St. Louis* om aandacht. Op een grote flatscreen-tv boven de bar zong Judy Garland 'Over the Rainbow' op een technobeat. Aan de bar zaten een paar mannen. Toen Ike en Buddy Lee binnenkwamen, keken twee zwarte mannen aan het begin van de ovale bar schielijk op, wierpen een blik op Ike en Buddy Lee en lieten hun hoofd vervolgens weer snel zakken. Rechts hadden drie vrouwen – twee waren zwart, een was wit – zich in een loveseat gepropt. Ike en Buddy Lee ploften neer op twee krukken aan het einde van de bar.

Ike wierp een blik over allebei zijn schouders en keek wie er verder nog in de club zaten. In een van de zithoeken zat een groepje keurige oude witte mannen met een dienblad met borrelglaasjes voor zich. Ze hieven hun glazen en een van de mannen bracht een luide toost uit.

'Proost, queers!' zei de man terwijl hij en zijn metgezellen hun shot achteroversloegen. Ze vielen lachend tegen elkaar aan. Ike draaide zijn hoofd een halve slag. Aan een van de tafels achter hem zaten twee jonge witte mannen hand in hand. De drie vrouwen op de loveseat streelden elkaars haar.

Ike pakte de rand van de bar. 'Volgens mij is dit een homobar,' fluisterde hij.

'Wat zeg je?' Buddy Lee staarde naar de plank met sterkedrank als een boeteling die een glimp van de hemel ziet.

Ike boog zich naar hem toe en bracht zijn mond vlak bij het oor van Buddy Lee. 'Volgens mij is dit een homobar.'

Buddy Lee liet zijn barkruk een rondje draaien. Toen hij weer met zijn gezicht naar de bar zat, boog hij zich naar Ike. 'Ja, shit, eigenlijk ook wel logisch. Ik ben nog nooit in een homobar geweest. Maar ze hebben bourbon, zie ik, dus ik vind het prima.'

'Laten we gewoon aan de barman vragen of hij Tangerine of de jongens kent,' zei Ike. Zijn ademhaling zat hoog.

'Mij best. Gaat het wel? Je klinkt alsof je net achteruit een heuvel op bent gerend,' zei Buddy Lee.

'Alles goed. Ik ga het vragen,' zei Ike.

Buddy Lee zwaaide met twee vingers naar de barman. Na twee martini's bij de twee zwarte mannen op de bar te hebben gezet, kwam hij naar hen toe. Hij was een kleine Aziatische man met lang gitzwart haar dat op zijn gespierde schouders hing. Ike had het idee dat zijn T-shirt drie maten te klein was.

'*Gentlemen*, wat kan ik voor u doen?' vroeg de barman.

'Voor mij graag een biertje en een Jack Daniel's,' zei Buddy Lee.

'Ik wil gewoon een glas water,' zei Ike.

'Komt voor elkaar. Willen jullie de kaart zien?'

'Nee,' zei Ike voordat Buddy Lee iets kon zeggen. Een paar minuten later zette de barman, die zich had voorgesteld als Tex, hun drankjes voor hun neus.

'*Something else*?' vroeg Tex met een glimlach. Buddy Lee gaf Ike een knikje terwijl hij zijn whiskeyglas leegdronk.

'Ja,' zei Ike. 'Ik heb een vraag. Ken je twee jongens die Isiah en Derek heten? Ik denk dat ze hier weleens geweest zijn.'

De mondhoeken van Tex kwamen een stukje naar beneden. 'Ja, die ken ik. Aardige kerels. Ze kwamen altijd naar onze Blacklight Night. Derek maakte altijd pierogi voor onze maandelijkse Paint Night. Isiah schreef voor zijn website een artikel over ons. Het waren echt goede jongens. Ik begrijp niet waarom het zo gelopen is. *It's bullshit,* man,' zei Tex.

Ike voelde een brok in zijn keel komen, alsof er achter in zijn mond een walvis strandde. 'Ja, totaal zinloos,' zei hij.

'Waren jullie vrienden van hen of zo?' vroeg Tex.

'Ze waren onze zoons,' zei Buddy Lee. Hij nam een lange slok van zijn bier.

'*O my god*, wat erg. Dat vind ik echt heel erg voor jullie, mannen.'

'Dank je,' zei Ike.

Tex haalde een witte doek uit zijn zak en veegde het stuk van de bar schoon waar Ike en Buddy Lee zaten. Een van de drie vrouwen in de loveseat gilde van genot of verbazing. Of allebei. 'Puur uit nieuwsgierigheid, maar wat doen jullie hier? Isiah zei altijd...' Tex slikte de rest in.

'Wat zei Isiah altijd?' vroeg Ike, hoewel hij drommels goed wist wat zijn zoon waarschijnlijk zei.

'Niets. Het maakt niet uit. Ik vroeg me alleen af waarom jullie hier waren, meer niet.'

'We zijn op zoek naar iemand die misschien iets kan vertellen over wat er gebeurd is,' zei Buddy Lee. Hij nam de laatste slok van zijn bier.

'Jullie... Hoe zal ik het zeggen. Jullie zijn op onderzoek?' vroeg Tex.

'We stellen alleen wat vragen,' zei Ike. 'De politie zei dat hun onderzoek niets had opgeleverd. We willen gewoon weten wat er met onze jongens gebeurd is, man, meer niet. We willen niemand in de problemen brengen.' Dat was maar ten dele waar. Hij wilde geen onschuldige mensen in de problemen brengen. Hij wilde gewoon de hufters vinden die zijn zoon hadden vermoord. Allemaal. Tot de laatste aan toe.

'Ja, ze zijn hier ook geweest,' zei Tex. 'Volgens mij is het niet zo dat mensen niet willen helpen. Ze worden alleen zenuwachtig als de politie binnenkomt. Veel mensen hier leven buiten als hetero. Ze willen niet betrokken raken bij een moordzaak. Begrijp me niet verkeerd, in Richmond kun je als homo of queer of wat dan ook best een goed leven hebben, maar het is en blijft Virginia. De lui die weglopen met die beelden op Monument Avenue hebben er geen moeite mee om klanten van mij aan een hek vast te binden, *ya feel me?*

'Je zegt dus dat de vrienden van Isiah en Derek een stelletje angsthazen zijn?' zei Buddy Lee.

Tex schudde zijn hoofd. 'Je begrijpt het niet. Voor een homo is het tegenwoordig een stuk beter dan vroeger, maar we zijn er nog lang niet. Je komt uit de kast en dan hoor je opeens dat je je niet hebt gehouden aan de parkeerregels van je bedrijf en word je doodleuk op straat gezet. Dat voelt hier in Virginia alsof je zwart of Aziatisch of latino bent. Het is beter dan vroeger, maar...'

Ike gromde.

'Heb ik iets verkeerds gezegd?' vroeg Tex.

'Homo zijn is niet te vergelijken met zwart zijn,' zei Ike. Het kwam er langzaam en weloverwogen uit.

Tex fronste zijn wenkbrauwen. 'Ik wil alleen maar zeggen dat dit nog altijd het Zuiden is. Iedereen die niet hetero en wit is, moet op zijn hoede zijn,' zei hij. Hij draaide zijn hoofd naar Buddy Lee. 'Sorry hoor.'

'Geen probleem. Ik wist alleen niet dat ik het als witte hetero zo goed had,' zei Buddy Lee. Hij probeerde het er luchtig uit te laten komen, maar de zwaartekracht van de waarheid was voelbaar.

Tex' blik ging naar Ike, maar als hij een bepaalde reactie had verwacht, werd hij teleurgesteld.

'Weet jij wat er met onze jongens kan zijn gebeurd?' vroeg Ike. 'Heeft een van hen bijvoorbeeld gezegd dat ze bedreigd werden of zo?'

'Zoiets heb ik ze nooit horen zeggen,' zei Tex. Hij pakte het lege flesje van Buddy Lee en liep naar de afvalbak onder de bar.

'Hé, ken je een meisje dat Tangerine heet?' vroeg Buddy Lee.

Tex bleef staan. 'Die hing hier een poos terug weleens rond, ja. *She comes and goes*, weet je wel.'

'Zag je haar weleens met de jongens?' vroeg Ike.

Tex keek hem een ogenblik strak aan. 'Hoe bedoel je?'

'Met onze zoons, bedoel ik.'

'O. Nee, dat niet. Zoals ik al zei, ze komt en ze gaat. *She's a party girl.*'

'O ja? Ze houdt wel van een lekker feestje?' vroeg Buddy Lee. Nu was het zijn beurt om een strenge blik van Tex te krijgen.

'Dat zou je aan haar moeten vragen,' zei Tex.

'Graag. Weet je waar we haar kunnen vinden?' vroeg Buddy Lee.

'Ik zei toch dat ze komt en gaat.'

'Iemand hier die haar misschien beter kent?' vroeg Ike.

'Dat zou je aan de gasten zelf moeten vragen,' zei Tex.

Ike leunde naar voren. Hij stak zijn borst uit en kantelde zijn hoofd naar rechts. 'Hé, gaan we moeilijk doen?'

Tex duwde zijn tong tegen de binnenkant van zijn wang. 'Weet je, ik heb een vriend die hier soms komt. Hij is advocaat. Van jouw leeftijd, denk ik. Gay, zwart en *cool as fuck*. Weet je wat hij een keer tegen me zei? Dat sommige zwarte mensen een grotere hekel hebben aan homo's dan aan racisten. Hij zei dat je als zwarte homoseksuele jongen op het platteland klemzit tussen een krokodil en een leeuw. Rednecks aan de ene kant en homofobe zwarten aan de andere kant. Dat je als zwarte homo alleen geen kutleven hebt als je goed kan knippen of een koor kan dirigeren. Hij kon het allebei niet, dus hij vertrok. Ik geloofde hem eigenlijk niet. Ik kon niet geloven dat het zo erg was. Maar er is elke dag wel een vent zoals jij die bewijst dat hij gelijk had,' zei Tex.

'O, dus je denkt dat het makkelijker is om zwart te zijn dan om gay te zijn? Ik zal je wat zeggen. Als jij ergens naartoe gaat hoeft niemand te weten dat je homo bent, tenzij je het zegt. Ik ben overal zwart. Ik kan die shit moeilijk verborgen houden,' zei Ike.

Tex haalde zijn witte doek tevoorschijn en draaide de twee punten in tegengestelde richting. 'Ja, je kunt niet verborgen houden dat je zwart bent. Maar het feit dat jij vindt dat ik moet verbergen wie ik ben, bevestigt mijn punt. Zoals Martin Luther King zei: elke onrechtvaardigheid is een bedreiging voor de rechtvaardigheid in het algemeen.'

Ike zoog op zijn tanden en zakte terug op zijn kruk.

'Laat maar weten als jullie nog iets willen drinken,' zei Tex. Hij draaide zich om en liep naar de andere kant van de bar.

'Hij sloeg je verdomme om je oren met Martin Luther King. Die ronde was voor hem, sukkel,' zei Buddy Lee.

Ike ging er niet op in.

'Geintje. Volgens mij weet-ie trouwens niks nada nul. Maar die lui vast wel,' zei Buddy Lee met een gebaar naar de vaste klanten aan de bar.

'Hm,' zei Ike. Hij pakte zijn water en goot het in één keer naar binnen. Het lege glas zette hij met een klap op de bar.

Ike had het gevoel dat zijn ribbenkast in een bankschroef zat en langzaam werd samengeperst. De twee jonge mannen die hand in hand hadden gezeten waren nu aan het dansen en draaiden traag en loom, met hun armen om elkaars nek, in het rond. Een van de zwarte mannen aan het eind van de bar streek over de wang van zijn vriend. Ze hadden hun martini's als bij toverslag laten verdwijnen. De drie vrouwen in de loveseat trokken speels aan elkaars haren.

'Denk je dat we moeten opsplitsen? Misschien zijn we dan minder intimiderend,' zei Buddy Lee.

'Zouden we kunnen doen, ja. Alsof we wat klap gaan opsnuiven op de luchtplaats,' zei Ike.

Buddy grinnikte. 'Dat heb ik lang niet gehoord. In Red Onion noemden we het "een rondje langs de brievenbus". Ik weet niet waarom we het niet gewoon roddelen noemden.'

'Ik moet echt ophouden met die bajespraat. Ik val echt veel te makkelijk terug in die shit van vroeger,' zei Ike.

'Ik heb nog steeds nachtmerries over Red Onion. Dan droom ik dat ik er nog zit. Ik ben vrij, maar ik voel me nog steeds een bajesklant,' zei Buddy Lee.

'Ze zeggen dat Red Onion net een kerker is,' zei Ike.

Buddy Lee keek liefdevol naar de fles Jack Daniel's die eenzaam als een verheven vorst op de glazen plank stond. 'Dat is het ook. Zelfs de duivel gaat daar achter Jezus aan lopen,' zei hij. Hij trok de aandacht van Tex en deed alsof hij een borrel achteroversloeg.

'Hé, wat heb ik gezegd over dat drinken?' zei Ike.

'Ik weet het, oké? Ik doe die meiden op de bank wel. Begin jij dan aan deze kant?' zei Buddy Lee. Zijn gezicht liep rood aan toen de whiskey de bodem van zijn maag raakte.

'Mij best,' zei Ike. Buddy Lee gleed van de kruk en liep naar de loveseats en zitzakken. Ike haalde diep adem. Hij draaide de kruk een halve slag en nam de ruimte op. Hij kon kiezen tussen de twee zwarte mannen aan het einde van de bar, de twee jonge mannen die nog aan het schuifelen waren of de keurige oudere heren in de zithoek. Puur op demografische gronden besloot hij eerst de zwarte mannen te doen.

'Hallo, mag ik jullie wat vragen?' zei Ike.

De grootste van de twee was ongeveer net zo lang als Ike en had een welige baard die het grootste deel van zijn gezicht bedekte. Hij draaide zijn hoofd naar Ike en keek hem even geërgerd aan. 'Ja.'

'Ik… Ik ben op zoek naar een meisje…'

'Dan denk ik dat je hier verkeerd zit,' zei de metgezel van de man met de baard. Hij was gladgeschoren en had een fade-kapsel.

'Nee, niet op die manier,' zei Ike.

'Op welke manier dan?' vroeg de bebaarde man. Ike zag dat de ergernis boosheid begon te worden.

Ike maande zichzelf tot kalmte en probeerde zo helder mogelijk te formuleren. 'Ik ben op zoek naar een meisje dat Tangerine heet. Ze kwam hier af en toe. Volgens mij is ze bevriend met mijn zoon. Ik wil alleen met haar praten.'

'Waarover?' vroeg Opgeschoren.

'Wat?'

'Waarom wil je met haar praten? Ben je zo'n ex die haar probeert op te sporen?' vroeg meneer Opgeschoren.

'Huh? Nee, ik moet haar spreken over mijn zoon,' zei Ike.

'Is jouw zoon haar ex?' vroeg Baardmans.

'Luister, mijn zoon is godverdomme dood en zij kan me misschien op het spoor naar de dader zetten. Dus hou op met dat slappe gelul en zeg gewoon of je haar kent of niet,' zei Ike.

'We kennen haar niet, man,' zei Baardmans. Ze keerden Ike allebei hun rug toe.

Ike ademde zo hard en diep in dat zijn neus ervan brandde.

Hij had het gevoel dat zijn voeten aan de grond waren genageld. Zijn huid tintelde over zijn hele lijf, alsof hij tegen een elektrische draad was gelopen. De ruimte tussen hem en de twee mannen leek zich te vullen met gevaarlijke negatieve energie. Ze hadden hem de rug toegekeerd. In de bajes werd dat gezien als een teken van zoveel minachting dat je ervoor om zeep kon worden geholpen. Ikes rechterhand was een vuist voordat hij doorhad dat hij zijn vingers gebogen had. Hij keek ernaar en dwong zichzelf puur op wilskracht om zijn hand te openen. Hij moest slim zijn. Hij zat er niet op te wachten om door de smerissen in een donker hol gesmeten te worden. Tenminste niet zolang hij hier nog niet klaar mee was.

'Bedankt.' Ike perste het eruit en liep toen weg. De twee schuifelende mannen waren weg. Ze moesten zijn weggeglipt terwijl hij de twee zwarte mannen had ondervraagd. Dan bleven die keurige mannen in het zithoekje nog over. Ze waren zojuist lachend aan een nieuw rondje begonnen. Ike liep hun kant op en ging tegen de zijkant van de zithoek staan.

'Hé, hoe gaat het?' vroeg Ike. Hij probeerde vriendelijk over te komen.

'Hoi,' zei een van de mannen. De andere mannen stopten met hard lachen, maar bleven glimlachen.

'Hallo, ik ben Ike Randolph. Mijn zoon was Isiah Randolph,' zei Ike. Alle glimlachen vervaagden.

'O, mijn god. Wat erg. Ik ben Jeff,' zei de man die het dichtst bij Ike zat. Hij stak zijn hand uit. Ike pakte de hand en verbaasde zich over de stevige handdruk.

'Ik ben Ralph.'

'Ik ben Sal.'

'Chris.'

Ike knikte naar de andere drie mannen.

Ze zien er niet uit als homo's, dacht Ike. Zodra de gedachte bij hem opkwam was het alsof hij de stem van Isiah hoorde. *Hoe ziet een homo er dan uit?* Dacht hij soms dat ze een tatoeage op hun voorhoofd hadden die hun seksuele voorkeur aangaf?

'Jullie kenden Isiah dus?' vroeg Ike.

'Hij en Derek waren hier vaste klanten. Hij schreef een artikel over mijn organisatie. Derek heeft een tijdje gewerkt in het restaurant van Chris,' zei Jeff.

'De wereld is klein,' zei Ike.

'De wereld bestaat uit een hoop kleine werelden,' zei Jeff.

'Wat doet die organisatie van jou?' vroeg Ike.

'Ik heb een vaktechnische school in de East End voor homoseksuele risicojongeren,' zei Jeff. 'We brengen ze technische vaardigheden bij. Ik ben een lasser die af en toe voor kunstenaar speelt.'

'Je bent te bescheiden,' zei Ralph. Hij legde zijn hand op die van Jeff. Ike bestudeerde de foto van Judy Garland in een naamloze cabaretclub. Haar diepliggende ogen en verleidelijke pruilmondje waren in zwart-wit vereeuwigd.

'Wat mooi. Krijgen jullie veel kinderen?' vroeg Ike.

Het bleef lang stil voordat Jeff antwoordde. 'Veel jongeren belanden op straat wanneer ze uit de kast komen. Niet allemaal, maar veel wel. Als ze bij ons aankloppen hebben ze vaak een blauw oog of zijn er tanden uit hun mond geslagen. Er zijn ouders die denken dat ze de homo uit kun kind kunnen slaan. Of ze komen huilend en doodsbang binnen omdat hun moeder of vader of dominee heeft gezegd dat ze eeuwig zullen branden in de hel,' zei hij.

Ike keek naar zijn schoenen. Hij was een van die ouders. Hij dacht absoluut dat hij een 'echte man' van Isiah kon maken. Dan had hij net zo goed kunnen proberen een vogel van hem te maken en hem van het dak te gooien. Isiah zou van zijn leven niet veranderen. Tot aan zijn dood was hij dezelfde Isiah gebleven.

'En nu ligt hij in de grond,' mompelde Ike.

'Wat zeg je?' vroeg Jeff.

'Eh, niets. Dat het klote is.'

'Ja, dat is het,' zei Jeff.

'Ik ben gewoon wat aan het rondvragen, met de vader van Derek, om te zien of iemand wat weet over wat er gebeurd is,' zei Ike. 'We willen niemand last bezorgen. We willen alleen maar weten wat er met onze jongens gebeurd is.' Zouden deze mannen de wanhoop in zijn stem horen? Hij hoorde het zelf wel en daardoor voelde hij zich kwetsbaar. De zoektocht naar de moordenaars van Isiah en Derek was het reddingsvlot waaraan hij zich vastklampte in een vergeefse poging om niet in elkaar te storten. Het werkte amper. De rafelige randen van zijn geest konden elk moment inscheuren, en o wee wie er dan bij hem in de buurt was.

'Het spijt me, maar ik denk niet dat een van ons iets weet waar jullie wat aan hebben. Ik wou dat het anders was,' zei Jeff.

'Ze waren zo gelukkig samen,' zei Sal.

'Ze hadden wat ik graag zou willen,' zei Chris.

'Als je zo graag een man wil moet je stoppen met de slet uithangen,' zei Ralph. Chris stak zijn tong naar hem uit en rolde met zijn ogen.

'O ja, kennen jullie misschien een vrouw die Tangerine heet?' vroeg Ike.

Er ging een siddering door Jeffs rechterwang.

Beet, dacht Ike.

'Ik heb een meisje gekend dat zo heette,' zei Jeff. Ike vond dat hij zijn woorden heel zorgvuldig koos. Zijn ogen schoten van links naar rechts, en die wang trilde nu serieus.

'O ja? Kwam ze op jouw school?' vroeg Ike.

'Ze kwam daar vaak zomaar langs, ja,' antwoordde Ralph.

Jeff haalde zijn hand onder die van Ralph vandaan en legde zijn hand op Ralphs onderarm. Hij deed het heel rustig, maar Ike zag er een waarschuwing in.

'Tangerine ging niet, eh, ze kwam niet voor de technische vakken,' zei Jeff. 'Ze is een vrije geest.'

'Dat is één manier om het te omschrijven,' zei Chris. Sal gaf hem een por met zijn elleboog. 'Wat? Ik zeg alleen maar wat we allemaal denken,' zei Chris.

'Ze is een feestbeest?' vroeg Ike.

De schouders van Jeff gingen hangen. 'Tangerine kan soms een beetje een diva zijn, meer niet.'

Ike bedacht opeens iets. 'Iemand zei tegen ons dat ze Derek heeft ontmoet op een groot hip feestje voor een gozer uit de muziekwereld,' zei hij.

'Als dat meisje ergens haar gezicht kon laten zien, dan deed ze dat,' zei Chris. Jeff keek hem fronsend aan, maar Chris leek dat niet te merken, of hij deed of zijn neus bloedde.

'Heb je het over het feest van Mr. Get Down?' vroeg Ralph.

'Ik weet het niet. Wie is Mr. Get Down?' vroeg Ike.

'Een producer. Zijn echte naam is Tariq Matthews,' zei Ralph. 'Vooral hiphop en trance. Hij woont in de West End. Gigahuis met van die afschuwelijke luchtbogen, rechtstreeks uit een film van James Whale.' Hij zweeg, blijkbaar in de hoop dat erom gelachen zou worden. 'Jezus, ben ik dan echt zo oud dat ik de enige ben die weet wie James Whale is? Hoe dan ook, Tariq is een lokale held. Ik heb hem in de derde in de klas gehad. Het jaar na zijn eindexamen produceerde hij een plaat die in vijftien landen op nummer 1 stond. Een week voor het feest vertelde Derek hier dat zijn bedrijf de catering ging doen voor de dertigste verjaardag van Mr. Get Down. Jezus, ik ben echt oud,' zei Ralph. Hij legde zijn hoofd op Jeffs schouder.

'Is dat haar wereldje?' vroeg Ike.

Chris wilde antwoord geven, maar Jeff was hem voor. 'Luister,

Tangy is… een ingewikkeld meisje. Ze is jong en mooi en zoekende. Als je jong en mooi bent, zijn er altijd mensen die een hekel aan je hebben,' zei Jeff terwijl zijn blik naar Chris ging.

'Tangerine is niet eens haar echte naam,' zei Chris.

Dit ontlokte onmiddellijk een reactie van Ralph. 'Niet zo katten, Chris,' zei hij. Chris deed zijn armen over elkaar.

'Enig idee waar ze uithangt?' vroeg Ike.

'Je denkt dat Tangy iets te maken heeft met wat er met Isiah en Derek gebeurd is?' vroeg Jeff.

Ike aarzelde met zijn antwoord. 'Isiah had hier met haar afgesproken voor een interview. De dag ervoor werden Derek en hij doodgeschoten voor die wijnbar waar ze hun trouwdag gingen vieren.' Toen hij hardop uitsprak dat zijn zoon was doodgeschoten, schuurden de scherpe randen van zijn hart tegen elkaar.

'Tangy is al daarvóór uit zicht verdwenen. Ze kan overal zijn,' zei Jeff. Zijn rechterwang begon weer te trillen, alsof hij het op commando deed.

Ike keek hem strak aan. Met zijn enge blik. Zijn moordzuchtige blik.

Jeff leek heel vriendelijk. Hij wijdde zijn leven aan het helpen van homoseksuele jongeren. Hij had een leuke vriendengroep. Maar dat alles weerhield hem er niet van om keihard tegen Ike te liegen. Jeff wist precies waar Tangerine was. Dat voelde Ike gewoon.

Tangerine was de vrouw die op dat antwoordapparaat zo bang had geklonken. Was ze bang omdat ze wist dat iemand Isiah wilde vermoorden? Had ze hem in de val gelokt? Ike wist het niet. Hij wist alleen dat die aardige Jeff tegen hem zat te liegen alsof hij een achterlijke zwarte boerenkinkel was. Jeff met zijn grijze highlights en zijn zogenaamd nonchalante stoppels. Aardige Jeff, die liever een of andere *party girl* beschermde dan dat hij zich druk maakte om Ikes dode zoon, was een typisch geval van pathologische stedelijke arrogantie. Veel mensen die in Richmond woonden verbeeldden zich dat ze slimmer en beschaafder waren dan de mensen in het buitengebied. Ook al hoefde je vanaf dat reusachtige verlichte bord waar RICHMOND op stond maar vijftig kilometer te rijden om in de rimboe te komen.

Ike vroeg zich af hoelang hij nodig zou hebben om de waarheid boven tafel te krijgen als hij een duim in Jeffs oog duwde en het als een hardgekookt ei kapot drukte.

Jeff kneep zijn ogen dicht. Misschien las hij aan Ikes gezicht af dat zijn oog het gevaar liep om in stukken op de hardhouten vloer van Garland's te belanden.

'Ik weet niet waar ze is, echt waar. Maar...' zei Jeff.

'Maar wat?' vroeg Ike terwijl hij Jeff nog altijd zijn dodelijke blik gaf.

'Als ze op dat feest was, zal het waarschijnlijk niet de eerste keer zijn geweest dat ze Mr. Get Down zag. Misschien dat hij weet waar ze is. Dat is wat ik wil zeggen,' zei Jeff. Uit de luidsprekers galmde 'The Man That Got Away' op een triphopbeat.

Ike ontspande. 'Bedankt.'

Hij draaide zich om en liep terug naar de bar. 'Mag ik nog wat water? En ik wil graag afrekenen voor mij en mijn vriend.' Tex kwam naar hem toe en legde een bonnetje en een pen voor Ike neer. Had hij Buddy Lee nu echt zijn vriend genoemd? Hij wist niet of hij hun band daarmee goed had omschreven. Ze hadden samen een man vermoord, dus ze waren meer dan kennissen, maar een vriend zou hij hem toch ook niet willen noemen. Ike tekende het bonnetje, legde een flinke fooi op de bar en vouwde het bonnetje om zijn bankpas.

Links van hem kwam een kleine zwarte man naar de bar gewaggeld. Hij streek over zijn borstelige grijze baard terwijl hij zich met enige moeite op de barkruk werkte.

'Hallo,' zei Grijsbaard.

'Hallo,' zei Ike zonder zijn hoofd te draaien.

'Hoe is 't?' brabbelde Grijsbaard.

'Alles rustig, man,' zei Ike. Hij zocht naar Tex, maar die was een grote bestelling aan het opnemen van een groep blauw-, roze- en groenharige androgyne witte jongelui die net binnen waren gekomen.

'Al dat jonge spul hier. Veel te jong, man. En veel te buitenissig,' zei Grijsbaard. De woorden vielen uit zijn mond zoals dobbelstenen van de rand van de tafel stuiteren.

'Hm,' zei Ike.

'Ik ben Angelo,' zei de man met de grijze borstelbaard.

Ike reageerde niet. Hij stopte zijn handen in zijn zakken en schommelde op zijn voorvoeten heen en weer.

'Ze hebben lol, maar wat heeft het voor zin? Een paar uur kreunen en steunen voor wat? Zodat ze 's ochtends weg kunnen na je hele wc-bril ondergepiest te hebben,' zei Angelo. Hij maakte slagzij naar links, maar greep op tijd de stang langs de rand van de bar om zichzelf weer rechtop te hijsen. Ike deed een stap naar rechts om iets verder van de man te staan.

'Ben je met iemand?' vroeg Angelo.

'Ik betaal alleen maar mijn rekening, man,' zei Ike. Hij sprak door samengetrokken lippen, reeg de woorden aaneen tot één lang woord.

'Natuurlijk, je bent hier vast niet alleen. Je ziet er te goed uit om alleen te zijn,' zei Angelo.

'Hé, Tex! Regel die bon nou, man!' riep Ike.

'Ga je weg? Wacht, ik bestel nog iets voor je,' zei Angelo. 'Ga nog niet weg. Je krijgt wat te drinken van me.' Hij reikte naar Ike en legde zijn hand op zijn voorarm.

'Blijf met je poten van me af, man,' zei Ike.

De twee zwarte mannen aan de andere kant van de bar pakten hun drankjes op en liepen naar de zitzakken. Het gerommel in Ikes stem beloofde een donderbui te worden waarmee ze niets te maken wilden hebben.

De radar van Angelo leek de weersomslag niet op te pikken. 'Hé, reageer niet zo onaardig. Ik wil je alleen wat beter leren kennen,' brabbelde hij. Zijn hand ging omhoog naar Ikes biceps van kokosnootformaat.

'Hou je poten thuis, zei ik toch!' Ike greep Angelo bij zijn overhemd. De barkruk stuiterde op de vloer terwijl Ike Angelo tegen de muur drukte. Een foto van Judy Garland in jacquet met hoge hoed viel naar beneden. Hij raakte het hoofd van Ike, maar die leek dat amper te merken.

De ogen van Angelo rolden in zijn oogkassen toen Ike zijn greep verstevigde en hem optilde. 'Sorry!' zei hij keer op keer.

Ike trok hem van de muur, maar alleen om hem er nog één keer tegenaan te drukken, maar dan twee keer zo hard. Angelo probeerde Ikes handen los te peuteren, maar bij een gordiaanse knoop had hij waarschijnlijk meer succes gehad.

'Ik zei dat je met je poten van me af moest blijven!' schreeuwde Ike. Hij hield Angelo met zijn linkerhand vast en bracht zijn rechter naar achteren. De emo's die net waren binnengekomen haalden hun mobieltjes tevoorschijn en riepen naar hem terwijl ze de ruzie begonnen te filmen.

Een fractie voordat hij zijn rechterhand wilde afvuren, voelde hij een paar sterke handen op zijn schouders en krachtige armen om zijn middel. Hij voelde dat ze hem omver probeerden te trekken. Hij liet Angelo los en klauwde naar zijn belagers.

'Laat me los!' gromde Ike. Hij voelde dat hij naar achteren werd getrokken. Hij werd als een dolle stier naar de deur geleid. Er had zich een derde paar handen op het strijdtoneel gemeld. Het was Chris.

Tex gilde dat hij zich er niet mee moest bemoeien, maar hij had net zo goed een zwerm hoornaars tot de orde kunnen roepen. Chris was witheet. Waren hij en Angelo vrienden? Verdedigde hij 's mans eer? Of was hij gewoon terecht kwaad geworden? Ike was ergens binnengegaan waar Chris en zijn vrienden volkomen op hun gemak waren en had om hulp gevraagd. Ze hadden hem iets laten zien van de man die Isiah geworden was. Een goed mens aan wiens ontwikkeling Ike eigenlijk amper had bijgedragen. En hoe had hij ze bedankt voor hun vriendelijkheid? Door een eenzame dronkenlap af te kloppen. Ike zag vanuit zijn ooghoek dat Buddy Lee kwam aanrennen. Hij gaf Chris een duw en wurmde zich tussen hem en Ike.

'Waar ben je mee bezig, man?' riep Buddy Lee.

Ike stopte met vechten. 'Ik ga al, oké?! Ik ga al. Pak jij mijn bankpas, Buddy Lee?'

Tex liet hem los. Een zwarte man in net zo'n strak T-shirt als Tex hield Chris, die bij Buddy Lee probeerde te komen, op afstand.

Tex pakte Ikes bankpas van achter de bar en drukte hem met een klap in Buddy Lee's hand. 'En nu oprotten voordat ik de politie bel,' zei hij.

'Ik dacht dat je weinig van de politie moest hebben,' zei Buddy Lee.

'Oprotten, nu!' zei Tex.

'Kom, kerel, laten we hier wegwezen voordat de staatspooiers op de stoep staan,' zei Buddy Lee. Hij deed een paar stappen naar achteren, draaide zich om en liep naar de deur. Een paar mensen jouwden hen uit toen ze langsliepen. Ike zag dat Jeff over de bar heen naar hem keek.

'Het spijt me,' mompelde Ike. Hij wist dat ze hem door alle commotie in de bar niet zouden horen, maar hij wilde het toch zeggen.

Jeff schudde zijn hoofd en keek weg.

Na drie kwartier stilte op de snelweg reed Buddy Lee de oprit van Ike op en zette de pick-up in zijn vrij. De motor hoestte en zuchtte terwijl hij stationair draaide. Ike reikte naar de portierhendel.

'Wat was er aan de hand? In de bar?' vroeg Buddy Lee.

Ike deed het portier open. Een warme wind stroomde langs hem de auto in. Een paar verdwaalde wikkels van repen en kauwgum dwarrelden om de voeten van Barry Lee heen.

'Ik zei dat hij van me af moest blijven. Dat deed hij niet,' zei Ike.

'Okééé,' zei Buddy Lee. Hij rekte de laatste lettergreep uit.

'Wat bedoel je daarmee?' vroeg Ike.

'Niks. Ik keek alleen naar je terwijl ik een babbel maakte met die dames. Ik dacht dat hij alleen je arm aanraakte.'

'Wat maakt het uit? Als je tegen iemand zegt dat hij van je af moet blijven, moet hij niet aan je gaan zitten. Als hij zoiets in de bajes had gedaan, had hij even later bloedend als een rund op zijn rug naar de lampen liggen staren,' zei Ike.

Buddy Lee rekte zijn vingers. Ike keek uit het raam. Zijn schouders zakten een heel klein beetje.

Maar we zitten niet in de bajes, hè? dacht Ike. De gedachte was van hem, maar hij hoorde haar als de stem van Isiah.

Buddy Lee roffelde met zijn vingers op het stuur. 'Vroeg hij je nummer?'

'Ik wil het er niet meer over hebben,' zei Ike.

Buddy Lee maakte een geluid dat tussen een lach en een zucht in zat. 'Goed dan. Ben je iets te weten gekomen over Tangerine voordat je Samuel L. Jackson sr. greep?' vroeg hij.

Ike verschoof iets zodat hij Buddy Lee aan kon kijken. 'Ja. Ze gaat misschien om met een producer die zichzelf Mr. Get Down noemt,' zei hij.

Buddy Lee lachte. 'Dat staat vast niet op zijn rijbewijs. En wanneer gaan we een babbeltje maken met Mr. Get Down?'

'Ik bel je morgen. Ik wil nu eerst slapen,' zei Ike.

'Goed. Weet je zeker dat je niet wil praten over...'

'Ik wil slapen, zei ik.' Ike klauterde de auto uit en gooide het portier dicht.

'Ja, je hebt een knuffel en een dutje nodig, grote jongen,' zei Buddy Lee nauwelijks hoorbaar. Hij reed achteruit de oprit af en draaide naar links om terug over de doodlopende weg te rijden. Aan het eind bracht hij zijn auto bijna tot stilstand en sloeg toen rechts af. Neuriënd zette hij de radio aan en hoorde een gouwe ouwe van Waylon Jennings uit de luidsprekers galmen. Meezingend reed hij langs een verlaten sportviswinkel aan Route 634. De oude Chevrolet Caprice op de gortdroge parkeerplaats viel hem niet op. Kort nadat hij die gepasseerd was, doken er vanachter het dashboard twee hoofden op.

'Denk je dat hij ons heeft gezien?' vroeg Cheddar.

'Nee, te donker. Ik bel Grayson,' zei Dome. Hij pakte zijn mobiel.

'Ja,' zei Grayson toen hij opnam.

'Die witte vent heeft net die zwarte vent afgezet. Wat moeten we nu doen?' vroeg Dome.

'Daar blijven. Kijken waar hij morgenochtend naartoe gaat,' zei Grayson.

'Wil je dat we hier de hele nacht blijven? Het is even na elven,' zei Dome.

'Stotter ik soms of zo? We moeten die griet vinden. Net als gisteren, en hij brengt ons er rechtstreeks naartoe,' zei Grayson.

Dome reageerde niet.

'Wat? Heb je daar soms problemen mee?' zei Grayson.

'Nee. En Andy?'

'Met hem rekenen we wel af als we die slet hebben,' zei Grayson. 'En Dome...'

'Ja.'

'Verlies hem niet uit het oog, anders moeten we ook met jullie afrekenen,' zei Grayson.

Hij hing op.

25

Hij wist dat hij droomde.

Het was een droom die danste in de hoeken van zijn geheugen. Ike staat in de achtertuin te barbecueën en Isiah staat naast hem. Het is een feestje ter gelegenheid van Isiahs afstuderen. Er zijn mensen van beide kanten van de familie. En vrienden van Mya's werk, en een paar vrienden die Ike heeft leren kennen nadat hij uit de gevangenis is gekomen. Hoofdzakelijk andere hoveniers. Een paar toeleveranciers. Een paar jongens van de YMCA. Niemand van zijn oude clubje, van de North River Boys. Isiah probeert met Ike te praten, maar Ike luistert niet omdat hij weet wat Isiah hem probeert duidelijk te maken en hij dat niet wil horen. Hij wil het nooit horen.

Derek zit ook in de droom, die een herinnering in technicolor is. Ze houden elkaars handen vast. Isiah zegt dat Derek niet zomaar een vriend is. Hij zegt tegen Ike dat Derek belangrijk voor hem is. Ike concentreert zich op de hamburgers en hotdogs. Hij kijkt ingespannen naar de rood gloeiende kolen. Naar het ongehaast druppen van het vet uit de hamburgers, dat sissend op de kolen landt. Alles om maar niet te hoeven luisteren naar zijn enige zoon. Als hij iets zegt, ziet Ike zichzelf reageren op de enige manier die voor hem mogelijk is. Nee, dat is niet helemaal waar. Hij reageert op de manier die voor hem het gemakkelijkst is. Hij gooit de barbecue om. Kolen vliegen als vurige confetti in het rond. Er komt een stuk op Isiahs arm. Het laat een licht litteken achter dat op een geboortevlek lijkt. Langzaam wordt alles zwart.

Opeens hoort hij geschreeuw, de kreten vallen over elkaar heen, en als hij zich omdraait ziet hij de hoofden van Isiah en Derek in een regen van bloed en bot uit elkaar spatten.

Ike sloeg zijn ogen open.

De jaloezieën in de slaapkamer sneden het licht van de opkomende zon in smalle stralen. Ike ging rechtop zitten en voelde met beide handen aan zijn gezicht. Zijn wangen waren nat. Mya's kant van het bed was leeg. Ze moest in de loop van de nacht zijn opgestaan en bij Arianna zijn gaan liggen. Dat deed ze tegenwoordig zo nu en dan. Af en toe moest Ike de neiging om jaloers te zijn op een driejarige onderdrukken. Hij zwaaide zijn benen uit bed en zette zijn voeten op het tapijt. Hij pakte zijn telefoon van het nachtkastje en keek hoe laat het was. Tien over zeven. Hij was vrijwel meteen nadat Buddy Lee hem rond elf uur had afgezet in slaap gevallen. Nadat ze in de bar waren geweest. Nadat hij die vent tegen de muur had gedrukt. Isiah zou er heel wat commentaar op hebben gehad.

'Je was gewoon bang dat je eigen mannelijkheid werd aangetast, pa. Dat noemen ze overcompensatie.' Hij kon het typische vlijmscherpe sarcasme van Isiah bijna echt horen.

Ike stond op. Hij wilde het niet toegeven, maar Isiah zou gelijk hebben gehad. Toen die man hem aanraakte, zag hij alleen maar de gezichten van…

'Genoeg,' zei Ike hardop. Zijn stem klonk hol, zo vroeg in de ochtend in het stille huis. Hij raapte zijn T-shirt op van de vloer en trok het over zijn hoofd. Zijn spijkerbroek had hij nog aan. Hij sloop de trap af en ging naar de keuken. Hij zette de koffiemachine aan. Terwijl het begon te ratelen en zoemen dacht hij aan wat die aardige Jeff hem gisteravond verteld had. Over Mr. Get Down. Tariq. Hij kon samen met Buddy Lee op zoek gaan naar dat huis met die luchtbogen en met wat bluf proberen binnen te komen, maar Ike dacht niet dat dat zou werken. Het probleem was dat hij niets kon bedenken wat wél zou werken.

De koffiemachine had blijkbaar alle tijd van de wereld, dus ging Ike de krant maar halen. De zon piepte juist tussen de wolken door toen Ike zoekend rondkeek. De gepensioneerde oma die hun krant bezorgde kon absoluut niet richten. Ike vond de zaterdagkrant uiteindelijk tussen de buxusstruiken naast zijn voordeur. Toen hij zich oprichtte, zag hij Mya's auto aankomen.

Er reed een banaangele Caprice achter haar. Ze draaide hun korte oprit op en zette de auto neer. De Caprice reed door. Mya stapte uit met een grote zak van de fastfoodketen Hardee's. Haar mond stond zo strak dat het haar tien jaar ouder maakte. Ze liep zo snel als ze kon naar het huis, naar hem.

'Ik ging ontbijt voor ons halen. Volgens mij... Volgens mij volgde die auto me naar Hardee's en daarna terug naar huis. Ike, volgens mij werd ik gevolgd,' zei ze. Ze klonk zo gespannen dat hij er kippenvel van kreeg.

'Ga naar binnen. Doe de deur op slot. Neem Arianna mee naar boven. Kom pas naar beneden als ik je kom halen.'

'Ike, wat is er aan de hand?'

'Ga naar boven, schatje,' zei Ike. Mya klemde de zak tegen haar borst en haastte zich naar binnen. Ike liep naar de achterkant van het huis. Naar zijn schuur. Hij duwde de zware bokszak opzij, pakte iets van een haak en liep terug naar de voorkant.

De doodlopende weg waar ze aan woonden was niet zo'n typisch Amerikaanse straat met aan het eind een cirkel. De onverharde weg hield een paar honderd meter voorbij hun huis domweg op. Behalve het lage huis met zadeldak van Ike en Mya stonden er nog vijf huizen van verschillende grootte. Toen hij met Mya hiernaartoe verhuisde, werd dit gezien als het arme deel van de regio. Dat veranderde toen een slimme ontwikkelaar een paar goede modulaire woningen liet neerzetten, wat steengruis op de zandweg liet storten en de weg Townbridge Lane doopte. Buren kwamen en vertrokken verontrustend vaak. En ze verzorgden hun voortuinen niet allemaal even goed. Strakke gazons lagen naast rommelige voortuinen vol speelgoed en auto-onderdelen.

Ike ging op zijn hurken tussen de struiken zitten. Die Caprice was een doodlopende weg in gereden. Ze moesten stoppen, keren en terugkomen. Ike pakte de steel van de snoeibijl met twee handen vast. De snoeibijl was een traditioneel boerenwerktuig. Toen er nog geen draadtrimmers en elektrische snoeiers waren, werd de snoeibijl gebruikt om op moeilijk begaanbaar terrein zoals een slootkant of een talud onkruid en laag struikgewas weg te halen. Het bestond uit een lange houten steel met aan het uiteinde een breed bijlblad dat er een beetje uitzag als een komma. Het was een soort kapmes op een lange steel. Met dat verschil dat je met een snoeibijl beide kanten van het blad kon gebruiken.

Het kon heel goed zijn dat degene die naar en van Hardee's achter Mya aan gereden was een verdwaalde reiziger was van wie de navigatie niet goed werkte. Dan kon het gebeuren dat je telefoon aangaf dat je op je bestemming was aangekomen terwijl je midden in een maisveld stond. Het was mogelijk. Het was ook mogelijk dat de Caprice iets te maken had met wat er gisteren op de zaak was gebeurd.

'Dit is dus zoals jullie het willen hebben?' mompelde Ike.

Hij hoorde de Caprice voordat hij hem zag. Toen hij hem zag, herkende hij de man achter het stuur. Het was een van de maten van de blonde Viking die hij bijna onthoofd had. De man reed zo langzaam als een toerist. Ike sprong uit de struiken alsof hij een kogel uit een geweer was. Hij rende zwaaiend met de snoeibijl op de auto af. De bijl sneed met een gemene boog door de lucht en sloeg het raam aan de bestuurderskant aan diggelen alsof het dooi-ijs was.

'Fuck, shit!' riep Dome. Zijn voet gleed van het gaspedaal terwijl hij onder het stuur probeerde te duiken. Cheddar greep naar de .32 in zijn broekband, maar het wapen bleef hangen achter de gesp van zijn riem. De auto rolde rustig door terwijl Ike zich voorbereidde op de volgende slag met de bijl.

'Geef gas!' brulde Cheddar.

'Wat denk je dat ik aan het doen ben?' loeide Dome.

Ike zwaaide nog een keer met de bijl. Hij raakte de achterruit van de Caprice. Er moest al een zwak punt in het geharde glas hebben gezeten, want het knalde uit elkaar, waardoor Dome en Cheddar een lawine van vlijmscherpe scherven over zich heen kregen. Cheddar had eindelijk zijn pistool weten los te trekken, maar precies op dat moment duwde Dome het gaspedaal in. Cheddar werd naar achteren gegooid en zijn wapen ging af. Dome en Cheddar reageerden beiden met een schreeuw toen het schot door de auto galmde. Dome voelde een kogel langs zijn hoofd fluiten en door het dak naar buiten gaan. De auto spoot weg, de achterwielen spuwden steengruis. Hij zat onder de glasscherven, het leek alsof er schaafijs over hem heen was gestrooid.

Ike zag de Caprice met zestig kilometer per uur het einde van Townbridge Road naderen en naar rechts gaan zonder zelfs ook maar een poging te doen om vaart te minderen.

Randy Hiers, Ikes buurman van twee huizen verderop, kwam naar buiten en bleef voor zijn deur staan. Hij droeg een wit onderhemd en een joggingbroek. Randy had geen werk. Hij kreeg een arbeidsongeschiktheidsuitkering voor letsel dat hij, daarvan was Ike voor 90 procent zeker, veinsde. Randy versierde zijn tuin graag met Confederatievlaggen en bordjes waarop LAAT ME MET RUST stond. Hij greep elke gelegenheid aan om tekeer te gaan tegen immigranten. Ike vermoedde dat Randy zelf niet inzag hoe ironisch het was dat hij tirades afstak tegen profiteurs terwijl hij zelf een uitkering kreeg waar hij helemaal geen recht op had.

'Wat gebeurt er allemaal?' riep Randy. Hij had de zelfverzekerdheid die veel middelmatige mensen kenmerkt. Ze maakten zichzelf wijs dat de wereld hun oester was, maar het leek niet tot hen door te dringen dat hun oester al heel lang bedorven was.

'Niets om je druk over te maken, Randy,' zei Ike. Hij begon terug te lopen naar zijn huis.

'Wacht even, vriend. Je slaat met dat ding een autoruit aan diggelen en... Wat is dat trouwens?' zei hij terwijl hij naar de snoeibijl keek. Randy schudde als een stier zijn hoofd en vervolgde toen zijn kritische en naar zijn idee volledig gerechtvaardigde tirade. 'Ik heb kinderen, Ike!'

'Als je ze wil zien opgroeien, raad ik je aan weer naar binnen te gaan,' zei Ike. Hij wachtte niet op de reactie van Randy. Tegen de tijd dat hij bij zijn voordeur aankwam, stond Mya op hem te wachten. Ike liep naar binnen en deed de deur achter zich op slot.

'Ike, wat is er aan de hand?' vroeg Mya. Ze zag er afgepeigerd uit.

Ike zette de snoeibijl tegen de kapstok bij de voordeur. 'Denk je dat jij en Arianna een paar dagen bij je zus kunnen gaan logeren?'

Mya deed een stap naar hem toe. Haar hand zweefde vlak voor zijn borst, maar ze liet hem daar niet op rusten. 'Ike, wat is er aan de hand?' vroeg ze nogmaals. Ze klonk vriendelijk maar stellig.

Ike ging naar de keuken en schonk een kop koffie voor zichzelf in. Hij liep terug naar de woonkamer. Nam een grote slok. 'Je weet nog dat ik zei dat Buddy Lee en ik die zaak van Isiah zouden afhandelen?' zei hij.

'Ja,' zei Mya.

'Zo ziet dat afhandelen eruit. Bel je zus en vraag alsjeblieft of je een paar dagen bij haar kan blijven,' zei hij en hij nam nog een slok van zijn koffie.

26

Buddy Lee draaide het woonwagenpark op en kreeg bijna een rolberoerte. Op zijn korte oprit stond een gouden Lexus. Naast de Lexus stond zijn ex-vrouw. Buddy Lee parkeerde zijn auto aan de kant van de onverharde weg die in een slangachtige 's' door het woonwagenpark liep.

Wat heeft zij hier in godsnaam te zoeken? dacht Buddy Lee. Zijn handen begonnen te trillen en daarna ook zijn armen. Zijn handen een paar keer tot vuisten ballen en dan strekken hielp enigszins. Hij keek in zijn achteruitkijkspiegel. Ze stond nog steeds naast de Lexus. De wind pakte haar haar op en maakte er een halo rond haar hoofd van. Buddy Lee zoog op zijn tanden en stapte uit.

Christine deed een paar stappen in zijn richting. Buddy Lee leunde tegen de achterklep van zijn pick-up. Ze stonden tegenover elkaar als twee westernhelden. Hun wapen was meestal het woord, hun schoten waren dodelijk. De windvlaag ging voorbij en Christines haar viel terug op haar schouders.

'Je zult je wel afvragen waarom ik hier ben,' zei ze.

Buddy Lee ging met zijn tong heen en weer langs de binnenkant van zijn onderlip. 'Dat ging door me heen, ja. Ik had gedacht dat ik je pas weer zou zien op de dag des oordeels,' zei hij.

Christine glimlachte, maar haar ogen deden niet mee. 'Ik dacht dat je niet in God geloofde.'

'Niet echt, nee. Maar wie weet, misschien dat ik voortaan naar de kerk ga. Om me in te dekken,' zei Buddy Lee. Christine snoof. De veiligheidslampen in het park gingen aan en Buddy Lee zag een vochtige glans rond Christines ogen. 'Maar wat kom je hier doen?' vroeg hij.

'Kunnen we naar binnen gaan?'

'Dat weet ik niet. Het is niet zo chic als je gewend bent,' zei Buddy Lee.

'Hij is groter dan onze eerste woonwagen,' zei Christine. Die verwijzing naar hun gemeenschappelijke verleden benam hem de adem. Hij dacht dat ze die herinneringen na al die jaren uit haar geheugen gewist had. Dat ze zichzelf wijs had gemaakt dat hun jaren samen een akelige droom waren geweest. Buddy Lee ervaarde ze in elk geval als een droom. Wazige beelden, halve herinneringen aan een persoon en een tijd die hij in zijn gedachten soms helemaal niet geweest was of doorgemaakt had.

'Oké, kom maar dan,' zei Buddy Lee. Christine liep achter hem aan naar binnen. Hij ging op de bank zitten en realiseerde zich dat zijn sixpack nog in de auto lag. Christine ging in de relaxfauteuil zitten. 'Lust je een biertje? Dan moet ik even terug naar de auto om mijn sixpack te pakken,' zei hij.

'Nee, dank je. Ik heb nagedacht over wat je zei. Ik weet dat het lijkt alsof ik niet om Derek gaf, maar dat deed ik wel. Soms zat ik de hele nacht te bidden dat hij zou veranderen. Dan vroeg ik aan God om een betere moeder van me te maken. Als ik een betere moeder was, zou hij niet zijn zoals hij was. Ik heb hem teleurgesteld. Op zoveel manieren,' zei Christine. Tranen biggelden over haar wangen.

'Hé, hé. Je had Derek niet kunnen veranderen. Niemand kon hem veranderen. Dan doe je jezelf geweld aan. Ik probeerde het ook, maar tegenwoordig denk ik dat hij niet hoefde te veranderen. Ik bedoel, als hij er nog zou zijn, zou je het dan belangrijk vinden bij wie hij 's avonds in bed kroop? Mij zou het namelijk geen ene moer kunnen schelen,' zei Buddy Lee. Hij voelde een brok in zijn keel komen.

'Ik... Ik weet het niet. Hij was mijn zoon. Onze zoon. Maar wat hij deed was fout. Dat moet ik wel geloven. Want als ik dat niet doe, dan heb ik alles in mijn leven verkeerd gedaan,' zei Christine. Ze drukte haar vuist tegen haar mond en kreunde.

'We hadden het mis, Chrissy. We hebben allebei veel fouten gemaakt met hem. Hij was niet weerzinwekkend. Hij pleegde geen heiligschennis. Hij was gewoon Derek. Dat had voor ons allebei goed genoeg moeten zijn geweest,' zei Buddy Lee. Hij zei het met een mildheid waartoe hij zichzelf niet meer in staat had geacht. Niet tegenover haar tenminste.

'Gerald zou het niet met je eens zijn,' zei Christine.

Buddy Lee bromde. 'Ik weet dat het bijna onvoorstelbaar is, maar de grote Gerald Culpepper heeft niet altijd gelijk.'

Christine lachte. Een soort scherpe blaf.

Buddy Lee krabde aan zijn kin. 'Wat?'

'Weet je wat ik altijd zo leuk aan jou heb gevonden? Dat je je nooit anders voordoet. Er is niks nep aan jou, Buddy Lee. *What you see is what you get.* Ook al werd ik er soms hoorndol van,' zei Christine.

Buddy Lee voelde zijn gezicht warm worden. 'Als ik soms had kunnen doen alsof, waren we misschien bij elkaar gebleven,' zei hij met een glimlach.

Christine ging er niet op in. 'Ik ben net weggelopen van een feestje bij mij thuis waar ook een vrouw is van wie ik zeker weet dat ze twee keer per maand mijn man naait. Het is zo'n feestje waarvan ik als klein meisje droomde. Prachtig zilver. Echte borden. Geen plastic bekertjes te bekennen. Twee bandjes. Topeten. De duurste drankjes. Niet dat bocht dat mijn vader altijd dronk.'

Ze verschoof in haar stoel. 'Ik stond naast een van de rijkste mannen van Virginia. Hij vertelde een nare grap over waarom zwarte mannen zulke grote piemels hebben terwijl een zwarte vrouw mij nog een glas prosecco aanreikte. De vader van Gerald moest zo hard om die grap lachen dat hij er bijna in bleef. Ik had al die rijke klojo's in mijn huis om te vieren dat de grote Gerald Culpepper bekendmaakt dat hij zijn rechtersambt gaat opgeven omdat hij wil meedingen om het gouverneurschap. Omdat hij mensen wil helpen, zegt hij.'

Christines stem werd beverig. ‘En ik kon alleen maar denken dat deze mensen allemaal geen snars geven om mijn zoon. Mijn kind. In zijn graf. Ik ook. Daarom ging ik weg. Ik kwam om te praten met de enige die weet hoe het voelt. We hadden misschien een pesthekel aan elkaar, maar we hielden allebei van Derek. Toch?’ vroeg Christine.

Voordat Buddy Lee antwoord kon geven, begon Christine te janken. Lange, harde uithalen die de woonwagen deden schudden. Ze gleed vanuit haar stoel op de grond. Het vieze vloerkleed maakte bruine vlekken op haar strakke witte broek.

‘Als ik hem niet had verlaten, had hij misschien nog geleefd! Je had gelijk. Het is allemaal mijn schuld,’ snikte Christine. Ze klonk als een dier dat in een klem was gelopen. Zijn huid trok ervan samen. Een deel van hem, het deel dat nog altijd om haar gaf, of dat verdomme nog altijd van haar hield, zei dat hij naar haar toe moest gaan. Dat hij zijn armen om haar heen moest slaan, haar geur moest opsnuiven en tegen haar moest zeggen dat het niet waar was. Dat het niet haar schuld was. Dat de enige die verantwoordelijk was voor wat er met hun zoon was gebeurd de hufter was die de trekker had overgehaald.

Hij verroerde zich niet.

Omdat het andere deel van hem, het deel dat wist dat het deel dat van haar hield een nostalgische sukkel was, vond dat ze dit moest voelen. Ze moest dit verdriet daar voelen waar haar geld en status haar niet konden beschermen. Zij had haar zoon de rug toegekeerd. Hij was laatdunkend en wreed geweest. Ze moesten daar allebei mee dealen.

‘Jij hebt hem niet vermoord, Christine,’ zei Buddy Lee ten slotte. Christines gesnik ebde weg. Haar uithalen vlakten af. Ze drukte haar knieën tegen haar kin. Buddy Lee ging naar de keuken en scheurde een vel keukenpapier af. Hij vouwde het dubbel en gaf het aan Christine. Ze veegde haar ogen en haar neus af.

‘O, mijn god, ik heb er een zootje van gemaakt, Buddy Lee. Weet je dat hij mij twee weken voor het gebeurde gebeld heeft? Ik heb niet opgenomen. Ik kon die gesprekken met hem over Gerald en zijn ideeën en de strijd voor homorechten niet aan.' Ze zuchtte. 'Wie houden we nou eigenlijk voor de gek. Ik wilde er niet mee geconfronteerd worden. Ik wist toen niet dat het mijn laatste kans was om hem te spreken. Ach, jezus,' zei Christine.

'Dat de laatste keer echt de laatste keer is weet je pas wanneer het te laat is,' zei Buddy Lee.

Christine keek op. 'Heeft de politie al contact met je opgenomen? Zijn ze al wat verder gekomen?' vroeg ze.

'Ze hebben contact gezocht. Ik weet niet of ze verder zijn gekomen,' zei Buddy Lee.

Christine knikte. 'Weet je, ik vraag me weleens af wat ik zou doen als ze voor me zouden staan. Degenen die het hebben gedaan, bedoel ik. Maar dat zal wel nooit gebeuren. Ze hebben het bloed van mijn jongen aan hun handen en ik zal het ze nooit betaald kunnen zetten,' zei Christine. Ze begon weer te huilen.

Buddy Lee stond naast haar. Hij keek op haar neer en zag haar beven en heen en weer schommelen. Hij zag zijn hand langzaam naar haar hoofd gaan. Op het laatste moment trok hij hem terug en stopte hem in zijn zak. Toen plofte hij naast haar neer.

'Ik heb samen met Ike, de vader van Dereks man, wat lopen rondsnuffelen,' zei Buddy Lee. Hij boog zich niet naar haar toe en legde ook geen arm om haar heen. Hij zei het gewoon terwijl hij recht voor zich uit staarde.

'Rondsnuffelen? Wat bedoel je daarmee?' vroeg Christine snotterend.

Buddy Lee knikte. 'Kijken of we wat te weten kunnen komen. Binnenkort gaan we een babbeltje maken met een of andere muziekman. Kijken of hij weet waar die meid uithangt die ons misschien kan vertellen waar het allemaal mee begonnen is.'

Christine keek op. 'Dat is het enige, toch? Wat rondvragen? Je gaat toch niemand in elkaar slaan?'

Hij schudde zijn hoofd. Hij kon opvallend goed tegen haar liegen. 'Nee, joh. We proberen alleen maar achter de waarheid te komen.'

‘Ik wil niet dat er nog meer mensen doodgaan,’ zei Christine.

‘Dat gaat niet gebeuren,’ zei Buddy Lee. *Alleen de mensen die de jongens hebben vermoord*, dacht hij.

‘Ik ken je, Buddy. Je bent een driftkikker. Je hebt jezelf nooit kunnen beheersen,’ zei Christine.

‘Jou heb ik met geen vinger aangeraakt. Nooit.’

‘Nee, dat klopt. Maar je hebt wel de kaak van mijn oom gebroken.’

‘Hij noemde mij tuig van de richel en spuugde ook nog eens naar me. Wat moest ik dan? Hem een ontspannende massage geven en wat wierook branden?’ vroeg Buddy Lee.

Christine lachte. Deze lach was anders. Deze was als honing voor zijn ziel.

‘Je hebt me altijd aan het lachen kunnen krijgen. Maar wanneer gaan jullie praten met die... hoe noemde je hem ook alweer? Muziekman?’ vroeg Christine.

‘Ik kon je laten lachen, maar ook laten huilen. Jou en Derek,’ zei Buddy Lee. Hij blies zijn wangen bol en ademde toen diep in. ‘Ik denk dat we morgen met hem gaan babbelen. Volgens mij heeft Ike vandaag rust nodig. We hebben het nogal druk gehad.’

We hebben het druk gehad met vingers breken, dacht Buddy Lee. *En met neptaarten omgooien, een gozer tot mest vermalen en knokken in een homoclub. Was Ike de enige die moest bijkomen? We zijn allebei oud en we zijn allebei doodop. Ik ben net zo hard aan rust toe als hij.*

Hij klakte met zijn tong tegen zijn tanden. ‘Luister, wat ik laatst zei bij het graf, dat meende ik niet.’

‘Je meende het wel. Als je één ding over jou kan zeggen, Buddy Lee, is dat je er geen moeite mee hebt anderen te confronteren met hun lulverhalen,’ zei Christine, die ineens weer klonk als iemand uit Red Hill County.

Nu was het Buddy Lee’s beurt om te lachen. ‘Mag je dat soort taal wel uitslaan op Monument Avenue?’ vroeg hij.

Christine krabbelde op. Ze veegde haar broek af, Buddy Lee zag haar handen over haar stevige billen gaan. ‘Ik woon niet op Monument

Avenue. We zijn drie jaar geleden verhuisd naar King William. Garden Acres. Daar leven we ons eigen leventje, het kan niemand bommen wat ik zeg.' Ze veegde haar ogen nog een keer af, verfrommelde het keukenpapier en stak het in haar zak. 'Ik denk dat ik maar weer ga,' zei ze.

Buddy Lee knikte. 'Waarom ben je eigenlijk gekomen? Ik had niet gedacht dat je nog zou weten waar ik woonde.'

'De laatste keer dat ik in Red Hill was staat me nog levendig voor de geest,' zei Christine.

'Derek was weggelopen en liftend via de I-64 hiernaartoe gekomen. Als ik het me goed herinner dreigde je man me in zo'n ontzettend diepe cel te gooien dat ik een trapladder nodig zou hebben om de kont van de duivel te kussen,' zei Buddy Lee.

'Dat was nadat je hem een kopstoot had gegeven, Buddy Lee.'

'Hij heeft een groot hoofd. Niet te missen. Hoe dan ook, de manier waarop hij Derek aanraakte stond me niet aan. En dat jij daar niets van zei,' zei Buddy Lee. Welke betovering er ook tussen hen was uitgesproken, Buddy Lee voelde die nu zo hard breken dat hij dacht de scherven tussen hen in te zien vallen.

'Ik moet gaan,' zei Christine.

'Je hebt geen antwoord gegeven op mijn vraag.'

'Ik denk dat ik wilde dat jij mij ervan zou overtuigen dat ik niet zo'n slechte moeder ben geweest als ik zelf denk,' zei Christine. Ze deed de deur open en Buddy Lee kon de krekels horen zingen naar hun liefjes in de verte. Christine bleef in de deuropening staan. 'Denk je echt dat je erachter kunt komen wie het gedaan heeft?' vroeg ze terwijl ze zich omdraaide.

Buddy Lee keek haar recht in de ogen. Hij zag niet de kakmadam uit de steenrijke elite van Virginia. Hij zag het meisje met de korenblauwe ogen dat hij lang geleden op dat keetfeestje had leren kennen.

'Al kost het me de rest van mijn kloteleven,' zei Buddy Lee.

'Dat klinkt als Buddy Lee,' zei Christine. Ze stapte de avond in en deed de deur achter haar dicht.

Buddy Lee begon te zingen:

'And soon they'll carry him away.
He stopped loving her today.'

Met brekende stem zong hij de countryklassieker van George Jones. Hij zong het lied laag en zacht, maar de woorden voelden toch scherp en stekelig.

27

Ike stond maandagochtend om zeven uur op. Het huis was stiller dan normaal. Mya en Arianna logeerden voorlopig bij Mya's zus. Hij pakte zijn telefoon en belde Jazzy.

'Hallo?'

'Jazz, met mij.'

De slaperigheid in haar stem verdampte. 'Hé. Wat... Wat is er?'

'Ik vroeg me af of je van plan was te komen vandaag? We kunnen de jongens wat van de klussen laten doen die we vrijdag en zaterdag hebben afgebeld,' zei Ike. Het bleef stil aan de andere kant. 'Jazz?'

'Ik weet niet of ik er al aan toe ben,' zei ze.

'Dat is goed. Ik ga naar de zaak en laat de jongens wat kleine klussen doen, en als jij eraan toe bent...'

'Ik weet niet of ik er ooit nog aan toe zal zijn om terug te komen,' zei Jazzy.

Ike drukte de telefoon tegen zijn voorhoofd.

'Ike, hoor je me?' vroeg Jazzy.

Ike bracht de telefoon naar zijn oor. 'Ja, ik hoor je, Jazz.'

'Ik vind het heel fijn om voor je te werken, maar het is zoals Marcus zegt. Wie zegt dat die kerels niet een keer terugkomen?' zei Jazzy.

'Ik begrijp het, Jazz. Het spijt me dat ik je daarmee heb opgezadeld.'

'Ik vraag aan Marcus of hij morgen mijn bureau kan leeghalen, als je het goed vindt,' zei Jazzy.

'Dat is goed,' zei Ike.

'Ben je boos?' vroeg Jazzy.

'Wat? Nee. Nee, ik begrijp het wel, Jazz. Ik had de zaak buiten deze shit moeten houden.'

'Over welke shit heb je het, Ike? Wat is er aan de hand?' vroeg Jazzy.

'Niets waar jij je druk over hoeft te maken, Jazzy,' zei Ike. Het kwam er vinniger uit dan hij wilde. 'Je hoeft je geen zorgen te maken, bedoel ik. Alles is oké.'

Het leek minuten te duren voor Jazzy weer iets zei. 'Wat er ook aan de hand is, laat het niet alles kapotmaken wat je hebt opgebouwd. Je bent beter dan die flutbikers,' zei Jazzy. Hij hoorde haar stem haperen en vermoedde dat ze over een paar tellen zou gaan huilen.

'Dat gaat niet gebeuren, Jazz. Zeg maar tegen Marcus dat hij goed voor je moet zorgen, anders kom ik hem een bezoekje brengen,' zei Ike.

'Marcus is goed voor me, baas. Ik denk dat ik maar ga opstaan. Ik moet op zoek naar een nieuwe baan,' zei Jazzy.

Ike knaagde op zijn onderlip. Jazzy had bij hem gewerkt sinds ze vijf jaar geleden eindexamen had gedaan. Ze was in de loop der jaren niet alleen zijn steun en toeverlaat geworden, hij was ook gesteld op haar geraakt. Als hij zijn ogen heel hard dichtkneep en God, Allah en Krishna aanriep, lukte het hem om op de computer wat boekhouding te doen. Jazzy daarentegen kende het systeem als haar broekzak. Het zou even duren voordat een nieuwe medewerker dat onder de knie had. En het zou nog langer duren voordat hij of zij gewend was aan zijn werk-en-slaapritme.

'Hé, mocht je je bedenken, de deur staat altijd open,' zei Ike. In zijn keel deed een brok heel hard zijn best om groter te worden.

'Ik weet het. Doe voorzichtig hè, Ike.'

'Zo voorzichtig als een kat met een lange staart in een kamer vol schommelstoelen,' zei Ike.

'Volgens mij is het voor het eerst dat ik je een grap hoor maken. De eerste die ook echt grappig is, bedoel ik dan. Maar nu moet ik echt ophangen,' zei Jazzy.

'Oké. Tot ziens.'

'Tot ziens.' Ze hing op.

Ike tikte met de telefoon tegen zijn voorhoofd. Jazzy was niet als een dochter voor hem, maar het kwam heel dicht in de buurt. 'Goddomme,' zei hij.

Hij stond op en zette een pot koffie. Nu had hij helemaal geen zin meer om naar de zaak te gaan. Hij zou nog een dagje thuisblijven en morgenochtend vroeg naar de zaak gaan om de werkbriefjes te maken en de facturen door te nemen die betaald en geïnd moesten worden.

Een uur later, hij was aan zijn derde kop koffie bezig, werd er op de deur geklopt.

Ike zette zijn kop neer en liep naar de kast in de gang bij de trap. Hij pakte het stuk betonwapening dat hij daar na zijn bezoekje aan de Caprice had verstopt. De 35 centimeter lange ijzeren staaf was maar twee vingers dik maar zo zwaar als een hamer. Ike liep naar de deur en tuurde door het ruitvormige raampje.

'Ach, verdorie,' zei hij. Hij deed open.

Buddy Lee liep met een zak van Hardee's het huis in. 'Fijn dat je nog niet naar je werk bent. Ik heb koekjes bij me,' zei hij.

'Je moet bellen dat je eraan komt,' zei Ike.

Buddy Lee wierp een korte blik op de wapeningsstaaf. 'Djeez, je moet wel een verrekte hekel hebben aan Jehova's getuigen.'

Ike realiseerde zich dat hij al gewend raakte aan Buddy Lee's gevoel voor humor. Hij had niet eens de neiging meer om met zijn ogen te rollen.

'Er kwamen zaterdag wat mensen langs,' zei Ike.

Buddy Lee bleef meteen staan terwijl Ike de deur achter hem dichtdeed. 'Breed?'

'Ja. Twee kerels in een grote gele banaan volgden Mya naar huis.'

'Hebben ze jou gezien?'

'Ja. Ik heb hun ramen aan diggelen geslagen met een snoeibijl,' zei Ike.

Buddy Lee leunde met zijn schouder tegen de muur. 'Je vertelde toch dat je ze laatst bedreigd had met een kapmes?'

'Klopt.'

Buddy Lee maakte zich los van de muur en liep naar de keuken. Hij ging aan de tafel zitten en Ike kwam bij hem zitten. 'Heb je iets met scherpe dingen of zo? Jezus, man, het verbaast me dat dit huis nog overeind staat.' Hij viste een koekje uit de tas en legde het voor Ike op tafel.

Ike pakte het en nam een hap. 'Ik heb Mya en het meisje een tijdje naar haar zus gestuurd. Tot dit voorbij is,' zei hij al kauwend.

'Dat is goed. Die kleine meid hoeft hier niet bij betrokken te raken. Hoe nam je vrouw het op? Ze moest wel haar huis uit,' zei Buddy Lee.

'Ze zal het niet hardop zeggen, maar volgens mij wil ze dat we het rechtzetten. Wat dat ook mag inhouden. Dat ze bij de zaak opdoken kan ik nog hebben, maar als ze verdomme bij je thuis komen wordt het toch een ander verhaal. Niet dat het toen pas indaalde. Ik bedoel, het was te verwachten dat ik klappen zou krijgen. Maar toen ik ze hier zag langsrijden...' Ike liet de zin wegsterven.

'Toen besefte je dat je nóg meer kon kwijtraken,' zei Buddy Lee.

'Ja.'

'Als je niet door wil gaan, dan begrijp ik dat. Even goede vrienden.'

Ike schudde zijn hoofd. 'We zitten er al te diep in, makker. Om eruit te komen moeten we erdoorheen.'

Buddy Lee grinnikte. 'Dat zei mijn moeder ook altijd.'

'Ik kreeg het altijd te horen van mijn opa. Ik ben opgevoed door hem en mijn oma. Tenminste, dat probeerden ze. Ik heb ze aardig wat grijze haren bezorgd.'

'Mijn moeder zei dat ze bad dat het een jongen zou zijn toen ze zwanger van me was. Later bad ze alleen nog maar dat ze de juiste beslissingen nam,' zei Buddy Lee met een treurige glimlach. Er zat een hoop pijn achter die glimlach, dacht Ike, maar het was niet aan hem om die uit Buddy Lee te trekken.

'Zeg, denk je genoeg te hebben aan dat stuk betonwapening? Mijn halfbroer Chet kan namelijk wel wat wapens voor ons regelen.'

Ike fronste. 'Ik kan zelf wel een wapen regelen als het moet. Dit is Virginia. Ze verkopen ze zo ongeveer bij de supermarkt.'

‘Hé, Ike, begrijp me niet verkeerd, maar de Rare Breed is geen theekransje. Als ze terugkomen om de boel hier in de hens te steken, heb je aan wat tuingereedschap niet genoeg,’ zei Buddy.

‘Krijg je commissie of zo?’ vroeg Ike.

‘Oké. Oké. Het was maar een idee. De volgende keer gooi je maar een hooivork naar hun hoofd. Hoe dan ook, gaan we nog naar die producer? Als hij zo’n grote jongen is als jij zegt, kunnen we waarschijnlijk niet zomaar bij hem aankloppen,’ zei Buddy Lee.

‘Ik heb hem gisteravond gegoogeld. Kan zijn adres nergens vinden. Heb ook nog op de website van de krant gekeken. Maar daar staat alleen dat hij in Richmond woont.’

‘Shit,’ zei Buddy Lee.

‘Inderdaad.’

Buddy Lee tikte met zijn voet. Het geluid galmde door de keuken.

‘Wacht,’ zei Ike. ‘Zei die jongen van die taartwinkel niet dat ze een klus voor die producer hadden gedaan?’

‘Ja, daar zal Derek die Tangerine wel hebben ontmoet.’

‘Oké. Dus dan zullen zij het adres wel hebben, toch?’ vroeg Ike.

‘Ja, maar dat gaan ze ons echt niet geven. We hebben daar taarten lopen mollen en zo,’ zei Buddy Lee.

‘Jij hebt daar taarten lopen mollen, zul je bedoelen.’

Buddy Lee gniffelde. ‘Hoe dan ook, we zullen niet hoog op hun vriendenlijstje staan.’

‘Dat hoeft ook niet. Ik heb een idee,’ zei Ike. Hij haalde zijn mobiel uit zijn zak en belde Essential Events Bakery.

Al na twee keer overgaan werd er opgenomen door een vrouw met een aangename stem. ‘Essential Events, u spreekt met Carrie. Hoe kan ik u een mooie dag bezorgen?’

Ike zette een lagere stem op en rekte alle lettergrepen iets op. Mya noemde het zijn ik-praat-met-rijke-witte-mensen-stem. Hij gebruikte hem wanneer hij een offerte moest uitbrengen voor een enorm groot en opzichtig landgoed of appartementencomplex aan de rivier. ‘Dag, ik ben Jason Krueger en ik ben een partner van Tariq Matthews. U kent hem misschien als Mr. Get Down? Een paar maanden geleden heeft uw bedrijf gecaterd op een feest bij de heer Matthews thuis, en hij was zo onder de indruk dat hij u wil vragen voor een aankomend evenement. Hij heeft het alleen ontzettend druk en zou graag het menu willen bespreken met een van uw mensen. Vandaag, als het zou kunnen,' zei hij.

Buddy Lee bedekte zijn mond met zijn onderarm en smoorde een lach.

'Hemeltjelief, vandaag? We zitten echt bomvol. Zou het misschien morgen kunnen? Ik zou er met alle liefde zelf heen rijden,' zei Carrie.

Ike ademde diep in en slaakte een zucht waaruit hopelijk een lichte ergernis sprak. 'Dan moet het morgen maar. Zou het rond een uur of één kunnen? En heeft u het adres nog?' zei Ike. Ike hoorde het holle geluid van plastic toetsen die ingedrukt werden.

'Ja, dat hebben we nog,' zei Carrie.

'Wilt u alstublieft zeggen welk adres u daar heeft? Ik wil zeker weten dat het klopt,' zei Ike.

'Natuurlijk. 2359 Lafayette Lane, Richmond, Virginia. Klopt dat?' vroeg Carrie.

'Helemaal,' zei Ike. Hij drukte op het rode telefoontje.

'Dat was wel héél simpel,' zei Buddy Lee.

'Het lastigste komt nog. We moeten bij hem zien te komen,' zei Ike.

'Wat gaan we doen als dit niet werkt?' vroeg Buddy Lee.

'Ik heb nog een idee, maar dat is meer DEFCON5-shit. Eerst dit maar proberen,' zei Ike.

Tien minuten later reden ze in de pick-up van Buddy Lee naar de snelweg.

28

Buddy Lee draaide Lafayette Lane op en bracht de auto tot stilstand. Er stond een wachthuisje midden op de brede weg die naar een verkaveling leidde. Eigenlijk was 'verkaveling' niet het goede woord. Buddy Lee zag achter het wachthuisje maar zes huizen. Elk huis had een voor- en achtertuin zo groot als een half voetbalveld.

'Luchtbogen,' zei Ike.

'Wat?' zei Buddy Lee.

'Het derde huis rechts. Dat patserige. Dat heeft luchtbogen.'

'Wat zijn in hemelsnaam luchtbogen?' vroeg Buddy Lee.

'Laat maar. Daar komt de bewaker aan,' zei Ike.

Een uit de kluiten gewassen zwarte man slofte met een klembord in zijn ene hand en een walkietalkie in de andere naar de auto. Een van de ergste dingen die je een man kon geven was een klembord, dacht Ike. Hij was overgeleverd geweest aan mannen met klemborden. Ze konden je uit een bewaakte woonwijk houden of op een bus naar de bak zetten. Geef een man een klembord en zijn ware aard komt aan het licht. De bewaker klopte op Buddy Lee's raam. Buddy Lee draaide het naar beneden.

'Dag meneer, voor wie komt u?' vroeg de bewaker.

Buddy Lee glimlachte hem zo kameraadschappelijk mogelijk toe. 'Ja, meneer, we hebben een afspraak met meneer Matthews. We zijn... We komen wat meubels ophalen voor gehandicapte oorlogsveteranen.'

'Wat is uw naam, meneer?'

'Buddy Lee Jenkins.'

De bewaker keek op zijn klembord. 'Het spijt me, meneer, maar die naam kom ik hier niet tegen.'

'Bel hem en zeg dat we hem willen spreken over Tangerine en dat we pas weggaan als dat is gebeurd,' zei Ike.

De bewaker deed zijn lippen van elkaar, maar bedacht zich. In plaats daarvan zei hij iets in zijn walkietalkie. Na wat geruis over en weer wees de bewaker naar het derde huis rechts. 'De heer Matthews zegt dat u door kunt rijden,' zei hij.

Ike zag een zilveren BMW in zijn binnenspiegel, achter het stuur zat een vrouw met het meest serieuze ik-wil-de-manager-spreken-kapsel dat hij ooit had gezien. Ze stoof met minstens vijftig kilometer per uur langs hen heen, alsof ze een stel dalmatiërs in de kofferbak had waarvan zo snel mogelijk een jas gemaakt moest worden.

'Dank je, kerel,' zei Buddy Lee. Terwijl hij langs de bewaker reed zwaaide de potige man naar hem.

'Het verbaast me dat dat werkte,' zei Buddy Lee.

'Toen ik over Tangerine begon veranderde ineens zijn houding,' zei Ike.

'Ja, hij hapte als een hongerige baars,' zei Buddy Lee. Hij kreeg een hoestaanval en moest met een hand voor zijn mond op het stuur leunen.

'Hé, gaat het?'

Buddy Lee knikte terwijl hij nog een keer hoestte. Hij leunde achterover en zocht in zijn bekerhouder naar een servetje. Hij veegde eerst zijn hand af en toen zijn mond.

Ike zag lichtrood slijm op het servetje zitten. Hij kon hem van alles wijsmaken, maar Ike wist dat het met Buddy Lee allesbehalve goed ging.

'Ik moet stoppen met roken,' zei Buddy Lee.

'Ik heb je nog nooit met een sigaret gezien,' zei Ike.

'Shit, misschien moet ik er dan eerst maar eens mee beginnen.'

Ze reden over de kronkelige weg door de wijk. Het viel Ike op dat ieder huis omheind werd door een lage muur van bakstenen of rivierkeien die in tweeën werd gesplitst door een zwart toegangshek van gevlochten ijzerwerk. De gazons leken met een nagelschaartje te zijn geknipt. In de middenberm stond om de vijftig meter een rode esdoorn. Buddy Lee draaide de oprit van het derde huis op en stopte voor het hek. Ike hoorde een insectachtig gezoem en het zwarte hek zwaaide als twee vlindervleugels open. Ze reden door, en Ike voelde een ijskoude druppel over zijn rug rollen toen het hek zich achter hen sloot. De klik waarmee het in zijn slot viel, riep herinneringen op.

Buddy Lee reed over de asfaltbetonnen oprit naar de rechterkant van de cirkel voor het huis. Onder aan de enorme trap die naar de voordeur leidde, stond een gepimpte Mercedes SUV. Buddy Lee bracht de auto tot stilstand en zette de motor uit.

Vier speknekken in zwarte blazers kwamen de trap van het huis met de luchtbogen af, vergezeld door een kleine zwarte man met strak op zijn hoofd liggende vlechtjes. Hij droeg een mintgroen trainingspak en om zijn nek hing aan een lange ketting een gouden afrokamhanger. *Die hanger weegt meer dan de man zelf*, dacht Ike.

Buddy Lee en Ike stapten uit en stonden naast elkaar tegenover het vijftal. Ike vond dat ze eruitzagen alsof ze rechtstreeks van de set van een weinig fantasierijke rapclip kwamen.

'Check ze,' zei de zwarte man met de vlechtjes.

Ike en Buddy Lee deden hun armen omhoog. Gefouilleerd worden was een aanvaardbare vernedering als ze daarmee dichter bij Tangerine zouden komen. Een van de speknekken stapte naar voren en fouilleerde hen. Hij viste het mes van Buddy Lee uit zijn zak.

'Dat ding is antiek,' zei hij en hij stopte het in zijn zak.

'Het is van mijn grootvader geweest. Ik zou het fijn vinden als je het teruggaf,' zei Buddy Lee.

'Je krijgt hem terug als je weggaat,' zei de lijfwacht.

Er viel een stilte die een eeuwigheid leek te duren.

Ike waagde de sprong in het diepe. 'Kennen jullie een meisje dat

Tangerine heet? We proberen haar te vinden. Ze weet misschien wie onze zoons heeft vermoord,' zei hij.

De man in het trainingspak, van wie Ike aannam dat het Tariq was, leek de vraag niet te hebben gehoord. Hij haalde een kleine joint uit zijn zak en stak hem in zijn mond. De lijfwacht naast hem hield er een gouden aansteker bij. Tariq nam een grote haal, hield zijn adem even in en liet de rook toen door zijn neusgaten ontsnappen.

Buddy Lee mengde zich in het gesprek. 'We willen haar geen kwaad doen. We willen alleen weten wat er gebeurd is,' zei hij.

Tariq hield zijn kaarten nog altijd tegen de borst.

'Luister, iemand heeft mijn zoon van dichtbij twee kogels door z'n kop geschoten. Ik wil weten wie dat gedaan heeft, en ik... wij... denken dat Tangerine ons kan helpen.'

Niets.

'Versta je me eigenlijk wel?' vroeg Buddy Lee. Hij deed geen moeite zijn ergernis te verhullen.

Tariq nam nog een stevige haal van zijn joint. Hij plukte hem tussen zijn lippen vandaan en gebruikte hem als een aanwijsstokje. 'Oké, Salt & Pepper, luister goed. Ik heb een voorstel. Jullie quitten met naar Tangerine zoeken. Jullie gaan naar huis en laten het los. Jullie laten Tangy met rust. Ik doe dit aanbod één keer en ik ga niet onderhandelen. Als jullie nee zeggen vraag ik mijn matties hier om jullie op te vouwen, in een envelop te stoppen en terug te sturen naar jullie fokking woonplaats,' zei Tariq.

Buddy Lee keek even naar Ike.

Ike keek terug. Na een paar tellen wendde hij zich weer tot Tariq. 'Ik heb toch gezegd dat we haar geen greintje pijn zullen doen. We willen haar alleen maar spreken.' Hij sprak elk woord bedachtzaam uit. De vier lijfwachten hadden positie gekozen op elf, één, vijf en acht uur. De sfeer was broeierig, alsof er een onweersbui op komst was. Tariq stond nog steeds bij de stenen trap die naar de voordeur leidde.

'Hé, bro, ik geloof dat je me niet goed gehoord hebt,' zei Tariq. Hij maakte een schietgebaar met zijn joint.

'Kutje cola,' fluisterde Buddy Lee.

De lijfwachten kwamen op hen af. Twee voor Buddy Lee, twee voor Ike. Het tweetal dat hun pijlen op Ike richtte, opende snel en nauwkeurig de aanval. Hun stoten waren fel en gericht en bedoeld om schade aan te richten. Ike kreeg een nierstoot van een van de lijfwachten, een mokkakleurige man met stekeltjeshaar, en ging bijna door zijn hoeven. Met zijn linkerarm klemde Ike de rechterarm van de man vast en drukte zijn duim hard in zijn adamsappel.

De lichtgekleurde man greep naar zijn keel en wankelde naar achteren op het moment dat zijn partner, een zwarte man met een kleine afro, Ike op de zijkant van zijn hoofd ramde met een vuist die ongeveer zo groot was als een schouderham. Ike probeerde snel zijn kin op zijn borst te drukken, maar kon niet voorkomen dat hij hard werd geraakt. Terwijl hij zijn evenwicht probeerde te behouden, maakte Mini-Afro een achterwaartse hieltrap die gezien zijn omvang alle wetten van de natuur logenstrafte.

De trap raakte Ike precies op zijn solar plexus, en hij voelde een stuiptrekking door zijn bovenlijf gaan die hem het gevoel gaf dat hij werd getaserd. Hij viel met zijn rug tegen de pick-up. Mokka was enigszins hersteld en kwam links op hem af. Uit een reflex die zich tijdens honderden knokpartijen op straat en in de gevangenis had ontwikkeld, opende Ike behendig en snel de passagiersdeur en ramde hem tegen Mokka. De onderkant van de deur raakte hem op zijn scheenbeen, en hij zakte onmiddellijk op een knie, alsof hij zijn vriendin ten huwelijk ging vragen.

Mini-Afro raakte Ike met een links-rechtscombinatie op zijn kin. Hij zag sterretjes. Grommend stortte hij zich op zijn tegenstander. Ze knalden als twee steenbokken op elkaar. Ike haakte zijn been achter dat van Mini-Afro en maakte terwijl hij de man vasthield een pirouette. Samen vielen ze met verstrengelde armen en benen op de grond. Mokka was ondertussen opgekrabbeld en had nu een telescopische wapenstok in zijn hand.

Ike belandde boven op Mini-Afro. Hij gaf hem een rechtse directe gevolgd door een rechtse elleboog. De neus van Mini-Afro werd platgeslagen en lag als een kwal op zijn gezicht. Het bloed gutste uit zijn neusgaten zijn mond in. Ike deed er nog een schepje bovenop met twee snelle en keiharde stoten waardoor het linkeroog van de man als een gordijn dichtviel. Maar toen explodeerde de wereld met een nucleaire witte flits en een pijn die zo scherp en hevig was dat hij dacht dat hij moest kotsen.

Mokka bracht zijn arm naar achteren en sloeg hem nog een keer met de wapenstok. Ike rolde razendsnel van Mini-Afro af. In zijn haast om bij Ike te komen stapte Mokka op zijn partners knieschijf. Ike zag de grote man met een lange zwarte wapenstok op hem afkomen. De stok leek op die waarmee de bewaarders in Coldwater zo graag klappen uitdeelden.

Ike lag plat op zijn rug. Hij voelde de warmte van het asfalt door zijn T-shirt heen, en het leek alsof iemand met een nijptang zijn tweede en derde nekwervel samenkneep.

Mokka wilde op hem duiken. In plaats van de man in zijn gezicht te trappen, waar hij waarschijnlijk op rekende, schopte Ike hem uit alle macht tegen de zijkant van zijn knie.

Hij hoorde niet de krak waar hij op hoopte, maar wel een smartelijk geloei. Mokka viel tegen de zijkant van de pick-up. De stok viel uit zijn hand toen hij zijn val probeerde te remmen door zich vast te grijpen aan de auto.

Ike stond op. In een vloeiende beweging trapte hij Mini-Afro in zijn nier en gaf hij Mokka een kopstoot boven zijn linkeroog. Het deed hemzelf bijna evenveel pijn als Mokka, maar het was niet voor niks. Mokka gleed langs de zijkant van Buddy Lee's pick-up naar de grond. Zijn gezicht liet een rode veeg op het roestige metaal achter. Ike wilde Buddy Lee te hulp schieten, maar bedacht zich toen hij opeens het pistool zag.

Buddy Lee werd bont en blauw geslagen.

Helemaal als een verrassing kwam dat niet. Toen Buddy Lee de twee bruten als sierlijke gazellen op zich af zag komen, wist hij dat hij afgedroogd zou worden. Zulke potige kerels waren normaal gesproken niet zo snel en lenig, dus ze moesten goedgetrainde vechters zijn. Wat betekende dat hij volslagen kansloos was.

Buddy Lee besloot wild om zich heen te slaan en te schoppen. Dat was de enige manier van vechten die hij kende.

De eerste bruut die op hem afkwam had zo'n volle snor dat het leek alsof er een kat op zijn bovenlip sliep. De andere speknek was zo scheel dat Buddy Lee bedacht dat de man waarschijnlijk zonder zijn hoofd te draaien om de hoek kon kijken.

Buddy Lee ging als een wandelende windmolen op hen af. Hij sloeg naar de Schele en schopte naar Kattensnor. Hij raakte de Schele vlak boven zijn linkeroog. Buddy Lee voelde zijn voet contact maken met de rechterknie van Kattensnor. Maar het was alsof hij met bonen op een tank schoot. De Schele beukte hem in zijn maag en deed hem dubbelslaan. Kattensnor trok hem vanachter aan zijn armen rechtop. De Schele bestookte hem met linkse en rechtse stoten alsof het zijn nieuwe hobby was. Buddy Lee wist dat hij een week lang bloed zou pissen.

De Schele pakte hem bij zijn kin en keek hem in de ogen. 'We gaan je een lesje leren vandaag, ouwe.'

Ik ben een snelle leerling, klojo, dacht Buddy Lee. In een poging om hem te ontmoedigen was de Schele binnen het bereik van Buddy Lee's rechtervoet gekomen. Buddy Lee schopte de man zo hard als hij kon, recht in zijn ballen.

De Schele zakte voorovergebogen en met zijn handen om zijn ballen door zijn knieën. Toen Kattensnor zijn partner tot zijn ontzetting in elkaar zag zakken, verslapte zijn greep om de armen van Buddy Lee. Buddy Lee greep zijn kans en sloeg zijn achterhoofd tegen de mond van Kattensnor. Hij dacht te voelen dat hij de lippen van de man tegen diens tanden plette. Hij draaide zich om en gaf Kattensnor een linkerhoek achter zijn rechteroor. De man viel tegen de motorkap van de pick-up.

Toen zag hij het pistool.

Het was een gigantisch halfautomatisch pistool in een schouderholster die tegen de rechterzij van Kattensnor bungelde. Buddy Lee had altijd al snelle handjes gehad. Zijn vader leerde hem eerst hoe hij portemonnees en horloges moest rollen en toen pas hoe hij moest fietsen. Alle lijfwachten droegen waarschijnlijk een wapen, maar ze hadden Ike en Buddy onderschat. Ze hadden twee ouwe knakkers gezien die even een gedragscorrectie nodig hadden. Ze hadden waarschijnlijk gedacht dat ze die twee wel op hun plaats konden zetten zonder een kreukje in hun kleren te krijgen.

Iedereen maakt fouten, dacht Buddy Lee.

Hij stopte zijn hand onder de blazer van Kattensnor en verloste hem van zijn wapen. Toen draaide hij zich naar de Schele en Tariq en Kattensnor, die door het bloed dat uit zijn mond gutste in Roodsnor was veranderd.

'Naar achteren met die lelijke smoelwerken!' zei Buddy Lee. Hij liep naar de bestuurderskant van zijn pick-up terwijl hij Tariq en zijn privéleger geen moment uit het oog verloor. Ike liep naar de passagierskant. Hij stond achter het open portier, half in en half buiten de auto.

Mini-Afro was ondertussen opgekrabbeld, hij had een pistool in zijn hand, dat hij op Buddy Lee richtte. 'Laat dat pistool vallen!' schreeuwde hij.

'Lik mijn bleke aars, Barry White. Ik laat helemaal niets vallen,' zei Buddy Lee. Zijn borst stond in brand, maar hij gebruikte ieder grammetje van zijn wilskracht om de pijn te negeren.

'We willen alleen maar praten,' zei Ike. Buddy Lee stond intussen aan de bestuurderskant van de auto.

De lijfwachten van Tariq waren als een falanx om hun baas gaan staan. Hij sprak vanachter de veiligheid van hun brede schouders. Glimlachend nam hij een lange haal van zijn joint. Ike realiseerde zich dat de man hiervan genoot.

'Laat het gaan, bro,' zei Tariq. 'Het gaat niet gebeuren. Tangerine is off-limits voor jou, opa. Laat dat wapen vallen, voordat er ongelukken gebeuren.'

'Waarom kom je niet achter je jongens vandaan, dan zullen we zien wat er gebeuren gaat en wie er vanavond nog aan de tieten van zijn mammie sabbelt,' zei Buddy Lee.

Tariqs glimlach vervaagde. 'Ik woon in een hele mooie buurt met een stel hele aardige witte mensen. Je hebt denk ik twee minuten om weg te komen voordat de politie komt. Ze zorgen goed voor mensen die veel belasting betalen,' zei hij.

'Ga jij naar Tangerine en zeg dat we haar moeten spreken,' zei Ike. 'Onze zoons probeerden haar te helpen en werden vermoord. Ze is het aan ons verplicht.'

'Gooi mijn mes naar hem toe,' zei Buddy Lee.

De Schele, die het mes van Buddy Lee had afgepakt, verbleekte. 'Je krijgt je mes als je dat pistool laat vallen,' zei hij.

Buddy Lee richtte op zijn voorhoofd. 'Ik weet dat je jongen me op de korrel heeft, maar begrijp me goed als ik zeg dat we allebei het hoekje om gaan als je dat mes niet geeft,' zei Buddy Lee.

Zo had Ike hem niet eerder gehoord: vlak en emotieloos. Hij besefte dat Buddy Lee bereid was te sterven voor dat knipmes. De lijfwacht besefte dat blijkbaar ook, want hij haalde het uit zijn zak en gooide het naar Ike. Ike gooide het op de autostoel.

'Je pistool hou ik bij me,' zei Buddy Lee.

Ze stapten allebei in. Buddy Lee startte de motor en gaf plankgas. De pick-up miste op een haar na de lijfwacht.

29

Buddy Lee had de afslag naar de snelweg genomen en was Richmond uit gereden. Hij nam de eerste afrit buiten de stad en reed naar een tankstation. Hij had de auto nog maar nauwelijks tot stilstand gebracht of hij deed zijn deur al open en gaf over. Het zag eruit alsof een kind een bakje met rode en groene vingerverf op de grond liet vallen.

'Volgens mij heeft die gozer mijn lever omgedraaid,' zei hij toen hij klaar was.

Ike draaide het raampje naar beneden en keek in de buitenspiegel. Er zat bloed op zijn gezicht. Zijn kin begon verdacht veel op een kogelvis te lijken. Hij voelde achter op zijn hoofd. Door de klap van de wapenstok was de wond die de knul hem met die stoel had bezorgd weer opengegaan. 'Ja, ze hebben ons flink toegetakeld,' zei hij.

'Mochten ze willen,' zei Buddy Lee.

'Wat?'

'Ik zei: dat mochten ze willen, dat ze ons flink hebben toegetakeld.'

'Misschien moet je even in de spiegel kijken,' zei Ike.

Buddy Lee leunde achterover. 'Ik zeg niet dat we geen klappen hebben gekregen, maar hé, we zijn er nog.' Hij lag met zijn hoofd tegen de hoofdsteun. 'Veel mensen met wie we omgingen leven niet meer. Ik heb weinig met het geloof, maar zoals je zei: iedereen heeft een talent. Iets waarvoor ze op aarde zijn gezet. Misschien is dat wel waarom we er nog steeds zijn. Om dit af te maken.'

Ike wist niet of hij zichzelf oppepte of Buddy Lee. Maar hij moest toegeven dat Buddy Lee een punt had. Ze hielden allebei hun mond terwijl hun lichaam de pijn registreerde die in de loop van de nacht en volgende dag vast en zeker erger zou worden.

Ike doorbrak de stilte. 'Dat mes betekent veel voor jou, hè?'

Buddy Lee haalde het knipmes uit zijn zak. Hij hield het voor zijn gezicht en staarde er een tijd naar voor hij iets zei. 'Het is van mijn vader geweest,' zei hij. Meer dan die zes woorden zei hij er niet over. En meer had Ike ook niet nodig. Het mes was van Buddy Lee's vader geweest. Dat zei alles.

Ike begon over iets anders. 'Hij weet waar ze is. Als dat niet zo was, zou hij dit allemaal niet gedaan hebben.'

Buddy Lee ademde piepend in, hoestte en spuugde uit het raam. 'Klopt, maar dat gaat hij ons nu niet vertellen. Denk je dat we hem kunnen grijpen wanneer hij zijn huis verlaat? Hem kunnen uitwringen in de rimboe?' zei hij.

Ike veegde met een verfrommeld servet het bloed van zijn knokkels. 'Ik ken iemand die ons misschien kan helpen om bij hem te komen,' zei hij.

'Goh, had dat gezegd voordat iemand mijn ribbenkast verbouwde,' zei Buddy Lee.

'We zijn niet bepaald als vrienden uit elkaar gegaan. Het is een lang verhaal, maar hij staat bij me in het krijt. Ik denk dat het tijd is om die schuld te gaan innen.'

'Wil je er nú naartoe?' vroeg Buddy Lee.

'Waarom wachten als het nu kan,' zei Ike.

'Wil jij rijden? Als ik hard moet hikken ga ik volgens mij van m'n graat.'

Ike reed de snelweg weer op en nam de afslag naar Chesterfield. Chesterfield County was een grote gemeente die verschillende stadjes omvatte en enorme stukken wildernis die niet of nauwelijks waren veranderd sinds kapitein John Smith zijn eerste leugen over zijn avonturen in de Nieuwe Wereld had verkondigd.

Ike reed over glooiende landwegen met aan weerszijden greppels die diep genoeg waren om een duik in te nemen en de rugslag te doen. Na een tijd doemde er midden op een afgelegen veld bij Route 360 een winkelcentrum op. Aan de noordzijde van het winkelcentrum was een maisveld, aan de zuidkant stonden enkele verlaten scheepscontainers en woonwagens. Ike herinnerde zich van de eerste keer dat hij vrijkwam dat er bij het winkelcentrum een schadeherstelbedrijf had gezeten. Een enorm plaatmetalen wangedrocht dat in menig opzicht leek op zijn zaak. Nu was zelfs het geraamte van dat gebouw verdwenen. In een van de vier windrichtingen meegevoerd of op de dichtstbijzijnde schroothoop beland.

Ike reed de parkeerplaats van het winkelcentrum op en zette de pick-up in een parkeerhaven.

'Jij blijft hier,' zei Ike.

'Shit, dat hoef je me geen twee keer te zeggen,' zei Buddy Lee. Zijn hand ging naar de bekerhouder, waar hij zijn mes uit viste. Hij bood het Ike aan.

'Wat moet ik daarmee?'

'Met het scherpe deel kun je mensen steken.'

'Ik heb het niet nodig,' zei Ike.

'Luister, je zei zelf dat het een lang verhaal is. In mijn wereld is een lang verhaal een verhaal dat niet grandioos eindigt. Je hoeft niet in je nakie naar binnen te stappen. Dus het is dit of het pistool.'

Ikes blik ging naar het mes. Misschien moest hij het meenemen. Hoelang geleden had hij Lance voor het laatst gesproken? Tien jaar? In tien jaar tijd kan er veel veranderen. Mensen vergeten hun schulden. Hun loyaliteit is zo veranderlijk als de wind. Het mes zou hem beschermen. Het pistool zou een daad van agressie zijn.

Ike pakte het mes en stopte het in zijn broekzak. 'Ik ben zo terug.'

'Ik was niet van plan een marathon te gaan rennen. Raak het niet kwijt,' zei Buddy Lee.

Ike keek hem een ogenblik strak aan. 'Daar hoef je je geen zorgen om te maken,' zei hij.

Ike hoorde de deurbel robotachtig klingelen toen hij de kapperszaak binnenging. Er waren vijf stoelen, waarin vijf verschillende mannen en jongens van uiteenlopende leeftijd zaten. De zaak rook naar schoonmaakmiddel, machineolie en een luchtverfrisser die hem aan goedkope eau de cologne deed denken. Links hingen allemaal spiegels, rechts posters van een dunkende Michael Jordan, een boksende Mike Tyson en een opsomming van verschillende haarstijlen met de bijbehorende prijzen. De rest van de rechtermuur werd in beslag genomen door een flatscreen van 50 inch. De Wizards speelden tegen de Celtics, en onderaan schoven cijfers en woorden over het scherm. Uit een stel luidsprekers in het plafond regende R&B uit de jaren negentig neer.

'Ik kom zo bij u, chef,' zei een van de kappers, een oudere man met witte bakkebaarden maar gitzwart haar boven op zijn hoofd. Door de kakofonie die de verschillende tondeuses voortbrachten leek het alsof er lome hoornaars rond de hoofden van de klanten zoemden.

'Ik ben op zoek naar Slice. Is-ie er?' vroeg Ike.

De oudere man haalde de tondeuse weg bij zijn klant en nam Ike van top tot teen op. 'En wie wil dat weten?'

Ike aarzelde. 'Riot. Riot Randolph,' zei hij.

De hand met de tondeuse begon te beven. De oude kapper wierp een steelse blik naar de achterkant van de zaak. Voor een opening hingen twee blauwe fluwelen gordijnen.

'Een momentje,' zei de oude man. Hij verschoof het knopje op de zijkant van de tondeuse en zette hem op de plank achter hem. Hij haalde ergens een mobiel vandaan. Ike zag de duimen van de man over het scherm vliegen. Seconden tikten voorbij en toen keek de oude man op naar Ike.

'Ga maar zitten,' zei hij.

'Ga je mijn haar nog afmaken of wil je dat ik morgen terugkom?' zei de klant van de oude kapper. De andere mannen in de zaak barstten in lachen uit.

'Even dimmen, mannetje, anders krijg ik opeens heel veel last van mijn parkinson,' zei de oude kapper.

'Je hebt geen parkinson, Maurice,' zei de klant.

'Maar dat ga ik wel zeggen tegen de mensen die vragen waarom ik je haar vernacheld heb. Omdat ik een verwarde oude man ben, zeg ik dan gewoon,' zei Maurice, die de laatste woorden voor de grap met een klein, beverig stemmetje had uitgesproken. De mannen moesten opnieuw hard lachen.

Ike zat in de laatste van een rij stoelen die met bouten aan de vloer en aan elkaar vastzaten. Hij voelde een haartje in zijn keel zitten. Hij hoestte en trok een scheef gezicht. De spieren in zijn borstkas leken op knappen te staan. Elke ademhaling deed hem huiveren. De pijn in zijn lichaam kwam dicht in de buurt van de pijn in zijn ziel.

'Wat is dat voor een troep? Man, ik begrijp echt niet waarom ze dat soort dingen uitzenden,' zei een grote man in de derde stoel die zijn baard liet verven. Hij wees naar de flatscreen nadat hij zijn hand onder de kapperscape vandaan had gehaald. Ike volgde de vinger van de man en zag een reclame voor een programma over een soort talentenjacht voor dragqueens.

'Je weet het toch. Witte mensen kijken graag naar zwarte mannen in jurken. Zo worden we gefeminiseerd, zwak gemaakt,' zei de kapper die zijn baard verfde.

'Het is een complot, toch, Tyrone?' zei een lichtgekleurde jongeman die zat te wachten op een knipbeurt.

'O, dus je denkt niet dat ze onze "vrouwen", tussen aanhalingstekens, onafhankelijk willen maken en onze mannen zwak en gay? Zo houden ze ons in het gareel. Het is geen paranoia als het de waarheid is, Lavell,' zei Tyrone.

Lavell moest lachen. 'Nu klink je als zo'n superwoke bro op YouTube met zo'n kufi,' zei hij.

'Luister, het kan me niet schelen of ze gay zijn of wat dan ook, maar moeten ze er zo mee te koop lopen? Ze gaan veel te ver met die shit,' zei de man die zijn baard liet verven.

‘Straks gaan ze het je nog letterlijk inwrijven, Craig. Breken ze bij je in en smeren ze lipstick op je mond terwijl je ligt te slapen,’ zei Lavell grinnikend.

‘Je weet opvallend goed hoe het gaat, Lavell. Heb je soms een paar hoge hakken met glitters onder je bed liggen?’ vroeg Craig.

‘Die zijn van jouw moeder,’ zei Lavell.

Maurice schaterde.

‘Maar even serieus, die jongens daar, die zijn het gevolg van een regering die verdeeldheid zaait in zwarte gezinnen,’ zei Craig. ‘Ze hebben een uitkering aantrekkelijker gemaakt dan een baan. Ze hebben vrouwen wijsgemaakt dat ze geen koning nodig hebben. Op die manier krijg je bro’s met pruiken en ladingen make-up die rondhuppelen als een stelletje Tinkerbells.’

‘Volgens mij is het anders, man,’ zei Lavell.

Craig snoof. ‘Als mijn jongens thuis de homo gaan uithangen kunnen ze bij de rivier in een doos gaan wonen. Echt no way, man, ik zou ze een flink pak slaag geven. Je hebt als vader echt gefaald als je zoon gay is. Zoals Chris Rock zegt: je moet ervoor zorgen dat je dochter geen paaldanseres wordt en je zoon geen paal in zijn mond krijgt,’ verkondigde Craig.

‘Ik heb op HBO aardig wat van hem gezien, maar dat laatste heb ik hem nooit horen zeggen. Wie denkt daar nou aan, een paal in de mond van je zoon? Je moet in therapie, Craig,’ zei Lavell.

‘Dat is precies de reden waarom ik Tyrone mijn haar laat doen, Lavell,’ zei Craig. Er werd weer hard gelachen, en toen vroeg iemand of de Wizards een kans maakten tegen de Celtics en ging het gesprek daarover verder.

Ike pakte de zijkanten van zijn stoel vast. Een doffe pijn verspreidde zich van zijn handen naar zijn onderarmen. Hij realiseerde zich dat hij deze zelfde stoelen op het politiebureau had gezien. Ike was altijd graag bij de kapper gekomen voordat hij toen hij kaal werd zijn haar zelf was gaan scheren. De bijdehante opmerkingen, de kameraadschappelijke sfeer, het uitdelen en ontvangen van plaagstootjes, het hoorde allemaal bij het karakter en de cultuur van de kapperszaak. Hij had vaak beseft dat het de laatste plek was waar je zonder schroom een zwarte man kon zijn.

Maar uit dit gesprek bleek dat er ook een keerzijde aan dit verhaal zat. Een kant waarvan hij zich altijd bewust was geweest maar die hij genegeerd had. Er werd hier in cirkeltjes geredeneerd, bekrompen ideeën werden bevestigd en versterkt onder de druk van het groepsdenken. Natuurlijk, jongens als Lavell gingen tegen de stroom in, maar de meesten praatten elkaar gewoon naar de mond. Zouden ze echt denken dat jongens homoseksueel waren omdat je geen goede vader was geweest? Hij was misschien niet de vader geweest die Isiah zich had gewenst, maar zelfs hij wist dat zijn zoon niet dáárom homo was. Hij wilde niet doen alsof hij Isiah helemaal begreep, maar dát wist hij wel.

Zes maanden geleden had je anders wel gewoon meegelachen. Voordat ze Isiah een kogel door z'n hoofd joegen. Voordat ze je zoon vermoordden, dacht Isiah.

'Gaat het, chef?' vroeg Maurice. Hij keek Ike nauwlettend aan.

'Wat?' zei Ike.

'Straks breek je die armleuning nog, chef,' zei Maurice.

Ike liet de armleuningen los en zag dat hij het harde plastic bijna van het ijzeren frame had getrokken.

Een zwarte man met een gladgeschoren hoofd zo groot als een basketbal stak zijn hoofd door de gordijnen. Zijn huid had de kleur van obsidiaan. 'Kom maar naar achteren,' zei hij. Het klonk als bakstenen in een wasmachine.

Ike stond op en liep door de gordijnen. Hij kwam in een opslagruimte die was ingericht als kantoor, zeg maar gerust een luxe kantoor. Een groot bureau met houtsnijwerk en een leren stoel. Een hoogpolig bruin tapijt. Een glazen salontafel met een chique leren fauteuil. Rechts van de fauteuil stond een tafeltje met drie tweeliterflessen gin, bourbon en rum. In de fauteuil zat een goedverzorgde zwarte man in een nette zwarte broek en een grijs T-shirt onder een zijden button-upoverhemd. Tot halverwege zijn rug hingen strak gedraaide dreadlocks.

De man met het gladgeschoren hoofd ging pal voor Ike staan. 'Gewapend?' vroeg hij.

'Alleen een mes in mijn zak voor mijn werk,' zei Ike.

De gladgeschoren man fouilleerde Ike. Zijn handen waren zo groot als een autoaccu. Hij viste het mes uit Ikes zak. 'Je krijgt het terug als je weggaat.' Hij liep de hoek in en ging daar tegen de muur staan.

Dat heb ik eerder gehoord, dacht Ike.

'Dat is lang geleden, Ike. Ik dacht dat je de naam Riot had afgezworen,' zei Slice. Hij sliste een beetje, en in zijn tongval hoorde Ike een zweem van Zuidoost-Virginia.

Toen Ike in de bajes was beland, was Slice een magere jongen van zeventien geweest die voor zijn broer Luther de North River Boys had overgenomen. Nu was hij Lancelot Walsh aka Slice aka The Man in de hoofdstad. Nadat Luther was afgeknald, hadden ze zich allemaal teruggetrokken in Red Hell. Slice had aan de grond gezeten. De hele club had aan de grond gezeten. Romello Syke en de Rolling 80s hadden Luther vermoord als vergelding voor een knokpartij op een housefeest ergens op het platteland. Het was niet eens om drugs gegaan. Alleen maar even laten zien dat je verder kunt pissen dan de ander. De North River Boys waren met de staart tussen de benen terug naar Red Hill gerend. Romello had hen ontmaskerd als de wannabe-gangsters die ze in feite waren.

Ike, nee, Riot kon die shit niet loslaten. Fuck Romello en fuck de Rolling 80s. Hij was geen wannabe geweest. Hij had Romello gevonden. Hij had Romello teruggepakt. En toen hadden de smerissen hém gepakt. Zij hadden hem in een cel gegooid, maar het was Ike zelf geweest die zijn vrouw en zoon van hun echtgenoot en vader had beroofd.

'Dat was om je aandacht te krijgen. Hoe gaat het ermee, Slice?' vroeg Ike.

Slice keek hem strak aan. Zijn gitzwarte ogen leken op stukjes hematiet. Hij dronk donkerbruine rum uit een glas van geslepen kristal. 'Wat kom je doen, Ike? Ik dacht dat je niks meer met het wereldje te maken wilde hebben? Het laatste wat ik hoorde was dat je het gras van rijke stinkerds maaide, dat je je centen verdiende door dat volk een mooi gazonnetje te bezorgen,' zei hij.

'Dat deed ik ook. Dat doe ik, bedoel ik. Ik heb een gunst nodig.'

'Wat voor gunst zou een kerel als jij willen van iemand als ik? Moet ik afrekenen met iemand die jou te pakken heeft genomen? Dat moet het zijn, bro. Je hebt klop gekregen,' zei Slice.

Ike klemde zijn kaken op elkaar en duwde zijn tong tegen zijn wang. 'Ik moet een bendelid spreken die volgens mij een van jouw klanten is. Vandaag nog,' zei hij.

Slice glimlachte. Alsof je water zag bevriezen. 'Wat weet jij nou van mijn zaken, Ike?'

'Ik weet dat je spul van Richmond naar Red Hill en zelfs helemaal naar Washington brengt. Ik weet dat je coke en wapens de gevangenis binnensmokkelt. Ik weet dat je eigenaar bent van Club Roja. Leuk bedacht. Een verwijzing naar Red Hill? En volgens mij kun je een ontmoeting regelen omdat die klootzak het type is dat flink wat witte koopt of heel graag bij de grote jongens wil horen. En jij bent de grootste jongen die ik ken,' zei Ike.

Slice nipte van zijn drankje. 'Zit je me soms af te luisteren, Ike?' vroeg hij. Op zich een vrij onschuldige vraag, maar in deze context even bedreigend als een tijger die je op de hielen zit. Ike had meer dan genoeg ervaring met gevaarlijke mannen. Er lagen verschillende doden in een anoniem graf die Ike een gevaarlijke man zouden hebben genoemd. Zo'n gevaarlijke man had een duistere uitstraling die werd gevoed door een mengsel van vastberadenheid, wilskracht en het weinig subtiele talent om nergens om te malen. Slice was een van de gevaarlijkste mannen die Ike kende. Hij had zijn bijnaam te danken aan zijn neiging om vingers en tongen af te snijden. Niet die van zijn vijanden, maar die van de broers, zussen, vrouwen en kinderen van zijn vijanden.

'Zo zit het niet, Slice. Ik hoor gewoon dingen. Ik ben uit het wereldje gestapt, maar het wereldje laat me niet met rust,' zei Ike. Hij voelde de krankzinnige spanning in de kamer over zich heen spoelen en hem opslokken. Slice staarde hem over de rand van zijn beker aan. Craig had het over koningen gehad. Ike wilde geen koning zijn. Een koning slaapt nooit. Een koning eindigt als Slice. Als iemand die iedereen aanstaart omdat hij denkt dat ze hem van zijn troon willen stoten.

'En wie is die klootzak die je wil spreken?' zei Slice. Hij sprak het woord klootzak zo langzaam uit dat het uit vijf lettergrepen leek te bestaan.

Ike vouwde zijn armen. 'Mister Get Down.'

Er verscheen een grijns op Slice' gezicht. Hij grinnikte. 'Je wil Tariq spreken? Mijn zakenpartner? O ja, ik doe een beetje mee in zijn handeltje. Hij heeft geïnvesteerd in een paar van mijn clubs. Ik heb wat geld gestopt in die tent op Brown Island die hij vorig jaar heeft opgezet. Die hufter heeft mijn beurs de afgelopen jaren goed gespekt, en ik zal eerlijk zijn, Ike, volgens mij is dit niet een bro waar je graag een kop koffie mee wil drinken. Ik denk niet dat ik je kan helpen, vriend. Ik heb liever niet dat je in mijn tuintje gaat rondstruinen,' zei Slice.

Ike voelde het speeksel in zijn mond opdrogen. Hier was hij al bang voor geweest. De tand des tijds tast ook de loyaliteit aan. Mensen werpen vrienden en partners af alsof het slangenhuiden zijn.

'O, dus omdat hij je zakenpartner is?'

'Ik weet wat je gaat zeggen,' zei Slice.

'Dat weet ik. Omdat ik meer was dan je zakenpartner. Ik was jouw jongen. Ik was Luthers jongen. Ik heb jou nooit om iets gevraagd. Zelfs niet toen ik zat. Jij zei dat ik me nergens druk om hoefde te maken. Jij zei dat Mya en Isiah niets tekort zouden komen. Jij zei dat ze familie waren. Je gaf haar driehonderd dollar. Eén keer. Ik zette me voor je in en wat kreeg ik ervoor terug? Vier bro's die mij een loer wilden draaien en een vrouw die drie banen moest hebben om voor onze zoon te kunnen zorgen terwijl ik tussen vier muren mijn straf uitzat,' zei Ike. Het drong tot hem door dat hij aan het schreeuwen was.

De onverlaat in de hoek wilde in actie komen, maar Slice stak zijn hand op.

'Het was ingewikkelde shit toen, Ike,' zei Slice. 'Niemand van ons wist dat de neef van Romello banden had met de East Coast Crips. We wisten niet dat ze een handeltje hadden in Coldwater, man. Jij ging de bak in en wij moesten vechten voor ons leven. Het werd hier fokking heftig. Heb ik het verkloot met Mya en Isiah? Ja. Mijn schuld. Maar hé, er was niemand die jou een pistool op je hoofd zette en zei dat je Romello moest opsporen en hem midden op straat z'n schedel moest inslaan. Dat was helemaal jouw ding, man.'

Ike deed een stap naar voren. 'Klopt, dat was helemaal mijn ding. Ik heb die klootzak met mijn blote handen vermoord terwijl zijn moeder en dochtertje erbij stonden. Ik heb zeven jaar gezeten en liet mijn gezin in de steek. Maar dat deed ik voor jouw broer. Ik deed het voor de North River Boys. Ik deed het voor jou. Ik deed het omdat niemand anders het wilde doen. Ik maakte me drukker om mijn clubje dan om mijn vrouw en zoon. Dat moet ik toegeven. Maar als het andersom was geweest en ik degene was die werd afgeknald tijdens een fittie met de Rolling 80s, zou je broer hetzelfde voor mij hebben gedaan. Zo was Luther. Je zegt dat het ingewikkeld werd. Maar je hebt gewonnen. Je hebt de Rolling 80s verdreven. Je hebt je moeder en al je jongens uit het woonwagenpark gehaald en naar Carytown gebracht. Toen jullie een lekker flesje opentrokken en de drank lieten vloeien, stak ik met een zelfgemaakt mes klootzakken neer. Terwijl jullie strippers en modellen naaiden, luisterde ik naar die revolutionaire lariekoek van de Black God Coalition zodat ik iemand had die me zou beschermen. Terwijl jullie aan de bubbels zaten, dronk ik toiletwijn. Toen ik vrijkwam heb ik jou nooit opgezocht. Mijn vrouw moest mensen hun kont afvegen en mijn zoon liep rond in kleding van de kringloop, maar ik liet het los. Ik beloofde dat ik nooit meer zo zou zijn als vroeger. Maar nu sta ik hier en vraag ik je... Nee, ik zég je: je staat bij me in het krijt. Je bent het mijn vrouw schuldig.

Ik zou willen zeggen dat je het mijn zoon ook schuldig bent, maar die is dood. En nu bescherm je de enige persoon die mij misschien kan helpen om de dader te vinden.' Ike zweeg even. 'Wat zou Luther daarvan zeggen, denk je?'

Slice stond op en liep naar de plek waar Ike stond. Ike torende boven hem uit, maar dat leek Slice niet te merken. Ike liet zijn handen naast zijn heupen hangen en spreidde zijn voeten. Hij maakte een inschatting van de afstand tussen hem en Slice en de onverlaat in de hoek. Hij spande zijn schouderspieren en wachtte tot Slice een zet zou doen.

'Hij was dan misschien jouw vriend, maar hij was mijn broer. Ik weet wat je voor ons hebt gedaan. Voor hem. Maar je hoeft het er niet zo in te wrijven, weet je,' zei Slice.

'Dat doe ik niet. Ik geef alleen de feiten weer. Ik heb jullie nooit om iets gevraagd. Never nooit niet. Maar dit... Lance, hij weet waar dat meisje is dat weet wie mijn zoon vermoord heeft. Ze hebben zes keer op hem geschoten. Ze hebben hem en zijn vriend doorzeefd. En daarna hebben ze hen allebei van dichtbij twee keer in hun gezicht geschoten. Ik kon mijn zoon niet eens herkennen. Ik wist niet wie hij was. Mijn zoon, Lance,' zei Ike. Huilde hij? Hij wist het niet en het kon hem ook niet schelen. Hij was het zat om te verbergen hoe groot zijn verdriet om Isiah was. Als Slice en zijn speknek hem een bitch wilden noemen, mochten ze hun gang gaan. Al die pijn en al dat verdriet proberen binnen te houden was als worstelen met een stel pythons. Het verdriet had hem in een meedogenloze wurggreep.

Slice keek naar de muur. 'Je bent toch niet van plan Tariq om te leggen, toch?' vroeg hij.

Ike kneep zijn ogen hard dicht. 'Nee. Hij kent dat meisje. Tangerine heet ze. Volgens mij weet zij wie Isiah en Derek vermoord heeft.' Hij zweeg even. Hij had Derek de vriend van Isiah genoemd. Dat was fout. Derek was zijn man. Derek was de echtgenoot van Isiah. Hij probeerde het te zeggen, maar zijn mond leek niet in staat de woorden te vormen.

'Tangerine.' Slice grinnikte.

'Je kent haar?' vroeg Ike.

'Nee, man, maar als ze zo heet durf ik te wedden dat ze rondloopt op doorzichtige hakken,' zei Slice.

'Ik wil haar alleen maar te spreken krijgen. Tariq kan daarvoor zorgen,' zei Ike.

'Dan vraag ik je dit: als ze zegt wat je wil weten, dan wat?' zei Slice. Hij leek oprecht nieuwsgierig.

'Wat bedoel je met "dan wat"?' vroeg Ike.

'Ik geloof gewoon niet dat je dan niets doet. Zo zit je niet in elkaar, Ike,' zei Slice.

Ike deed een stap in de richting van Slice, nam een stukje van zijn persoonlijke ruimte in. 'Dan ben je blijkbaar vergeten wie ik ben,' zei hij.

Slice richtte zijn blik weer op Ike en glimlachte. 'Daar is-ie. Zo kennen we de ouwe Riot weer,' zei Slice. Hij draaide Ike zijn rug toe. 'Kom over een uur terug. Dan is Tariq hier.'

'Dank je,' zei Ike.

Slice liep naar zijn fauteuil en ging zitten. 'Je hoeft me niet te bedanken. We staan nu quitte, Ike,' zei hij.

Ike pikte het impliciete dreigement op. Hij draaide zich om en liep weg. De onverlaat gaf hem zijn mes terug.

'Weet je, ik was altijd jaloers op jou en Luther,' zei Slice. 'Hij deed altijd alsof jij meer een broer voor hem was dan ik. Toen je Romello omlegde haatte ik je zelfs een beetje.'

'Je hoefde niet jaloers op me te zijn. Luther zei altijd dat ik voor je moest zorgen,' zei Ike.

Slice lachte. Het klonk leeg. 'Dat maakte het nog erger, Ike.'

Ike liep door de fluwelen gordijnen naar de voordeur van de kapperszaak. Hij stond al bijna buiten toen hij zich opeens bedacht en naar de stoel liep waar Craig in zat. Tyrone was net klaar met het verven van Craigs haar, en nu probeerden ze uit te maken wie de beste rapper van het moment was.

'En zeg alsjeblieft niet die witte gozer Eminem,' zei Craig.

'Man, je bent gestoord. Em is een beest,' zei Tyrone.

'Hij is oké,' zei Craig.

'Je moet een gehoorapparaat hebben,' zei Tyrone.

Ike ging recht voor Craig staan.

De man keek hem fronsend aan. 'Kan ik u helpen?'

Ike hield zijn hoofd schuin en keek op hem neer. Hij wist dat het waarschijnlijk beter was om het te laten, maar dat kon hij niet. Hij wou dat iemand een keer tegen hem had gezegd wat hij nu tegen Craig ging zeggen.

'Als ik een keer 's nachts je huis binnensluip en de keel van je zoon doorsnijd, weet ik zeker dat als hij gay zou zijn dat wel het laatste zou zijn waarover je je dan druk zou maken,' zei Ike.

'What the fuck moet dit betekenen?' zei Craig.

'Je hebt me wel gehoord. Je wil alleen niet luisteren,' zei Ike.

Craig wilde uit zijn stoel komen.

'Als je nu opstaat zijn ze de rest van de week bezig om je van de muur te schrapen. Geloof me, dat wil je niet,' zei Ike. Craig wilde iets zeggen, maar Ike draaide hem zijn rug toe en liep de zaak uit.

Buddy Lee rechtte zijn rug toen Ike instapte. Hij was eindelijk niet zo duizelig meer. 'Hoe ging het?'

Ike haalde het mes van Buddy Lee uit zijn zak en gaf het terug. Hij startte de auto en reed achteruit van hun parkeerplek. 'We moeten een uur wachten. Ze zorgen dat Tariq hier komt,' zei hij.

'Denk je dat ik tijd heb voor een knipbeurt? Doen ze ook het haar van een bleekscheet?' vroeg hij.

Ike negeerde hem.

'Hé, alles kits?' vroeg Buddy Lee.

'Verre van,' zei Ike.

'Kunnen we hier ergens wat drinken terwijl we wachten?' Buddy Lee verwachtte dat Ike hem weer een dodelijke blik zou toewerpen, maar de grote man verraste hem.

'Ja, ik kan ook wel een borrel gebruiken,' zei Ike.

30

Ze kwamen uiteindelijk terecht bij een log, uit B2-blokken opgetrokken gebouw langs Beach Road, vlak bij de oude Swift Creek Bridge, of wat daarvan over was. Een bord op stakige ijzeren poten wees voorbijgangers er met een overdreven pijl op dat de Swift Creek Lounge open was. Hoewel het even na tweeën was, stond de onverharde parkeerplaats halfvol. Nadat Ike de pick-up van Buddy Lee geparkeerd had, liepen de twee mannen naar de ingang.

'Voor iemand die zegt dat hij al tien jaar niet in de stad is geweest, weet je verdraaid goed waar je moet zijn,' zei Buddy Lee.

'Tenten als deze gaan nooit weg. Hij zat er al toen we allebei nog niet geboren waren, en hij zal er ook nog zitten als wij allang dood zijn,' zei Ike. Het blauwige, schemerige interieur werd verlicht door de Coors-neonreclame boven de kassa. Aan het einde van de afgeleefde bar hingen wat mannen die met veel kabaal de voor- en nadelen van Mopar-motors tegenover die van Hemis bespraken. Naast twee krakkemikkige pooltafels stond een oude jukebox. Het ene na het andere boerenbluesnummer schalde door de bar. De huis-dj had blijkbaar een lange Sweet Creek Lounge-speellijst samengesteld. Het eerste nummer dat Ike en Buddy Lee hoorden, was 'Born Under a Bad Sign' van Albert King.

Ike en Buddy Lee gingen op twee krukken niet ver van de deur zitten. Buddy Lee huiverde van de pijn toen hij zijn hand opstak om de aandacht van de barvrouw te trekken.

Een slanke zwarte vrouw in een zwarte tanktop en een spijkerbroek kwam glimlachend aangelopen. 'Wat kan ik voor jullie doen, mannen?'

'Twee shots Henny,' zei Ike.

'Komt voor elkaar, schat,' zei de barvrouw. Ze liep terug naar de bar om hun bestelling te regelen.

'Wat is Henny? Ik laat het heus niet staan hoor, maar ik ben gewoon benieuwd.'

'Je hebt nog nooit van Hennessy gehoord?' vroeg Ike.

'O ja, dat ken ik wel, ik kende alleen die bijnaam niet. Dat zal wel iets...' Buddy Lee maakte zijn zin niet af en bekeek de flessen achter de bar.

'Dat zal wel wat zijn? Iets voor zwarten?' vroeg Ike.

Buddy Lee zoog op zijn tanden. 'Weet je, ik durf te wedden dat jij denkt: hij zegt steeds dat-ie geen racist is, maar er komen toch aardig racistische dingen uit zijn muil,' zei hij. De barvrouw zette hun drankjes neer.

Ike pakte zijn shotglas. 'Ik heb geleerd er altijd rekening mee te houden dat blanke mensen me teleurstellen. Gebeurt niet altijd, maar als het gebeurt raakt het me niet meer zo diep. Er zijn ergere gevallen dan jij.'

Buddy Lee streek met zijn vinger over de rand van het glas. 'Het is geen excuus, maar als je opgroeit tussen mensen – tantes en ooms, grootouders, broers en zussen, vrienden – die allemaal dingen zeggen waarvan je je niet afvraagt of ze goed of fout zijn, plak je dat etiket niet op jezelf. Weet je nog dat met Pasen altijd *The Ten Commandments* op tv was? Dat die jongen tegen zijn opa zegt dat hij naar de Nubiërs moet kijken? Mijn opa van moederskant maakte altijd de grap dat het geen Nubiërs waren, maar dat ze gewoon, nou ja, je weet wel wat hij zei. En ik moest altijd lachen om die grap omdat het mijn opa was. Ik dacht nooit... ik hóéfde nooit te denken dat iemand zoals jij die grap heel anders zou opvatten. Later dacht ik er niet meer over na, want als het zo'n verschrikkelijk foute grap was, wat zei dat dan over mijn opa? Wat zei het dan over mijzelf omdat ik erom gelachen had?'

Ike sloeg zijn shot achterover. De cognac brandde even troostend als vertrouwd in zijn keel. Hij was weer even eenentwintig. 'Dan ben je verdomd naïef,' zei hij.

'Tja, dat heb je vrij goed gezien,' zei Buddy Lee.

'Je kop in het zand steken is makkelijker dan door de ogen van de ander naar iets proberen te kijken. Ze zeggen niet voor niets dat onwetendheid een zegen is.'

'Dus je denkt dat ik een racist ben.'

'Ik denk dat je misschien voor het eerst ziet in wat voor wereld mensen leven die niet zijn zoals jij. Je bent nog steeds verdomd naïef, maar je leert bij. Maar goed, dat geldt ook voor mij. We leren allebei. We hebben allebei shit geroepen en gedaan die we liever terug zouden draaien. Als je er op een dag achter komt dat je een vreselijke vent was, kun je gaan zorgen dat je beter wordt. Kun je mensen beter gaan behandelen. Als je nu niet meer om die grap zou lachen, zit je op de goede weg. Zoals ik de volgende keer dat ik een drankje krijg aangeboden niet ontplof en gewoon wegloop in plaats van iemand te verbouwen,' zei Ike. Hij hield zijn shotglas omhoog en gebaarde naar de barvrouw.

Buddy Lee sloeg zijn shot ook achterover. Happend naar lucht zette hij het glas terug op de bar. 'Jezus, met dit spul kun je de verf van een trekhaak halen. Ik denk dat je gelijk hebt. Het voelt alsof we nogal laat doorhebben hoe het in elkaar zit,' zei hij. De barvrouw bracht nog twee shots.

'We hebben nog even,' zei Ike.

Ike reed hen terug naar de kapperszaak. De parkeerplaats was vrijwel verlaten. Vlak bij de kapperszaak stond een zwarte Jaguar. De pick-up van Buddy Lee was het enige andere voertuig op de parkeerplaats. Ike deed de auto op slot.

'Iedereen is vroeg naar huis gegaan zo te zien,' zei Buddy Lee.

'Slice heeft ze waarschijnlijk weggestuurd. Mister Get Down is een plaatselijke beroemdheid. Krijg je van die domme gasten die om een handtekening gaan vragen,' zei Ike.

'Hij kan het hele winkelcentrum sluiten?'

'In het winkelcentrum is hij de baas,' zei Ike.

Toen ze de kapperszaak binnenkwamen, zat Tariq in de laatste stoel, bij de gordijnen. Zijn hand lag in zijn schoot alsof hij poseerde voor zo'n oude daguerreotype. Zijn ogen glansden woest. Slice zat op een ijzeren vouwstoel bij de ingang. De lijfwacht stond achter Tariq, het leek alsof hij hem een knipbeurt ging geven.

'Je hebt een kwartier,' zei Slice.

Ike deed een stap in de richting van Tariq.

'Niet aanraken. Alleen vragen stellen,' zei Slice.

Ike deed een stap terug.

Buddy Lee krabde aan zijn kin. 'We weten dat je weet waar Tangerine is. Zoals we al zeiden, we willen haar niets aandoen. We willen alleen maar met haar praten,' zei hij.

De borst van Tariq kwam snel omhoog en zakte even snel weer in.

'We kunnen je nu niets doen. Maar op een gegeven moment zul je toch door die deur moeten,' zei Ike.

Tariq verstijfde. 'Ik ben met Slice. Je hebt gehoord wat hij zei, toch?' Van zijn eerdere bravoure was weinig meer over. Hij klonk als een jongetje dat zei dat hij bij de grootste pestkop van het schoolplein hoorde.

Ike knikte naar Buddy Lee. 'Zijn zoon is dood. Die van mij ook. Denk je echt dat het me wat kan schelen met wie je bent? Als je ons vertelt waar Tangerine is, zul je je nooit hoeven afvragen wat dat geluid buiten bij je raam is, of ik dat ben die jou komt opzoeken met een tang en een ijspriem,' zei Ike.

Tariq keek naar zijn handen alsof hij die voor het eerst zag. Als dit dreigement Slice verontrustte, liet hij daar weinig van merken. Hij zat te scrollen op zijn mobiel.

'Luister, we proberen haar te helpen,' zei Buddy Lee. 'Want de lui die onze zoons vermoordden zoeken haar nog steeds, en dat zullen ze blijven doen. Waar ze ook is, ik weet zeker dat het niet ver genoeg is.'

'Ik zei haar dat ze bij mij moest blijven, maar ze wilde me erbuiten houden,' zei Tariq. 'Ze zei dat ze ergens heen ging waar niemand haar zou zoeken. Waar de spoken zijn.' Van die stoere Mister Get Down was weinig meer te zien. Een gebroken hart was alles wat overbleef.

'En waar mag dat zijn?' vroeg Buddy Lee.

Tariq hief zijn hoofd. 'Ze zei dat de mensen die achter haar aan zaten moordenaars waren.'

'Wij ook,' zei Ike.

Tariq leunde met zijn hoofd naar achteren. 'Luister, over vanochtend. Ik probeerde Tangy te beschermen, weet je,' zei hij.

'Als je zegt waar ze is, is alles vergeven,' zei Ike.

Buddy Lee snoof. Ike keek hem even aan. Buddy Lee haalde zijn schouders op. Hij raakte gewend aan die blikken van Ike.

Tariq zat onderuit in de stoel. 'Ze zei dat ik mooie praatjes had, maar dat ik een faker was. Dat ik alleen op sociale media een gangsta was. En ze had gelijk. Mister Get Down is gewoon een nerd van Huguenot High School die op een drumbak en een keyboard heeft leren spelen. Jullie zijn het echte werk,' zei Tariq.

Ike reageerde niet.

'Je hebt geen flauw idee, vriend,' zei Buddy Lee. 'Waar is die griet nu?'

Tariq legde zijn gezicht in zijn handen. 'Als je haar vindt, zorg dan goed voor haar, oké? Beloven jullie dat?'

'Doen we,' zei Ike.

Tariq knikte. 'Ze is naar huis gegaan. Terug naar Adam's Road. Terug naar Bowling Green,' zei Tariq.

'Hoe heet ze echt? Op haar rijbewijs staat vast geen Tangerine,' zei Buddy Lee.

'Dat weet ik niet. Voor mij is ze gewoon Tangerine,' zei Tariq. Zijn gezicht trilde alsof hij een hap uit een citroen had genomen.

'Je liegt,' zei Buddy Lee. 'Je weet hoe ze heet. Je bent al zo'n eind op weg, dit is niet het moment om terug te krabbelen.'

'Een tang en een ijspriem,' zei Ike.

De blik in Tariqs ogen veranderde van woest in opgejaagd. 'Eh… ik… shit. Ze heet echt Tangerine. Tangerine Fredrickson. Zijn jullie nu tevreden?' zei hij smekend.

Ike rolde met zijn schouders. Ze waren nog steeds pijnlijk. 'Ja, we zijn tevreden,' zei hij.

'Als het aan mij lag zou ik je hand zo diep in je strot steken dat je je vingers uitschijt, maar goed, we zijn tevreden,' zei Buddy Lee.

Ike schudde zijn hoofd. 'We gaan.' Ze draaiden zich om en liepen naar de deur.

'We staan nu quitte,' zei Slice. 'Vergeet dat niet. Alle schulden zijn ingelost.'

Ike bleef staan en keek over zijn schouder. Slice zat nog steeds te scrollen op zijn mobiel. 'Zeker,' zei hij.

'Bowling Green is ongeveer een uur rijden als we de 301 nemen,' zei Buddy Lee zodra ze weer in de pick-up zaten.

'Ja. Denk je dat hij de waarheid sprak?' vroeg Ike.

'Ik denk het wel. Ik heb nog nooit iemand zo slecht zien liegen als hij. Ik hoop voor hem dat hij nooit pokert. Bovendien is hij doodsbang voor die vriend van jou. Hij liegt niet.'

Ike startte de auto. 'Hij is mijn vriend niet, en hij zou inderdaad doodsbang voor hem moeten zijn.'

'Zie je wel, zo erg was het niet. Je zult het wel in je broek hebben gedaan, zoals Riot tekeerging,' zei Slice.

'Die kerels, die gaan haar niets aandoen, toch? En mij ook niet, toch? Ik bedoel, we zijn partners. Dat weten ze,' zei Tariq.

Slice keek op van zijn telefoon. 'Devonte, leg deze baby alsjeblieft weer in zijn wiegje.' Devonte nam Tariq bij de arm en nam hem half dragend, half slepend mee naar buiten. Slice tikte op zijn telefoonscherm. Na twee keer overgaan werd er opgenomen.

'Je belt me omdat ik die MAC-10's moet oppikken?' vroeg Grayson.

'Mijn mannetje heeft tegen je gezegd dat het nu te gevaarlijk is. Die dingen moeten blijven waar ze zijn,' zei Slice.

'Waaraan heb ik dan het genoegen te danken?' zei Grayson.

'Weet je nog dat je een maand geleden zo ongeveer iedereen ondervroeg over een grietje dat Tangerine heette?' zei Slice.

Grayson ademde diep in maar zei niets.

'O, nu heb ik opeens je aandacht, Sons of Anarchy?' zei Slice.

'Je hebt mijn aandacht. Zolang je met iets komt waar ik wat aan heb, heb je mijn aandacht,' zei Grayson.

Slice lachte. 'Laten we eerst maar bepalen wat deze info waard is,' zei Slice.

'Hoeveel bloed moet ik verliezen om aan deze info te komen?' vroeg Grayson.

'Niet zoveel dat je het zult missen. Ik wil een van mijn inkomstenstromen graag wat spreiden,' zei Slice.

'O, shit,' zei Grayson.

'Wat bedoel je daarmee?' vroeg Slice.

'Niets, je klinkt alleen als iemand die ik ken. Oké, ter zake,' zei Grayson.

'Je hebt ingang tot een goede kok voor ice. Ik wil hem graag spreken. Misschien dat ik hem een paar kilo lichter kan maken,' zei Slice.

'Ik mag hopen dat je een wegwerptelefoon gebruikt,' zei Grayson.

'Ik heb voor elke dag van de week een andere telefoon. Maar kun je iets regelen?' vroeg Slice.

'Dat kan ik, maar ik kan niets beloven. Die jongen is een zenuwpees,' zei Grayson.

'Met een zenuwpees kan ik dealen. Een zak vol honderdjes doet wonderen voor je zenuwen.'

'Goed. Wat heb je?'

'Tering, man, zit je je vrouwtje ook zo achter haar vodden?' zei Slice.

'Heb je nou iets of niet?' zei Grayson.

'Ja, ik heb iets voor je. Een klein vogeltje heeft me verteld dat ze in de buurt van Adam's Road in Bowling Green zit. Als je meteen vertrekt ben je die twee kerels die naar haar op zoek zijn misschien te vlug af,' zei Slice.

'Twee mannen? Was de ene een grote zwarte kerel?' zei Grayson.

'Ja. Ken je hem?'

'Ik heb nog een appeltje met hem te schillen. Adam's Road, zei je?'

'Ja. Zorg dat ik die jongen volgende week te spreken krijg,' zei Slice.

'Regel ik. Hé, die zwarte, is dat een vriend van je? Want hij gaat 'm krijgen,' zei Grayson.

Slice liet een paar seconden wegtikken. 'Nee. Doe wat je moet doen.'

31

Ike reed de parkeerplaats af en ging naar de oude Route 207, die hen over Powhite Parkway dwars door Richmond naar de 301 zou brengen.

Buddy Lee legde zijn hoofd tegen het raam terwijl de 301 hen over de glooiende heuvels voerde. Uitgestrekte welige akkers en weilanden met kilometerslange witte hekken en zo nu en dan een huis dat ouder was dan Ike en Buddy Lee samen. Waar het land niet werd gebruikt voor vee of landbouw streden kornoeljes met dennen en esdoorns om de aandacht van hun gemeenschappelijke minnaar, de zon.

Buddy Lee deed de radio aan en de rommelende bariton van Merle Haggard schalde trillend uit de speakers met zijn vertolking van 'Mama Tried'.

'Mama deed haar best, maar papa kon het geen moer schelen,' zei Buddy Lee.

'Je zei toch dat je vader je al die flessentrekkersshit heeft geleerd. Die tics en zo,' zei Ike.

Buddy Lee sloot zijn ogen. 'Klopt. Maar hij was ook een gemene dronkenlap die mijn moeder sloeg als de macaroni met kaas te droog was. Hij ging er zo vaak vandoor dat hij meer een soort vriend was die je kwam opzoeken wanneer hij in de buurt was. Hij had aardig wat kinderen bij andere vrouwen. Chet is er een van. Net als Deak. Ik heb een half-indiaanse zus in Mattaponi. Shit, ik zei altijd dat ik niet zoals hij wilde zijn als ik kinderen had. Nou, daar heb ik me aan gehouden. Ik was veel erger,' zei hij.

'Mijn vader en moeder overleden toen ik negen was,' zei Ike.

'Maakten een glijer op een glad stuk op Route 17 en vlogen de Coleman Bridge af. Ik ging met mijn zus bij de ouders van mijn vader wonen. Ik maakte ze het leven zuur, terwijl zij me alleen maar liefde probeerden te geven. Ik was zó kwaad. Ik liep alleen maar te zoeken naar een excuus om door het lint te gaan. Ik was kwaad op God omdat Hij me mijn ouders had afgepakt, ik was kwaad op mijn ouders omdat ze dood waren gegaan en kwaad op mijn grootouders omdat ze deden alsof het wel goed zou komen. Ik was compleet de weg kwijt. Sloot me aan bij Luther en zijn club. Hij liet me al die woede gebruiken. Richtte me als een pistool op een doelwit en liet me afgaan.' Hij haalde een auto met een paardentrailer in. 'Ik hou van Isiah, echt, maar er zijn dagen waarop ik denk dat ik beter geen zoon had kunnen krijgen. Ik was te erg van het padje om een goede vader te kunnen zijn.'

'Als je van hem hield en je deed je uiterste best, dan was je volgens mij een goede vader. Dat is in ieder geval wat ik tegen mezelf zeg,' zei Buddy Lee.

'Geloof je dat echt?' vroeg Ike.

'Meestal wel.'

'Ik werd zo kwaad toen hij uit de kast kwam,' zei Ike. Hij stuurde de pick-up soepel door een scherpe bocht die hen langs twee paarden voerde die loom stonden te grazen in een grote weide.

'Kwam je er toen pas achter? Ik betrapte Derek toen hij met een jongen aan het zoenen was, maar ik wist het al veel eerder.'

'Ik wist het. Diep vanbinnen wist ik het altijd al, maar ik wilde het niet accepteren. Ik kon het niet accepteren. Ik kon het niet bevatten, weet je. Wat betekende het? Het was alsof hij me vertelde dat hij van een andere planeet kwam. Ik dacht dat de natuur zo niet in elkaar zat,' zei Ike.

'Maar je hield nog van hem. Je bent altijd van hem blijven houden, toch?' vroeg Buddy Lee.

Het duurde even voordat Ike antwoordde. 'Ik probeerde niet meer van hem te houden. Ik kon een tijdje niet eens meer naar hem kijken.

Ik dacht alleen maar aan zijn geklooi met een of andere gozer. Sorry. Derek was niet zomaar een gozer.'

'Geeft niet. Ik bedoel, ik begrijp wat je bedoelt, maar ik heb nooit geprobeerd om niet meer van Derek te houden. Ik wilde gewoon dat hij normaal was. Het heeft geloof ik lang geduurd voordat ik het snapte.'

'Voordat je wat snapte?'

'Dat ik niet degene ben die bepaalt wat normaal is. Dat het er geen zak toe deed naast wie hij wakker wilde worden, zolang hij maar wakker werd,' zei Buddy Lee.

Ike roffelde met zijn vingers op het stuur. 'Ik ging de bak in voor doodslag. Mijn maat werd afgemaakt en toen spoorde ik de jongen op die de opdracht had gegeven en sloeg hem dood in de achtertuin van zijn moeder. Ik beukte hem tot moes. Ik dacht dat ik het opnam voor mijn maten. Maar ze namen het niet op voor mij. In de bajes kwam ik erachter dat ik mijn eigen boontjes moest doppen. Dus toen vier bro's me besprongen en van mij hun blokbitch wilden maken, moest ik nieuwe vrienden maken.' Hij strekte zijn vingers. 'Ik heb verrekt lelijke dingen gedaan om deze tat te krijgen. Maar ik had de hulp nodig. De jongen die ik vermoordde was verbonden aan de East Side Crips. Daarom ben ik bij de Black Gods gegaan. Ik was bang. Veel van wat ik in die tijd deed, deed ik omdat ik bang was. Maar van de dingen die ik moest doen werd ik helemaal lijp in mijn hoofd.'

'Ik heb in de bajes ook dingen meegemaakt. Ik begrijp wat je bedoelt. Je kunt daar geen softie zijn, want dan slaan ze je voortanden uit je bek, binden ze je haar in een paardenstaart en verkopen ze je voor een pakje sigaretten. Maar de gevangenis is nu eenmaal een zieke zooi, man. Mensen horen zo niet te leven,' zei Buddy Lee.

'Ik heb het nooit van me af kunnen schudden, begrijp je? Alsof ik daardoor alles door de ogen van een bajesklant zie. Hij kwam uit de kast op de dag dat Derek en hij hun bul kregen. We hadden een feestje met eten bij ons thuis. Er waren veel mensen. Mijn zuster Sylvia en haar man. Mensen van het werk. Ik stond achter de barbecue, weet je. En toen kwam hij naar me toe met Derek. Ik weet nog dat hij Dereks hand pakte. Ik deed alsof ik het niet zag, en Isiah zei: "Pa, ik moet je iets vertellen", en ik ging maar door met hamburgers omdraaien omdat ik wist wat hij ging zeggen en ik het niet wilde horen, en toen zei hij: "Pa, Derek is niet zomaar een vriend. Hij is mijn vriendje. Ik ben gay, pa. Ik ben gay en ik hou van hem."'

Ike haalde diep adem. 'Ik wist niet meer hoe ik het had. Ik ging over de rooie. Ik gooide de barbecue om. Vlees en kolen vlogen door de lucht. Er kwam een stuk steenkool op Isiahs arm en dat leverde hem een fikse brandwond op. Ik zei... Ik zei de meest vreselijke dingen. Tegen hem en Derek. Mya huilde en schreeuwde tegen me. Mensen staarden naar me alsof ik een monster was. Ik was laaiend. Ik schaamde me. Ik ging naar binnen en smeet de deur zo hard dicht dat het glas brak,' zei hij. 'En ik dacht alleen maar: waarom moest hij het zo nodig tegen me zeggen? Waarom juist op die dag? Waarom had hij het niet voor zichzelf kunnen houden? Ik hoefde die shit toch niet te weten, of wel soms? Ik dacht alleen maar aan mezelf. Het heeft jaren geduurd voordat ik begreep dat hij me wilde laten weten dat hij gelukkig was, ook al konden we niet goed met elkaar overweg. Hij wilde het met me delen, maar ik verknalde het. Ik liet hem stikken.' De brok in zijn keel voelde als een baksteen die hij had ingeslikt.

Buddy Lee schraapte zijn keel. 'We waren allebei geen modelvader. Desondanks maakten de jongens iets van hun leven. Ze waren goed voor hun vrienden, goed voor elkaar, goed voor die kleine meid. Ook al hadden ze vaders zoals wij, ze werden goede mannen. Hoeveel we ze ook hebben teleurgesteld, ze kwamen goed terecht,' zei hij.

Ike schudde zijn hoofd. 'We gaan Tangerine vinden. We gaan erachter komen wie het gedaan heeft. We gaan ze niet nog een keer teleurstellen.'

Drie kwartier later reden ze langs een groot houten bord waarop in felgroene letters BOWLING GREEN stond. De pick-up leek ineens vermogen kwijt te raken, maar kwam daarna weer op gang. Ike gaf plankgas. De motor brulde als een pasgeboren baby.

'We moeten tanken,' zei Buddy Lee.

Ike zag rechts een tankstation met twee pompen. Hij reed ernaartoe en was bijna bij de pomp toen de motor afsloeg.

'De meter geeft aan dat we nog een kwart tank over hebben,' zei Ike.

'Tja, wat kan ik zeggen? Die dingen werken nou eenmaal niet meer zoals vroeger. Dat geldt voor de auto en voor de eigenaar,' zei Buddy Lee. Hij stapte uit en stak zijn armen in de lucht. Zijn rug knakte, kraakte en plopte als een bak met Rice Krispies. 'Als jij tankt, dan ga ik betalen. Ik ben wel toe aan een biertje,' zei hij.

'Hé, haal er voor mij ook een,' zei Ike. Buddy Lee trok een wenkbrauw op. 'Het is een lange dag geweest.'

Buddy Lee liep trekkebenend de parkeerplaats over en ging de winkel in. Hij pakte een halve liter Busch voor zichzelf en een Budweiser voor Ike. Hij zette het bier op de toonbank. 'Ik wil graag, eh, voor 25 dollar tanken bij pomp zeven.'

De bediende, een oudere witte vrouw met een warrige bos grijs haar, deed zijn bier in een zak en voerde de benzine in. 'Negenentwintig dollar en 48 cent,' zei ze.

Die rookt waarschijnlijk al vanaf dat ze een foetus was, dacht Buddy Lee. Hij gaf haar twee twintigjes. 'Komt u uit de buurt?' vroeg hij.

'Ik woon hier nu dertien jaar. Vanuit Washington hiernaartoe verhuisd met mijn ex. Hij was een paardenfokker. Werkte op de paardenfarm waar Secretariat werd geboren,' zei ze.

'Echt?' zei Buddy Lee.

'Ja, hij was beter met paarden dan met zijn huwelijk,' zei de vrouw achter de toonbank.

'Zeg, kent u misschien een meisje dat Tangerine Fredrickson heet?' vroeg Buddy Lee.

De bediende krulde haar lippen alsof ze een hap uit een appel had genomen en een halve worm zag zitten. 'Bent u een vriend van haar?'

'Nee, het is een beetje een gek verhaal. Ik heb haar tas gevonden met haar rijbewijs en zo, maar ik kom hier niet vandaan en weet bij god niet waar dit adres is. Weet u waar ze ongeveer woont? Misschien hebt u iets waaraan ik het kan herkennen? Op haar ID staat Adam's Road, maar mijn navigatie doet alsof hij tourette heeft,' zei Buddy Lee met een glimlach.

De bediende glimlachte niet terug. 'Lunette Fredrickson woont bij de watertoren aan Adam's Road. Het bord is vorig jaar kapotgeschoten en de gemeente heeft het nog niet vervangen.'

'Lunette, zegt u? Familie van Tangerine, naar ik aanneem?'

'Ja,' zei de bediende. De uitdrukking op haar gezicht werd nog zuurder dan zij al was.

'Oké, nou, dank u wel,' zei Buddy Lee. Hij pakte zijn wisselgeld en liep naar de deur. Hij keek nog even over zijn schouder naar de bediende. *Als je niet oppast krijg je die zure blik nooit meer van je gezicht*, dacht hij.

Hij liep naar de pick-up. Auto's en vrachtwagens zoefden langs over de snelweg waaraan het pompstation lag. Ike trapte al een paar keer het gaspedaal in. Buddy Lee stapte in, zette Ikes bier in de bekerhouder en trok toen zijn eigen bier open.

'Dank je,' zei Ike. Hij pakte het blikje en dronk het bijna in één teug leeg.

'We moeten zoeken naar een weg bij een watertoren. Adam's Road,' zei Buddy Lee.

'Hoe weet je dat?'

'Ik heb even gebabbeld met de winkelbediende. Ze gaf me wat info over Lunette Fredrickson, familie van Tangerine.'

'En nu? We gaan naar Adam's Road en vragen bij elk huis dat we tegenkomen of ze Tangerine kennen?'

'Heb jij een beter idee?' zei Buddy Lee.

Ike haalde zijn schouders op. 'Dat ga jij dan maar doen. Dit is Trump-land,' zei hij.

Na twee huizen wisten ze genoeg. Bij het eerste huis deed niemand open. Bij het tweede, een woonwagen met een houten loopplank, werden ze door een witte jongen met een tatoeage van de Confederatievlag op zijn borst naar het laatste huis op Adam's Road gestuurd. Ze reden langs een bord dat aangaf dat de staat vanaf daar geen wegonderhoud meer deed. Links van de weg stond een brievenbus aan het begin van een lange zandweg. Op de brievenbus stond met plaklettertjes FREDRICKSON.

'Hier zal het zijn,' zei Ike.

Buddy Lee beet op zijn duimnagel. 'Weet je, je had gelijk.'

'Waarmee?' zei Ike.

'Ik denk niet dat die mensen tegen jou hadden gedaan zoals ze tegen mij deden,' zei Buddy Lee. De Confederatievlag ontvouwde zich op zijn netvlies.

'Volgens mij ben je wakker geworden,' zei Ike.

Buddy Lee zag hem vanuit zijn ooghoek grijnzen.

Ike draaide de zandweg op en stuurde langs alle kuilen. Het was alsof ze over een Zwitserse kaas reden. Buddy Lee tuurde uit het raam terwijl ze de magnolia's langs de zandweg passeerden. De hobbelweg eindigde bij een kaal erf en een bouwval die werd omringd door een verrotte veranda. De achtertuin bestond uit een enorm, met kudzu en kamperfoelie overwoekerd weiland. Naast de verandatrap stond een sedan waarvan alle vier de deuren een andere kleur hadden. Ike zette de pick-up naast de passagiersdeur van de sedan, aan de rechterkant van de veranda, en zette de motor uit.

'Daar zijn we dan,' zei Ike.

'Hoe wil je dit aanpakken?' vroeg Buddy Lee.

'Niet eromheen draaien. Zeggen wat er aan de hand is. Vragen wie die man was en of hij van Isiah en Derek wist.'

'Hoeveel druk oefenen we op haar uit?'

'Ze is een vrouw. Ik ga helemaal geen druk uitoefenen. En jij ook niet,' zei Ike.

'Oké, maar als ze niet meewerkt heb ik nog wel een paar nichtjes die we kunnen bellen,' zei Buddy Lee. Hij pakte het pistool en stopte het achter zijn rug in zijn broek.

‘Ik denk niet dat we die nodig hebben,’ zei Ike.

‘Beter mee verlegen dan om verlegen.’

Ze stapten uit en liepen naar de voordeur van het huis. Na een paar passen bleven ze allebei staan.

Een jonge vrouw was de veranda op gelopen. Gitzwart haar tot aan haar onderrug. Een huid die bijna de kleur van gepolijst brons had. In elke andere situatie had Buddy Lee haar betoverend mooi gevonden. Haar grote bruine ogen keken vanonder lange golvende wimpers onschuldig de wereld in.

Maar de shotgun die ze op hen richtte wierp een schaduw die de glans van haar schoonheid dof maakte.

‘Je hebt godverdomme gelijk,’ zei Buddy Lee. ‘Een weerloze deerne in nood.’

32

'Rustig aan, meisje, we willen alleen maar wat babbelen,' zei Buddy Lee.

'Aan de deur wordt niet gekocht. En naar je praatjes luisteren doen we ook niet,' zei de vrouw.

'Ben jij Tangerine?' vroeg Ike.

Ze zwaaide de loop van de shotgun zijn kant op. Ike zag dat ze de kolf in de kromming van haar arm had en het voorhout in haar andere hand. Maar ze had geen vinger aan de trekker. Ike nam haar op. Haar volle lippen trilden. Haar ogen schoten woest heen en weer als wezels in een kooi. Ze was bang. Ze was zenuwachtig. Ze was bloedmooi. Ze was heel veel, maar hoe dan ook geen moordenaar. Hij wist hoe een moordenaar eruitzag. Hij zag er elke dag een in de spiegel.

'Het doet er niet toe wie ik ben, vadertje,' zei Tangerine. 'Ga jij nu maar met die ouwe discountcowboy terug naar je pick-up en zorg dat je hier heel snel verdwijnt.'

'Dat is de tweede keer dat ik op een niet zo vleiende manier een ouwe cowboy word genoemd. Het begint pijnlijk voor me te worden,' zei Buddy Lee.

'Ah, gossie, het spijt me. Misschien moet je op de terugweg meteen maar even bij een therapeut langsgaan,' zei Tangerine.

'Isiah was aardig voor jou,' zei Ike. 'Derek wilde je helpen. Isiah was mijn zoon. Derek was zijn zoon. Ze stierven omdat jij iets tegen ze zei. Onze zoons zijn dood door jou. Met ons praten is het minste wat je kunt doen.'

Tangerine verstrakte. Ike dacht dat ze naar hem knipoogde, totdat hij de donkere mascaralijnen over haar wangen zag druipen. Ike werd doodziek van alle tranen. Die van hemzelf. Die van Mya. Isiah was de ster in hun universum. Toen hij was overleden, was die ster geïmplodeerd en een zwart gat geworden. Dat zwarte gat slokte elk grammetje vreugde op dat ze ooit hadden ervaren. Allemaal omdat het meisje op die veranda een geheime minnaar had die bereid was te doden om zijn geheim niet uit te laten komen. Ze had de trekker niet overgehaald, maar ze had er zeker een aandeel in. Laat haar maar janken tot ze bloed huilt.

'Ik heb dat allemaal niet gewild,' zei Tangerine. Door de strepen op haar gezicht leek het alsof ze een masker van de Lone Ranger ophad.

'Doe die zaadstrooier dan weg en praat met ons, meisje,' zei Buddy Lee.

Tangerine beet op haar onderlip. Ike zag de loop van de shotgun in minuscule stapjes omlaaggaan. De wind roerde zich, hulde hen in de geur van magnolia's.

'Kom maar binnen,' zei Tangerine.

'Ik zou me beter voelen als ze die proppenschieter niet vasthield,' fluisterde Buddy Lee.

'Als ze van plan was ons neer te schieten had ze dat allang gedaan,' zei Ike.

'Dat is een hele geruststelling,' zei Buddy Lee.

Ze liepen via de trap en de veranda het huis in. In de hal en de woonkamer hing een sterke whiskeygeur. Midden in de woonkamer stond een doorgezakte bank. Korrelige beelden flikkerden op een oude televisie die schuin voor de bank op de grond stond. Een eettafel stak vanuit de keuken half de woonkamer in. Tangerine legde de shotgun op tafel.

'Terry, wie is dat?' Een lange witte vrouw kwam van achter de woonkamer in. Ze droeg een huisjurk met bloemetjes en slippers. Haar pafferige gezicht ging deels schuil onder blonde krullen die slap neerhingen tot haar kin.

'Tangerine, ma. Ik heet Tangerine, en het is niemand. Ga maar weer naar bed,' zei ze.

De ogen van ma gleden via Ike naar Buddy Lee en bleven daar hangen. 'Nee, nee, we hebben gasten. Laat je vrienden verder komen. Dan krijgen ze wat te drinken,' zei ze.

'Jij bent vast Lunette. Ik mag jou wel. Je hebt goede ideeën,' zei Buddy Lee. Hij gaf haar een knipoog. Lunette giechelde.

'Ma, ze blijven maar kort,' zei Tangerine.

'Nou, één drankje kan er vast wel af,' zei Lunette. Nu dat geregeld was draaide ze zich om en liep terug naar achteren. Buddy Lee hoorde haar rommelen in de keuken. Hij zag dat je ook via de hal in de keuken kon komen.

'Ga zitten,' zei Tangerine.

Ike en Buddy Lee liepen de woonkamer in. Behalve de bank stonden er een fauteuil en een poef. Ike en Buddy Lee gingen op de bank zitten en Tangerine op de stoel. Ike nam de kamer op. In de hoek stond een houtkachel. Aan de verweerde muren waren op willekeurige afstanden van elkaar foto's opgehangen. Op sommige foto's zag Ike een jongere versie van Lunette en een onaanzienlijke bruingetinte man. Op andere foto's stond een oudere Lunette met meer kilometers op haar gezicht en een stralend jongetje dat trekken van zowel zijn moeder als de bruingetinte man had. Naarmate de mensen op de foto's ouder werden, nam de afstand tussen hen toe. In de meeste latere foto's schitterde de getinte man door afwezigheid.

'Ik zei tegen Isiah dat ik me bedacht had,' zei Tangerine. 'Ik wilde het interview niet meer doen. Dus hoe weten jullie dat ik iets te maken heb met wat er gebeurd is?'

'Omdat de mensen op het werk van mijn zoon hem hoorden zeggen dat de kerel met wie jij neukte een schijnheilige klootzak was,' zei Buddy Lee. 'En vervolgens worden hij en zijn man vermoord en liggen hun hersenen op de stoep.'

Tangerine deinsde terug voor het venijn in zijn woorden. 'Ik heb gezegd dat het gevaarlijk was. Ik heb het gezegd, maar Derek was razend en Isiah was vastbesloten. Ze begrepen niet waarmee ze te maken hadden. Daar kon ik niks aan doen. Als jullie denken dat ik hen dood wilde hebben, kunnen jullie alsnog meteen oprotten,' zei ze.

Ike kwam tussenbeide. 'Luister, we willen alleen maar de naam van de man met wie je wat had. Wie is het? De rest regelen wij.'

'Ik zeg het niet. Ik had het ook niet tegen Derek en Isiah moeten zeggen. Ik had het gewoon moeten loslaten toen hij er niet meer mee wilde doorgaan. Zijn leven is ingewikkeld. Dat wist ik toen ik hem leerde kennen. Luister, ik was dronken en blies stoom af op het feestje. Ik had mijn gevoelens niet in de hand. Dat was een fout,' zei Tangerine.

'Je bedoelt dat je Derek vertelde over je vriendje?' zei Ike.

'Ja. Dat ook,' zei Tangerine.

Ike zag de gelijkenis met haar moeder, maar ze had meer gemeen met de jongen op de foto's.

'Als je het niet tegen ons wil zeggen, zeg het dan tegen de politie,' zei Buddy Lee.

Ike draaide zijn hoofd naar Buddy Lee en keek hem aan. Hij was minstens zo geschokt geweest als Buddy Lee ineens twee hoofden zou hebben gehad.

'Ik wil de mensen vinden die dit hebben gedaan en het kan me niet schelen hoe,' zei Buddy Lee. 'Als je het niet tegen ons wil zeggen, zeg het dan tegen die kutsmerissen.'

'Het spijt me, maar ik kan er niet bij betrokken raken,' zei Tangerine.

'Niet bij betrokken raken?' zei Ike. 'Meer dan dit kun je er niet bij betrokken zijn. Alles draait om jou. Je hebt mijn zoon vermoord en zijn... man, maar je denkt alleen maar aan je eigen hachje.'

'Luister, kereltje, ik weet niet of je het gemerkt hebt, maar de enige die aan mijn hachje denkt ben ik. Zadel mij alsjeblieft niet met jullie problemen op, zeg. Blèren dat jullie zoveel van jullie dode homozoons houden omdat jullie ze als oud vuil behandelden toen ze nog leefden,' zei Tangerine. Ze veegde een haarlok uit haar gezicht.

Ike vloog op van de bank. Met gebalde vuisten. 'Je weet geen moer over mij en mijn zoon.'

'O, is dat zo? Wedden dat je tegen iedereen zegt dat je zoveel van hem hield, maar je hield van delen van hem. Niet van hem helemaal. Niet van alle delen. En nu wil je dat ik mijn leven op het spel zet zodat jij je beter over jezelf kunt voelen. Dat is dus niet mijn taak, schatje,' zei Tangerine.

Ike deed een stap in haar richting.

Ze keek naar hem op en glimlachte. 'Ik ken jou. Ik ken al mijn hele leven mannen zoals jij. Je loopt rond alsof de wereld van jou is, maar je liegt over je zoon en zijn "huisgenoot",' zei Tangerine terwijl ze in de lucht aanhalingstekens plaatste.

Ike voelde zijn handen opengaan. Het raakte hem wat ze zei, omdat het waar was. Alsof ze de afgelopen tien jaar door zijn raam had staan gluren.

'We weten dat we nergens voor deugen,' zei Buddy Lee. 'Dat hoef jij ons niet te vertellen. Dat zeggen we iedere dag al vaak genoeg tegen onszelf. Maar dat betekent niet dat onze zoons in de grond moeten rotten terwijl jouw vriendje vrolijk rondhuppelt op Gods groene aarde omdat jij te schijterig bent om iets te zeggen. Ik weet dat jij weet dat hij naar je op zoek is. Hij heeft wat van die bikehufters opdracht gegeven je te vinden. Hij wil dat ze de bovenste helft van je hoofd eraf knallen. En als wij jou hebben kunnen vinden, hoelang denk je dan dat zij erover zullen doen? Kom met ons mee en zeg tegen de politie wat je weet, zij kunnen je beschermen.'

'Nee, dat kunnen ze niet. Alles wat er nu gebeurt, daar zit hij niet achter. Hij zit gevangen in een situatie waar hij geen controle over heeft. De mensen aan wie hij verantwoording schuldig is zijn degenen die hierachter zitten. Stinkend rijke mensen die graag de baas spelen en die alles en iedereen in hun omgeving naar hun hand willen zetten. Hij is net zo goed een slachtoffer als...'

'Als je Isiah en Derek zegt, heb je echt een heel groot probleem,' zei Ike.

Tangerine likte aan haar lippen. 'Hij zei een keer tegen me dat ze wilden dat hij een leeuw was en dat een leeuw zich niet schuldig voelt als hij een schaap opeet. Ze hebben hem zijn hele leven misbruikt en het kan ze niks schelen dat hij aan de grond zit. Jullie hebben geen idee waar jullie mee te maken hebben,' zei Tangerine. Haar reebruine ogen leken te glimmen.

'Je gelooft die bullshit toch niet echt, hoop ik?' zei Buddy Lee. 'Hij probeert je naar de verdommenis te helpen en als trofee op z'n muur te prikken.'

'Ik zeg je, jullie kennen hem niet. Jullie weten niet wat hij doormaakt. Dit is veel groter dan jullie denken,' zei Tangerine.

'Hij heeft mijn zoon vermoord,' zei Ike. 'Ik weet alles wat ik moet weten, behalve zijn naam.'

'Drank! Ik hoop dat jullie van een cuba libre houden,' zei Lunette. Ze had een dienblad met vier glazen vast. Ze zette het dienblad op de poef en begon de mix van rum en cola uit te delen.

'Dank u, mevrouw,' zei Buddy Lee.

'Zeg maar Lunette, hoor. Maar Sugar mag ook.' Ze knipoogde naar Buddy Lee, die zijn glas in twee slokken leegdronk. Ike hield zijn glas in een ijzeren greep en hield zijn blik strak op Tangerine gericht. Ze nipte aan haar glas. En keek hem verleidelijk knipogend aan.

'Je wil me slaan, hè? Kik je daarop?' vroeg ze.

'Nee, ik denk: had mijn zoon maar niet geprobeerd jou te helpen, maar zo was hij nou eenmaal. Hij wilde anderen altijd helpen. Zelfs als ze geen ene shit om hem gaven,' zei Ike.

'Het wordt er niet leuker op als je mij de schuld probeert te geven, kereltje,' zei Tangerine.

Ike had het idee dat ze hem had willen afsnauwen, maar het kwam er vlak uit. 'Ik probeer jou niet de schuld te geven. Ik geef alleen maar de feiten weer.'

Tangerine opende haar mond om te reageren, maar toen hoorden ze aan de voorkant van het huis een autoportier dichtslaan. Ike stond op. De huid in zijn nek prikkelde alsof een spook hem kietelde. Hij ving de blik op van Buddy Lee.

'Zoveel bezoek heb ik nog nooit gehad sinds je vader is weggegaan,' zei Lunette. Ze liep parmantig naar de deur. De ijsklontjes in haar glas tinkelden als castagnetten.

'Mam, wat ga je doen? Ik heb toch gezegd dat we voorzichtig moeten zijn?' zei Tangerine. Ze vloog overeind en greep Lunette bij haar arm.

'Ik ga kijken wie het is,' zei ze met dikke tong.

Ike vroeg zich af hoeveel rum ze in haar drinken had gedaan. Hij zette zijn glas op de poef. 'Wacht. Laat mij even kijken.' Hij liep naar het raam links van de deurpost. Hij gluurde door het vieze glas en zag een blauw busje staan. Het stond aan de andere kant van de sedan, links van de pick-up. Er waren drie motorfietsen bij. Die stonden tussen het busje en de sedan geparkeerd.

Er liepen zes mannen naar het huis. Allemaal hadden ze hun honkbalpet ver over hun voorhoofd getrokken en een wapen in hun handen.

'Liggen!' riep Ike.

Lunette bevrijdde zich uit Tangerines greep en liep naar Buddy Lee. 'Waar heeft hij het over, knapperd?' vroeg ze met een glimlach terwijl ze haar drinken liet draaien in het glas.

Buiten barstte het vuurwerk los. Een kogelregen veranderde het huis op slag in een hel van rondvliegende glasscherven, houtsplinters en brokken gips. Het lichaam van Lunette kwam sidderend van de grond toen haar borst en buik door kogels werden doorboord. Haar bloemetjesjurk werd doordrenkt met bloed, de madeliefjes werden rozen. Tangerine sprong naar haar moeder, maar het lukte Buddy Lee om haar te pakken en naar de grond te trekken. Ike lag op zijn buik en begon te tijgeren. Lunette sloeg dubbel en zakte in elkaar. Haar glas gleed uit haar hand en rolde weg over de schuine houten vloer.

Op de veranda klonken zware voetstappen op het moment dat Ike bij de eettafel kwam. De voordeur zwaaide open na een harde trap. Ike strekte zijn arm naar het tafelblad en pakte de kolf van de shotgun. Hij laadde het wapen met een pompactie en richtte op de man in de deuropening.

Cheddar bleef staan. Hij had niet verwacht dat hij in de loop van een hagelgeweer zou staren.

Ike richtte min of meer op zijn hoofd en haalde de trekker over. Cheddars gezicht verdween voor de helft in een rode nevel van vlees, bot en stukjes hersenen. Zijn honkbalpet vloog van zijn hoofd, of wat daar nog van over was, en dwarrelde naar de grond terwijl hij zelf op de drempel, half binnen en half buiten, in elkaar zakte. Ike pompte nog een keer, de huls werd uitgeworpen en er werd een nieuwe patroon in de kamer geduwd. De tweede man op de veranda sprong opzij toen Ike op zijn borst richtte. Ike haalde de trekker over en de shotgun donderde terwijl de derde man terug naar het busje holde. Het hagelschot raakte Gremlin op de plek waar zijn been overging in zijn buik en blies hem van de veranda. Toen hij de grond raakte rolden zijn dikke en dunne darm als een lint van wijnkleurige karamelpasta uit zijn buik.

Ike maakte nog een keer de pompbeweging. De huls werd uitgeworpen, maar er kwam geen nieuwe patroon voor in de plaats.

'Buddy, schiet!' riep Ike.

Buddy Lee stak zijn hoofd boven de rugleuning van de bank waar hij met Tangerine onder zich achter lag. Hij trok het pistool uit zijn broekband en richtte op de vier mannen die bukkend naar het huis liepen. Hij was een waardeloze schutter. Hij dacht dat hij er eentje in zijn arm had geraakt, de andere drie zochten snel dekking.

Ike rende naar de dode man in de deuropening en pakte zijn wapen. Het was een machinepistool. Een MAC-10 of een uzi, hij wist het niet zeker. Hij richtte het wapen op het busje en de sedan en opende het vuur.

'Fuck, fuck, fuck!' schreeuwde Grayson terwijl de kogels met metalige tikken de sedan doorboorden. Stukjes metaal en glasvezel spatten in zijn gezicht en ogen. Hij schreeuwde nog een keer, maar nu was het een woordloos loeien van pure woede. Hij draaide zijn machinepistool om de voorbumper van de auto en vuurde blindelings op het huis.

Dome kwam naast Grayson zitten. 'Mijn wapen blokkeerde!' loeide hij.

Grayson negeerde hem.

'O god. O god, mijn darmen. Jezus, mijn darmen!' kermde Gremlin.

Ike zocht dekking naast de deur toen de derde man een daverend salvo loste. Ike beantwoordde het vuur tot hij de droge klik van een leeg magazijn hoorde. Als in een reflex ging zijn hand naar de zakken van de dode man en zocht naar een nieuw magazijn. Hij had al jaren geen wapen vastgehouden, maar zijn handen waren het blijkbaar niet verleerd. In een vloeiende beweging klikte hij het lege magazijn los en verving het door een nieuwe. Hij gaf een kort salvo, juist toen Grayson zijn hoofd om de voorbumper van de sedan stak.

'Tyfus tering!' schreeuwde Grayson. Hij stond op en boog zich over de motorkop van de sedan. Hij zwaaide de loop van zijn wapen van links naar rechts langs de veranda en legde een vuurlijn neer die als een duivelsklauw naar het huis graaide. De uitgeworpen hulzen dansten over de motorkap en rolden op de grond.

Ike dook naar het raam, stond op en schoot door het gebroken onderste raam. Grayson verdween achter de sedan. Ike bleef schieten op de sedan, het busje en de motorfietsen tot hij de motor van Buddy Lee's pick-up hoorde starten en brullen als een tornado.

Grayson verving zijn magazijn, verplaatste zich naar de achterkant van het busje en opende weer het vuur op het huis. Hij hoorde niet dat de pick-up startte, maar zag de auto wel achteruit rijden en om zijn as draaien, zodat de achterkant naar hem toe gericht was. Hij richtte op de pick-up en schoot. De achterruit knalde uit elkaar, maar toen moest hij dekking zoeken omdat hij vanuit het huis een kogelregen over zich heen kreeg.

Een van zijn andere makkers, Cage, kroop met een hand op zijn dijbeen naar hem toe. Het laatste lid van hun aanvalsteam, Kelso, zag hij nergens. Hij had zich met Gremlin en Cheddar achter hun bikes verscholen. Dome, Cage en Kelso zaten achter het busje. Hij had gedacht dat zes gewapende Rare Breeds genoeg moesten zijn voor een nikker, een boerenkinkel en een slet.

Hij had het verkeerd ingeschat en was daar flink ziek van.

Buddy Lee trok Tangerine naar beneden terwijl hij plankgas gaf. Scherven regenden neer op zijn nek en zijn rug.

'Shit, godverdomme!' zei Buddy Lee terwijl hij met de pick-up een wijde bocht maakte en vervolgens achteruit schuin naar het huis reed. Hij hoorde iemand gillen als een paard dat gecastreerd werd toen hij over de benen van de man op het erf reed en die onder het gewicht van zijn Chevy verbrijzelde.

Ike kwam schietend met het machinepistool het huis uit gerend en sprong in de achterbak van de pick-up. Buddy Lee gaf gas terwijl Ike op de twee mannen schoot die zich achter het blauwe busje verscholen. Buddy Lee ramde de sedan, die daardoor tegen de eerste twee motorfietsen knalde. De tweede motor schoot door en smeet de derde om. Buddy Lee trapte het gas vol in, draaide naar links en reed de zandweg af.

Ike vuurde nog een laatste salvo af en besproeide de achterkant van het busje met kogels. Het glas in de achterdeur knalde uit elkaar, net als de linkerachterband.

Grayson en Dome waren achter het busje met de als een kanonskogel voorbijschietende pick-up meegelopen en ten slotte als twee schildpadden bij de voorbumper neergehurkt.

Grayson sprong net op tijd op om de pick-up linksaf naar de snelweg te zien gaan. Hij veegde met de achterkant van zijn hand in zijn ogen. In de haren op zijn onderarm zaten zweet, bloed en metaalscherfjes. In zijn oren galmde een hoge, metalige piep. Dome stond op en ging naast Grayson staan. Kelso kroop onder de sedan vandaan.

Grayson haalde zijn blik van de zandweg en keek om zich heen. Drie van zijn makkers waren geraakt. Cheddar was dood. Gremlin op sterven na. Het bloed van Cage stroomde over de rode aarde op het erf.

'Dome, ik ben in mijn been geraakt, Dome,' zei Gage met schorre stem. 'Ik bloed als een rund. God, wat doet het pijn. Ik bloed als een rund, Dome.'

'Mijn darmen, man. Ik zie gewoon mijn darmen,' zei Gremlin. Zijn woorden waren zo licht dat de wind ze bijna van zijn lippen pakte en wegvoerde. Dome en Grayson liepen naar hun dodelijk gewonde makker. Het onderste deel van zijn ingewanden was grotendeels weggevaagd of glibberde als een vette aal door zijn handen. Hij lag in een poel bloed en stront die groot genoeg was om erin te liggen weken als in een hottub.

Zijn benen leken op soepstengels van een blinde bakker. Als Gremlin het haalde, wat te oordelen naar al het bloed waarin hij momenteel zwom zeer onwaarschijnlijk was, zou hij waarschijnlijk de rest van zijn leven zo'n poepzakje moeten gebruiken. Hij zou nooit meer motor kunnen rijden. Grayson wist dat hij zo'n leven niet zou willen.

'We kunnen hem niet zo achterlaten,' zei Grayson. Hij richtte zijn loop op Gremlins gezicht. Dome draaide zijn hoofd naar de ondergaande zon. De schrille toon van een koor van krekels vulde de lucht.

'Zie je aan de andere kant, makker,' zei Grayson.

Hij schoot een kort salvo in Gremlins gezicht. Het klonk alsof iemand duizend spijkers op een ijzeren bureau liet vallen. Grayson legde het machinepistool naast Gremlin op de grond. Hij liep naar de vernielde motoren. Hij probeerde zijn motor op te pakken, maar het hoge stuur was helemaal verbogen. De brandstoftank lekte. In een van de nokkendeksels zat een flinke deuk. Over het leren zadel liep kriskras een grote scheur. Het voorwiel was ingezakt en leek op een hoofdletter 'D' van een kind dat leert schrijven.

Grayson legde de motor terug. 'Goed dan.' Zijn buikgevoel zei hem dat Andy dood was. Het idee dat twee ouwe zakken die eigenlijk op een luie bank halve liters naar binnen zouden moeten werken een prospect te slim af waren geweest was vergezocht maar niet onmogelijk. Terwijl hij zijn blik over het bloedbad liet gaan, drong het tot hem door dat hij twee fouten had gemaakt.

Hij had deze mannen onderschat. Die fout kwam helemaal op zijn conto. Hij zou het niet vergeten en het zichzelf nooit kunnen vergeven. En hij had te lang toegekeken. Maar dat kwam door die rijke stinkerd, die de kastanjes altijd door anderen uit het vuur liet halen. Oké, hij had hen betaald, maar dat deed er al niet meer toe. Dit was allang geen zakelijke aangelegenheid meer. En nu was het ook geen persoonlijke kwestie meer. Het was een erekwestie geworden. Als hij deze twee niet aankon, verdiende hij het niet om president te zijn. Dan verdiende hij verdomme die patch niet eens. Hij kon hem net zo goed bij het vuil gooien.

Dit was gestoord. Alles.

Cheddar dood.

Gremlin dood.

Cage die waarschijnlijk zou doodbloeden.

Om nog maar te zwijgen over wat er in de zaak van die zwarte vent was gebeurd. Grayson wreef over zijn gezicht.

Zijn hand bleef hangen bij het litteken dat zijn wang in tweeën deelde. Hij zou zijn terughoudendheid laten varen. Geen halve maatregelen meer. Het was genoeg geweest.

'Dome, zit er een reservewiel in dat busje?' vroeg Grayson.

'Ik denk het wel. Hij is van mijn vrouw, ik rij er niet zo vaak in,' zei Dome.

'Wat gaan we met de bikes doen? We kunnen ze toch niet hier laten liggen?' zei Kelso.

Grayson trok zijn mes en liep de motorfietsen langs. Bij elke motor schroefde hij met de punt van zijn mes de kentekenplaat los. Hij stopte alle drie de platen in zijn zak. De politie zou de chassisnummers kunnen controleren, maar ze konden de bikes als gestolen opgeven.

'Jullie twee pakken de clubvesten van Cheddar en Gremlin. En daarna wisselen jullie de band. Leg Cage in het busje, zodat we straks meteen weg kunnen. We zitten midden in de rimboe, maar wie weet heeft een of andere nieuwsgierige buurman de popo's gebeld. Wanneer we terug zijn in het clubhuis roep ik een krijgsbende bijeen. We gaan van de voordeur van die klootzak een hellepoort maken,' zei Grayson.

Dome en Kelso stonden zenuwachtig te draaien en wierpen elkaar bezorgde blikken toe.

Grayson liep naar het lichaam van Gremlin en pakte zijn wapen. De blik waarmee hij Dome en Kelso aankeek was zo intens en dreigend dat hij er zelf hoofdpijn van kreeg.

'Heb ik soms een spraakgebrek?' vroeg Grayson.

33

'Stop!' schreeuwde Ike vanuit de laadbak van de pick-up. Buddy Lee leek hem niet te horen. De auto vloog slingerend en schuddend over de eenbaansasfaltweg. Ike zag dat de wijzer van de snelheidsmeter voorbij de honderdveertig stond.

'Buddy Lee, stop! Dan kan ik instappen!' riep Ike zo hard als hij kon. Hij zag de waterige blauwe ogen van Buddy Lee in de achteruitkijkspiegel. De motor gierde al niet zo hard meer en Buddy Lee stuurde de auto naar de kant. Toen de pick-up stilstond sprong Ike eraf en stapte voor in, naast Tangerine. Hij had de deur nog maar nauwelijks dichtgedaan of Buddy Lee trapte het gaspedaal al weer in, de steentjes schoten vanonder de slippende banden weg.

Ike voelde dat het onder op zijn rug warm en nat werd. Hij boog zich naar voren en op hetzelfde moment viel Tangerine tegen hem aan. Hij pakte haar bij haar smalle schouders en zette haar rechtop.

'Fuck,' fluisterde Ike.

Tangerines hele rechterkant baadde in het bloed. Uit een kogelgat zo groot als een stuiver in de kromming van haar elleboog stroomde verontrustend veel bloed.

'Wat? Worden we achtervolgd?' zei Buddy Lee. Zijn blik ging naar de binnenspiegel en de buitenspiegels.

Ike trok zijn T-shirt uit en deed zijn broekriem af. Hij wikkelde het shirt om Tangerines arm en klemde het stevig vast met zijn riem. Vanaf de plek waar Tangerine zat had zich een grote vochtplek over de achterbank verspreid.

'Ze is geraakt,' zei Ike.

'Wat? Godverdegodver. Is ze dood?' vroeg Buddy Lee.

Ike legde zijn vinger in haar hals. De slagader klopte even snel als de fladderende vleugels van een hommel.

'Ze is niet dood, maar misschien wel in shock,' zei Ike. Hij viste zijn mobiel uit zijn zak. Hij tikte op Mya's naam. Zijn vingers lieten vieze afdrukken achter op het scherm. 'Wat is je adres?' vroeg hij terwijl de telefoon overging.

'Hoezo?' zei Buddy Lee.

'Er moet iemand naar haar kijken en we kunnen niet naar mijn huis. Ze weten niet waar jij woont. Wat is je adres?' zei Ike.

'O, 2354 East End Road,' zei Buddy Lee.

Toen de telefoon voor de vierde keer overging, nam Mya op. 'Ike?'

'Kom naar 2354 East End Road. Neem de eerstehulpkit mee. We zijn er over een halfuur,' zei Ike.

'Ben je gewond?' zei Mya.

Ike huiverde. Er was iets kapotgegaan in haar wat net begon te genezen. Bij haar vraag hoorde hij de wond weer openspringen. 'Ik niet. Buddy Lee ook niet. Maar je moet ons helpen,' zei hij.

'Goed,' zei ze. Ze hing op voor hij nog iets kon zeggen.

'Moet ze niet naar het ziekenhuis?' vroeg Buddy Lee.

'Daar moeten ze elke schotwond doorgeven aan de politie. Er liggen daar drie levenloze lichamen. Hoe ga je dat de politie uitleggen?' vroeg Ike.

'Maar als ze doodgaat, Ike? Ze is de enige die weet wie die klootzak is.'

'Buddy, we kunnen allebei gepakt worden voor deze teringzooi.'

Buddy Lee beet op de hoek van zijn onderlip. 'Maar als ze het tegen de politie zegt...'

'Heb je niet gehoord wat ze zei? Deze vent heeft connecties. Misschien heeft hij de politie wel in zijn zak zitten,' zei Ike.

'Nooit helemaal,' zei Buddy Lee. Hij nam met negentig een scherpe bocht en versnelde toen weer tot honderdtwintig. Een kerm ontsnapte aan de lippen van Tangerine. Ike liet haar hoofd een beetje achteroverhangen zodat ze in ieder geval goed kon ademhalen.

'We kunnen niet win… Het kan niet,' fluisterde Tangerine.

'Niet wegzakken, meisje!' riep Ike. Hij sloeg een arm om haar heen en liet haar tegen zijn blote borst liggen. 'Buddy Lee, luister goed. Als we naar een ziekenhuis gaan, krijgen we een hele hoop vragen op ons bordje.'

'Je hebt gezegd dat je er alles voor overhad om de mensen te vinden die de jongens hebben vermoord. Meende je dat? Ik namelijk wel. Als ik weer naar de bak moet om die schoft te kunnen pakken, trek ik met alle liefde weer een oranje overall en een paar slippers aan. En jij?' vroeg Buddy Lee.

Ike kneep zijn ogen zo hard dicht dat hij dacht dat zijn oogleden van zijn gezicht zouden vallen. 'Ze zei dat hij en zijn mensen rijk waren, toch? Dat betekent dat hij net zo behandeld wordt als alle rijkelui. Dan zitten wij dus vast, onze jongens zijn nog steeds dood en hij huurt een dure advocaat in die alles in de doofpot laat verdwijnen. En dan laat hij Tangerine alsnog vermoorden, gewoon voor de lol. Buddy Lee, we kunnen dit karwei niet afmaken als we minimaal vijfentwintig jaar krijgen.'

Buddy Lee haalde zijn ogen van de weg en keek Ike kort aan. 'Hebben wij de dood van haar moeder op ons geweten, Ike? Hoe hebben die bikers ons gevonden? Zijn ze ons gevolgd? Zo ja, dan hebben ze dat heel handig aangepakt. Het is nogal lastig iemand te besluipen als je op een Harley zit.'

Tangerine mompelde weer iets. 'Nee… win… kan niet…'

Ike streek haar haar glad. Haar huid voelde klam.

'De enige die wist waar we naartoe gingen was Slice,' zei Ike. Dit behoefde geen nadere uitleg.

Buddy Lee sloeg met zijn vlakke hand op het stuur. 'Die gore hufter! Maar waarom? Zei je niet dat je had afgerekend met de jongen die zijn broer vermoordde? Waarom zou hij jou op die manier verraden?'

'Ik weet het niet. Dat met Luther zou ermee te maken kunnen hebben. Diep vanbinnen is hij kwaad op zichzelf omdat hij het niet heeft geregeld en kwaad op mij omdat ik dat wel heb gedaan. Maar dat verklaart nog niet hoe hij en de Rare Breed elkaar kennen. Ik dacht niet dat ze in hetzelfde kringetje zaten, maar Slice heeft zijn vingers in heel wat bordjes pap zitten, denk ik. Maar daar moeten we het op een ander moment nog maar eens over hebben,' zei Ike. Tangerine mompelde iets, maar zo zacht dat Ike het niet kon verstaan.

'We zitten tot over onze oren in de stront, of niet soms, Ike,' zei Buddy Lee. Het was geen vraag.

Ike streek Tangerines haar weer glad. 'Het maakt niet uit. We moeten het afmaken.'

Ze reden zo hard op de woonwagen af dat Buddy Lee vol op de rem moest gaan staan. De pick-up slipte en kwam op ruim tien centimeter van Mya's auto, die een halve meter voor de voordeur van de woonwagen stond, tot stilstand. Ike rende al met Tangerine in zijn armen naar het huis toen Buddy Lee nog niet eens de motor had uitgeschakeld. Mya sprong uit haar auto met een luiertas over haar schouder en Arianna in haar armen. Buddy Lee zette de motor uit en klauterde met de sleutels in zijn hand de auto uit.

'Doe jij de deur open voor Ike, dan neem ik die kleine,' zei Buddy Lee. Mya ruilde Arianna tegen de sleutels en liep naar zijn deur. Terwijl Buddy Lee met Arianna terugliep naar zijn auto, hoorde hij iets druppen. Terwijl hij Arianna vasthield zakte hij door zijn knieën. Ze giechelde toen hij kreunde. Er liep een dun straaltje olie uit het onderstel.

Ik weet dat ik je ruw heb behandeld, meisje. Nog even volhouden, dacht Buddy Lee. Hij ging weer rechtop staan en liep naar de achterkant van zijn auto. Met één hand opende hij de laadklep. Hij ging zitten en zette Arianna op zijn schoot. Ze graaide naar de stoppels op zijn kin.

'Ik moet me nodig scheren, hè? Opa lijkt wel een weerwolf,' zei Buddy Lee. 'Waarom blijven we hier niet even zitten? Wil je een liedje zingen? Ken je "I Saw the Light"? Dat zong die ouwe Hank Williams altijd. Mijn moeder was dol op dat nummer. Ze zong het om ons af te leiden toen we geen licht hadden en mijn vader ervandoor was gegaan met het geld voor de elektriciteitsrekening. Ik kan jou dit vertellen omdat je het toch niet gaat onthouden. Wat zeg ik, misschien heb je later helemaal geen herinnering meer aan mij,' zei hij.

'Breng haar naar de keuken,' zei Mya. Ike maakte een draai naar links en droeg Tangerine de kleine keuken van Buddy Lee in. Het was meer een kitchenette. Buddy Lee had een oude gele tafel met chromen poten en een formicablad. Ike veegde de paar borden met Tangerines voeten van de tafel en legde haar lichaam languit op het blad. Mya pakte de luiertas uit. Ike zag een fles alcohol, verband, hechtdraad en rubberen handschoenen.

'Ga jij maar naar buiten. Ik wil dit zo steriel mogelijk houden.'

'Weet je het zeker?' zei Ike.

'Isaac, je gaat alleen maar in de weg lopen,' zei ze. Als ze zijn doopnaam gebruikte wilde Mya zeggen dat hij eigenlijk geen keus had.

Ike ging naar buiten en deed de deur achter zich dicht. Hij zag Buddy Lee en Arianna op de laadklep een liedje zingen. Het meisje giechelde, en Buddy Lee trok gekke gezichten terwijl hij een liedje zong dat Ike niet herkende. Het klonk in de verte als een kerklied. Buddy had een krachtige, melodieuze stem die hij op de juiste momenten liet aanzwellen of afzwakken. Ike was zelf zo muzikaal als een grasmaaier.

Ike wilde hen niet storen en ging op het trappetje van B2-blokken zitten. Niet veel later pakte Buddy Lee de kleine meid op en kwam naast hem zitten. Hij zette Arianna op de grond. Ze pakte meteen een steen en gooide die in de lucht.

'Ze doet me aan Derek denken. Hij kon zich de hele dag vermaken met een simpel stokje,' zei Buddy Lee.

Ike sloeg zijn armen om zichzelf heen en kneep in zijn schouders. De schemering was in aantocht en het begon al frisser te worden. 'Isiah verzon verhaaltjes over elfjes die in een boom in de achtertuin woonden. Met alles erop en eraan, oorlogen en huwelijken en zo,' zei hij.

'Denk je dat ze het gaat halen? Tangerine, bedoel ik,' zei Buddy Lee.

'Ze haalt het wel. Maar de vraag is: gaat ze zeggen wie die vent is?' zei Ike. Arianna plofte neer op haar billen en sloeg twee stenen tegen elkaar.

'Ze heeft zichzelf echt wijsgemaakt dat hij van haar houdt. Alsof ze kan geloven dat hij hier iets mee te maken heeft,' zei Buddy Lee.

'Liefde maakt blind. Ik heb meegemaakt dat jongens die ter dood waren veroordeeld door vrouwen van buiten werden uitgenodigd voor een bezoek zonder toezicht,' zei Ike.

'Ja, maar die vrouwen zijn niet goed bij hun hoofd,' zei Buddy Lee.

'Liefde is een soort gekte,' zei Ike.

Buddy Lee wriemelde met de punt van zijn schoen in de steentjes. Hij kon even geen gevatte opmerking verzinnen.

'Buddy Lee Jenkins, wie laat jou verdorie op hun kind passen?' vroeg Margo. Buddy Lee en Ike stonden op terwijl Margo om de pick-up van Buddy Lee heen liep.

'Ten eerste: ik ben een uitstekende oppas. Ten tweede: dit is niet zomaar een kind, dit is mijn kleindochter Arianna,' zei Buddy Lee. Hij pakte Arianna op.

'Als je zo'n goede oppas bent, waarom laat je haar dan op de grond zitten? Jezus Christus,' zei Margo.

'Kleintje, zeg eens dag tegen die gemene mevrouw,' zei Buddy Lee.

Margo gaf hem een klap op zijn arm. 'Let maar niet op hem, snoesje. Je bent het mooiste meisje dat ik ooit heb gezien,' zei Margo. Ze woelde door Arianna's haar. 'En wie is dit heerlijke ding met een T-shirtfobie?' zei Margo. Ike vouwde instinctief zijn armen voor zijn borst. Margo gaf hem grijnzend een knipoog.

'Ik ben Ike. Ik ben... eh... ook de opa van Arianna,' zei hij.

Margo knikte. 'Nou, aangenaam kennis te maken, Ike. Als ik je een advies mag geven: het is beter als Buddy Lee jouw kleindochter niet op de grond laat zitten. Mijn zoon heeft op die manier trichinose gekregen. Goed, ik ga naar de bingo. Houden jullie dit mooie meisje maar goed in de gaten. Als ze nog hier is als ik terugkom, pik ik haar misschien wel in,' zei Margo.

'Oké, veel plezier,' zei Buddy Lee.

'Ik zou het leuk vinden als je meegaat, maar ik ben bang dat je wordt uitgekleed, net als je vriend hier,' zei Margo. Ze verdween om de hoek van de woonwagen. Een ogenblik later hoorden ze haar Volkswagen Kever starten en zagen ze haar wegrijden. Ike vond dat het geluid van de Kever op dat van een buitenboordmotor leek.

'Jullie zijn bevriend?' zei Ike. Hij trok zijn rechterwenkbrauw op.

'Ze is mijn buurvrouw. Een goed mens. En niet zo overgevoelig,' zei Buddy Lee.

'Ze vindt je leuk.'

'Wat? Nee. We zijn gewoon buren.'

'Je denkt maar wat je wil, maar als je was ingegaan op haar aanbod had je nu geheid "BINGO!" geroepen, als je begrijpt wat ik bedoel,' zei Ike.

'Je kunt ook gewoon als vrienden naar de bingo gaan,' zei Buddy Lee. Ike zag dat zijn oren licht rood kleurden.

'Vond je die mevrouw leuk, kleintje? Ik ben een beetje bang voor haar,' zei Buddy Lee. Hij maakte zijn ogen groot en zijn wangen bol. Arianna stootte een gilletje uit.

Ike liet zijn hoofd zakken en keek zwijgend naar de spleten in de B2-blokken tussen zijn benen.

Dat heb je dus gemist. Dat heb je gemist met haar papa, fluisterde een stemmetje in zijn hoofd. Het ergste was dat hij wist waarom hij haar op afstand hield. Voor het eerst sinds ze bij hen was komen wonen, schaamde hij zich ervoor. *Hoeveel kansen krijgt een man om de goede beslissing te nemen voordat het noodlot bepaalt dat hij door zijn kansen heen is?* vroeg Ike zich af.

Mya stak haar hoofd naar buiten. 'We moeten praten,' zei ze.

Ike en Buddy Lee en Arianna gingen naar binnen.

'Ze haalt het,' zei Mya. Ze stond naast de tafel van Buddy Lee.

Tangerine lag op haar zij met haar rug naar hen toe. 'Ze heeft veel bloed verloren, maar die kogel is dwars door haar arm gegaan. Zonder röntgenfoto kan ik het niet met zekerheid zeggen, maar zo te zien zijn er geen botten verbrijzeld. Er zijn misschien wel zenuwen beschadigd. Ze was niet in shock. Ze was gewoon buiten bewustzijn geraakt. Ze moet ergens tot rust kunnen komen, en iemand zal dat verband moeten vernieuwen en de wond moeten schoonmaken. Goed, misschien willen jullie me nu vertellen wie ze is en hoe ze aan dat gat in haar arm komt?' vroeg Mya.

'Ze is het meisje dat Isiah en Derek probeerden te helpen,' zei Ike. 'We denken dat haar vriendje te maken had met de shit die onze jongens fataal werd. We wilden proberen haar over te halen om naar de politie te gaan.' *Of om ons te zeggen wie haar vriendje was zodat we hem een kopje kleiner kunnen maken*, dacht hij.

Buddy Lee gaf een vervolg aan de uitleg van Ike. 'Een paar jongens ontdekten ons en beschoten haar huis. Ze hebben haar moeder doodgeschoten. Volgens ons zijn het dezelfde klootzakken die de jongens hebben vermoord,' zei hij.

Mya bracht haar handen naar haar mond en deed haar ogen dicht. 'Heeft ze jullie iets verteld?' mompelde ze vanachter haar samengevouwen handen. Ike schudde zijn hoofd. Mya haalde haar handen van haar gezicht. 'Dat arme kind. We moeten haar naar een veilige plek brengen waar ze kan herstellen.'

'Ik denk dat ik wel iemand weet,' zei Ike.

'Is het... een bondgenoot?' vroeg Mya.

'Een wat?' zei Ike.

'Een bondgenoot. Isiah zei een keer tegen me dat...' Ze viel stil. 'Isiah zei een keer tegen me dat je iemand zo noemde als die lgbtq-vriendelijk was,' zei Mya.

'Laat me raden, ze is stiekem lesbisch?' zei Buddy Lee.

Mya keek over haar schouder naar het uitgestrekte lichaam van Tangerine. 'Verkeerde letter,' fluisterde ze.

Ike fronste. 'Waar heb je het over, soesje?' Hij had dat koosnaampje al zo lang niet gebruikt dat het hem zelf verraste. Aan de manier te zien waarop Mya's wenkbrauwen verbogen verraste het haar ook. Ze veegde haar handen af aan haar broek.

'Jullie vriendin is transgender. Ze moet hoe dan ook terechtkomen bij een bondgenoot. Je moet haar niet naar mensen brengen die haar op straat zetten wanneer ze erachter komen,' zei Mya.

Ike ging op de armleuning van de bank zitten. Buddy Lee zette Arianna op de grond. Ze rende naar Mya en sloeg haar armen om het been van haar oma.

'Wacht, dus zij is een hij?' vroeg Buddy Lee zacht.

'Nee. Zij is een zij die geen geslachtsoperatie heeft gehad,' zei Mya.

Buddy Lee ging naast Ike op de bank zitten en liet zijn hoofd zakken. Hij streek met zijn handen door zijn haar. 'En ik dacht dat het vandaag niet gekker kon worden,' zei hij.

'Je noemde haar een zij. Maar ze heeft nog een...' zei Ike. Hij liet het laatste woord van de zin als een stilte in de lucht hangen.

'Ze presenteert zichzelf als een vrouw. Ze lijkt te leven als een vrouw. Dus ze is een vrouw,' zei Mya.

'Leer je dat allemaal in het ziekenhuis?' vroeg Buddy Lee.

'Sommige dingen wel, ja. Maar het is vooral respectvol omgaan met anderen en iedereen accepteren zoals hij of zij is,' zei Mya. De manier waarop Mya hem aankeek gaf hem het gevoel dat ze met een grondboor een gat in zijn hoofd maakte. Niemand zei iets. Mya pakte Arianna op, die meteen haar hoofd op oma's schouder legde.

'Zij mooi,' zei Arianna.

'Hm?' zei Mya.

'Zij mooi,' zei Arianna. Mya draaide zich om en zag dat Tangerine een min of meer zwaaiende beweging met haar arm maakte. Arianna zwaaide terug.

'Volgens mij moeten we teruggaan naar mijn zus,' zei Mya.

'Nee. Nog niet,' zei Ike.

'Hoezo "nog niet"? Jij zei zelf dat we weg moesten,' zei Mya.

'Ja, ik weet het. Maar ik wil eigenlijk niet dat je alleen de weg op gaat. Ik breng Tangerine naar een plek waar ze veilig is. Jij kan hier wachten tot ik terug ben. Ik breng je naar je zus en Buddy Lee kan achter ons aan rijden,' zei Ike.

'Waar breng je haar naartoe?' zei Buddy Lee.

'Dat hoef jij niet te weten. Als je het niet weet, kun je het ook niet zeggen,' zei Ike.

'Ik zeg het heus niet, Ike,' zei Buddy Lee. Hij klonk beledigd.

'Ik weet het, maar als die jongens je te pakken krijgen, zullen ze het uit je proberen te krijgen. Op deze manier gaat dat nooit lukken,' zei Ike.

Buddy Lee bracht zijn hand naar zijn kin, krabde even en liet hem toen weer zakken. 'Daarom wil haar vriend haar zo graag naar de andere wereld helpen,' zei hij.

'Het is niet alleen dat hij een vriendinnetje heeft dat te veel weet. Het gaat ook om wie ze is,' zei Ike.

'Je denkt dat Tariq het ook weet? Daarom stuurt hij die gozers op ons af?' zei Buddy Lee.

'Lijkt me logisch. Een hardcore hiphopproducent wil niet dat de hele wereld weet dat hij bi is,' zei Ike.

'Ik ben niet gay,' klonk het zwak vanuit de keuken.

Ike en Buddy wisselden een blik waarmee ze elkaar ondertussen veel duidelijk konden maken. Ike stond op en liep naar de keuken. Tangerine zat op de rand van de tafel. Mya had van een van Buddy Lee's lakens een mitella voor haar gemaakt. Haar haar zat op haar gezicht geplakt. Ze had een strandhanddoek waarop in zijdezeefdruk ATLANTIC CITY stond als een toga om zich heen gewikkeld.

'Je bent niet gay?' zei Buddy Lee.

'Dat zeg ik, sukkeltje,' zei Tangerine.

'Ik snap er helemaal niks meer van,' zei Buddy Lee. Hij liet zich tegen de rugleuning van de bank vallen.

Ike liep naar Tangerine. 'We moeten je naar een veilige plek brengen,' zei hij.

'Ik wás op een veilige plek. Ik was veilig en mijn moeder leefde gewoon,' zei ze.

'Ze hadden je uiteindelijk wel gevonden,' zei Ike.

'Hoe kun je dat in godsnaam nou weten?' zei Tangerine.

'Omdat dat vriendje van jou, wie het ook wezen mag, niet wil dat iemand ontdekt dat hij iets had met iemand die...' Ike maakte zijn zin niet af. Hij koos nog steeds de verkeerde woorden. Zei nog steeds foute dingen.

'Zeg het maar. Ik krijg het zo vaak te horen. Iemand zoals ik. Zelfs mijn moeder noemde me een freak. Ze wilde me geen Tangerine noemen. Ze zei altijd dat ze me naar mijn vader had vernoemd. Ik moest er trots op zijn dat ik zijn naam had, maar nu is ze dood en kan ze me nooit meer bij mijn echte naam noemen,' zei Tangerine. Ze begon te huilen. Met tergende uithalen die Ike in zijn borst voelde steken. Hij ging naar haar toe en voor hij het wist probeerde hij zijn arm om haar heen te slaan. Ze duwde hem weg. Ike deed een stap naar achteren en hield zijn armen ongemakkelijk gespreid.

'Zeg hoe hij heet, meissie,' zei Buddy Lee. 'Laat ons er een eind aan maken.'

'Het wil verdomme maar niet tot jullie doordringen. We hielden van elkaar. Hij heeft er geen controle over. Ik zeg niet dat hij er niets mee te maken heeft, maar hij is niet degene die aan het roer staat,' zei Tangerine. De tranen die over haar gezicht rolden deden haar wangen glinsteren.

'Zeg het maar gewoon,' zei Buddy Lee zo vriendelijk als hij kon.

'Hij heeft onze zoons vermoord,' zei Ike. 'Hij heeft opdracht gegeven jou te vermoorden. Ze hebben je je moeder afgenomen. Wie is het, Tangerine?' Hij legde zijn hand op haar schouder, maar in gedachten maakte hij contact met Isiah. Ze was zijn zoon niet. Maar voor zijn gevoel kon hij via haar een heel klein beetje van de pijn en ellende en oneerlijkheid voelen die hij zelf nooit zou kunnen ervaren, die mensen die leefden onder een paraplu van een reeks letters door en door kenden. Hoe vaak had Isiah gehuild zoals Tangerine nu huilde?

Hoe vaak had hij gehuild voor hij de kracht vond om het leven te leiden zoals zijn leven bedoeld was? Als een man die zoveel meer was dan met wie hij het bed deelde? Die een vader had die weigerde meer in hem te zien dan een zoon die hem teleurstelde?

'Je houdt nog steeds van hem, hè?' vroeg Ike.

Tangerine gaf geen antwoord op zijn vraag. 'Ik wil gewoon dat het ophoudt,' zei ze.

'Dat gaat niet vanzelf, meissie,' zei Buddy Lee, maar Ike stak zijn hand op.

'We regelen wat kleren voor je. En dan brengen we je naar een plek waar je veilig bent. Oké?' zei Ike.

Hij liet haar los en gebaarde met zijn hoofd naar Buddy Lee en Mya dat ze met hem mee moesten gaan. Ze liepen alle drie naar buiten.

'Heb je wat T-shirts en broeken voor haar en mij?' vroeg Ike.

Buddy Lee knikte. 'Voor jou weet ik niet, maar mijn T-shirts zullen haar wel passen. Mijn spijkerbroeken ook. Jij ziet er in een T-shirt van mij waarschijnlijk uit alsof je de kleren van je kleine broertje aanhebt,' zei hij.

'Ik heb nog twee van mijn T-shirts op de achterbank liggen,' zei Mya.

'Dat is mooi, soesje,' zei Ike.

'Ze moet zeggen wie het is, Ike. Liefst vandaag nog,' zei Buddy Lee met gedempte stem.

'Haar moeder is voor haar neus doodgeschoten. Een vent van wie ze houdt probeert haar te vermoorden. Ze kan ons nu niets zeggen. Laten we haar eerst maar eens naar een veilige plek brengen. Geef haar de tijd,' zei Ike.

'We hebben die naam nodig, Ike,' zei Buddy Lee.

'En zij moet onder ogen durven zien dat de man op wie ze verliefd was haar moeder om zeep heeft geholpen,' zei Ike.

'Goed dan, breng jij haar naar een kippenhok dat de vossen niet kunnen vinden. Ik blijf hier bij Mya en die kleine. Maar de klok tikt. Dat hoef ik je niet te zeggen,' zei Buddy Lee.

'Die lui die haar moeder hebben vermoord, zijn dat dezelfde mensen die mij toen achtervolgden?' vroeg Mya.

Ike zuchtte. 'Ja.'

'Als je dat vriendje vindt, ga je hem dan vermoorden?' vroeg Mya. Buddy Lee liep weg en keek nog een keer onder zijn auto.

'Ja,' zei Ike.

Mya schommelde zachtjes heen en weer terwijl Arianna met haar vlechtjes speelde. 'Oké. Kun je haar even overnemen? Misschien dat ik ook nog een joggingbroek op de achterbank heb liggen,' zei ze, en ze gaf Arianna aan Ike. Hij slikte hard en nam haar in zijn sterke handen. Arianna reikte omhoog en trok aan zijn kin.

'Had je haar niet bij Anna kunnen laten?' vroeg Ike.

Mya bleef staan en leunde tegen de kofferbak. 'Anna is weg. We waren met z'n tweetjes. Ik kon Arianna moeilijk alleen achterlaten. Geloof me, ik had haar liever niet meegenomen,' zei Mya, en ze verdween door het achterportier de auto in. Ze kwam tevoorschijn met een T-shirt en een yogabroek. Toen ze langs Ike liep, pakte hij haar hand.

'Sorry voor deze toestand. Sorry voor alles,' zei Ike.

Mya pakte zijn hand stevig vast. 'Neem ze te grazen,' zei ze voordat ze de woonwagen in ging. Ze kwam terug met Tangerine. Ze had het T-shirt en de yogabroek aan. Beide leken twee maten te groot. Tangerine was wat onvast op haar benen, maar leek in ieder geval niet elk moment in te kunnen storten.

'Kan ik dat shirt krijgen?' vroeg Ike.

Buddy Lee hees zijn broek op en liep de woonwagen in. Ze hoorden deuren schuiven en lades dichtslaan. Een paar minuten later verscheen hij in de deuropening en gooide een flanellen overhemd naar Ike. 'Is van mijn broer Deak geweest. Hij heeft een paar jaar terug een tijdje bij me gewoond. Hij heeft ongeveer jouw maat.'

Ike trok het overhemd aan. De mouwen zat wat strak, maar het kon.

'Ik neem de auto,' zei Ike. 'Jullie wachten hier tot ik terugkom.'

'Ike, die wagen zit onder het bloed en het achterraam ligt eruit. Hij lekt olie als een pissend renpaard. Ik hou van die wagen, maar ik weet niet hoelang hij het nog volhoudt,' zei Buddy Lee.

'Ik wil jullie hier niet achterlaten zonder een normale auto en met een pick-up die misschien de geest geeft als jullie er toch opeens vandoor moeten en Arianna bij je hebben. Ik wil niet hebben dat jullie 's nachts in een koude auto met haar rondrijden. Probeer een goede oppas te zijn, zoals je vriendin zei,' zei Ike.

'We passen niet op,' zei Mya. 'We zijn haar grootouders. Jij kan ook de auto pakken en haar meenemen.'

'Ze blijft liever bij jou. Volgens mij is ze soms een beetje bang voor me,' zei Ike.

'Volgens mij is het andersom, maar het is goed. Hoelang ben je weg?'

'Een kwartier heen en een kwartier terug,' zei Ike.

'Ga maar dan. Hoe eerder je weggaat, hoe sneller je terug bent,' zei Mya.

'Geef mij het pistool, dan hou jij die shotgun,' zei Buddy Lee.

'Nee! Geen wapens in de buurt van mijn kleindochter,' zei Mya.

'Mya, er zijn mensen naar ons op zoek. Die lui zijn gewapend,' zei Ike.

'Daarom moet je nu weggaan en zo snel mogelijk weer terugkomen. We wachten op je. Ga nou maar,' zei Mya.

Ike keek naar Buddy Lee. Die haalde zijn schouders op. Hij ging niet tussen een man en zijn vrouw in zitten. Dan nog liever tussen een hongerige wolf en een dolle hond.

'Mya, ik laat het geweer bij Buddy Lee. Ik vertrouw hem.' Ike liep naar de pick-up en pakte de MAC-10. Toen hij de shotgun aan Buddy Lee gaf, keek hij hem even strak aan. Buddy Lee knikte. 'Dit is alles wat we hebben,' zei Ike. 'Die .45 is leeg. Je hebt net zo lang geschoten tot hij klik deed. Nu de sleutels nog.'

'Er zit een reservesleutel onder de zonneklep. Ik hou mijn eigen sleutels op zak zodat ik de deur op slot kan doen,' zei Buddy Lee.

'Kom, Tangerine, we gaan,' zei Ike. Ike stapte in. Tangerine liep naar de passagierskant.

'Dag, mooie mevrouw!' zei Arianna.

Tangerine glimlachte en zwaaide naar Arianna. 'Dag, suikerdruifje,' zei ze.

'Schiet nou maar op,' zei Buddy Lee. 'En geen verdwaalde hoertjes of stuivers oppikken.'

'Let op je woorden,' zei Mya.

'Het spijt me, mevrouw,' zei Buddy Lee.

'Een halfuur,' zei Ike. Hij startte de pick-up en reed achteruit de hobbelige oprit van Buddy Lee af.

Terwijl de achterlichten langzaam kleiner werden, liepen Buddy Lee, Mya en Arianna weer naar binnen.

Buddy Lee pakte de MAC-10 en deed met zijn andere hand de deur op slot.

34

Ike reed naar de noordelijke kant van Red Hill County en draaide het nummer van Jazzy. Na drie keer overgaan nam ze op.

'Hé, Ike, hoe gaat het?' zei Jazzy.

'Jazz, je moet iets voor me doen,' zei Ike.

Jazzy moest iets aan zijn stem hebben gehoord, want in plaats van het gebruikelijke 'tuurlijk' of 'zeg 't maar' zei ze: 'Wat dan?'

'Ik heb een vriendin die een paar dagen onderdak nodig heeft. Ze is gewond en heeft hulp nodig bij het verschonen van het verband. Ik weet dat je in een ziekenhuis hebt gewerkt voordat je bij mij in de zaak kwam,' zei Ike. Hij dacht dat hij de lijn hoorde brommen, maar dat was natuurlijk verbeelding. Bij een mobiele telefoon kon dat helemaal niet.

'Ike, dat was voor drie weken. God, ik weet het niet, hoor. Ik moet het aan Marcus vragen.'

'Je krijgt twee weken extra betaald,' zei Ike.

'Twee weken extra? Echt?'

'Echt.'

Jazzy zoog op haar tanden. 'Heeft het te maken met die bikers van laatst?'

Ike had bijna gelogen. 'Ja, maar jij hoeft je geen zorgen te maken. Niemand weet waar je woont en ik word niet gevolgd,' zei Ike. Hij had zijn best gedaan om daar niet over te hoeven liegen. Hij was over allemaal achterafweggetjes gereden om het eventuele achtervolgers heel lastig te maken.

'Ik weet het niet, Ike,' zei Jazzy.

'Drie weken. Drie weken extra. Alsjeblieft, Jazzy. Ze heeft hulp nodig. Als je het niet voor mij wil doen, doe het dan voor Isiah.'

'Hebben die bikers iets te maken met wat er is gebeurd met Zay?' vroeg Jazzy.

'Ja, daar ben ik vrij zeker van,' zei Ike.

Ze zwegen allebei. De stilte hing zwaar en diep tussen hen in.

Jazzy doorbrak hem. 'Goed dan. Breng haar maar. Voor hoelang was het ook alweer?'

'Een paar dagen maar. Dank je, Jazzy,' zei Ike.

'Met dat extra loon zal ik twee nieuwe Playstation-spelletjes voor Marcus moeten kopen om te voorkomen dat hij gaat klagen.'

'Tot zo dan,' zei Ike. Hij hing op.

'Je hebt niets tegen haar gezegd,' zei Tangerine.

'Het is niet aan mij om iets te zeggen,' zei Ike.

'Weet je zeker dat mijn moeder dood is?' vroeg Tangerine.

Ike schrok zo van de vraag dat hij bijna van de weg raakte. Hij koos zijn woorden zorgvuldig. 'Ik weet het niet. Alles ging zo snel. Maar ik denk niet dat ze het gehaald heeft,' zei hij hees.

Tangerine legde haar hoofd tegen het raam. Door het kapotte achterraam stroomde koude lucht de cabine in. Haar haren dansten en sprongen als donkere elfjes om haar hoofd. 'Ik mocht pas naar huis komen nadat ik haar de helft van het geld had gegeven dat Tariq me had voorgeschoten. Vijfentwintighonderd dollar, maar ze bleef me gewoon bij mijn dode naam noemen,' zei ze.

'Heb je tegen haar gezegd dat je moest vluchten voor je leven?' vroeg Ike.

'Ja. Daarom nam ze genoegen met de helft,' zei Tangerine.

'Wat is een dode naam?' vroeg Ike.

Tangerine trok haar benen op en legde beide onderbenen op de autobank. 'De naam waarmee ik ben geboren, niet de naam die ik zelf gekozen heb,' zei ze.

'De foto's aan de muur. Zijn die...?'

'Van daarvoor. Van voor dat ik ontdekte wie ik was,' zei Tangerine.

'Ah. Oké,' zei Ike.

'Mijn vader was half zwart, half Mexicaans. Een echte vent, zoals mijn moeder altijd zei. Hij betrapte me een keer toen ik op mama's hoge hakken liep. Hij sloeg me zo hard op mijn borst dat ik drie dagen lang bloed spuugde. Hij liet me de rest van het weekend op hoge hakken lopen. Rondje om het huis, net zo lang tot het bloed onder mijn voeten zat. Er kwam bloed uit mond en uit mijn voeten. Mijn hele lijf deed pijn. Toen wist ik het zeker,' zei Tangerine.

'Wat wist je zeker?' vroeg Ike.

'Dat ze het bij mijn geboorte niet goed hadden gehad. Dat ik altijd al een meisje was geweest, maar dat de mensen in mijn omgeving het niet wilden accepteren. Alles wat hij mij aandeed, en het enige wat ik dacht was dat ik op een dag schoenen met hoge hakken zou dragen die wél pasten. Zodra het kon vertrok ik uit Bowling Green en ging ik naar Richmond. Ik ging voor mensen hun make-up en haar doen. Zo leerde ik Tariq kennen. Ik deed de make-up voor twee van zijn videoclips. We raakten bevriend en hij nam me mee naar feestjes. Na een tijdje werden die feestjes steeds chiquer en hipper, en toen we op een avond op een gala voor de stad waren, ontmoette ik Hem. Met een hoofdletter H. Met Hem was het vanaf het begin anders. Hij wist het, net als Tariq, maar die leek niet te kunnen accepteren dat hij me leuk vond. We deden dingen met elkaar, geen seksdingen, maar gewoon naar de club en zo, en dan werd hij vaak high. Dan verwondde hij zichzelf, gaf me klappen en kreeg er dan later spijt van. Toen ik Hem ontmoette, gaf hij me heel ouderwets een papiertje met zijn nummer. We spraken een paar keer af voordat ik het hem vertelde. Ik was zo bang. Je weet nooit hoe een man gaat reageren. Het maakte hem niets uit. Dat zei hij altijd. "Het maakt me niet uit wat er tussen je benen zit, voor mij telt alleen wat er in je hart zit."'

Tangerine haalde diep adem. 'Ik wist hoe het was om iemands neukertje te zijn. Dit voelde anders. Het was anders. O shit, waarom vertel ik je dit eigenlijk? Misschien omdat ik waarschijnlijk over een week dood ben en het dus niet uitmaakt,' zei ze.

'Dat gaat niet gebeuren,' zei Ike.

'O, denk je van niet?'

'Nee, ik denk van niet,' zei Ike.

'En waarom dan?'

'Omdat ik hem ga vermoorden zodra je mij verteld hebt wie het is. Ik ga er de tijd voor nemen en ervoor zorgen dat het pijn doet. En volgens mij weet je dat ik dat ook echt ga doen, en volgens mij wil je het daarom niet zeggen. Omdat je jezelf wijsmaakt dat je nog steeds van hem houdt,' zei hij.

Tangerine zei niets. Ze trok haar benen op en legde haar kin op haar knieën. De auto reed over een hobbel en ze rilde van de pijn toen ze haar arm tegen de deur stootte. Ze legde haar goede hand op haar gezicht. Haar hele lichaam beefde.

'Ik probeer het je steeds duidelijk te maken, maar je wil het blijkbaar niet begrijpen,' zei ze. 'Hij geeft om me. Hij kan niet echt zichzelf zijn. Zijn familie staat dat niet toe. Het ligt ingewikkeld. Hij is getrouwd. In zijn familie zit een bekende persoon die ze koste wat kost willen beschermen. Jij zou dat nooit kunnen begrijpen. Over jou wordt niet geoordeeld omdat je van een bepaalde persoon houdt.'

De handen van Ike klemden zich als een bankschroef om het stuur. 'Ik weet niet hoe vaak ik dit al tegen je heb gezegd. Hij heeft mijn zoon laten vermoorden. En de zoon van Buddy Lee ook. Hij heeft mensen opdracht gegeven jou te vermoorden en toen hebben ze je moeder vermoord. Zo zit hij dus blijkbaar in elkaar. Jij denkt dat hij van je houdt. Dat snap ik. Maar als een man van iemand houdt, houdt hij haar niet verborgen. En hij laat haar al helemaal niet door een of andere hufter naar de andere wereld helpen,' zei hij.

De hand van Tangerine verdween in de zak van haar yogabroek. 'Jij hield je liefde voor Isiah verborgen,' zei ze.

Ike zoog op zijn tanden. 'Ik hield het voor hem verborgen, ja. Maar niet voor anderen. Dat moet ik toegeven. Ik moet dat leren accepteren,' zei hij.

Tangerine ging met haar tong over haar lippen. 'Hier, moet je kijken. Lees het en zeg dan maar eens dat hij niet om me geeft,' zei ze terwijl ze door haar telefoon scrolde. Toen ze had gevonden wat ze had gezocht, gaf ze Ike de telefoon. Ze had een bericht aangeklikt. De afzender stond in haar telefoon als 'W'.

Ike wierp afwisselend een blik op de telefoon en op de zwarte eenbaansweg die zich als een langgerekte olievlek ontvouwde.

Er is niemand die mij zo goed begrijpt
als jij. Bij jou kan ik
helemaal mezelf zijn. Geen maskers. En ja
de seks is fantastisch

Ike gaf de telefoon terug. 'Ik heb een vraag voor je. Hij weet het mooi te zeggen, maar heeft hij je ooit ergens anders mee naartoe genomen dan naar een motel? Heeft hij je weleens naar het motel gebracht, of moest je daar altijd met eigen vervoer naartoe? Heb je eigenlijk wel een foto van jullie tweetjes?' vroeg hij.

Tangerine zweeg.

'Dat dacht ik al. Ik wil niet doen alsof ik weet hoe moeilijk dit voor je is, maar ik weet wel dat het maar op één manier kan eindigen. Het is hij of wij. Wij allemaal,' zei Ike. Hij draaide Crab Thicket Road op. Jazzy woonde in de laatste woonwagen links.

'Wij? We zijn opeens een "wij"? Met je eigen zoon wilde je niets te maken hebben, maar nu moet ik geloven dat ik bij een team hoor?' zei Tangerine. De woorden vlogen als granaatscherven uit haar mond.

'Jij zit in het team omdat ik niet wil dat een ander overkomt wat Isiah en Derek overkomen is. Ik ga niet liegen en zeggen dat ik je snap, want dat is niet zo. Ik kan niet eens doen alsof ik weet hoe het is om zo te zijn… om zoals jij te zijn. Maar als ik van deze hele toestand één ding geleerd heb, dan is het dat het niet om mij gaat of om wat het mij oplevert. Mensen mogen zijn wie ze zijn, dáár gaat het om. En om te zijn zoals jij, daar zou verdomme geen doodstraf op moeten staan,' zei Ike.

'Ik denk veel aan Isiah en Derek. Als ik gewoon mijn bek had gehouden zouden ze nog leven. En nu is mijn moeder ook dood. Ik kan dit gewoon niet meer,' zei Tangerine terwijl Ike langs een veld met hooibalen reed die op een platte aanhanger werden geladen. De zon ging nu snel onder en de mannen in het veld deden hun best om het karwei geklaard te hebben voor die gouden bol achter de horizon verdween. De lucht vulde zich met bruinoranje en roodpaarse tinten die als kaarsvet in elkaar overvloeiden.

Ike reed een lange oprit op die was bedekt met verbrijzelde oesterschelpen en werd omzoomd met dichte braamstruiken en wilde daglelies waarvan de oranje bladen sterk afstaken tegen het groene blad van de braamstruiken. Aan het eind van de oprit stond een grote woonwagen met rode luiken. Jazzy's auto was de enige op het erf. Ike parkeerde de pick-up ernaast en zette de motor uit.

'Het spijt me,' zei Ike.

'Zeg dat alsjeblieft niet. Zeg dat niet om te slijmen,' zei Tangerine.

'Nee, ik bedoel... Ik weet dat je nooit hebt gewild dat het zo zou lopen. Maar het is wel zo gegaan en nu zijn we op dit punt gekomen. Iemand heeft ooit tegen me gezegd dat we aan het verleden niets meer kunnen veranderen, maar dat we wel invloed kunnen uitoefenen op de toekomst. Op dat punt ben je nu,' zei Ike. Hij stapte uit. 'Kom. Ik zal je voorstellen aan Jazzy.'

'Weet je zeker dat ze het niet erg vindt om me hier te hebben?' zei Tangerine. Ze zat nog in de auto.

'Ik denk dat ze het wel goed vindt. Ze is niet zo'n ouwe lul zoals ik. En Isiah en zij waren goede vrienden op school. Ze wist al veel langer dan ik dat hij... gay was en ze heeft hem nooit de rug toegekeerd,' zei Ike.

'Ik heb toch al gezegd dat ik niet gay ben,' zei Tangerine.

'Als er in Red Hill County bondgenoten bestaan, is Jazzy er waarschijnlijk een van,' zei Ike.

Tangerine haalde haar goede hand van haar gezicht en opende het portier. Ze stapte uit en liep achter Ike over de stapstenen naar de grote woonwagen.

Buddy Lee schoof met de hals van zijn bierflesje het woonkamergordijn opzij. De zon tikte bijna de horizon aan. Het dierlijke buitenvolk begon aan zijn avondlied. Kikkers, krekels en spotvogels zongen alle ter ere van hun verschillende goden.

Hij moest hoesten. Het was alsof zijn borst klem zat tussen de scharen van een krab. Vlekken dansten voor zijn ogen terwijl hij spuug en slijm uit zijn rottende longen probeerde te werken. Een sterke hand sloeg op zijn rug. Buddy Lee deed zijn hand voor zijn mond en ving op wat zijn longen hadden geprobeerd te hamsteren.

'Dank je. Een vliegje in mijn keel of zo,' zei Buddy Lee. Hij wilde het bloed en spuug niet aan zijn broek afvegen, maar hij wilde ook niet dat Mya het zag. De ogen in haar gave, onbewogen gezicht namen hem op met de koele afstandelijkheid van een vrouw die al vaker een doodsrochel had gehoord.

'Kanker? Of longemfyseem?' vroeg ze.

'Heb je een servetje voor me?' vroeg Buddy Lee. Mya liep naar de keuken en kwam terug met een velletje keukenpapier. Buddy Lee veegde zijn hand af, verfrommelde het papier en stopte het in zijn zak. 'Gewoon een vliegje,' zei hij.

Mya zette haar handen op haar heupen. Alles leek erop te wijzen dat ze hem een leugenaar ging noemen. Maar ze schudde afkeurend haar hoofd en ging bij Arianna op de bank zitten. Buddy Lee keek nog een keer naar buiten.

Opschieten, Ike, dacht hij.

Jazzy zwaaide naar Ike terwijl hij achteruit de oprit af reed. Ze hadden Tangerine een slaappil gegeven en haar achter in de slaapkamer gelegd. Tangerine was bang geweest dat Marcus haar eruit zou schoppen als hij thuis zou komen, maar Jazzy had haar verzekerd dat het goed zou komen.

'Meisje, zolang hij zijn *Call of Duty* en een zak chips heeft, zal het hem een zorg zijn. Hij heeft waarschijnlijk niet eens door dat je er bent,' had Jazzy gezegd. Toen Tangerine eenmaal in bed lag, had Ike haar gevraagd hoe zeker ze daarvan was.

'Ik weet het niet. Hij kan soms vreemd uit de hoek komen. Maar als hij hoort van die drie weken extra zal hij er hoe dan ook minder problemen mee hebben,' had Jazzy gezegd.

Ike zette de pick-up in een andere versnelling en reed weg. De snelheidsmeter tikte bijna honderd aan toen hij een flauwe bocht nam.

'SHIT!'

Het woord galmde door de kleine cabine terwijl Ike vol op de rem ging staan.

De oplegger die in het veld had gereden lag nu midden op de weg op zijn kant. De weg was van berm tot berm bezaaid met hooi, alsof iemand zonet een reus een scheerbeurt had gegeven. Ike zag mannen om de vrachtwagen heen lopen. Een paar stonden met gebogen hoofd en de handen in de zakken op de weg. Universele lichaamstaal voor 'We hebben het verkloot'. Ike zette zijn auto aan de kant. Hij sprong eruit en liep naar een van de mannen die hun handen in hun zakken hadden.

'Hé,' zei Ike. De man keek niet op. 'Hé, man, wat is er aan de hand?'

'Wat denk je zelf, Einstein?' zei de man.

'Ik denk dat je beter een toontje lager kan zingen, jongen,' zei Ike.

De man, een jonge witte vent met zandkleurig haar en een vieze truckerspet, keek Ike strak aan. Hij was een centimeter of vijftien langer dan Ike, maar deed toch maar een stap achteruit. Zijn onderbewuste waarschuwde zijn lichaam zichzelf te beschermen.

'De chauffeur heeft in de bocht te sterk gecorrigeerd. Hij zweert dat hij niet op z'n telefoon zat, maar we weten allemaal dat hij liegt,' zei de Pet.

'Hoelang gaat dit duren?' vroeg Ike.

De Pet dacht even na. 'Reken op minstens een uur, maat. We moeten al het hooi verzamelen, de wagen weer overeind krijgen en ik denk ook een sleep regelen,' zei hij. Meteen nadat hij dit gezegd had, deed hij een stap naar achteren. Een donkere wolk schoof over Ikes gezicht. Alsof er een onweersbui vanaf zee het land op dreef.

'Goed,' zei Ike. Hij haalde zijn mobiel uit zijn zak. Hij belde Mya maar kreeg meteen de voicemail. Hij vloekte en belde Buddy Lee. Meteen de voicemail.

'Fuck,' zei Ike. Crab Thicket Road was een doodlopende weg, net als Townbridge Road. Hij kon niet om de omgekiepte vrachtwagen en al het hooi heen, daarvoor waren de greppels aan weerszijden van de weg te diep.

Hij probeerde Buddy Lee nog een keer. 'Neem godverdomme die telefoon op.' Weer de voicemail. Ike gaf een klap op het dak van zijn auto. Hij belde Mya nog een keer.

Weer meteen de voicemail.

Ike sloeg met zijn vuist op de motorkap.

En toen nog een keer.

En nog een keer.

En nog een keer.

35

Tien minuten.

Ike en Tangerine waren nog maar tien minuten weg toen Mya gebeld werd. Buddy Lee had zijn bier op en was voor Arianna een tosti aan het maken toen Mya's telefoon tsjirpte.

'Is dat Ike?' vroeg Buddy Lee.

Mya haalde haar mobiel uit haar zak en keek op het scherm. 'Nee, het is onze buurvrouw. MaryAnne.' Ze bracht haar telefoon naar haar oor. 'Hallo?'

'Hé, Mya, met Randy, de man van MaryAnne. Je huis staat in brand,' zei Randy.

'Wat?!' schreeuwde Mya.

'Ik heb de brandweer al gebeld, maar ik wilde je het laten weten omdat...'

Mya hing op. Ze sprong op van de bank en pakte Arianna op.

'Hé, wat is er?' zei Buddy Lee. Hij legde de tosti van Arianna op een papieren bordje en bracht het naar de woonkamer.

'Het huis staat in brand. Ik moet gaan,' zei Mya. Ze liep naar de deur.

Buddy Lee legde het bordje op zijn zogenaamde salontafel en versperde Mya de weg. 'Hé, wacht even. Hoe bedoel je, je huis staat in brand?'

'De man van mijn buurvrouw zei net dat ons huis in brand staat. Hij heeft de brandweer al gebeld, maar ik moet ernaartoe!' zei Mya.

Buddy Lee legde zijn hand op haar schouder. 'Mya, je kunt daar niet naartoe.'

'Echt wel,' zei Mya. Ze schudde zijn hand van haar schouder.

'Luister. Ze willen je in de val lokken en jij loopt er met open ogen in,' zei hij.

'Buddy Lee, ik heb geen tijd voor die wijze woorden van je. Mijn huis staat in brand. Ik moet ernaartoe. Dus wil je me er nu door laten?'

'Mya. Denk even na. Er zijn mannen die het hoofd van Ike en mij graag op een spies willen zien. We zijn ervandoor gegaan met een meisje dat ze graag met zoveel lood willen volpompen dat ze op een munitiemagazijn lijkt. Ze weten waar Ike woont. Goed, echt slim ben ik niet, maar zelfs ik kan begrijpen dat het op z'n zachtst gezegd vreemd is dat jullie huis in de fik vliegt op de dag dat we bonje hebben gehad met die mannen. Dat is wel héél toevallig, hè, meid?' zei Buddy Lee.

'Zijn babyschoentjes liggen er. Een haarlok van de eerste keer dat zijn haar geknipt werd. Een gedicht dat hij schreef toen hij in de tweede zat. Je snapt het niet. Dat is alles wat ik nog van hem heb. Ik wil hem niet nog een keer kwijtraken. Dat kan ik echt niet aan,' zei Mya. Haar gezicht verwrong en werd een mengsel van een zorgelijke frons en een woedende grimas dat elk moment kon veranderen in een tranendal.

'Ik denk dat er in de wijde omtrek niemand te vinden is die het zo goed begrijpt als ik. Maar als je huis nu in brand staat, meid, is er niks meer van over tegen de tijd dat je daar aankomt,' zei Buddy Lee.

'Sorry, zo was het niet bedoeld. Maar ik moet het proberen,' zei Mya.

Buddy Lee wreef over zijn gezicht en zette toen zijn handen op zijn heupen. 'Oké, we gaan ernaartoe. Maar bel Ike om te zeggen dat we weggaan,' zei hij.

'Ik bel hem onderweg wel,' zei Mya.

Ze hadden Ike drie keer geprobeerd. Twee keer kregen ze meteen de voicemail. De laatste keer kwam er helemaal geen verbinding tot stand. Buddy Lee wist dat het bereik in sommige delen van Red Hill nogal wisselvallig was. En dat er delen waren waar je met een bericht per paardenpost waarschijnlijk meer succes had dan met een telefoontje.

Die wetenschap stelde hem allesbehalve gerust. Misschien hadden ze toch beter bij elkaar kunnen blijven. Hij wist zeker dat ze beter niet naar Ikes huis konden gaan. Maar Mya liet hem weinig keus. Hij kon haar niet tegenhouden, en hij kon haar onmogelijk alleen laten gaan.

Hij had weinig aandenkens aan Derek. Het enige echte aandenken was de foto in zijn portemonnee, en hij kon zich niet voorstellen hoe hij zou reageren als die plotseling in vlammen zou opgaan. Als de mensen van wie je houdt er niet meer zijn, zijn het de dingen die ze hebben aangeraakt die hen levend houden. Een foto, een overhemd, een gedicht, een paar babyschoentjes. Dat worden dan de ankers die verhinderen dat de nagedachtenis wegdrijft.

Mya draaide met vijftig kilometer per uur Route 34 op. Townbridge Road was de eerste links. De hemel was gevuld met sterren die twinkelden als afgedankte diamanten. Buddy Lee voelde zijn maag naar zijn knieën zakken.

Mya draaide Townbridge Road op.

'Wacht,' zei Buddy Lee.

'Wat?' zei Mya.

'Waar is de rook? Waar zijn de vlammen? Waar zijn onze vrienden van de brandweer?' zei hij.

Mya haalde haar voet van het gaspedaal en bracht de auto tot stilstand. 'O nee,' zei Mya.

De chromen spaken van de wielen van de vijftien motorfietsen voor haar huis fonkelden in het licht van haar koplampen. De motoren klonken als een troep wolven die de jacht inluidden met een woest gebrul.

'Achteruit,' zei Buddy Lee.

Mya deed niets.

'ACHTERUIT!' schreeuwde Buddy Lee. Arianna begon te huilen. Mya zetten de auto in zijn achteruit en trapte het gaspedaal in. De vier cilinders onder haar motorkap klonken als een roestig scharnier. Buddy Lee pakte het machinepistool dat tussen zijn benen lag. Hij haalde de beveiliging eraf en legde het wapen in zijn schoot.

'Ik heb gedaan wat je zei. Dan kun je me toch laten gaan?' zei Randy. Hij zat op zijn knieën voor zijn eigen huis. Grayson hield de loop van een .357 in zijn nek gedrukt.

'Klopt, als je niet zo'n hufter was geweest. Wie doet zijn buren nou zoiets aan?' zei Grayson. Hij gaf Randy met de kolf van zijn pistool een klap op zijn hoofd. Toen zag hij de vrouw in de auto achteruit wegrijden. 'IN DE FIK ERMEE!' brulde hij.

Een paar bikers staken de lappen in brand die in de flessenhalzen zaten en gooiden ze door de ramen van het huis van Ike en Mya. De rest ging achter de kleine kastanjerode sedan aan.

Mya raakte van de weg en reed een brievenbus omver, maar ze wist de auto weer op de onverharde weg te krijgen. De koplampen van de motorfietsen kwamen als een zwerm vuurvliegjes op hen af. Mya stoof langs het stopteken aan het einde van de weg, trapte op de rem en schakelde.

Buddy Lee zag aan de bestuurderskant een nieuw stel koplampen op hen afkomen.

'Godverdomme!' zei hij vlak voordat Dome hen als een sloopkogel ramde met een nieuwe koningsblauwe Bronco. De auto sloeg over de kop, bleef na nog twee omwentelingen op zijn zijkant liggen, licht schommelend, maar werd een ogenblik later alsnog door de zwaartekracht opgeëist en op zijn kop gekanteld. De motorfietsen omringden de auto als een menigte die naar een straatmuzikant kijkt.

De mond van Buddy Lee zat vol bloed. Hij moest kokhalzen van de bittere, koperachtige smaak. Hij moest hoesten en probeerde te spugen. De bloedspetters vlogen op zijn gezicht. Hij had het gevoel dat er een paar kiezen loszaten. Het was alsof zijn lichaam een marteling onderging. Elke zenuw, elke synaps gaf een pijnprikkel af. Hij spuugde nog een keer, en dit keer vlogen er twee blokkerige kiezen uit zijn mond, die op de binnenbekleding van het dak terechtkwamen.

Waar was zijn wapen? Waar was het? Shit. Hij moest in beweging komen. Als het hem lukte om de auto uit te klauteren, zou hij hun aandacht trekken. Dan zouden ze achter hem aan komen en Mya en Arianna met rust laten. Hij moest in beweging komen. Hij lag op zijn kop, maar hij moest in beweging komen. Buddy Lee was niet zo van de veiligheidsgordels, maar Mya had erop aangedrongen dat hij hem omdeed. Dat had misschien zijn leven gered, maar nu hij als een geslachte bok op zijn kop hing, was de gordel een strop die hem langzaam wurgde. Hij probeerde de ontgrendeling te vinden. Hij leek geen controle te hebben over zijn vingers. Hij probeerde de knop in te drukken, maar zijn vingers wilden niet samenwerken.

Hij hoorde zware voetstappen op het steenslag en daarna het krassen van metaal op metaal toen de passagiersdeur open werd getrokken.

Grayson ging op zijn hurken zitten. 'Jij moet de andere papa zijn. Jullie komen blijkbaar allemaal in zwart-wit,' zei Grayson.

'Ik had inderdaad... je vader kunnen zijn... maar de rij was te lang,' zei Buddy Lee.

Grayson glimlachte. Hij hield zijn .357 bij de loop vast en sloeg Buddy Lee met de kolf in zijn gezicht. Buddy Lee voelde iets knakken in zijn wang. Pijn denderde als een op hol geslagen trein door zijn lichaam.

Grayson drukte de dodelijkste kant van het pistool in Buddy Lee's buik. 'Waar is Tangerine?'

'Al sla je me dood. Ike heeft haar meegenomen. Hier zul je haar niet vinden,' zei Buddy Lee.

Grayson verplaatste de loop van Buddy Lee's buik naar zijn mond. Hij duwde hem zo ver in zijn mond dat de trekkerbeugel bijna zijn neus raakte. 'Als je niet zegt waar ze is, zal ik dat jankende halfbloedje achterin een kogel door haar hoofd jagen,' zei Grayson.

Buddy Lee begon met zijn armen te zwaaien en probeerde zich onder de gordel vandaan te wurmen. 'Jullie blijven godverdomme van haar af! Laat dat meisje met rust, teringlijers.'

Het kwam er als een onverstaanbare woordenbrij uit, maar Grayson wist wat hij probeerde te zeggen.

'Dus ze betekent veel voor je, hè? Wie is ze? Is ze het dochtertje van die zwarte ? Laat me raden... Die twee mietjes hadden een kind. Hoe kunnen ze zoiets in godsnaam toestaan? Jezus, waar gaat het heen in de wereld?' zei Grayson. Hij haalde de loop uit Buddy Lee's mond. 'Zeg me waar Tangerine is, anders gebruik ik haar als schietschijf.'

'Ik weet het niet! Hij heeft haar meegenomen en niet tegen ons gezegd waarnaartoe. Ze is een kind. Laat haar met rust. Als je iemand wil doodschieten, schiet mij dan dood. Kom maar op, doe het maar, flapdrol. DOE HET DAN!' schreeuwde Buddy Lee.

Grayson ging staan. 'Dome. Haal dat rotkind eruit. Misschien heeft zij ook een mobiel,' zei Grayson.

Hij kwam weer op ooghoogte met Buddy Lee. 'Ik denk dat je de waarheid vertelt. Dat zou slim zijn, om jou niets te laten weten, en volgens mij is hij wel een slimmerik. Wees gerust, ik zal doen wat je vraagt. En eerder dan je verwacht. Ik zou het met alle liefde nu meteen doen, maar je hebt geluk. Je moet een boodschap voor me overbrengen, en dat wijf heeft zo te zien haar nek gebroken,' zei Grayson.

'Nee, oma! Opa!' jammerde Arianna. Buddy Lee hoorde de deur piepen toen Dome hem openwrikte. Daarna hoorde hij de klik van een autogordel die los werd gemaakt. Het geluid deed pijn op plaatsen waar hij dacht geen gevoel meer te hebben.

'Goed. We nemen deze bastaard mee. Misschien motiveert dat jullie om Tangerine te vinden,' zei Grayson.

'Arianna heeft hier niets mee te maken. Laat haar gaan. LAAT HAAR GAAN!' loeide Buddy Lee.

Grayson moest lachen. 'Dit is Arianna? Ah, dus hij had het over haar. Die witte zal wel van jou zijn geweest? Ja, vlak voordat ik hem in zijn gezicht schoot zei hij haar naam. Ik vroeg me al af waarom hij het over een meisje had. Ik dacht dat het zijn moeder was. Veel mensen roepen om hun moeder,' zei hij.

Het bloed van de wond op Buddy Lee's wang droop in zijn ogen.

Hij kneep ze even hard dicht en strekte zijn nek om de grote blonde biker aan te kunnen kijken. 'Jij ook. Dat ga jij ook doen, wanneer ik met je afreken,' zei hij.

'Zorg jij maar dat we dat grietje krijgen, vriend. We nemen contact met je op,' zei Grayson.

Buddy Lee zag zijn laarzen weglopen van de auto. Een paar tellen later hoorde hij de motorfietsen wegscheuren, het zware geronk vervaagde tot een verre echo toen ze verdwenen in de nacht.

36

Ike stormde langs de receptionist die achter de balie van de eerste hulp zat en duwde de zware vinyldeuren open.

'Meneer, u kunt niet zomaar doorlopen!' zei ze, maar dat was precies wat Ike deed. Hij liep rechtstreeks naar de kamer waar de verpleging zat.

Een jonge latina in een lichtblauw uniform stond op en liep naar de balie toen ze hem aan zag komen. 'Ike, ze wordt geopereerd,' zei de vrouw.

'Geopereerd waaraan, Silvia?' vroeg Ike.

'Ze heeft een gescheurde milt, een geperforeerde dunne darm, een ingeklapte long en een breuk in haar schedel,' zei Silvia.

Ike werd draaierig. Hij legde zijn hand op de balie en liet zijn hoofd hangen.

'Ike, dokter Prithak is een van de beste thoraxchirurgen in de hele staat. Mya is een van ons. Ze werkt hier al tien jaar. Ze is voor iedereen als een moeder. We zorgen goed voor haar, Ike. Geloof me. Ga nu maar terug naar de wachtkamer, dan kom ik je halen wanneer ze uit de ok is,' zei Sylvia.

Ikes hart bonkte zo hard dat zijn oren ervan gonsden. 'En Arianna? Waar is Arianna? En waar is Buddy Lee?' vroeg hij. Nadat de weg eindelijk vrij was gemaakt, was hij als een dolle naar het woonwagenpark gereden. Terwijl hij over het asfalt stoof, was hij Mya en Buddy Lee afwisselend blijven bellen. Toen hij bij Buddy Lee's woonwagen was gekomen en Mya's auto niet had zien staan, was hij zo gigantisch geschrokken dat het voelde alsof hij uit zijn lichaam trad. Nadat hij gebeld was door het ziekenhuis waar zijn vrouw werkte, had de schrik plaatsgemaakt voor vlagen van wanhoop.

'Ik denk dat ik wel antwoord kan geven op je vragen,' zei een hulpsheriff.

Ike rechtte zijn rug en draaide zich naar hem toe. Hij was lang en mager. Het lichtbruine uniform van de politie van Red Hill zat strak om zijn pezige, hoekige lijf.

'Wat is er gebeurd?'

'Laten we even gaan zitten,' zei de hulpsheriff. Ike kende de man niet, maar in Red Hill kende iedereen Ike. Ze kenden ofwel de criminele Ike van vroeger, of de man die hij geworden was. Dat was het nadeel van een kleine gemeenschap. Ike volgde de hulpsheriff door de vinyldeuren en de gang naar de kapel. De kapel van het Red Hill General was een armoedige ruimte met twee kerkbankjes, een afbeelding van Jezus met de gebruikelijke lange haren en baard en een stel nep glas-in-loodramen. Ike ging naast een van de kerkbankjes staan, de hulpsheriff vlak bij de deur.

'Ik ben hulpsheriff Hogge. Het spijt me, maar we moeten wat zaken helder krijgen,' zei hij.

'Wat is er gebeurd?'

De schouders van hulpsheriff Hogge kwamen omhoog. 'Rustig maar, meneer Randolph. Ik zal het u vertellen.'

'Ik kan niet rustig blijven zolang niemand mij verdomme iets vertelt. Misschien kunt u nu eerst zeggen hoe mijn vrouw en mijn kleindochter en onze vriend in het ziekenhuis zijn beland?' zei Ike. Het drong tot hem door dat hij Arianna zijn kleindochter noemde en Buddy Lee zijn vriend, maar daar kon hij nu niet bij stilstaan.

'Dat probeer ik, maar ik wil wel graag dat u rustig blijft. Goed, wat hebben ze gezegd toen het ziekenhuis u belde?' vroeg hulpsheriff Hogge.

'Dat weet u al. Dat ze een ongeluk hebben gehad. Dat mijn vrouw en haar passagier Buddy Lee Jenkins gewond zijn geraakt. Ze hebben niets gezegd over Arianna en niets over wat er gebeurd is. Kalmer dan dit kan ik niet worden,' zei Ike.

'Het was geen ongeluk, meneer Randolph. Een of meerdere onbekende personen hebben opzettelijk de auto van uw vrouw geramd. Ze hebben uw huis in brand gestoken, uw buurman aangevallen en...' Hulpsheriff Hogge zweeg. Ikes ademhaling stokte. 'Ze hebben uw kleindochter meegenomen. Ze hebben haar ontvoerd,' zei hulpsheriff Hogge.

De grond verdween onder Ikes voeten. Hij zakte neer op de kerkbank.

Hulpsheriff Hogge ging naast hem zitten. 'Ik heb met uw vriend gepraat, maar dat leverde weinig op. Vat u het alstublieft niet verkeerd op, maar is er iemand die een probleem met u heeft? U weet wel, iemand van vroeger?' vroeg hulpsheriff Hogge.

'Laat me met rust,' zei Ike.

'Meneer Randolph, we gaan alles in het werk stellen om dat meisje en die mensen die dit gedaan hebben te vinden, maar u moet eerlijk tegen me zijn. Een kind stelen en een huis platbranden is een persoonlijke aanval. Extreem persoonlijk. U weet wie dit gedaan heeft. Zeg het, dan kunnen we haar opsporen voor het te laat is,' zei hulpsheriff Hogge.

'Ik weet niets,' zei Ike. Helemaal gelogen was dat niet. Zijn leven was een rotonde die als een malle ronddraaide. Isiah was dood. Mya vocht voor haar leven op een operatietafel. Arianna was ontvoerd. Hun huis lag in de as. Hij wist niet hoe hij een einde kon maken aan de chaos die hij samen met Buddy Lee had ontketend. Hij wist niet hoe hij zijn geliefden kon beschermen. Hij wist helemaal niets meer.

'Weet u dat heel zeker?'

'Ga weg, man. Ga alsjeblieft weg,' zei Ike.

Hulpsheriff Hogge stond op en trok zijn uniform recht. 'Mocht u van gedachten veranderen, u weet ons te vinden. En als u niet van gedachten verandert, moet u zich misschien voorbereiden op de volgende begrafenis,' zei hulpsheriff Hogge.

Buddy Lee voelde dat iemand naar hem keek. De haren op zijn armen stonden meteen recht overeind. Hij sloeg zijn ogen open en zag Ike aan het voeteneinde van zijn bed staan.

'Wat is er in vredesnaam gebeurd?' zei Ike.

Buddy Lee krabde aan zijn kin en huiverde. Door de wond op zijn wang was zijn hele gezicht gevoelig. 'Jullie buurman belde Mya en zei dat het huis in brand stond. Ze wilde er per se naartoe. Toen we daar aankwamen, stond de Breed ons op te wachten. Het huis stond toen nog niet in brand. Dat deden ze toen we weg probeerden te komen. Ze kwamen achter ons aan op hun motorfietsen en toen ramde die klootzak ons van opzij met een Bronco. Ze hebben Arianna, Ike. Ze hebben die kleine meid meegenomen. En Mya's telefoon. Ze zeiden dat ze contact met ons zouden opnemen. Ze willen Arianna ruilen voor Tangerine,' zei hij.

'Nee, dat willen ze helemaal niet. Ze willen dat we Tangerine bij hen afleveren zodat ze ons allemaal kunnen vermoorden,' zei Ike.

'Heeft ze nog iets gezegd over die vent?'

Ike schudde zijn hoofd. 'Nope. Ze kan nog steeds niet geloven dat hij erachter zit. Ze heeft me zelfs een bericht van hem laten zien op haar telefoon. Die hufter is zo glad als een aal. Ze is geobsedeerd,' zei hij.

'Zijn naam kon je vast niet zien, of wel soms?'

'Ze heeft hem in haar telefoon opgeslagen als "W". Of dat de eerste letter van zijn voornaam of van zijn achternaam is, dat weet ik niet,' zei Ike. Hij pakte de stoel die tegen de muur stond en ging naast het bed van Buddy Lee zitten.

'Wat zeiden ze over Mya?' vroeg Buddy Lee.

'Die is er slecht aan toe. Ze wordt nu geopereerd.'

'Godverdomme. Godver de gloeiende.'

Ike hoorde stemmen op de gang, sommige klonken kalm, andere nogal bezorgd. Samen met de piepjes en toontjes van alle monitoren en apparaten vormden ze een mechanische soundtrack bij de gedachten van Ike en Buddy.

'Het spijt me, Ike,' zei Buddy Lee.

Ike zei niets.

'Ik had haar niet moeten laten gaan. Ik had haar tegen moeten houden, maar ze wilde redden wat er nog te redden viel. Ik had er in m'n eentje naartoe moeten gaan. Ik had haar hoe dan ook niet naar buiten mogen laten gaan.'

'Dat had je inderdaad niet mogen doen. En wij hadden hier niet aan moeten beginnen. We hadden het aan de politie over moeten laten, wat daar dan ook het resultaat van was geweest. Maar dat hebben we niet gedaan en nu zitten we er middenin,' zei Ike.

'We moeten haar terug zien te krijgen, Ike. Wat er ook voor nodig is, we moeten haar terugkrijgen.'

'Maar Tangerine krijgen ze niet. En ze moeten met hun tengels van Arianna afblijven. Ze hebben onze zoons vermoord. Ze hebben de moeder van Tangerine vermoord. Ze hebben geprobeerd mijn vrouw te vermoorden. Ze hebben mijn huis in de fik gestoken. Ze kunnen de tering krijgen, meer niet,' zei Ike.

'Ik wou dat ik je er nooit bij had gehaald,' fluisterde Buddy Lee.

Ike schoof zijn stoel wat dichter bij het bed. 'Je hebt nou niet bepaald mijn arm op mijn rug hoeven draaien,' zei hij.

Buddy Lee slikte. 'En als ik dat nou wel had gedaan?'

Ike keek hem met een schuin hoofd aan. 'Waar heb je het over?'

Buddy Lee legde zijn hand op zijn gezicht. Zijn vingers streken over de hechtingen op zijn wang. De bloeddrukmonitor begon driftig te piepen. 'Zou je hieraan begonnen zijn als die grafsteen niet kapot zou zijn gemaakt?' vroeg hij.

Ike boog zich naar voren. Zijn ogen vernauwden zich tot spleetjes. Buddy Lee zag de radertjes in zijn hoofd draaien.

'Jij?' zei Ike.

Buddy Lee kon die ene lettergreep nauwelijks horen. 'Jij zou er niks voor voelen, en in m'n uppie zou ik het niet voor elkaar krijgen. Ik vroeg het aan Chet, mijn broer, maar hij wilde er niets van weten. Luister, ik was er ziek van. Ik werd er letterlijk misselijk van, maar ik wist dat je me anders niet zou willen helpen...'

Ike vloog op van zijn stoel. Met zijn sterke handen greep hij Buddy Lee bij zijn nek en tilde hem overeind, waardoor de infuusslang uit de infuusnaald werd gerukt. De bloeddrukmonitor viel als een rotte boom om.

'JIJ! Arianna leeft misschien niet meer. Mya staat op de drempel van de dood. De moeder van Tangerine is vermoord! Allemaal door jou. Alles komt door jou!' zei Ike. Spuug vloog van zijn lippen en regende neer op Buddy Lee's gezicht.

'We... moeten... het... afmaken... voor... de... jongens,' kreunde Buddy Lee. Elk woord kostte hem een kostbare hap lucht, terwijl Ike het leven uit hem wrong. Buddy Lee voelde de botten in zijn nek verpulverd worden.

Ike legde zijn tanden bloot. Hij liet Buddy Lee terugvallen op bed. 'Je bent een klootzak. Je hebt ingespeeld op mijn schuldgevoel, vuile rotzak,' zei hij.

'Ik weet het. Het is mijn fout. Maar nu kunnen we niet meer terug.'

'Ik dacht nog wel dat je zo slecht nog niet was. Ik vertrouwde je. Maar het is precies zoals ik zei: je wilde dat die zwarte griezel het vuile werk voor je zou opknappen,' zei Ike.

'Ik wilde dat de enige man in de wereld die wist wat ik doormaakte mij hielp om het recht te zetten,' zei Buddy Lee terwijl hij in zijn nek wreef.

'Ik geloof dat we geen van beiden veel mensenkennis hebben,' zei Ike. Hij liep naar de deur.

'Ike...'

'Hou je bek. Ik wil er niets meer over horen. Ik moet gaan kijken of mijn vrouw haar operatie heeft overleefd. Als dat zo is, moet ik gaan bedenken hoe ik haar moet vertellen dat haar kleinkind verdwenen is. Daarna moet ik bedenken hoe ik dat kind terug ga krijgen zonder Tangerine aan ze te geven. En dat moet ik allemaal doen omdat jij met je domme kop de grafsteen van onze zoon hebt vernield, eikel,' zei Ike.

Ike beende woedend de kamer uit, nagekeken door Buddy Lee.

Buddy Lee hoestte. Zijn oren plopten ervan. Hij was vaker alleen geweest, dat was niets nieuws. Hij had nachten doorgebracht in zijn wagen omdat hij zo dronken was dat hij niet meer kon rijden. Hij had dagenlang naar huis moeten liften omdat niemand hem na zijn vrijlating bij de poort had staan opwachten. Hij had avond na avond alleen in zijn woonwagen gezeten, starend naar de flakkerende schimmen op het scherm terwijl hij het ene biertje na het andere wegtikte omdat hij de tedere kussen van zijn eerste liefde of de lach van zijn enige zoon probeerde te vergeten. Buddy Lee sloot zijn ogen.

Dit voelde anders. Dit voelde definitief.

Een uur later ging zijn telefoon. Niet zijn mobiel, maar de vaste telefoon in de kamer. Buddy Lee reikte over de leuning en pakte de handset. 'Hallo?'

'Buddy,' zei Christine.

'Wat moet je?' vroeg Buddy Lee.

'Ik bel om te vragen hoe het met je gaat. Ik zag het nieuws,' zei Christine.

'Red Hill heeft het nieuws gehaald? Dat is dan voor het eerst.'

'Kidnappers die een klein meisje ontvoeren en het huis van haar grootouders in de as leggen, dat gebeurt niet iedere dag. Gaat het?' zei Christine.

'Wíj zijn ook haar grootouders, Christine,' beet Buddy Lee haar toe.

'Dat weet ik ook wel, hoor. Eerst Derek en nu dit allemaal. Er mag haar niets overkomen. Er mag niemand iets overkomen,' zei Christine. Haar verdriet was voelbaar. Het deed Buddy Lee huiveren.

'Oké, het spijt me. Er komt inderdaad veel op ons af,' zei Buddy Lee.

'Denk je dat dit iets te maken heeft met wat je me laatst vertelde?' vroeg Christine. Buddy Lee gaf geen antwoord. 'Oké. Dan vraag ik het nog een keer: hoe gaat het met je?'

'Doe dat maar niet.'

'Wat moet ik niet doen?'

'Om me geven. Het is makkelijker als we elkaar haten,' zei Buddy Lee.

'Ik heb jou nooit gehaat, Buddy Lee. Ik werd soms helemaal gek van je, maar ik heb je nooit gehaat.'

'Gerald vindt het niet erg dat je met je ex-man zit te kleppen? Of luistert hij mee?'

'Ha. Gerald Winthrop Culpepper heeft echt geen tijd om in de gaten te houden met wie ik bel. Hij heeft het te druk met zijn campagne,' zei Christine.

Buddy Lee ging rechtop in zijn bed zitten. Er kwam een verpleegkundige binnen, maar die wuifde hij weg.

'Hoor ik dat goed?' vroeg Buddy Lee.

'Gerald gaat meedoen aan de gouverneursverkiezingen. Ik heb je dat laatst al verteld. Zijn vader zit hem te pushen sinds zijn eigen gooi naar het gouverneurschap mislukte.'

'Nee, niet dat. Zijn naam. Zeg zijn hele naam nog eens,' zei Buddy Lee.

'Wat? Waarom?'

'Doe nou maar.'

'Gerald Winthrop Culpepper. Hij is vernoemd naar zijn overgrootvader. Gaat het wel?' vroeg Christine.

'Ja, alles in orde,' zei Buddy Lee. De puzzelstukjes vielen als levensgrote Tetris-blokken in zijn hoofd in elkaar. Het was ineens heel logisch allemaal. Waarom Derek zo kwaad was over Tangerines vriendje. Wat had hij hem genoemd? Een hypocriet en een klojo. Christine had gezegd dat Derek haar voor de moord nog had gebeld. Ze had niet opgenomen, maar Derek was er niet de man naar om daar genoegen mee te nemen. Waarschijnlijk is hij naar haar toe gegaan. Is hij Gerald tegengekomen. Heeft hij hem de waarheid gezegd.

'Klootzak,' zei Buddy Lee.

'Wat noem je me?' vroeg Christine.

Buddy Lee wist nu waarom Tangerine hem als 'W' had opgeslagen in haar telefoon. Nu wist hij hoe ze elkaar hadden leren kennen. Gerald

Culpepper en Christine stonden om de haverkap in de krant omdat ze te gast waren geweest bij een of ander chic feestje. Toen Tangerine 'We kunnen niet winnen' had gemompeld, had ze niet bedoeld dat er geen kruid tegen was opgewassen. Ze had eigenlijk 'Wynn' gezegd.

Zoals mensen een Winthrop vaak noemden.

'Hoe heet het daar in King William County ook alweer, waar jullie nu wonen?' vroeg Buddy Lee.

'Garden Acres. Wat is er, Buddy Lee?' vroeg Christine.

'Niets.'

Hij zette de handset terug in de oplader. Hij stapte uit bed en liep naar de teakhouten kast in de hoek. Zijn kleren lagen in een doorzichtige plastic tas op de tweede plank. Tegen de tijd dat hij zijn schoenen aan wilde doen, kwam de eerder door hem weggewuifde verpleegkundige de kamer in.

'Meneer Jenkins, u moet in bed blijven. De dokter wil u vierentwintig uur hier houden ter observatie.'

'Lieverd, over tien tellen loop ik door die deur naar buiten. Als je tegen de dokter moet zeggen dat ik tegen zijn medisch advies in weg ben gegaan, nou, dan moet dat maar. Ik blijf hier geen minuut langer dan nodig,' zei Buddy Lee. De verpleegkundige gooide haar handen in de lucht en pakte de status van het voeteneind.

Het duurde even voor hij zijn pick-up gevonden had. Ike had hem helemaal aan de andere kant van de parkeerplaats gezet. Buddy Lee pakte zijn sleutelbos, deed het portier open en stapte in. Hij trok het handschoenenkastje open. Het halfautomatische pistool lag er nog. Hij controleerde het magazijn. Dat was leeg. De kamer ook. Ike had in feite ongewapend rondgereden. De MAC-10 lag in Mya's auto, die vast bij de sloperij van een of andere redneck stond. Dat was goed. Hij startte zijn wagen.

De motor kwam ratelend en schuddend tot leven. Buddy Lee reikte achter zich. Hij ging met zijn hand voorzichtig door het glas dat in de loze ruimte achter de voorbank was gevallen.

Toen hij vond wat hij zocht, sloot hij zijn hand eromheen en trok het achter de voorbank vandaan. Het was een oude houten honkbalknuppel waarin op vaste punten spijkers waren geslagen. Zijn oud-collega Chuck noemde het een zelfgemaakte goedendag. Veel mensen betaalden hem nog contant. Hij had een schietwapen kunnen kopen, maar als hij door de politie werd aangehouden zou hij zijn baan kwijtraken en weer in de bak belanden, en de boete zou waarschijnlijk voor rekening van zijn baas zijn. Deze vredebrenger leek hem een mooi alternatief. Hij had hem nog maar twee keer moeten gebruiken. Meestal was het genoeg om hem even tevoorschijn te halen.

Een honkbalknuppel met spijkers. Een stamper. Een .45. Het scheen Buddy Lee toe dat je alles als wapen kon gebruiken zolang je het maar met toewijding deed. Zelfs liefde. Vooral liefde.

Buddy Lee reed de parkeerplaats af en voegde zich tussen de andere auto's. Hij begon te zingen. Een lied dat zijn grootmoeder altijd zong wanneer er iemand uit de Jenkins-clan werd begraven. Toen haar tijd gekomen was, hadden ze het op haar begrafenis gezongen.

'O dood, o dood, sla mij nog een jaartje over...' zong Buddy Lee zacht terwijl hij over de snelweg reed.

37

Garden Acres bleek een godvergeten gat te zijn. De navigatie bracht hem tot op vijftien kilometer van de nog grotendeels te bouwen wijk. Vanaf dat punt moest hij zich laten leiden door de reclameborden van de projectontwikkelaars, die hem naar een brede zijweg leidden waarvan het asfalt zo glad was dat het leek alsof ze er elke nacht een nieuw laagje op goten. Buddy Lee gaf plankgas. Zijn pick-up haalde met moeite tachtig. De motor riep gierend om genade, maar die emotie was nu even niet voorradig.

Buddy Lee draaide Garden Acres Drive op. Er kwam een wolk grijsblauwe rook uit zijn auto. Langs de weg liep een betonnen goot waarachter roze rododendrons stonden. Buddy Lee reed langs huizen die meer kostten dan hij gedurende zijn leven bij elkaar had verdiend, legaal of illegaal. De tuinen, ingericht als gevarieerde landschappen en door verharde opritten in tweeën gesplitst, zouden Ike en zijn medewerkers een dik belegde boterham opleveren. Veel van de opritten hadden bij de ingang bakstenen zuilen met een ingebouwde brievenbus staan. In sommige gevallen was er ook een hek. De meeste huizen hadden een aangebouwde dubbele garage. De wijk ademde een verbluffende uniformiteit. Alsof elk huis was ontworpen conform een architectonisch principe dat uitdrukking moest geven aan welvaart.

Buddy Lee bracht de pick-up tot stilstand. Christine was zo iemand die haar auto voor de garage in plaats van erin parkeerde. Buddy Lee bedacht dat Gerald waarschijnlijk een auto voor zijn werk en een auto voor de lol had. Voor de goudgele Lexus van Christine zou wel geen ruimte meer zijn.

Buddy Lee reed de oprit op. Hij gaf een paar keer een dot gas.

'Nog één keer, meissie. Geef alles wat je nog in je hebt,' mompelde hij.

Buddy Lee trapte het gas in. De pick-up, een rammelend wrak waarvoor hij zes jaar geleden vijftienhonderd dollar had betaald, kwam brullend tot leven, onder protest, zo leek het, want de oliespetters vlogen uit de uitlaat. Buddy Lee stoof de oprit over. Tegen de tijd dat hij langs Christines auto en door de garagedeur vloog, reed hij ruim zeventig. Hij ramde een donkerrode Corvette die naast een zwarte BMW stond.

Buddy Lee maakte zijn gordel los, stapte uit en liep de garage uit. Aan weerszijden van de voordeur, een kunstige versie van een schuurdeur met gietijzeren korbelen, sprongen twee schitterende koperen buitenlampen aan. Zeven brede treden van baksteen leidden naar de deur. Buddy Lee liep de trap op, pakte zijn slaghout met twee handen vast en sloeg de dichtstbijzijnde buitenlamp aan diggelen. Hij hoorde binnen iemand rondrennen.

'Gerald! Kom naar buiten, gore klootzak! Kom naar buiten, vuile moordenaar!' schreeuwde Buddy Lee. Aan beide kanten van de deur stond naast een geglazuurde aardewerken pot een kleine terracotta leeuw. Buddy Lee verbrijzelde met een paar zwaaien van zijn knuppel de beide leeuwen en potten. De scherven vlogen door de lucht en sommige kwamen in zijn sprietige haar.

'Je deed het met die griet, Gerald. Je naaide haar en Derek kwam erachter!' bulderde Buddy Lee. Hij sprong het trappetje af. Een raampje naast de deur moest eraan geloven. Er waren twee harde klappen met de knuppel voor nodig, maar toen brak het in duizenden stukjes.

'Buddy Lee! Stop daarmee!' gilde Christine. Ze stond achter een stoffen chaise longue die binnen voor het nu gebroken raampje stond.

Buddy Lee wees naar haar met zijn knuppel. 'Hij heeft onze zoon vermoord, Christine. Hij heeft Derek vermoord. HIJ HEEFT HEM VERMOORD!' bulderde hij.

Christine legde haar handen op haar mond. 'Wat zeg je?'

'Derek ontdekte dat hij je bedroog met een zekere Tangerine. Kom naar buiten, Gerald. Of moet ik Wynn zeggen? Want zo noemde ze jou toch, gore klootzak?' zei Buddy Lee.

'Gerald, wie is...'

Gerald onderbrak haar. Zijn stemde galmde met de onmiskenbare metaligheid van een intercom door het huis. 'De politie is gebeld, Buddy,' zei hij.

'Kom naar buiten, Gerald. Ik ga je hersens inslaan, maar niet voordat je de naam van mijn zoon hebt gezegd. Kom uit die schuilkelder en kom naar buiten, man,' zei Buddy Lee.

'Buddy Lee, de politie kan elk moment komen,' zei Christine.

'Denk je dat ze hier zullen zijn voordat ik deze knuppel door Geralds strot heb gedouwd? Kom naar buiten, jongen. Kijk me in de ogen. Kijk de vader van de man die je vermoord hebt in zijn ogen. Heb je daar de ballen voor? Of laat je de Breed al het vuile werk voor je opknappen?' zei Buddy Lee.

Gerald zei weer iets. Buddy Lee voelde de minachting uit de luidsprekers druipen. 'Dit is geen B-film met Warren Oates, Buddy Lee. Ik stel voor dat je die knuppel weglegt en op de grond gaat liggen. Nu is het alleen nog maar vernieling van andermans eigendommen en onrechtmatig betreden van privéterrein. Voeg daar geen poging tot moord aan toe,' zei Gerald.

'Niks geen poging, eikel. Als je niet naar buiten komt, kom ik naar binnen,' zei hij. Hij liep terug naar zijn auto. Hij probeerde te starten. De motor pruttelde wat, maar sloeg niet aan. Hij probeerde het nog een keer.

'Laatste keer, meissie,' zei hij. De auto leek het uit zijn tenen te moeten halen, maar de motor ging lopen. Buddy Lee reed achteruit en maakte zich los van de garagedeur. Hij remde en schakelde.

Gerald kwam met zijn mobiel in zijn hand vanuit het donker tevoorschijn. Hij ging achter Christine staan en staarde door het gat dat ooit hun raam was.

'Is hij weg?'

'Nee. Wie is Tangerine?' vroeg Christine griezelig kalm.

'O, mijn god,' zei Gerald. Hij pakte Christine bij haar arm en trok haar bij het raam vandaan op het moment dat Buddy Lee met zijn pick-up hun woonkamer ramde. De stenen rond het raam barstten, verschoven en vielen als de tanden van een speedjunk op de grond. De voorwielen spinden over de houten vloer en lieten zwarte rubberstrepen achter.

Buddy Lee viel met de knuppel in zijn hand uit de wagen. Hij gebruikte de knuppel als stok en krabbelde overeind. 'Ik kom eraan, smeerlap. Eens kijken hoe je ingewanden eruitzien,' zei hij.

Gerald trok Christine mee door de klapdeurtjes die hun keuken scheidden van de eetkamer. Buddy Lee ging achter hen aan en sloeg zwaaiend met zijn knuppel gaten in de gipsplaten. Hij beukte met één klap een van de klapdeurtjes uit zijn scharnieren. Gerald stond achter Christine. Hij had een slagersmes in zijn hand.

'Heb je weleens iemand gedood, Gerald? Niet via de telefoon, maar van heel dichtbij en met je blote handen? Heb je weleens bloedspetters op je gezicht gehad? Een laatste rochelende ademtocht gehoord? Geroken dat zijn darmen leegliepen in zijn broek? Ik wel. Dus dat mes gaat me echt niet tegenhouden, geloof me,' zei Buddy Lee.

'Stop, Buddy Lee. Alsjeblieft,' zei Christine.

'HIJ HEEFT ONZE ZOON VERMOORD!' brulde Buddy Lee. Hij zwiepte zijn knuppel van rechts naar links en ramde het koffiezetapparaat van het granieten aanrechtblad dat langs de hele linkermuur liep. 'Zeg zijn naam, Gerald!' Hij ramde een sapcentrifuge van het aanrecht die aan zijn eerste aanval was ontsnapt. 'Zeg het! DEREK WAYNE JENKINS!' schreeuwde hij.

'Laat die knuppel los!' zei een gezaghebbende stem achter hem. Buddy Lee verstijfde. 'Laat hem los!'

Buddy Lee liep wierp een blik over zijn schouder. Er stonden twee hulpsheriffs achter hem, die allebei hun hand op hun wapen hadden liggen. Buddy Lee liet de knuppel los. Hij kletterde op het Italiaanse marmer dat op de vloer lag.

'Goddank is er wit privilege,' mompelde Buddy Lee.

Hij stormde op Christine en Gerald af. Gerald duwde zijn vrouw naar Buddy Lee. Buddy Lee mepte haar opzij en greep met zijn rechterhand het lemmet van het slagersmes in Geralds hand. Met zijn linker sloeg hij Gerald in zijn gezicht. Het moment waarop zijn knokkels contact maakten met de brede, hoekige kaak was het gelukkigste dat hij in maanden had beleefd. Ook toen vier sterke armen zich om zijn bovenlijf kronkelden, bleef hij Gerald slaan. Hij rukte het mes uit zijn hand en liet het op de grond vallen. Bloed stroomde uit de jaap in zijn hand en gutste op het marmer. Toen hij er met zijn arm niet meer bij kon komen, begon hij naar Geralds gezicht te schoppen. De hulpsheriffs hadden de grootste moeite om hem naar de grond te krijgen.

'Hij heeft mijn zoon vermoord! Hij heeft mijn zoon vermoord! Mijn zoon! Mijn zoon!' schreeuwde Buddy Lee tot zijn woorden in elkaar overvloeiden en een onverstaanbaar lied van verdriet werden.

Buddy Lee leunde tegen de koude B2-blokken van de celmuur. Ze hadden een uur geleden zijn hand verbonden en hem in de cel gesmeten. Het was weekend, dus hij deelde de grote cel van zevenenhalf bij zevenenhalf met een stuk of wat dronkenlappen, een paar morsig ogende jongens in de greep van een opioïdenverslaving en een stille vent die de indruk wekte elk moment in tranen uit te kunnen barsten.

Net als in de goeie ouwe tijd. Hij zou waarschijnlijk geen borgsom krijgen, en zo wel, dan zou die zo hoog zijn dat hij op een tafel zou moeten klimmen om hem te kunnen betalen. Hij had minstens twee misdrijven begaan. En omdat hij al gezeten had, zouden die hem weer een gevangenisstraf opleveren.

Hij had gefaald. Hij had Derek teleurgesteld. Hij had Isiah teleurgesteld. Hij had Ike teleurgesteld. Hij had Mya teleurgesteld. Hij had Arianna teleurgesteld. Hij was wat hij altijd geweest was. Een mislukkeling.

'Jenkins,' zei een hulpsheriff met een hoofd dat geknipt was voor de radio.

Buddy keek hem met half toegeknepen ogen aan. 'Ja.'

'Opstaan. Iemand wil je spreken,' zei de hulpsheriff.

Buddy Lee verroerde zich niet. Wie zou hem in godsnaam willen spreken? 'Wie is het?' vroeg hij.

'Opstaan zeg ik, of moeten we je soms in de stoel zetten?' vroeg de hulpsheriff. De 'stoel' was een toestel waarmee je onhandelbare gevangenen aan armen en benen kon vastzetten. Buddy Lee had een keer in die stoel gezeten. Het was onaangenaam genoeg geweest om het niet nog een keer te willen. Hij stond op en keek naar de muur. Twee hulpsheriffs voegden zich bij de lelijke Radioman. Ze boeiden hem en leidden hem de cel uit. Ze liepen door een steriele witte gang met flikkerende tl-buizen. Ze kwamen bij een deur waarop met gouden letters op een zwarte achtergrond ADVOCAAT stond. Radioman deed de deur open en de twee andere hulpsheriffs duwden hem de kleine, koele kamer in. Vier paar sterke handen drukten hem in een stoel. Ze maakten de boei van zijn rechterhand open, staken hem door een ring aan de onderkant van de tafel en klikten hem dicht.

'Wie wil me spreken?' vroeg Buddy Lee. De hulpsheriffs reageerden niet. Ze glipten naar buiten en lieten de deur openstaan.

'Wij moeten even met elkaar praten, meneer Jenkins,' zei Gerald terwijl hij de kamer binnenliep.

38

Buddy Lee probeerde op te springen van zijn stoel, maar de handboei hield hem tegen. Hij ging weer zitten terwijl Gerald de deur achter zich dichtdeed. Hij liep naar de andere kant van de ijzeren tafel en trok de stoel naar achteren.

'Het is mij altijd een raadsel geweest waarom deze tafels zijn vastgezet en de stoelen niet. In deze kamer kunnen verdachten hun advocaat spreken. Als je zo boos op je advocaat bent dat je een tafel naar zijn hoofd gooit, moet je wel hartstikke schuldig zijn,' zei Gerald. Hij glimlachte naar Buddy Lee. Op Geralds kin zat een paarse streep. Vlak boven zijn hoofd zat er nog een.

'Je hebt mijn zoon vermoord,' zei Buddy Lee. Hij gaf instinctief een ruk aan de handboei.

'Buddy, je moet even goed naar me luisteren.'

'Je hebt mijn zoon vermoord,' zei Buddy Lee ziedend.

Gerald schudde zijn hoofd. Een buitenstaander zou er een gebaar van medeleven in hebben gezien. 'Buddy, we moeten hier als volwassenen mee omgaan,' zei Gerald.

'Ik snij je lul eraf en douw 'm door je strot.'

Gerald leunde naar voren en zette zijn handen op zijn knieën. Hij glimlachte niet. 'Er wordt in deze kamer geen geluid of beeld opgenomen, dus we kunnen vrijuit spreken. Mijn mensen hebben het meisje. Jouw kleindochter. Jij weet waar Tangerine is. Ze nemen contact met je op zodra je hier weg bent en zullen de details van de ruil met je doornemen. Jij en meneer Randolph brengen Tangerine naar een door ons aangewezen locatie. Jullie doen wat wij zeggen, anders laat ik mijn mensen dat meisje in hapklare brokken snijden,' zei Gerald.

'Als je dat meisje iets aandoet is er geen gat diep genoeg om je in te verstoppen. Dat beloof ik je, kerel,' beet Buddy Lee hem toe.

'Waarom toch altijd zo melodramatisch, Buddy Lee? Begrijp je dan niet dat ik alle troeven in handen heb? Ik heb het meisje. Ik ben rechter. Je hebt geprobeerd me in mijn eigen huis te vermoorden.' Gerald streek met zijn vinger over de wonden in zijn gezicht. 'Als ik zou willen hoef ik alleen maar te bellen om je borgsom op een getal van zes cijfers te laten zetten. Je gaat doen waarvoor tuig zoals jij gemaakt is. En dat is instructies volgen.'

'Dat litteken van die kopstoot is goed genezen, hè?'

Gerald lachte. 'Zoals altijd hang je weer de stoere supermannelijke vent uit. Maar zeg eens, Buddy, wat heeft je dat in je leven opgeleverd behalve een hoop ellende?' vroeg Gerald. Hij leek oprecht geïnteresseerd in het antwoord.

Buddy Lee leunde achterover en ging met zijn wijsvinger over de harde stoppels op zijn kin. 'Je hebt gelijk. Er zijn tijden geweest dat ik me zwaar kut voelde. Tijden waarin ik niets wilde behalve doodgaan. Als ik al die tijden bij elkaar optel, zijn het er twee keer zoveel als de goede, daar twijfel ik geen moment aan,' zei hij.

Gerald opende zijn mond om iets te zeggen, maar Buddy stak zijn wijsvinger op en bewoog hem heen en weer. 'Maar hoe beroerd ik er soms ook aan toe was, ik heb nooit gelogen over wie ik ben. Ik heb me nooit anders voorgedaan dan de ruziezoekende, whiskey zuipende, lieve hark die ik ben. Ik slaap bijna altijd als een roosje. Ik schaam me niet voor wie ik ben. Ik denk graag dat mijn zoon dat van mij had. Maar hoe zit dat bij jou, Winthrop? Hoe voel jij je als je thuiskomt bij Chrissy nadat je de hele nacht hebt liggen wippen met Tangerine? Wat denkt de man in de spiegel over de man die altijd zijn mond vol heeft van mensen die hij abnormaal en walgelijk noemt? Die altijd zegt dat het niet Adam en Steven is, maar Adam en Eva, terwijl hij zelf de hele tijd ligt te rampetampen met de T van lgbtq? Wie van ons twee slaapt dan beter... kerel?' vroeg Buddy Lee. Hij leunde naar voren.

Gerald glimlachte, de aderen op zijn slapen pulseerden.

Buddy Lee lachte. Hij kantelde zijn hoofd naar achteren en gnuifde naar de dakspanten. 'O, je dacht dat we dat niet wisten? Hé, ik oordeel er niet over, hoor. Ik ben wat je noemt een bondgenoot,' zei hij.

Gerald glimlachte niet meer. 'Ik zeg tegen het OM dat ik geen aanklacht indien omdat ik weet dat je zoveel verdriet hebt om die perverse dode zoon van je. Jij gaat naar Ike en jullie leveren Tangerine bij mij af. Dan krijgen jullie dat meisje ongedeerd terug. Maar als jullie je niet strikt aan de instructies houden, kan ik je verzekeren dat Arianna op een gruwelijke manier aan haar einde zal komen,' zei Gerald. Hij stond op en liep naar de deur. Toen hij de knop omdraaide zei Buddy Lee nog iets. Hij schreeuwde niet en hij riep niet.

'Er komt een dag, eerder dan je denkt, dat je hart dat stilvalt het laatste is wat je hoort. En dat Ike die jouw hart in zijn hand heeft het laatste is wat je ziet. Knoop dat maar in je oren,' zei Buddy Lee.

Gerald grinnikte. Het lachje kaatste van muur naar muur. 'Mijn mensen nemen contact met je op.' Hij liep de kamer uit.

'Eerder dan je denkt,' zei Buddy Lee zacht.

39

Ike stopte een paar munten in de automaat voor een blikje frisdrank. Hij zag de spiraalveer draaien en het blikje in de bak vallen. Hij pakte het eruit. Had er maar bier in de automaat gezeten, of beter nog, een fles whiskey. Mya was uit de ok maar nog niet bij bewustzijn. De dokter had gezegd dat het door de zwelling in haar hersenen onzeker was wanneer ze wakker zou worden. Het kon over een paar uur zijn of over een paar weken. De verpleging had een ligstoel naast het bed gezet, zodat hij daar wat kon slapen. Anders was hij gewoon op de grond gaan slapen. Morgen zou hij moeten kijken wat er over was van hun huis. Wat er over was van hun leven. Alle volwassen klussen doen die horen bij de nasleep van een materiële ramp. De verzekeringsmaatschappij bellen, een politieverslag zien te krijgen van een sheriff die wist dat hij iets achterhield. Al die strontvervelende futiliteiten die de wereld draaiende hielden, zelfs als je alles kwijt was geraakt.

Zijn mobiel ging.

Hij pakte hem en zag dat het Buddy Lee was. Hij drukte op Weiger.

De telefoon ging nog een keer.

Hij drukte weer op Weiger.

De telefoon ging opnieuw. Nu nam hij op.

'Als je me nog een keer belt vermoord ik je,' zei Ike.

'Het was Gerald Culpepper,' zei Buddy Lee.

'Wat? Wie is dat?'

'De stiefvader van Derek. Hij was de man die Tangerine naaide. Hij is rechter en had de Rare Breed in zijn zak.'

Ike liep met zijn blikje naar de plastic kuipstoel in de wachtkamer en ging zitten.

'Ike?' zei Buddy Lee.

'Hoe weet je dat? Waarom zou ik je geloven?' zei Ike.

'Je zei dat Tangerine haar vent in haar telefoon had staan als "W", toch? Geralds tweede naam is Winthrop. Ineens had ik het door. Waarom Derek zich zo druk maakte omdat een of andere kerel Tangerine dumpte. Waarom hij daar zo kwaad over was. Daarna sprak ik zijn moeder en die zei dat Derek had geprobeerd haar te bereiken, twee weken voordat de jongens werden doodgeschoten.'

'Maar in plaats daarvan kreeg hij zijn stiefvader.'

'Die hij waarschijnlijk bedreigd heeft. Die ouwe Winthrop is zo'n eigen-volk-eerstmannetje. Vrouwen moeten blootsvoets en zwanger zijn, zwarten moeten hun plaats weten, en als je niet rechttoe rechtaan hetero bent vertegenwoordig je het kwaad,' zei Buddy Lee.

'Hij wilde niet dat bekend zou worden dat hij buiten de pot pieste, en al helemaal niet dat hij dat met Tangerine deed.'

'Ja, hij zit overal achter, Ike. De Rare Breed mag dan de trekker overgehaald hebben, hij trok aan de touwtjes. Hij wil dat wij hem Tangerine geven in ruil voor Arianna. Hij gaat een gooi doen naar het gouverneurschap en wil niet dat dit op straat komt te liggen.'

'En wanneer heeft hij dit tegen jou gezegd?' vroeg Ike.

'Meteen nadat ik met mijn pick-up zijn huis in ben gereden en zijn hersens probeerde in te slaan met een honkbalknuppel vol spijkers.'

'Laat me raden: hij dient geen aanklacht in.'

'Nee. Hij wil ons alle drie. Ze kunnen je elk moment bellen. Luister, ik weet dat je kwaad op me bent, en dat neem ik je absoluut niet kwalijk. Maar als we de handen nu niet ineenslaan, leggen we allebei het loodje,' zei Buddy Lee.

'Mya is net geopereerd,' zei Ike.

Buddy Lee zoog op zijn tanden. 'Wat zeggen de artsen?'

'Ze wordt misschien over een paar uur wakker. Maar het kan ook nog een paar dagen of weken duren.'

'Ik weet niet wat ik moet zeggen, Ike.'

Ikes blik viel op zijn spiegelbeeld in de automaat. Zijn hangende schouders. De verslagen buiging van zijn hoofd, alsof hij een onzichtbare molensteen om zijn nek had. Zijn zoon was dood. Zijn kleindochter was ontvoerd. Zijn vrouw zweefde tussen leven en dood. Zijn huis was in de as gelegd. Alles vanwege één man. Een man die dacht dat de regels niet voor hem golden. Een man die dacht dat hij ongenaakbaar was.

'Waar ben je?' vroeg Ike.

'Bij de King William County-gevangenis. Min of meer. Ik heb een klein stukje gelopen,' zei Buddy Lee.

'Ik vraag een van mijn mannen om de kleinere werkauto te brengen. Blijf waar je bent. Ik ben er over ongeveer een uur.'

'Hé, als je liever bij Mya blijft moet je dat doen.'

'Ze zou zeggen dat ik onze kleindochter moet zien terug te krijgen, dus dat is wat ik ga doen. Geef me een uur.'

Ike zette zijn auto vlak bij de gevangenispoort aan de kant. Buddy liep naar hem toe. Hij stapte in en deed de deur dicht. Ike keerde en begon aan de terugweg naar Red Hill.

Ze hadden al een paar minuten zwijgend naast elkaar gezeten toen Buddy Lee begon te ratelen.

'Ik meende wat ik toen bij jou in de zaak tegen je zei. Ik kan niet leven in een wereld waar Gerald Culpepper vrolijk ademhaalt en onze jongens in een graf liggen. Maar... ik had niet moeten doen wat ik gedaan heb. Het spijt me.'

'Misschien heb je me op die manier naar de rand geduwd, maar ik ben zelf gesprongen,' zei Ike.

Ze reden Route 33 op en lieten King William achter zich. De koplampen beschenen een groen bord waarop stond dat Red Hill nog 35 kilometer was.

'Ze hebben nog niet gebeld?' vroeg Buddy Lee.

'Nee. Ze zijn waarschijnlijk op zoek naar een goede plek om ons te begraven. We weten te goed waar die Gerald zijn piemel graag in steekt.'

'Ja. We moeten uitvogelen hoe we daar gebruik van kunnen maken. Om Arianna terug te krijgen zonder Tangerine uit te leveren.'

'Daar heb ik over nagedacht. Toen het erop leek dat ik het verder alleen moest doen, kreeg ik een idee,' zei Ike.

Buddy Lee trok een wenkbrauw op. 'We zijn weer oké?'

'Het is een zootje, maar daar heb je niet in je eentje voor gezorgd.'

'Goed. Wat is het plan?' vroeg Buddy Lee.

'Je weet dat zij iets hebben wat wij willen en dat wij iets hebben wat zij willen. We moeten iets zien te krijgen wat ze liever hebben dan Tangerine,' zei Ike.

'Zoals? Gaan we een van hun motoren stelen?'

'Nee. Ik dacht eerst: we zoeken uit waar ze wonen en nemen een van hun vrouwen mee.'

'Verrek, man. Ze zullen wel kling-kling doen als je loopt,' zei Buddy Lee.

'Wat?'

'Die ballen van je. Die zijn blijkbaar van staal. Maar ik moet zeggen dat ik het een goed idee vind. Ze zullen het in ieder geval niet verwachten.'

'Ja. Maar nu weten we precies welke kop er bij de slang past. We kunnen volgens mij beter iemand hebben die dichter bij de troon zit,' zei Ike. Hij haalde zijn ogen van de weg en keek Buddy Lee lang, het leek wel een hele minuut, aan.

'O, ik geloof dat ik begrijp waar je naartoe wil, maar ik kan je zeggen dat Gerald volgens mij helemaal niet zoveel om Christine geeft. Anders was hij niet met Tangerine de koffer in gedoken,' zei Buddy Lee.

'Ben je nou serieus, of gaan we ineens soft lopen doen?'

'Als je diep in mijn hart kijkt, dan ja, ik heb nog steeds een zwak voor haar. Maar het enige waarvan Gerald Culpepper houdt is macht en...' Hij zweeg en legde zijn vinger op zijn lippen.

'En wat? Ik kan geen gedachten lezen,' zei Ike.

'Derek vertelde me een keer dat hij zijn moeder één keer negatief over Gerald had horen praten en toen had ze gezegd dat hij een echt papa's kindje was.'

'Hij houdt van macht, maar nog meer van zijn vader.'

'Zeker weten. Derek zei dat Gerald en zijn vader twee handen op één buik waren. Gatsby Culpepper is een klootzak, net als zijn zoon. Derek zei dat Gatsby niet wilde dat hij hem opa noemde. Dan zei hij dat Derek geen echte Culpepper was en dus die eer niet toekwam,' zei Buddy Lee.

'Weet je, je zei dat Derek en jij niet met elkaar overweg konden, maar zo te horen hebben jullie toch heel wat af zitten kletsen,' zei Ike.

Buddy Lee bromde. 'Alleen wanneer hij boos was op zijn moeder. Je kent dat wel. Ik wilde dat maar al te graag weten, maar als hij daarna over Isiah begon, tja, dan was ik ineens een stuk minder enthousiast,' zei hij.

'Ja. Ik eh... Ik luisterde niet naar Isiah als hij begon over hoe gelukkig hij was met Derek. Ik bedoel, ik wilde gewoon niet luisteren.'

'Misschien kunnen we betere grootvaders worden dan we vaders waren,' zei Buddy Lee.

'Weet je waar die Gatsby woont? Ze hebben nog niet gebeld, maar als hun telefoontje komt hebben we weinig tijd meer om iets te doen.'

'Kunnen we het googelen?'

'Denk het wel. Je kunt tegenwoordig alles googelen.'

'Dat hoor ik wel vaker,' zei Buddy Lee.

Ze reden een paar kilometer zwijgend verder.

'Ben je echt met je pick-up zijn huis in gereden?' zei Ike.

'Yep, maar ik heb het verkloot omdat ik bij de gootsteen links afsloeg.'

Ike en Buddy Lee keken op hetzelfde moment naar elkaar.

Buddy Lee begon te lachen.

Ike schudde alleen maar zijn hoofd.

Ike had gelijk.

Eenmaal in de woonwagen van Buddy wist Ike op Google het adres van Gatsby Culpepper op te sporen. Op de website waar hij het adres vond stond dat hij voor 29,99 dollar het strafblad van Gatsby kon inzien.

'Hier staat dat hij even buiten Richmond woont, in Charles City County,' zei Ike. Hij keek op zijn horloge. 'Het is bijna elf uur. Ik stel voor om meteen te gaan.'

Buddy Lee leunde naar achteren, balanceerde op twee stoelpoten en liet de stoel toen weer terugzakken op alle vier de poten. Hij wreef met zijn linkerhand over zijn gezicht. De wond op zijn rechterhand klopte onder het verband. Hij nam een slok uit een weckpot waarin vlak boven de bodem een vage vorm dreef. Het moest ooit een halve perzik zijn geweest. Hij had de pot gevonden in zijn kast, achter zijn winterkleren. Buddy Lee vergat soms waar hij zijn noodrantsoen bewaarde, net als een eekhoorn en zijn noten.

'Voor zover ik weet woont hij alleen,' zei Buddy Lee. 'Ik weet niet of hij een hond heeft. Ik weet niet wat voor alarmsysteem hij heeft of hoeveel wapens hij heeft. Volgens mij is het beter om eerst even poolshoogte te nemen.' Hij reikte Ike de pot aan. Ike nam een slok en gaf hem terug aan Buddy Lee. Buddy Lee pakte hem aan, kantelde hem omhoog en genoot van het brandende gevoel in zijn borst.

'Het kan me niet schelen wat hij heeft,' zei Ike. 'Het kan me niet schelen wie bij hem woont. Het kan me niet schelen of hij een hond heeft. We gaan naar binnen en schakelen hem uit. Als iemand of iets ons probeert tegen te houden, schakelen we die ook uit.'

'Het is genoteerd, maar ik heb ergens op zitten broeden.'

'Waarop?'

'Mijn vader zei altijd: "Werk slimmer in plaats van harder."'

Ike stopte zijn telefoon in zijn zak en sloeg zijn armen over elkaar. 'Ik luister.'

'Stel dat we daarnaartoe gaan en de ouwe Gatsby proberen te grijpen maar dat de pleuris uitbreekt. We worden opgepakt en dan bellen die lui van de Breed ons terwijl we in de nor zitten. Maar in plaats van als een olifant die porseleinkast binnen te stampen kunnen we hem ook naar buiten lokken en hem recht in onze armen laten lopen.'

'En hoe gaan we dat voor elkaar krijgen?' vroeg Ike.

'Nou, Gatsby is een ouwe lul. En een ouwe lul vindt niets leuker dan een knappe jonge meid. En laten we nou toevallig een knappe jonge meid in ons team hebben,' zei Buddy Lee.

'Je hebt het over Tangerine? Zij gelooft niet eens dat die schoft haar wil vermoorden. Hoe denk je haar over te kunnen halen om ons te helpen zijn vader te ontvoeren?'

'Heel eenvoudig. Door haar de waarheid te vertellen,' zei Buddy Lee.

40

Jazzy deed open.

'Hoe gaat het met Mya?' vroeg ze.

'Stabiel. We moeten je gast spreken. Stuur haar naar buiten,' zei Ike. Hij ging terug naar zijn auto en leunde tegen de grille. Buddy Lee stond naast hem met zijn handen in zijn zakken. De maan was een smal wit schijfje aan de nachthemel. Een dunne mistdeken rolde over het veld aan weerszijden van Jazzy's oprit.

Tangerine nam alle tijd om de trap af te komen. Ze bleef op iets meer dan een armlengte bij hen vandaan voor de woonwagen staan. Ze droeg een zwarte joggingbroek met witte katjes erop. Haar haar was losjes bijeengebonden in een knot op haar hoofd.

'Heb je het nieuws gezien?' vroeg Ike.

Ze knikte.

'Gerald wil dat we jou ruilen voor Arianna,' zei Buddy Lee.

Tangerine draaide haar hoofd met een ruk zijn kant op.

'Ja, we weten het,' zei Buddy Lee. 'De edelachtbare Gerald Winthrop Culpepper is de kerel die jou dumpte en dit hele gore kutballetje aan het rollen heeft gebracht. Hij is de man die Derek en Isiah liet vermoorden, en door hem is jouw moeder nu dood, en zijn nieuwe hobby is blijkbaar om jou naar de verdoemenis te helpen.'

'Hoe zijn jullie...'

'We zien er misschien niet zo snugger uit, maar samen hebben we toch op z'n minst een half stel gezonde hersenen,' zei Buddy Lee. '"W" staat voor Wynn. Winthrop is de tweede naam van Gerald. Gerald is de stiefvader van Derek.'

'Daarom was Derek zo van streek. Daarom wilde Isiah er een stuk over schrijven,' zei Ike.

'Het is zijn familie niet, Tangy. Het is niet zijn vrouw. Hij is het zelf. Hij zit achter de knoppen. Hij heeft tegen zijn mannen gezegd dat ze een klein meisje moesten ontvoeren,' zei Buddy Lee.

'En hij zou haar laten vermoorden alsof het niets is,' zei Ike.

Tangerine schudde heftig haar hoofd. Haar lange zwarte haar golfde over haar schouders. 'Wat willen jullie nu dat ik zeg? Dat ik een dom gansje ben? Dat ik zo stom was om te denken dat hij echt iets voor me voelde? Gefeliciteerd, jullie hebben gelijk! Ik ben gewoon de laatste in een hele rits domme bijvrouwtjes!' Ze ging op de onderste traptrede zitten.

Ike maakte zich los van de auto en liep naar haar toe. 'Het is niet onze bedoeling om je verdrietig te maken of een slecht gevoel over jezelf te geven. Gerald is gewoon niet de man die jij in je hoofd van hem gemaakt had. Dat is een harde les, maar niets waarvoor je je hoeft te schamen, Tangerine. Het is een les die we allemaal moeten leren, of die we een ander moeten geven. Maar nu je het weet kun je er niet meer omheen,' zei hij.

'We gaan je niet uitleveren. Dat kunnen ze wel vergeten,' zei Buddy Lee.

'Winthrop zei dat hij Arianna in hapklare stukjes terugstuurt als we het niet doen,' zei Ike.

'Dat gaat niet gebeuren, maar dan hebben we wel je hulp nodig, meisje,' zei Buddy Lee.

Tangerine veegde met de rug van haar hand over haar ogen. 'Hij heeft nooit iets om me gegeven, hè?'

'Hij geeft alleen om zichzelf, meisje,' zei Buddy Lee.

'Hij heeft mijn moeder vermoord,' zei Tangerine huilend. Ze trilde over haar hele lijf.

Ike ging op de trap zitten en sloeg een arm om haar heen. 'Help ons het recht te zetten. Help ons het hem betaald te zetten.'

Tangerine stuurde de pick-up van Ike over de smalle zijweg naar het landgoed van Gatsby Culpepper. De lange takken van de eiken en esdoorns dreigden de ruimte boven het wegdek in te nemen. Tangerine nam de flauwe bocht en zag het bord dat aan de arm van een ruim twee meter hoge paal hing: NORTH POINT. De paal stond aan het begin van een met open beton bestrate oprit die over een lengte van ongeveer tweehonderd meter de donkerte in liep. Ze draaide de oprit op en parkeerde de auto naast een ondiepe greppel. Ze doofde de lampen en zette de motor uit. De Chevy was Ikes pick-up voor kleine klusjes. Hij vervoerde er spullen mee tussen de verschillende werklocaties als ze ergens gebrek aan hadden of andere problemen hadden. De magnetische bedrijfslogo's op de deuren had hij weggehaald.

Aan de bak, Tangy, dacht Tangerine. Ze controleerde in de binnenspiegel haar make-up. Zoals altijd waren haar oorlogskleuren feilloos opgebracht. Ze trok de motorkap open en stapte uit. Ze liep naar de voorkant en tilde de kap omhoog, waarna ze uitgebreid de motor inspecteerde voor het geval de heer Gatsby Culpepper door zijn slaapkamerraam naar haar keek. Ze gooide wanhopig haar handen de lucht in en liep het licht oplopende pad naar de voordeur op.

De liefelijke klanken van de 'Mondscheinsonate' galmden door het huis toen Tangerine op de deurbel drukte. Huis? Als je dit een huis noemde, vond je de Taj Mahal een graftombe. Technisch gesproken was het een huis, dat was dan ook het enige. North Point was een gigantisch in tudorstijl opgetrokken wangedrocht, op een tot in de puntjes ontworpen en verzorgd terrein van ruim tweeduizend vierkante meter dat door oude eiken, esdoorns en kornoeljes werd omgeven. Op de eerste verdieping ging licht aan, daarna op de begane grond. De zwarte deur, die meer op de ophaalbrug van een kasteel leek, ging onverwacht open. Ze had geen voetstappen gehoord, noch het gemompel van een arme ziel die om één uur 's nachts uit zijn slaap was gehaald.

'Kan ik u helpen?' vroeg de man in de deuropening. Hij was een paar centimeter groter dan Tangerine. Zijn dikke bos sneeuwwit haar was vanaf de scheiding links op zijn hoofd naar achteren geveegd. Hij droeg een lichtgroen golfshirt en een lichtbruine katoenen broek. De hal waarin hij stond was net zo groot als haar eerste appartement en leidde naar een grote kamer met een uit verschillende booggewelven bestaand plafond. Tangerine had er nauwelijks oog voor. Ze keek vooral naar het wapen in zijn linkerhand, die hij tegen zijn heup gedrukt hield. Een Dirty Harry-achtige revolver met een enorme loop.

'Ik zei: kan ik u helpen?' vroeg Gatsby. Tangerine verstijfde. Ze probeerde woorden uit haar mond te persen, maar ze kon alleen maar naar het kanon kijken dat de oude man in zijn hand had.

'Mevrouw?' vroeg Gatsby. Tangerine keek schielijk op en staarde de oude man recht aan. Zijn ogen waren groen en hadden onmogelijk grote pupillen. Ze moest iets wegslikken. Ze keek niet in de vriendelijke ogen van een barmhartige samaritaan.

'Eh, mijn auto is stuk en mijn mobiel is leeg. Ik vroeg me af of u ernaar kon kijken. Misschien moet hij even op gang worden geholpen. Ik weet dat het laat is, maar ik ben niet zo technisch,' zei ze.

Gatsby nam haar vluchtig op. Tangerine glimlachte naar hem. Gatsby glimlachte terug. Hoewel ze een stap bij hem vandaan stond, rook ze de whiskeylucht.

'En wat krijg ik daar dan voor?' zei Gatsby.

Tangerine had ineens een veel beter gevoel over wat er met deze oude man ging gebeuren.

Gatsby lachte zacht. 'Ik maak maar een grapje, schat. We gaan er even naar kijken.' Hij deed de deur achter zich dicht en liep achter haar aan zijn oprit af.

'Hoe ben je hier verzeild geraakt, schat?' vroeg Gatsby. Hij had de revolver nog in zijn hand.

'Ik kwam van een vriend en mijn auto hield er gewoon ineens mee op.'

'Als jij mijn vriendin zou zijn, zou je bij me zijn blijven slapen,' zei Gatsby.

Tangerine onderdrukte een opkomende golf van misselijkheid terwijl ze vlak voor de auto ging staan.

Gatsby boog zich over de motor. Zijn revolver had hij op de bumper gelegd. 'Als jij mijn telefoon even vasthoudt, schat. Je kunt hem als zaklampje gebruiken,' zei hij.

'Doe ik,' zei Tangerine. Ze stootte met haar knie tegen de revolver. Hij viel van de bumper en landde op de grond.

'Verdorie, schat, je moet uitkijken. Dat is een geladen revolver,' zei Gatsby. Hij bukte zich om het wapen op te rapen.

Ike en Buddy Lee traden aan weerszijden van de pick-up uit het donker naar voren. Ze droegen dezelfde blauwe bandana en zwarte wollen mutsen. Buddy Lee schopte de blaffer buiten het bereik van Gatsby.

De oude man kwam overeind. 'Wat moet dit voorstellen?' vroeg hij. Aan zijn toon kon je horen dat hij een man was die altijd verwachtte dat hij antwoord kreeg op zijn vraag.

Ike sloeg Gatsby met zijn rechtervuist achter zijn linkeroor. De oude man ging tegen de vlakte alsof hij geraakt was door een hamer.

'Heel handig, hoe je die revolver liet vallen,' zei Buddy Lee terwijl hij de .44 oppakte.

'Kunnen we hem in de auto tillen en 'm smeren?' vroeg Tangerine.

Ze bonden zijn handen en voeten met tiewraps bij elkaar, plakten zijn mond af met ducttape, tilden hem in de laadbak en gooiden een dik zeil over hem heen. Ike kroop achter het stuur, Tangerine schoof naar het midden en Buddy Lee ging aan de bijrijderskant zitten. Terwijl North Point uit hun spiegels verdween, klakte Buddy Lee met zijn tong.

'Wat?' vroeg Ike.

'Ik vraag me af of hij camera's heeft hangen,' zei Buddy Lee.

'We hadden maskers op.'

'Ik niet,' zei Tangerine.

'Zag je dat huis? Als hij camera's heeft is het vast zo'n modern systeem dat gekoppeld is aan zijn telefoon. We laten hem de beelden gewoon wissen,' zei Ike.

'En hoe wil je hem dat laten doen?' vroeg Tangerine.

Ike keek opzij. De vraag stierf in de leegte tussen hen in.

Tegen de tijd dat ze bij de woonwagen van Buddy Lee kwamen, was het iets na tweeën. Ike reed achteruit naar de deur en bracht de auto tot stilstand. Toen hij de motor uitschakelde, sprong Buddy Lee uit de auto en deed zijn voordeur open.

'Zeg het als je iemand ziet kijken,' zei Ike toen hij zich bij Buddy Lee voegde, die bij de laadklep was gaan staan.

'Aye aye, kapitein,' zei Buddy Lee.

Ike klapte het zeil weg en pakte Gatsby bij zijn golfshirt. De oude man kronkelde en draaide, maar Ike trok de man in een vloeiende beweging vanuit de laadbak de woonwagen van Buddy Lee in. Hij liet hem voor de zitbank op de grond vallen. Onder de tape klonk een kreun. Buddy Lee tikte met zijn tenen tegen de tape op Gatsby's mond.

'Die shit kun je echt overal voor gebruiken,' zei Buddy Lee.

'Ja, ik heb het zelfs een keer gebruikt om een lek in een sproeier te dichten,' zei Ike.

'Echt?'

'Echt,' zei Ike.

Buddy Lee ademde diep in en blies toen langzaam uit. Hij boog zich over Gatsby. Hij klopte op de zakken van de oude man en vond zijn telefoon. 'Ik denk dat we samen wel kunnen uitvogelen hoe we dit ding kunnen leeghalen. En daarna?'

'Daarna ga ik Tangerine terugbrengen. We wachten tot ze bellen met de instructies voor de uitwisseling. We hebben nu iets wat Gerald liever wil hebben dan Tangerine. We kunnen nu zelf een paar eisen stellen,' zei Ike.

'En als ze er niet op ingaan?'

'Gerald gaat er heus wel op in. Iedere goede zoon wil zijn pappie redden,' zei Ike.

Ike reed Jazzy's oprit af en bracht de pick-up tot stilstand. Tangerine had haar kin op de rug van haar hand gelegd.

'Ik geloof niet dat hij camera's had. Op zijn telefoon zat geen app of zoiets. Buddy Lee en ik konden er in ieder geval geen een vinden,' zei Ike.

'Ik wil je niet beledigen, maar jullie zijn nou niet bepaald de twee grootste whizzkids op aard. Zijn jullie echt bang dat hij op een dag naar de politie stapt?' vroeg Tangerine.

Ike gaf geen antwoord.

'Dat dacht ik al. Weet je, ik heb jullie alleen geholpen zodat we Arianna terug kunnen krijgen. Ik denk liever niet na over alle dingen die er zouden kunnen gebeuren,' zei Tangerine.

'Dan moet je dat niet doen,' zei Ike.

'Hoe doen jullie dat? Mensen vermoorden en gewoon doorgaan alsof er niets gebeurd is. Zoals in het huis. Je stapte over mijn moeder heen en knalde die mannen neer alsof het de gewoonste zaak van de wereld is. Het lijkt je niet te raken. Ik voel me zo schuldig over mijn moeder, over Isiah en Derek. Ik kan niet eten. Ik kan niet slapen. Ik schrik van ieder geluid. Ik begin zomaar te huilen. Jij niet, en Buddy Lee ook niet. Jullie gaan gewoon door, als twee haaien. Ik snap niet hoe jullie het doen.'

'Mensen als Isiah en Derek en je moeder hebben het niet verdiend om op die manier aan hun eind te komen. En de mensen door wie ze zijn vermoord verdienen het niet om te blijven leven. Ik kan niet voor Buddy Lee spreken, maar voor mij is dat wat me drijft.'

'Wraak?' vroeg Tangerine.

Ike glimlachte schamper. 'Nee, haat. Mensen doen graag alsof wraak een gerechtvaardigd motief is, maar het is gewoon haat in een mooier jasje,' zei hij.

41

Dome geloofde heilig in karma. Gedroeg je je als een ploert, dan werd je zelf tien keer zo hard als een ploert behandeld. En Dome kon weinig bedenken wat zo ploerterig was als het ontvoeren van een kind.

Eenmaal terug in het clubhuis moest hij het engeltje met de krulletjes in de gaten houden. Hij wist niet precies waarom hij de pineut was, maar hij wilde hoe dan ook niet dat iemand als Too Much haar bewaakte. Die zou haar waarschijnlijk een slokje van zijn Jack Daniel's geven. Dome tikte op de afstandsbediening en zapte langs honderd verschillende kanalen terwijl het meisje sliep op een provisorisch bed dat hij met wat dekens en een stuk multiplex in elkaar had gezet. Ze waren op de achterveranda die hij samen met Cheddar en Gremlin had verbouwd tot een extra kamer. Aan de voorkant waren zijn makkers aan het joelen en juichen. Ze waren opgewonden omdat ze een huis in de hens hadden gezet en een vrouw van de weg hadden gereden. Dome kon alleen maar denken aan Gremlin en Cheddar die midden op het erf van dat meisje hadden gelegen. Zouden de gieren al boven hen cirkelen? Kropen er al maden rond in hun mond?

Dome zapte weer naar een andere zender.

Grayson scrolde door de telefoon die ze van dat kreng hadden gejat toen ze het roetmoppie ontvoerden. In de hoek van het scherm stond 04:45. Tijd om de Vaders van het Jaar te bellen. Om deze tijd zouden ze nog half slapen en doodsbang zijn dat die kleine iets overkwam. Grayson scrolde naar 'Ike' en drukte op de naam.

Hij ging twee keer over voordat hij opnam. 'Hallo?'

'Hé, nikker. Bloed voor bloed, heb ik gezegd. Of een krengetje voor een slet. Dus we gaan het...'

'Ik wil de man spreken die de leiding heeft,' zei Ike.

Grayson bleef er bijna in. 'Ga je eisen stellen, sambo? Ik heb hier de leiding, jongen,' zei hij.

'Nee, jij bent alleen maar de boodschapper. Gerald Culpepper is de man die de leiding heeft en hem wil ik spreken,' zei Ike.

Grayson kneep hard in de telefoon. Gerald was een eikel. Hij had nooit met de ex van zijn vrouw moeten praten, maar hij wilde zo graag de Bond-schurk uithangen en zout in de wond strooien. Daar kickte hij op.

'Je moet het met mij doen. Ik ben nu de baas en als je niet precies doet wat ik zeg, ben je de lul. Wil je soms dat we dat kleine halfbloedje in mootjes hakken?' vroeg Grayson.

'Als je dat doet hak ik Gatsby Culpepper in mootjes,' zei Ike.

Grayson had onderuitgezakt in de stoel gezeten die bestemd was voor de president van de club, maar nu schoot hij overeind. 'Waar heb je het in godsnaam over?'

Ike gaf geen antwoord. In plaats daarvan hoorde Grayson in de achtergrond iemand kreunen. En niet omdat er met z'n ballen werd gespeeld. Dit was het geluid van iemand die het doodsbenauwd had.

'Gerald, ben jij het, jongen?' zei Gatsby.

'Allejezus, wat...' begon Grayson.

Ike kwam weer aan de lijn. 'Goed, nu is het mijn beurt om jou te vertellen hoe we het gaan doen. Jij belt Gerald om te zeggen dat wij zijn pappie hebben. Daarna bel je ons terug en krijg je een locatie door. We nemen opa Culpepper mee en jullie Arianna.'

'Dat is niet volgens afspraak, kloo...'

'Je moet een beetje op je woorden letten, anders trek ik een tand uit de bek van opa en maak er een ring van. O, en knoop dit goed in je oren, jongen: waag het niet om terug te rijden naar Red Hill. Als ik een motor op tv hoor word ik al nerveus. En dan kunnen er zomaar twee kogels door het hoofd van opa Culpepper vliegen voordat je

Smith & Wesson kan zeggen. Ik zeg het nog maar een keer: ik ben een blaffende hond die wél bijt,' zei Ike.

Toen hing hij op.

Grayson haalde de telefoon van zijn oor en staarde ernaar. Hij wilde hem door de kamer smijten. Erop stampen tot hij het plastic bevredigend hoorde kraken onder zijn schoen. Hij legde hem op de tafel. Het was geen telefoon meer. Het was de fysieke manifestatie van deze hele godvergeten kutzooi. Die strakke zwarte rechthoek was de poort naar het parallelle universum dat hij nu bewoonde. Een plek waar twee oude ex-bajesklanten hem voortdurend te slim af waren.

Grayson stond op en pakte een gereedschapskist van een plank achter in de garage. Na wat gerommel viste hij er een stompje van een timmermanspotlood uit. Hij haalde een bonnetje van Hardee's uit zijn zak en krabbelde daar Ikes nummer op. Hij vouwde het bonnetje op en stopte het terug in zijn zak. Hij griste de telefoon van tafel en liep naar buiten. Een paar van zijn maten hingen rond op het erf. Sommigen zaten half op hun motorfiets met een grietje op hun schoot. Grayson legde de telefoon op de grond. Hij deed een stap naar achteren, trok zijn .357 achter zijn rug vandaan en pompte zes kogels in de telefoon. Brullend haalde hij de trekker over tot het pistool *klik* deed.

Toen liep hij naar binnen en belde Gerald.

Ike deed een scheut sterkedrank in zijn koffie.

Hij hoorde dat Gatsby door Buddy Lee bestookt werd met vragen. Ze hadden nieuwe tape op de mond van de oude man gedaan, dus hij kon geen antwoord geven.

'Weet je nog dat je niet kwam opdagen bij het afstuderen van Derek? Dat vertelde hij me,' zei Buddy Lee. 'Ike zat in de nor, dus ik had een excuus, maar jij? Jij was met pensioen. Ik weet dat hij je stiefkleinzoon was, maar kon je dat potje golf niet een keer overslaan om hem naar het podium te zien lopen? Ik moet zeggen, Gatsby, dat vind ik weinig hoffelijk voor een heer uit het beschaafde Zuiden.'

Gatsby mompelde iets. Ike vermoedde dat het een combinatie was van alle scheldwoorden die hij kende.

Ikes telefoon ging.

Ike tikte op het scherm en hield de telefoon bij zijn oor.

'Luister goed naar me, kaffer: mijn vader heeft hier niets mee te maken. Als je hem laat gaan, en dan bedoel ik godverdomme nu meteen, is er een kleine kans, een minieme kans mag ik wel zeggen, dat Grayson de keel van die bastaard niet doorsnijdt,' zei Gerald.

'Ik word er niet goed van dat ik steeds moeten zeggen dat jullie op je woorden moeten letten,' zei Ike. Hij klikte met zijn vingers. Buddy Lee pakte Gatsby en trok zijn bovenlichaam omhoog tot hij overeind zat. Ike kwam de woonkamer in.

'In plaats van je druk te maken om mijn woorden kun je je beter druk maken om dat meisje,' zei Gerald.

'Luister, mannetje. Als je haar ook maar een haar krenkt, zorg ik dat je pappie krijsend van de pijn aan zijn einde komt,' zei Ike.

'Ik wil hem spreken,' zei Gerald.

'Je krijgt vijf seconden,' zei Ike. Buddy Lee rukte de tape van Gatsby's mond. Ike hielde de telefoon bij zijn gezicht.

'Gerald!' zei Gatsby.

Ike haalde de telefoon weg en Buddy Lee drukte de tape terug op Gatsby's mond. 'Hij leeft nog,' zei Ike. 'En Arianna ook, mag ik hopen, anders moet je je vader begraven in een koffieblik.'

'Je komt met hem en Tangerine naar...'

Ike onderbrak hem. 'Nee. Tangerine niet. Alleen je vader en Arianna. Zo gaan we het doen. We bellen je over een uur terug,' zei hij. Toen hing hij op.

'Je laat ze weinig keus. Stel dat ze haar iets aandoen?' vroeg Buddy Lee.

Ike stopte de telefoon in zijn zak. 'Doen ze niet. We hebben zijn vader. Ze weten nu dat we tot alles in staat zijn. Als ze dat meisje iets aandoen weten ze niet wat de gevolgen zijn. Maar nu moeten we eerst een plek zoeken waar we ze kunnen ontmoeten. En we hebben wapens nodig. Heel veel wapens,' zei hij.

Buddy Lee zoog op zijn tanden. 'Ik denk dat we twee vliegen in één klap kunnen slaan. Maar dan moeten we wel wat mensen opzoeken. Wat doen we ondertussen met hem?'

'We leggen hem met een ketting vast aan de wastafel in de badkamer.'

'Dat bedenk je wel heel snel,' zei Buddy Lee.

'Ik doe dit niet voor het eerst.'

'Ik weet het. Ik ook niet. Maar jij hebt er echt talent voor.'

'Helaas wel, ja,' zei Ike.

'Hierin,' zei Buddy Lee. Het ijzeren bordje op het gaashek schitterde in de opkomende zon. Er stond MORGAN'S MARINA op, in vette zwarte letters op een witte achtergrond. Ike reed door het openstaande hek naar een smal gebouw met gevelbekleding van brede houten planken met daarop smalle latten. Achter het gebouw liep een lange houten steiger Chesapeake Bay in. Aan weerszijden van de steiger lagen een stuk of tien boten en jachten van verschillende grootte en luxe. Ike bracht de auto tot stilstand.

'Goed, nu is het jouw beurt om te blijven zitten,' zei Buddy Lee.

'Gaat het wel lukken in je eentje?'

'Hij mag dan een illegaal handeltje hebben en een gestoorde rechtse wapenfreak zijn, maar hij is wel mijn halfbroer,' zei Buddy Lee.

Hij stapte uit en liep naar het havenkantoor. Er rinkelde een arrenbel toen hij de deur opendeed. Twee rednecks rekenden bij de toonbank wat lokvoer af. Chet sloeg de kassa aan, wierp een blik op Buddy Lee en gaf de mannen hun wisselgeld. De mannen knikten naar Buddy Lee, een teken van zuidelijke hartelijkheid waarvan ze zich nauwelijks bewust leken. Toen de mannen weg waren, waren Buddy Lee en Chet alleen.

'Zo'n vent meenemen naar mijn winkel,' zei Chet met een knikje naar de parkeerplaats. 'Je zou toch beter moeten weten.' Ike stond naast de pick-up te bellen.

'O ja, ik was vergeten dat je nogal snel in je broek schijt,' zei Buddy Lee.

Chet gromde. 'Wat wil je, Buddy?' vroeg hij. Chet was net zo groot en mager als Buddy Lee, maar hij had een dikke bos grijs haar en een al even grijs sikje. Als hij zijn arm boog golfde het op zijn biceps getatoeëerde LIVE FREE OR DIE. Onder zijn oksels zaten al zweetplekken in het grijze T-shirt. En het was nog maar halfnegen in de ochtend.

'Ik moet je om een gunst vragen,' zei Buddy Lee.

Chet kwam achter de toonbank vandaan. Ze stonden op nog geen halve meter van elkaar. 'De laatste keer dat je hier kwam heb ik je al gezegd dat mijn gunsten voor jou op zijn. Weet je wel hoeveel ellende jij en Deak mij hebben bezorgd? Chuly stuurde Skunk Mitchell op me af om erover te praten. Dé Skunk Mitchell. Ze dachten dat ik een matennaaier was omdat Deak en jij de boel hadden verkloot. Die deal kostte me bakken met geld en menig slapeloze nacht, en dan kom je ook nog eens om een gunst vragen,' zei Chet.

'Het kostte mij vijf jaar. Deak had het niet overleefd als hij had moeten zitten. Maar nu je er zelf over begint: hebben ze die zaak tegen jou niet geseponeerd nadat Deak en ik waren opgepakt? Wel heel toevallig, vind je ook niet?' zei Buddy Lee.

Chet keek hem kwaad aan, maar Buddy Lee reageerde met een lach als een zonnetje. 'Wees gerust, ik heb het tegen niemand gezegd. Bovendien, wie zou me geloofd hebben? Zelfs een waardeloze vent zou zijn eigen broers toch niet verlinken om zijn huid te redden? We zijn familie. Een klotefamilie, maar wel familie. Maar dat is een gepasseerd station, of niet soms, kerel?'

Chet trok een blikje pruimtabak uit zijn kontzak en stopte een stuk in zijn wang.

'Ik kan niets voor je doen, Buddy,' zei Chet.

Buddy Lee speelde een beetje met een fel oranje-rode lokaas dat aan een draaimolen naast de kassa hing. Als je de molen draaide werd hij een armeluiscaleidoscoop. 'Misschien ben je boos op me omdat je het door Skunk zowat in je broek deed. Dat begrijp ik, dat kan ik hebben. Als je kwaad bent omdat je door mij een dagloon kwijt bent geraakt, kan ik dat ook nog hebben, al heb ik er mijn bedenkingen bij. Wat ik niet kan hebben, wat ik niet kan dulden, is dat je niets meer wilde weten van Derek. Hij was mijn zoon. Hij was jouw neef. Een paar smerige, waardeloze klootzakken hebben hem als een hond doodgeschoten. Ik heb die lafaards bijna te pakken, het enige wat ik nodig heb zijn de sleutels van die loods van jou in Mathews. Ik heb alleen een plek nodig om mijn werk te doen, en jij zegt dat je dat niet voor me kan doen? Goed, doe het dan niet voor mij. Doe het dan voor Derek. Doe het voor hem,' zei hij.

Chet liep terug naar de toonbank en pakte een schuimplastic beker van een plank onder de toonbank. Hij spuugde er een enorme donkere fluim in. 'Jouw zoon. Die fli...'

Chet kon zijn zin niet afmaken omdat Buddy Lee in één vloeiende beweging naar voren sprong, zijn mes openklikte en het lemmet op Chets keel zette. 'Nee. Niet dat woord. Niet meer. Niet voor mijn zoon. Ik gebruikte het zelf toen hij nog leefde. Wat mij betreft is dat woord nu dood.'

'Je zet een mes op mijn keel, Buddy Lee, maar dit soort spelletjes kun je beter met die klojo daarbuiten spelen. Je komt naar mijn huis, neemt een zwartjoekel mee en zet een mes op mijn keel? Je bent een zakkenwasser,' zei Chet.

Buddy zag zijn eigen ogen in die van zijn broer. De corrosieve werking van de woede die ze allebei van hun vader hadden meegekregen.

'Je loopt altijd te roepen dat je een patriot en een echte strijder bent, maar toen ik je vroeg om samen op zoek te gaan naar de mensen die Derek hebben vermoord, deed je alsof ik je verdomme vroeg de wind te vangen. Hij was je neef, maar dat kon je geen moer schelen,' zei Buddy Lee. 'Ik zal je zeggen, die mán daarbuiten heeft zich voor mij dieper in een wespennest gestoken dan jij ooit gedaan hebt. Hij is de broer die ik had moeten hebben. Maar daar kun je nu iets aan doen. Je kunt me helpen het recht te zetten. Dus je geeft me nu die sleutels of ik laat je bloeden en neem ze mee. Maar ik zweer je: ik vertrek niet zonder ze.'

Chet legde als een rat zijn bruine tanden bloot. Buddy Lee drukte het mes dieper in de gespannen nek van Chets keel.

'Ik reken later wel met je af, broer,' zei Chet. Hij rammelde met een sleutelhanger met twee sleutels eraan. Het was een raadsel waar die ineens vandaan kwam. Buddy Lee griste hem uit zijn hand. Hij liep achteruit, maar hield het mes op hem gericht. De deurklink drukte in zijn rug. Hij klapte het mes dicht en stopte het terug in zijn kontzak.

'Ik ga het je betaald zetten, Buddy. Ik zou maar heel vaak achteromkijken als ik jou was.'

'Je bent niet de enige en zeker niet de eerste, broer, maar je bent meer dan welkom om het een keer te proberen,' zei Buddy Lee.

Buddy Lee stapte in. Ike volgde zijn voorbeeld en startte de motor van de pick-up.

'Gaat het?' vroeg Ike.

Buddy Lee stopte de sleutels in zijn zak. 'Ik bedacht dat de goede mensen vaak jong sterven,' zei hij.

'Daarom leven we waarschijnlijk nog,' zei Ike terwijl hij de auto in de eerste versnelling zette.

'Laten we die loods maar eens gaan bekijken. De stand van zaken opnemen, zogezegd. Ik ben er ooit een keer geweest, maar dat is heel lang geleden. Ik wil graag even de dansvloer zien voor we het bal openen.'

42

Ike nam vanaf Route 14 de afslag naar Route 198. Hij had door de jaren heen een paar keer een klus gehad in Mathews County, maar niet vaak. De meeste mensen in deze streek onderhielden zelf hun tuin.

'Doorrijden tot we bij Tabernacle Road komen. Daar gaan we linksaf,' zei Buddy Lee.

Tabernacle Road was de eerste verharde weg naar links na het stadje Mathews. Na de supermarkt en het postkantoor en de bibliotheek. Na een monument voor de Amerikaanse Burgeroorlog dat twee meter voor de rechtbank stond. Ike sloeg links af en volgde Tabernacle Road tot Buddy Lee zei dat hij rechtsaf een lange zandweg op moest.

De weg slingerde zich door een dicht dennenbos en ging op een gegeven moment over in een onverharde weg. Even later kwamen ze bij een houten landhek. Ike bracht de pick-up tot stilstand en Buddy Lee stapte uit met de sleutels. Hij deed het hek open en Ike reed erdoorheen. Buddy Lee stapte weer in en ze reden verder over de onverharde weg. Aan het einde van de weg was een groot weiland. Links stond een smalle, rechthoekige loods van donkerrood staal met in het midden een grote roldeur. De loods was bijna dertig meter lang. Rechts lag een schietbaan met verschillende doelwitten. Voor het merendeel waren het papieren silhouetten op multiplex. Er zaten een paar cartooneske afbeeldingen van zwarte en Latijns-Amerikaanse mannen tussen.

'Je broer is een echte klootzak,' zei Ike toen hij de doelwitten zag.

'Yep, dat zal ik niet tegenspreken,' zei Buddy Lee.

Ike parkeerde de pick-up. Ze stapten uit en liepen naar het hoofdgebouw.

Buddy Lee haalde de deur van het slot en Ike liep achter hem aan naar binnen. Rechts van de deur stond een grove houten tafel met wat stoelen eromheen. Verder stonden er her en der wat prullen. Een paar vishengels. Een opgezette hertenkop op zijn kant. Een gele Gadsen-vlag die blijkbaar van de muur was gevallen. Links stonden een stuk of twintig houten kratten, plastic bakken en een paar jutezakken.

Buddy Lee liep naar de kratten. Hij tilde een deksel op en floot. 'Godverdomme. Met dit loeder houd je nog een neushoorn tegen die hyper is van de speed.' Hij haalde een volautomatische shotgun met roterend magazijn uit het krat.

'Heb je daar ook patronen voor?' vroeg Ike.

'In dit krat zitten meer patronen dan een haai tanden heeft,' zei Buddy Lee terwijl hij het deksel van een ander krat optilde.

'Zulke straatvegers zijn verboden in dit land,' zei Ike.

Buddy Lee maakte een weids gebaar naar alle kratten en kisten. 'Alles hier is verboden, Ike. De enige wet waar die burgerwachtlui zich aan houden is het tweede amendement.'

'Dat weet ik. Ik vraag me alleen af of dit voor justitie geen reden is om je broer in de gaten te houden. Dit gaat vanavond een leuk vuurwerk opleveren,' zei Ike.

'Als de politie hem op zijn huid zat, zou dit hier niet staan. En veel aandacht zullen we vanavond niet trekken, denk ik. We zitten zo ver van alles en iedereen vandaan, we moeten zeker zeven kilometer rijden om in een of ander gat te komen.'

'Als jij het zegt,' zei Ike.

Buddy Lee opende nog een paar kratten. De verscheidenheid en hoeveelheid machinegeweren, jachtgeweren, pistolen en – goeie genade! – landmijnen was verbluffend. *Misschien hebben we alles nodig*, dacht Buddy Lee. Hij opende een krat dat tegen de muur stond. 'Shit, man, moet je dit zien.'

Ike liep naar hem toe en keek in het krat. 'Is dit wat ik denk dat het is?'

'Yep. Als je losse lippen hebt zoals Chet kun je maar beter paranoïde zijn en een plan B hebben,' zei Buddy Lee.

Ike keek in het krat, vervolgens naar de deur van de loods en toen weer in het krat. 'Het maakt niet uit hoeveel wapens er hier zijn, we zijn maar met z'n tweeën. Misschien hebben we zelf ook een plan B nodig,' zei hij.

'Wat gaat er allemaal om in die ouwe hersenpan van je?' zei Buddy Lee.

'Dat we meer waar voor ons geld moeten hebben. Kom, laten we teruggaan naar Red Hill. We moeten naar de zaak. Ik heb een idee.'

'Hoezo, gaan we ze uitdagen voor een duel met scheppen?'

'Zo ongeveer,' zei Ike.

Tegen de tijd dat ze bij de zaak langs waren geweest om iets op te halen, terug naar de loods waren gegaan, het op zijn plek hadden gezet en toen weer naar de woonwagen van Buddy Lee waren gereden, was het iets na enen. Buddy Lee hoorde een hard gebonk uit zijn woonwagen komen.

'Het is dat ik geen moer om die woonwagen geef, maar anders was ik kwaad geworden. Het klinkt alsof die ouwe als een ezel aan het trappen is,' zei Buddy Lee. Ike liep achter hem aan de woonwagen in.

Buddy Lee liep via de gang naar zijn badkamer. Hij stak zijn hoofd naar binnen. 'Als je niet ophoudt met tegen die muur te schoppen, kom ik naar binnen om die verrekte poten van je te breken.'

Gatsby had juist zijn benen ingetrokken ter voorbereiding op de volgende trap, maar zag daar toch maar van af. Hij legde zijn voeten op de vloer.

'Beter,' zei Buddy Lee. Hij ging terug naar de woonkamer. Ike zat op de bank, dus hij nestelde zich in de gemakkelijke stoel. 'We hebben nog tijd. Wil je nog bij Mya op bezoek?'

'Ik heb het ziekenhuis gebeld toen jij met je broer in gesprek was. De situatie is nog hetzelfde.'

Buddy Lee haalde diep adem. 'Ze wordt wel weer de oude, Ike.'

'Ik weet niet of een van ons ooit nog de oude wordt,' zei Ike. Hij haalde zijn telefoon uit zijn zak en stuurde Gerald een bericht:

3493 Tabernacle Road.
Mathews – Virginia
20.00 uur

Hij legde de telefoon weg. 'Het enige wat ik weet is dat wat er vanavond ook gebeurt, we die kerels mollen. Allemaal.'

'Ike,' zei Buddy Lee.

'Ja?'

'Ik wou dat we elkaar bij de trouwerij hadden ontmoet. Ik wou dat we daar allebei geweest waren.'

'Als wensen paarden waren, zei mijn oma altijd, zouden bedelaars paardrijden. Maar ik begrijp wat je bedoelt. En ben het met je eens,' zei Ike.

'Goed, ik ga wat slapen. Het was een lange dag. Ik vermoed dat we minstens vijftien strafbare feiten hebben gepleegd,' zei Buddy Lee.

Een paar minuten later hoorde Ike hem snurken. Ike legde zijn hoofd op de bank, maar hield zijn ogen open. Als hij zou gaan slapen, zou Isiah hem vast en zeker bezoeken in zijn dromen.

Of in zijn nachtmerries.

43

Margo wilde juist gaan zitten om een aflevering van *Jeopardy!* te kijken toen iemand op haar deur bonsde.

'Godallemachtig,' mompelde ze terwijl ze naar de deur liep. Toen ze opendeed zag ze Buddy Lee op haar stoep staan. 'Jezus, je ziet er nog beroerder uit dan laatst. Slaap je eigenlijk nog wel?'

'Heeft iemand weleens tegen je gezegd dat je de dingen zo tactvol kan verwoorden?' zei Buddy Lee.

'Dat talent heb ik nu eenmaal. Wat is er? Nieuwe auto? Dat werd tijd ook, als je het mij vraagt,' zei Margo.

Buddy Lee veegde wat verdwaalde haarlokken uit zijn gezicht. Heel even dacht Margo een glimp te zien van de stralende, knappe plattelandsjongen die hij ooit was. 'Nee, die van mijn partner,' zei Buddy Lee. 'Hé, ik wilde je nog zeggen dat je een goede buurvrouw bent. Je houdt een oogje in het zeil en zorgt dat ik geen augurk in een fles Jameson word. Je zou weleens de enige persoon op aarde kunnen zijn die het iets kan schelen hoe het met me gaat.'

'Nou, dat is aardig van je, maar waarom doe je alsof je straks bij de Charge van de Lichte Brigade in het voorste gelid staat?' vroeg Margo.

Buddy Lee zette zijn voet op de bovenste tree en boog zich naar voren. 'Ik heb nooit veel vriendinnen gehad. Ik heb veel vrouwen gekend, maar daarvan zijn er maar weinig die ik een vriendin zou noemen. Volgens mij ben je de eerste, Margo.' Hij zweeg. Ze zag dat hij zijn kaak heen en weer bewoog voor hij verderging. 'Je bent een fijne vrouw en een fijne vriendin. Zorg goed voor jezelf.'

'Buddy Lee, wat is er aan de hand?' vroeg Margo.

Hij toverde een scheve grijns op zijn gezicht. 'Ik geef je bloemen nu je nog leeft, schatje,' zei hij. Hij deed een stap naar achteren en salueerde met twee vingers. Ze keek hem na terwijl hij met lange stappen naar de pick-up van zijn partner liep en aan de passagierskant instapte. Met een stofwolk in hun kielzog scheurden ze het woonwagenpark uit.

'Kom op, Gatsby. Laatste halte, iedereen uitstappen,' zei Buddy Lee. Hij hielp Ike de oude man uit de laadbak te slepen en naar de barak te brengen. Ze bonden hem met nog een paar tiewraps vast aan een ijzeren vouwstoel. De stoel stond naast een groot metalen vat. Onder aan het vat stond een kistje met wat draden en een platte draaischijf.

'Goed, ik ga de auto wegzetten,' zei Ike. 'Hou hem in de gaten.'

'Ik zal proberen hem niet te vermoorden,' zei Buddy Lee. Gatsby's ogen werden groot. 'Rustig maar, ik neem je gewoon in de zeik.' Hij draaide zich terug naar Ike. 'Als je via de andere ingang gaat, rij dan door tot het postkantoor en keer dan om. En de vaart erin houden graag. Die andere weg hiernaartoe bestaat officieel niet. Chet klaagde altijd dat hij meer belasting moest betalen als hij meer toegangswegen aanlegde of zo. We willen geen aandacht trekken.'

'Zolang dat andere hek niet op slot is, zit het wel snor,' zei Ike.

Ike reed naar het begin van de andere weg en ging toen terug naar de loods over een voetpad dat langs een uit golfplaten opgetrokken buiten-wc voerde. De afgelopen paar nachten waren koud geweest, de winter weigerde de laatste vestingen van zijn koninkrijk over te geven aan de lente. Maar deze avond was het uitzonderlijk zwoel voor de tijd van het jaar. Tegen de tijd dat hij bij de loods was, glom zijn huid van het zweet.

Buddy Lee zat op de bank die tegen de achterwand van het gebouw stond. Met een AR-15 met verlengd magazijn. Ike pakte een automatische shotgun uit het krat en laadde die met hogesnelheidspatronen.

Hij ging aan de tafel zitten die ongeveer in het midden van de loods stond. Hij keek op zijn horloge. Het was 19.30 uur.

'Denk jij dat er meer is? Na de dood, bedoel ik,' vroeg Buddy Lee.

'Geen zielenrust, Buddy Lee?' Hij hield de shotgun als een baby in zijn armen.

Buddy Lee schraapte zijn keel. 'Als er iets is, weet ik vrij zeker waar ik terecht ga komen. Daar heb ik ondertussen wel vrede mee. Ik vraag me alleen af, denk ik, of we dan onze jongens zullen zien. Als we hier niet levend uit komen, denk je dan dat we ze onderweg naar de onderwereld nog tegenkomen?'

Ike tuurde door het raam. De zon was onder, maar een halve maan had ingeklokt voor de nachtdienst. 'Ik hoop van niet,' zei hij.

'Je hoopt van niet? Man, ik geloof alleen nog in die larie die mijn dominee rond liep te bazuinen als hij aan het goochelen was met die slangen die ze achter in de kerk hielden, omdat ik hoop mijn zoon nog een keer te zien. Zodat ik tegen hem kan zeggen wat ik eerder had moeten doen, voordat hij me werd afgenomen,' zei Buddy Lee.

'Als ik Isiah zou tegenkomen, zou ik alleen tegen hem willen zeggen dat het me spijt. En dat zou ik niet vaak genoeg kunnen zeggen, ook al had ik er een eeuwigheid voor. Dan zou het nog niet genoeg zijn,' zei Ike. Zijn stem stierf weg.

Ze hoorden in de verte motorfietsen ronken en brullen. Zonder een woord te zeggen stonden ze allebei op. Buddy Lee sneed de tiewraps door waarmee Gatsby vastzat aan de vouwstoel. Ook die om zijn enkels.

'Opstaan,' zei Ike. Hij pakte Gatsby bij zijn arm en liep naar de roldeur.

Ike drukte op de knop naast de deur en de deur begon omhoog te rollen. Hij pakte zijn shotgun stevig vast en stond schouder aan schouder met Gatsby. Aan de andere kant deed Buddy Lee hetzelfde. Hij keek op zijn horloge. Het was 19.45 uur.

'Ze proberen ons vóór te zijn,' zei Buddy Lee.

'Net als in dat verhaal. De wolf komt om zes uur 's ochtend bij het veld met de koolrapen, maar het konijn is hem te vlug af geweest,' zei Ike.

'Wij zijn het konijn, toch?'

'Ja, maar we gaan ze verslinden alsof we wolven zijn,' zei Ike.

Een falanx van motorfietsen rolde het veld op. Ze stopten tegenover het gebouw, bij de schietbaan. Ike had er vijfentwintig geteld toen de Cadillac SRX achter hen opdook. De blonde Viking reed op een chopped hog met een hoog stuur en een hoge rugleuning. Op de rugleuning stond een groene zak. De blonde biker duwde met zijn voet de standaard naar beneden en stapte van zijn motorfiets. De groene zak zat met snelbinders aan zijn zadeltassen. Hij maakte de snelbinders los en trok de groene zak weg. Arianna zat in een autostoeltje dat met ongeveer vijf kilometer touw aan de rugleuning was vastgemaakt.

Het scheelde weinig of Ike had hem stante pede doodgeschoten.

De lucht trilde door de hitte die alle ronkende motoren afgaven. Gerald stapte uit de Cadillac. Hij droeg een wit button-downoverhemd waarvan hij het bovenste knoopje open had gelaten en een ruim zittende katoenen broek. Hij liep naar voren en ging vlak voor de Viking staan. Hij legde zijn handen op zijn heupen en stak zijn kin naar voren.

Buddy Lee pakte zijn geweer stevig vast. Hij wist wanneer een etterbak de blufgozer uithing. De lul probeerde een psychologisch spelletje te spelen. Als ik nou eens niet laat zien dat ik bijna in mijn broek schijt, gaan zij hem knijpen, dacht hij misschien.

'Gaat het, pa?' riep Gerald.

Gatsby schudde zijn hoofd.

'Wat hebben jullie met hem gedaan?' zei Gerald.

'Hij is in orde. Hij heeft alleen gezien hoe de andere helft van Amerika leeft, dat is alles. Verder gaat het goed met hem. Maak nu het meisje los,' zei Buddy Lee. Zweet kroop als een luie rups over zijn voorhoofd. Het donker had hen allemaal omhuld.

'Kennen jullie het verhaal van Alexander de Grote en het eiland Tyrus?'

'Je wil een geschiedenislesje geven? Nu?' vroeg Buddy Lee.

Gerald glimlachte.

'Tyrus zou onneembaar zijn,' zei Ike, 'maar Alexander nam het na zes maanden in. Het punt was dat zijn vastberadenheid groter was dan die van elke andere legeraanvoerder. Goed, kunnen we nu verdergaan?'

Geralds glimlach was verdwenen.

'Je bent niet de enige die weleens een boek leest, Winthrop,' zei Ike.

'Laat mijn vader gaan,' zei Gerald.

'Maak het meisje los en laat haar gaan,' zei Buddy Lee.

'Grayson,' zei Gerald. Grayson maakte de gordel van het autostoeltje los waarin Arianna zat. Hij zette haar op de grond. Een windvlaag speelde met haar krullen.

'Hé, kleintje!' zei Buddy Lee.

'Kom maar hier, poepie,' zei Ike.

Arianna deed een stap in hun richting. Graysons hand schoot uit en pakte haar bij haar pols. Arianna slaakte een gilletje.

Buddy Lee verbeet zich.

'Laat... haar... gaan,' zei Ike.

'Grayson, ik heb het onder controle,' zei Gerald.

'Gelul. Je hebt helemaal niets onder controle. Deze schoften hebben jouw vader en je geeft hun gewoon dat krengetje terug? Krijg de tyfus. Gelijk oversteken, boerenlul.'

'Gelijk oversteken. We laten ze tegelijk gaan,' zei Buddy Lee. Hij knikte naar Gatsby. De oude man naam een paar aarzelende stappen.

Grayson liet Arianna's arm los. 'Rennen,' zei hij.

Arianna hield haar linkerhand tegen haar oor. Ze deed een paar stappen en bleef toen staan.

'Kom maar, kleintje. Loop maar door,' zei Buddy Lee.

Arianna begon te huilen.

'O nee, kleintje, niet huilen. Loop maar gewoon door, meisje,' zei Buddy Lee.

Gatsby was halverwege.

'Arianna. Kom maar, meisje. Kom maar naar... Kom maar naar opa,' zei Ike.

Arianna deed een klein stapje naar voren.

'Goed zo, schat, kom maar naar opa,' zei Ike. Arianna begon te rennen. Haar dikke beentjes gingen bliksemsnel op en neer. Ze rende langs Gatsby terwijl die naar Gerald strompelde.

'Kom, pap, dan gaan we hier weg,' zei Gerald. Hij stak zijn armen uit naar zijn vader.

De rest van de club was van hun motoren gestapt. Opeens, alsof het een snelle cut in een film was, hadden de bikers een wapen in hun hand.

Ike knielde neer en stak zijn armen naar Arianna uit. 'Goed zo, snoepje. Kom maar naar opa,' zei hij.

Grayson verplaatste zich een stuk naar rechts. Hij trok zijn .375 uit zijn broekbank. Hij wilde die schoften het liefst van zo dichtbij mogelijk te grazen nemen.

Arianna sprong in de open armen van Ike. Hij pakte haar met één arm stevig vast, klemde de shotgun onder zijn andere hand en liep terug naar de loods.

Gerald glimlachte naar zijn vader.

De oude man rukte de ducttape met een gedecideerde polsbeweging van zijn mond. 'Gerald, waar ben je in godsnaam nu weer in verzeild geraakt?' brulde Gatsby.

Het geweld barstte los toen Buddy Lee de roldeur liet zakken. Kogels knalden door de metalen wanden en boorden vingerdikke gaten in de oproldeur. Buddy Lee liep naar een van de ramen en begon terug te schieten met de AR-15. Hij bestreek het hele weiland van links naar rechts. De bikers schoten als kakkerlakken alle kanten op. Een paar verscholen zich achter de vangwanden van de schietbaan. De meerderheid trok zich terug in het struikgewas rond het weiland en beantwoordde van daaruit het vuur.

Ike opende het krat dat tegen de achtermuur van de loods stond en liet Arianna erin zakken. Opeens kreeg hij een brandend gevoel in zijn linkerbiceps, alsof iemand er een hete pook tegenaan hield. Ike dook naar de grond en kroop naar het raam tegenover Buddy Lee.

De automatische shotgun schokte hevig in zijn handen terwijl hij het magazijn leegschoot. De SRX kwam hortend en stotend in beweging, de achterlichten wierpen een rode glans over het weiland. Ike zag een groep bikers de benen nemen naar de rand van het terrein. Ze dansten en sprongen als extatische reli-fanaten toen de kogels uit de shotgun hen doorboorden.

Ik dacht het niet, gore klootzak. Je gaat niet weg voor het feestje voorbij is, dacht Buddy Lee. Hij richtte op de SRX en liet de AR-15 ratelen. Het glasvezel was geen partij voor het krachtige wapen. Elke kogel sloeg van voor tot achter duimdikke gaten in het chassis. De auto raakte van de weg, rolde een licht talud af en botste tegen de dikke stam van een eik.

Buddy Lee klikte zijn magazijn los, liet het vallen en ramde een nieuwe erin. Ike moest ook herladen. De bikers grepen hun kans en zetten de aanval in. Ze schoten hun wapens leeg op de loods en rukten tegelijkertijd op.

Ike veegde zijn ogen af en zag dat er allemaal bloedvegen op zijn hand waren gekomen. Betonbrokken en metaalscherven regenden op hen neer. Ike en Buddy Lee mochten dan betere wapens hebben, de bikers van de Rare Breed waren met veel meer. Buddy Lee liet zich op de grond vallen, tilde zijn wapen op en schoot blindelings door het dichtstbijzijnde raam. Ike schoot een laatste salvo af en gooide de automatische shotgun weg. Hij wist dat hij een paar bikers had uitgeschakeld, maar niet genoeg. Lang niet genoeg.

Hij kroop op zijn buik over de grond tot hij bij het grote vat kwam. Terwijl Buddy Lee blindelings door het raam schoot, zette Ike de 'tijdontsteker'. De tijdontsteker was in feite een gedemonteerde cd-speler die met een eenvoudig circuit aan een oud contactslot was gekoppeld. Het contactslot hadden ze met tape vastgezet op de onderkant van het deksel van het vat.

Ike was op het idee gekomen toen hij zag wat er in dat grote krat bij de achtermuur zat. Dat was hun kans om hier weg te komen. En om de schuld in te lossen die ze bij hun zoons hadden. Een schuld die ze dadelijk met bloed zouden betalen.

Ike had geweten dat ze tegen Gerald en zijn mannen een heel sterk wapen nodig zouden hebben. Iets waarmee ze hun kans tegen de overmacht zouden vergroten. Iets wat hij kon maken met de ammoniumnitraatrijke kunstmest waarvan hij tientallen zakken in zijn opslag had liggen. Een hovenier had dan misschien geen wapens, maar hij had meer dan alleen maar wat scheppen. Ze hadden er allebei geen ervaring mee, maar Google was ook nu weer hun vriend.

Het enorme vat zat bijna helemaal vol met kunstmest en benzine. Als de tijdontsteker werd geactiveerd, zou die een lading door het circuit naar het contactslot sturen. Het koper van de draden was net genoeg blootgelegd voor een goede vonk. Een eenvoudige maar dodelijk effectieve bom.

'We moeten gaan!' zei Ike. Hij verdween in het krat dat tegen de achtermuur stond. Buddy Lee loste een laatste salvo en sprintte toen naar het krat. Half glijdend daalde hij achter Ike de ladder af naar de tunnel onder de loods.

Grayson schoot zijn .357 leeg op de loods en moest toen herladen. Hij had nog maar twee snelladers over. Dat waren twaalf schoten. Dome schoot met zijn ratelende MAC-11 op de loods. Grayson hoorde nog een paar schoten van zijn makkers. Hij keek voorzichtig om het hoekje van de vangwand naar de loods. Die leek nu aardig op een blok Zwitserse kaas. Binnen hing een tl-armatuur aan een dunne draad die uit het plafond kwam. De armatuur zwaaide langzaam heen en weer, waardoor er achter het raam een soort stroboscopisch lichteffect ontstond. Grayson schoot nog drie keer op het raam.

Er werd niet teruggeschoten.

Godverdomme, volgens mij zijn ze eraan! dacht Grayson. Hij ging staan.

Niets. Geen kik.

'We hebben ze. WE HEBBEN ZE!' brulde Grayson. Hij sloeg Dome op zijn schouder. 'Sleep die hufters naar buiten. Kan iedereen zien wat er met je gebeurt als je niet naar ons luistert,' zei hij.

Dome stond op, maar bleef vervolgens staan. Hij bedacht dat hij dat dode meisje liever niet zag.

'Ik hoef het toch geen tweede keer te zeggen?' zei Grayson.

Dome zette zichzelf met tegenzin in beweging. De clubleden die niet dood of gewond waren volgden hem terwijl hij heel behoedzaam naar het gebouw liep.

Dome trapte de voordeur links van de roldeur open.

Toen de oranje flits zijn gezichtsveld vulde, kwam er vlak voor hij verdampte een woord in hem op.

Karma, dacht Dome.

Toen werd alles zwart.

Ike schreeuwde het bijna uit van blijdschap toen zijn handen de koude metalen sporten vonden van de ladder die onder de buiten-wc stond. Hij trok zich met Arianna op zijn arm sport voor sport omhoog tot ze in de wc stonden. Ike duwde de deur open en haalde een paar keer diep adem terwijl hij met Arianna de zwoele avond in stapte. Buddy Lee volgde hen, ondertussen het roet en de longen uit zijn lijf hoestend. Arianna huilde onbedaarlijk.

'Het is goed, meisje. Je bent nu bij ons,' mompelde Ike terwijl hij haar stevig vastpakte.

'Godallemachtig, je zou toch denken dat Chet een beter ventilatiesysteem in die tunnel zou hebben gemaakt. Ik heb er nou niet bepaald plezier aan beleefd.'

'Ik breng haar naar de auto. Ze is bang.'

'Ik blijf hier, hopelijk kom ik wat op adem. Als je terugkomt gaan we naar de loods om te kijken hoe het met onze vrienden staat,' zei Buddy Lee. Hij kreeg weer een hoestbui.

'Ik ben zo terug,' zei Ike.

'Ik wacht op je,' zei Buddy Lee terwijl Ike en Arianna het pad op liepen.

Ike zette Arianna op de passagiersstoel en maakte haar gordel vast. Hij klikte op zijn telefoon een spelletje met vliegend fruit aan en legde het toestel op Arianna's schoot. 'Opa moet nog even iets doen, oké?' zei hij. Arianna reageerde niet, haar vingertjes bewogen al over het telefoonscherm.

Ike en Buddy liepen zwijgend terug naar de loods. Ike rook het resultaat van hun knutselwerk al, de geur werd door de wind meegevoerd. Een heksenbrouwsel van verbrand vlees en een scherpe chemische geur die tussen chloor en alcohol in zat.

'Tering,' zei Buddy Lee toen ze bij de loods kwamen. Of liever gezegd: bij de plek waar de loods ooit gestaan had. Een flikkerende, dertig meter brede ring van vlammen omgaf de voormalige compound. De muren van de loods waren verdwenen. De betonnen fundering waar ze op gestaan hadden, was in het midden gescheurd en helemaal zwartgeblakerd. De schietbaan was weggevaagd. Hopen brandend hooi uit de vangwand waren in alle richtingen weggeslingerd.

De motorfietsen, die met militaire precisie in diagonalen geparkeerd hadden gestaan, waren vormeloze klompen metaal die meer weg hadden van amoeben dan van machines. Hier en daar lag een herkenbaar onderdeel. Een stuur, een voetsteun, een voorwiel, maar de meeste motorfietsen waren gereduceerd tot hoopjes gesmolten en verwrongen leer, staal, ijzer en chroom. Hun eigenaren was een soortgelijk lot beschoren.

Ike had Gatsby's pistool. Buddy Lee zijn mes, en hij had de AR-15 aan een riem op zijn borst hangen. Ze liepen tussen de lichaam door, klaar om het karwei af te maken dat ze begonnen waren, maar Ike had al snel door dat dat niet nodig was. De Breed was niet meer. De mannen die niet door de explosie uiteengereten waren, waren door de daaropvolgende schokgolf onderhuids vergruizeld.

Lichamen en delen van lichamen lagen als feestlinten verspreid over het terrein. Buddy Lee keek naar een dennenboom bij de schietbaan. Er hingen twee armen in. Beide met een linkerhand.

Buddy Lee schudde zijn hoofd. 'Ik denk dat ze deze chapter van de Rare Breed wel kunnen opdoeken.'

Ike wilde iets zeggen, maar uit de richting van de SRX kwam een jammerlijk gekerm. Ike en Buddy keken elkaar aan en liepen toen naar de auto. Door de kracht van de explosie was al het glas uit de ramen geslagen. Ike wierp een blik naar binnen.

Gatsby lag op zijn zij. Er droop bloed uit zijn oor. Zijn buik en bovenbenen zagen rood van het bloed. Een penetrante poepgeur walmde Ike vanuit de auto tegemoet. Hij stak zijn hand door het raam en legde zijn vingers op de nek van de oude man. Hij voelde geen hartslag.

Buddy Lee trok het portier aan de bestuurderskant open.

Gerald Winthrop viel als een zak met natte was op de grond. Hij kermde en jammerde vanuit het binnenste van zijn brede borst. Zijn lichtbruine katoenen broek was zo met bloed doordrenkt dat hij bordeauxrood leek. Gerald begon zichzelf over de met puin bezaaide bosbodem te slepen. Buddy Lee duwde een stel braamtakken opzij en volgde hem. Ike stond nog aan de andere kant van de auto.

Buddy Lee zette zijn voet midden op Geralds rug en riep hem op die manier een halt toe. 'Waar ga je heen, kerel?' vroeg hij achteloos.

Ike was ondertussen om de achterkant van de auto heen gelopen. Zijn hand met de .44 hing langs zijn zij.

Buddy Lee greep Gerald bij zijn schouders en draaide hem om.

'Niet doen. Alsjeblieft,' kraste Gerald.

'Wat moet ik niet doen?' zei Ike.

'Mij doodschieten. Het spijt. Het spijt me heel erg,' zei Gerald. Zijn brede gezicht was nat van het zweet. Om hen heen klonk het geknetter van vuur, dat de gewone bosgeluiden overstemde.

'Iedereen heeft spijt als ze gepakt worden,' zei Buddy Lee.

'Alsjeblieft. Ik ben ziek. Ik ben een ziek man,' zei Gerald.

'O, ben je ziek? Waarom, omdat je graag bij Tangerine was?' vroeg Ike.

'Ja! Ik heb hulp nodig!' zei Gerald happend naar lucht.

Ike boog zich voorover en keek de man recht in zijn bloeddoorlopen ogen. 'Denk je dat mijn zoon ziek was? Of zijn zoon? Of Tangerine? Denk je dat zij verdienden te sterven omdat jij niet kan omgaan met hoe je bent?' vroeg Ike.

Gerald zei niets.

Ike kwam weer overeind. 'Het grappige is, als mijn zoon hier zou zijn, zou hij medelijden met je hebben. Als zijn zoon hier zou zijn, zou hij je waarschijnlijk vergeven,' zei hij.

Buddy Lee knipte zijn mes open. Met een klik zette het lemmet zich vast. 'Maar ze zijn er niet, hè?'

'Nee, ze zijn er niet,' zei Ike.

Ike en Buddy Lee liepen over het slingerpad door het bos terug naar de pick-up. Ze zeiden niets, omdat er niets meer te zeggen viel. Ike had het gevoel dat hij honderd jaar kon slapen. Zijn lichaam en geest voelden allebei alsof ze helemaal uitgewrongen waren. Voor het eerst in eeuwen had Buddy Lee geen zin in drank. Hij had niet de behoefte om zichzelf om dit moment te benevelen. Totaal niet.

Ze kwamen bij de privéweg waar de auto stond.

De passagiersdeur stond wijd open.

'Arianna?' zei Ike.

'Kleintje!' zei Buddy Lee. Zijn hart bonsde tegen zijn ribben. Als Arianna nu maar niet was verdwaald in dat verrekte bos, na alles wat ze net gedaan hadden!

'Ze is hier,' klonk het schor.

Grayson stond voor de pick-up. Hij hield Arianna in zijn linkerarm. In zijn rechterhand lag de .357. De loop stond tegen haar slaap.

'Laat je wapens vallen,' zei Grayson. Zijn gezicht zat onder een dikke laag stof en bloed. Speeksel hing in lange zilverige draden aan zijn mond. In het licht van de halve maan zag hij eruit als de geest van een echte Viking, een spook met beschilderd gezicht dat uit het Walhalla was ontsnapt om angst en verderf te zaaien in het land van de levenden.

'Laat haar los,' zei Ike.

'Val dood. Laat je wapens vallen en gooi de sleutels naar me toe.'

'De sleutels? Je kunt amper zelfstandig ademhalen, kerel, als ik het zo zie,' zei Buddy Lee.

'Ik heb het zo gehad met jullie. Met jullie allebei. Laat die wapens vallen. Geef die sleutels. Nu. Anders krijgt dit kleine kreng een gaatje in haar hoofd,' zei Grayson. Hij haalde schokkerig en met een van pijn vertrokken gezicht adem.

Er viel een lange en pijnlijke stilte.

'Ike, doe wat hij zegt. Dat zou mijn vader ook doen,' zei Buddy Lee.

Ike keek hem strak aan.

Buddy Lee knikte.

'Inderdaad, *boy*, doe wat ik zeg,' zei Grayson.

Ike liet zijn wapen vallen. Buddy Lee liet zijn geweer van zijn schouder zakken en legde het op de grond. Ike nam de tijd om in al zijn zakken naar zijn sleutels te zoeken. Terwijl Graysons aandacht op Ike was gevestigd, trok Buddy Lee zijn mes uit zijn kontzak en verborg het in zijn hand. Terwijl Ike nog steeds in zijn zakken aan het rommelen was, klikte hij het met zijn duim snel open.

'Oké, hier zijn de sleutels,' zei Ike en hij hield ze omhoog.

'Gooi ze naar mijn voeten. Voorzichtig. Ik ben wat licht in mijn hoofd. Je wil niet dat ik uitglij en per ongeluk de trekker overhaal,' zei Grayson.

Ike gooide de sleutels. Ze landden een centimeter of tien voor Graysons schoenen. Grayson knielde neer. Zijn linkerhand ging graaiend over de grond terwijl hij Arianna in de kromming van zijn elleboog hield. Hij vond de sleutels, pakte ze van de grond en kwam overeind. Hij haalde de loop van Arianna's hoofd en richtte hem op Buddy Lee.

'Ik wou dat dit het wapen was waarmee ik jullie zoons om zeep hielp,' zei Grayson.

'Laar haar gaan!' brulde Ike.

Graysons ogen schoten zijn kant op.

Buddy Lee gooide het mes met een felle onderhandse gooi naar Grayson. Het lemmet priemde zich met een slurpend geluid in zijn nek. Grayson haalde de trekker van zijn wapen een paar keer wild over. Arianna tuimelde uit zijn armen. Ike sprong naar voren, zakte door zijn knieën, ving haar op en drukte haar tegen de borst. Hij rolde op zijn zij en schermde haar met zijn eigen lichaam af tegen de kogels.

Grayson draaide waggelend als een dronkenman in het rond. De .357 gleed uit zijn hand. Bloed gutste borrelend als olie uit de wond. Wanhoop en angst dreven hem ertoe het mes los te trekken. Met als gevolg dat zijn dood alleen maar werd bespoedigd, want nu spoot het bloed praktisch uit zijn nek. Hij viel voorover en landde, terwijl het bloed nog uit zijn nek spoot, met zijn gezicht in het zand.

Ike stond op met Arianna in zijn armen. Ze huilde niet. Ze gaf geen kik. Ike realiseerde zich dat dat haast erger was dan haar gehuil. Ze hoefden niet te controleren of de biker echt dood was. De plas bloed naast zijn hoofd zei genoeg.

Hij liep naar Buddy Lee. Die zat op de grond met zijn hoofd tegen de auto. Hij had zijn handen op zijn buik gedrukt. Ike zette Arianna op de motorkap. Hij knielde neer en sloeg een arm om de smalle schouders van Buddy Lee.

'Kom. Opstaan. We moeten naar het ziekenhuis,' zei Ike.

'Ik... denk niet... dat het... zin heeft... vriend...' zei Buddy Lee. Hij verplaatste zijn handen. Zijn grijze overhemd was zo doordrenkt met bloed dat het in het maanlicht zwart leek.

'Hou je mond en sta op,' zei Ike. Hij kwam omhoog, en Buddy Lee pakte zijn arm. Zijn hand was koud en klam en zat onder zijn eigen bloed.

'Dat... overwinnings... feestje... ga ik... niet halen... kerel...' zei Buddy Lee.

Ike knielde weer neer. De ademhaling van Buddy Lee werd steeds oppervlakkiger.

'Blijf... bij... me...' zei Buddy Lee.

Ike draaide een kwartslag en ging naast Buddy Lee zitten. Hij legde zijn arm om zijn schouder en voelde de onderhuidse broosheid. Alsof hij een jong vogeltje vasthield.

'Denk je... dat ik... de jongens... ga zien...?' vroeg Buddy Lee.

Ike had moeite om hem te verstaan. Hij beet zo hard op zijn onderlip dat die bijna begon te bloeden. 'Ik hoop het,' zei hij.

'Ik ook...' zei Buddy Lee.

Zijn bovenlichaam zakte tegen Ikes borst in elkaar. Zijn hoofd viel opzij en toen bewoog hij niet meer. Ike sloeg ook zijn andere arm om hem heen en trok hem tegen zich aan. Zo bleef hij zitten tot Arianna iets zei.

'Hij moe?' vroeg ze.

Ike veegde zijn gezicht af. Hij legde Buddy Lee voorzichtig op zijn zij.

'Ja, maar nu gaat hij slapen,' zei Ike.

44

'Ike, er is iemand die je wil spreken.'

Ike keek op van zijn facturen. 'Dat is goed, Tangy. Ik kom zo,' zei hij. Hij stond op vanachter zijn bureau en liep naar voren. Zijn personeel was al op locatie aan het werk. Hij en Tangy waren als enigen op de zaak. Ze werkte nu twee weken voor hem en bleek een supersnelle leerling te zijn. Jazzy kwam af en toe langs om te kijken hoe het ging, maar Tangy deed het goed.

'Zodra ik beter ben ga ik weer weg,' had Tangy gezegd. Ike had gezegd dat hij het haar niet kwalijk zou nemen maar hoopte dat ze erop terug zou komen.

Rechercheur LaPlata stond in de hal op hem te wachten.

'Rechercheur LaPlata,' zei Ike.

'Meneer Randolph, heeft u even tijd voor me?'

'Zeker wel,' zei Ike. Hij pakte een flesje water uit het koelkastje onder de balie.

'De begrafenis voor meneer Jenkins was mooi,' zei LaPlata.

'Ja,' zei Ike.

'Ik vond het fijn om uw vrouw en kleindochter daar te zien. En mevrouw Culpepper. Ze had het er maar moeilijk mee, hè? Ik denk niet dat mijn ex zo hard om me zou huilen,' zei LaPlata.

Ike zweeg.

'Het is onvoorstelbaar. Niemand weet wie uw huis in de fik stak, uw kleindochter ontvoerde en uw vrouw en meneer Jenkins probeerde te vermoorden, maar ze veranderden blijkbaar van gedachten en besloten Arianna hier af te zetten. Gewoon niet te geloven,' zei LaPlata.

‘Wonderen zijn de wereld nog niet uit,’ zei Ike.

‘Meneer Randolph, zullen we elkaar geen onzin verkopen? We weten allebei dat de Rare Breed uw kleindochter ontvoerde en uw vrouw en Buddy Lee probeerde te vermoorden en uw huis in de as legde. We weten allebei dat u met Buddy Lee op oorlogspad ging, wat uitmondde in een scène die rechtstreeks uit *Wild Bunch* kwam, op een terrein dat eigendom was van een lege bv met banden met de Sons of Freedom, die heel toevallig banden hebben met de broer van wijlen meneer Jenkins. Een bloedbad dat een hoop dode bikers, een dode voormalige staatssenator en een dode zittende rechter opleverde,’ zei LaPlata.

Ike zette zijn water op de balie. ‘Daar heb ik op het nieuws iets over gezien, ja. Die rechter zou iets te maken hebben gehad met die bikers? Zeiden ze niet dat de bikers hem een tijdje hebben omgekocht? Op Channel Twelve zeiden ze dat de namen van mijn zoon en zijn echtgenoot bij het onderzoek boven waren komen drijven. Denkt u dat die rechter iets te maken had met wat er met mijn zoon is gebeurd? En met de zoon van Buddy Lee?’ vroeg hij.

LaPlata keek hem een tijdje indringend aan. ‘Nou, dat doet er nu eigenlijk niet meer toe, meneer Randolph. Een dode kun je niet vervolgen,’ zei LaPlata.

‘Lijkt me lastig,’ zei Ike.

LaPlata liep naar de balie en zette zijn beide handen erop. ‘U denkt toch niet echt dat iemand gelooft dat Buddy Lee Jenkins al die bikers en de Culpeppers in z’n eentje afmaakte? Dat een man zonder opleiding uitvogelde hoe je met kunstmest een bom kan maken?’ vroeg LaPlata.

Ike sloeg zijn armen over elkaar, voorzichtig, want hij moest de wond op zijn linkerarm niet aanraken. ‘Waarom bent u hier, meneer LaPlata?’

‘Recherchéúr LaPlata, meneer Randolph. En ik ben hier omdat er rond uw persoon verschrikkelijk veel mensen vermist of dood zijn. Veel van die mensen hebben het verdiend, maar sommige niet. Ik denk niet dat heel veel mensen een traantje zullen laten omdat Slice Walsh al wekenlang spoorloos is. En zelfs de leden van zijn club vonden Grayson Camarie een lamzak van de eerste orde. Maar Lunette Fredrickson verdiende het volgens mij niet om met uitpuilende ingewanden op de vloer van haar woonkamer te eindigen. Om eerlijk te zijn: er zijn zoveel rechtsgebieden bij betrokken dat het waarschijnlijk nooit helemaal opgelost zal worden. Ik kon zelfs geen toestemming krijgen om uw telefoongegevens in te zien. Bijna iedereen die ertoe doet vindt het goed om alle schuld bij Buddy Lee te leggen en de hele zaak in een bureaula te laten verdwijnen,' zei LaPlata.

'Maar u niet,' zei Ike.

'Nee, ik niet. Er staan nog te veel vragen open. Ik kan het niet loslaten, meneer Randolph, omdat mannen zoals u gevaarlijk zijn. Nu was het wraak om uw zoon. De volgende keer is het omdat iemand u de vinger geeft. Ik kom u zeggen dat ik u in de gaten zal houden,' zei LaPlata.

Ike dronk zijn water op en gooide het flesje in de prullenbak. 'U doet maar. Alleen moet u de volgende keer dat u bij mij op de zaak komt misschien wel een bevelschrift meenemen, anders ga ik nog denken dat u me aan het treiteren bent,' zei hij.

LaPlata wierp hem een echte dienderblik toe, maar Ike hield zijn ogen strak op hem gericht.

'Met treiteren ben ik nog niet begonnen, meneer Randolph,' zei LaPlata.

De deurbel ging.

'Rechercheur LaPlata,' zei Mya. Ze had een enorme tas met etenswaren van Sander's bij zich. Ze hadden in het ziekenhuis haar vlechten afgeknipt, voor de operatie, dus ze had een kort koppie. Arianna kwam ook binnengestuiterd. Ze vloog langs LaPlata en ging direct naar Ike. Ze trok aan zijn broekspijp terwijl hij zijn hand door haar haar haalde.

'Dag, mevrouw Randolph,' zei LaPlata.

'Ik loop met u mee naar buiten, rechercheur,' zei Ike. LaPlata knikte naar Mya. Arianna zwaaide hem gedag. LaPlata zwaaide terug en draaide zich toen om en liep naar de deur. Ike liep achter hem aan.

'Daar is mijn kleintje!' zei Tangerine. LaPlata hoorde Arianna giechelen.

LaPlata liep naar buiten, maar toen bleef hij staan en draaide zich om naar Ike.

'Was het het waard, Riot?' vroeg hij.

Ike glimlachte. 'Zo heet ik niet. En om uw vraag te beantwoorden: dat zou u Buddy Lee moeten vragen. Maar als hij hier zou zijn, zou hij zeggen...' Hij ging verder met gedempte stem. '"Zelfs als ik ze duizend keer vermoord, zou dat bij lange na niet genoeg zijn. Maar het zou het wel waard zijn."' Ike zei het, maar het was Riot die zich met zijn ijskoude blik diep in LaPlata's ziel boorde.

LaPlata deed een stap naar achteren.

'Tot ziens, rechercheur,' zei Ike.

Hij deed de deur dicht.

45

Ike parkeerde zijn pick-up en pakte de bruine papieren zak die op de passagiersstoel stond. Hij stapte uit en liep de begraafplaats op, waar hij zich slingerend een weg door het granieten bos van grafstenen baande.

Boven op een lage heuvel zag hij Margo op haar handen en knieën bij het graf van Buddy Lee zitten. Ze plantte rode, witte en blauwe petunia's.

'Hoi,' zei Ike.

Margo keek op en glimlachte flauw. 'Niet mijn werk bekritiseren, meneer de hovenier.' Ze stond op en veegde haar handen af aan haar spijkerbroek. Neuriënd raapte ze de lege plastic bak op waarin de petunia's hadden gezeten. Ze schoof een plastic tuinschepje in haar kontzak.

'Niets op aan te merken. Ziet er goed uit,' zei Ike.

'Ik vond dat hij wel wat opgefleurd mocht worden. God mag weten waarom hij nooit iets aan die verdraaide woonwagen deed,' zei Margo.

'Hij zou het wel mooi hebben gevonden, denk ik.'

'Ha! Hij zou een bijdehante opmerking maken over de kleuren. Mij Captain America noemen of zo'n soort malligheid,' zei Margo.

'Waarschijnlijk wel, ja,' zei Ike.

Margo veegde met de rug van haar handen haar ogen af. 'Lieve hemel, hij kon enorm irritant zijn, maar wat mis ik die vent,' zei ze.

Ike ademde eerst diep in, zuigend op zijn tanden, voordat hij iets zei. 'Ja. Ik ook.'

'Goed, ik laat je,' zei Margo.

'Je hoeft niet weg te gaan, hoor,' zei Ike.

'Echt wel. Straks sta ik hier te huilen als een klein kind en daar zit volgens mij niemand op te wachten. Luister, ik weet dat je er niks over kan zeggen, maar ik moet het vragen. Hij ging tegen ze vechten, hè?' zei Margo. Ike keek haar lang en indringend aan. Ze bestudeerde zijn ogen, zag het antwoord op haar vraag en knikte. 'Goed. Goed,' zei ze. Ze draaide zich om en liep snel de heuvel af.

Ike keek haar een tijdje na en draaide zich toen om naar het graf. Op het zwarte graniet stond BUDDY LEE in plaats van William. Toen de lijkschouwer het lichaam vrij had gegeven, had de zus van Buddy Lee gevraagd of hij de begrafenis wilde betalen. Hij had gezegd dat hij dat wilde, maar op twee voorwaarden. Dat ze hem naast hun zoons moesten begraven en dat er op de steen Buddy Lee moest komen te staan.

Ze had zijn voorwaarden maar al te graag geaccepteerd, want dat betekende dat het haar geen cent zou kosten.

Ike haalde een blikje bier en een flesje sterkedrank uit de papieren zak. Hij trok het bier open en nam een paar grote slokken. Het was tintelend en koud, zoals de eerste winterse ochtend. Hij goot de rest van het bier over het graf. Hij zorgde ervoor dat er niks op de petunia's kwam.

'Hé, man. Ik denk dat ik Margo ga uitnodigen voor Arianna's verjaardag volgende week. Ze kan denk ik wel wat gezelschap gebruiken. Jezus, wij allemaal trouwens. Tangerine zegt dat ze voor het feestje iets speciaals gaat doen met het haar van Mya en Arianna. Die drie zijn tegenwoordig heel dik met elkaar. De verzekeringsman zegt dat hij volgende week werk gaat maken van het huis. We blijven zolang in dat hotel. Het is best wel chic. "Poepen op hoogpolig tapijt," zou jij zeggen.'

Ike knipperde met zijn ogen. 'Die kleine heeft ze trouwens goed op een rijtje. Tangy heeft haar tot vijftien leren tellen. Mya laat haar flitskaarten zien met dieren op. Ze weet zelfs al het verschil tussen een wolf en een hond. Ik wil haar laten zien hoe je moet vechten, maar Mya zegt steeds dat ze nog maar drie is. We doen dat spelletje waarbij ze stoten uitdeelt op mijn handpalmen. Dat vindt ze te gek. Over een jaartje of twee gaan we over op handschoenen. Misschien dat ik ooit nog een keer een bokszak voor haar moet kopen.'

Ike voelde een brok in zijn keel komen, maar hij slikte hem weg. 'Ze groeit als kool, man. Maar goed, ik ga nu even met de jongens praten, goed? Je houdt toch niet zo van Hennessy.'

Hij zette het lege bierblik op de grafsteen van Buddy Lee. Hij draaide de dop van het flesje en nam een lange teug. De drank brandde in zijn keel, maar verspreidde toen een aangename warmte door zijn buik waarvan zijn bovenlijf ging tintelen. Hij goot een beetje cognac over de graven van Isiah en Derek.

'Ik hou van je, Isiah. Ik weet dat het daar niet altijd op heeft geleken. Ik weet dat ik me daar niet altijd naar gedroeg, maar ik hou zo godvergeten veel van je. We vertellen Arianna constant verhalen over jou en Derek. We laten haar de foto's zien die de brand overleefd hebben. We zeggen dat er heel veel mensen zijn die van haar houden. Ik, haar oma's. Haar tante Tangerine. Haar twee beschermengelen.'

Ike knielde neer en nam nog een slok cognac. 'Ze zal zich nooit hoeven afvragen of de mensen die van haar zouden moeten houden dat ook echt doen. Dat beloof ik je. Ze hoeft niet door te maken wat jij hebt doorgemaakt. Wat ik je heb aangedaan.'

Hij legde zijn hand op de nieuwe grafsteen. Streek met zijn vingers over de gegraveerde letters van Isiahs naam, en toen over die van Derek. 'Weet je nog dat je altijd zei dat liefde liefde was? Ik snapte het niet. Ik wilde het snappen, denk ik. Maar nu begrijp ik het. En het spijt me vreselijk dat al die godvergeten ellende daarvoor nodig was, maar ik snap het nu echt. Een goede vader, een goed mens houdt van de mensen die van zijn kinderen houden. Ik was geen goede vader. Ik was geen goed mens. Maar ik zal proberen een goede opa te zijn,' zei Ike.

Hij kwam overeind. 'Daar ga ik mijn stinkende best voor doen,' zei Ike.

De tranen welden weer op. Ze stroomden uit zijn ogen en biggelden over zijn wangen. Vloeiden over de stoppels op zijn kin.

Dit keer voelden ze minder als vlijmscherpe messen. Meer als het langverwachte antwoord op een treurig gebed om regen.

Dankwoord

Een roman is altijd het product van een samenwerking. De woorden vloeiden uit mijn pen, maar ze werden door vele handen bijgeschaafd en gepolijst.

Mijn dank gaat uit naar Josh Getzler, mijn agent en de grootste voorvechter van mijn werk. Ik wil je bedanken omdat je gelooft in mij en in mijn verhalen. Het lot heeft ons samengebracht en daar ben ik ongelooflijk blij mee.

Ook wil ik Christine Kopprasch en alle medewerkers van Flatiron Book bedanken. Ik blijf van jullie leren op de momenten dat ik jullie zo veel mogelijk zuidelijke woorden en uitdrukkingen probeer bij te brengen.

Mijn vrienden en collega-schrijvers Nikki Dolson, P.J.

Vernon, Chad Williamson en Jerry Bloomfield lazen de eerste versies van dit boek. Jullie oprechtheid en steun betekenden onzegbaar veel voor mij.

En zoals altijd: Kim, bedankt.

Je weet waarom.

Je hebt het altijd geweten.